AF496787

Rudolf Stratz

König und Kärrner

e-artnow 2018

Stefan Zweig
Magellan. Der Mann und seine Tat

Julius Wolff
Das schwarze Weib (Historischer Roman aus dem Bauernkriege)

Alexandre Dumas
Die Gräfin Charny: Historischer Roman

Annette von Droste-Hülshoff
Gesammelte Werke von Annette von Droste-HülshoffDie Judenbuche +
Bei uns zu Lande auf dem Lande + Bilder aus Westfalen + Gedichte …Am
Bodensee, Carpe diem! und vieles mehr)

Wilhelm Raabe
Gesammelte Werke: Romane, Erzählungen und Novellen (49 Titel in einem
Buch): Die schwarze Galeere + Die Chronik der Sperlingsgasse …Großen
Kriege + Keltische Knochen und mehr

Rudolf Stratz

König und Kärrner

e-artnow, 2018
Kontakt: info@e-artnow.org

ISBN 978-80-273-1309-9

Inhaltsverzeichnis

1	11
2	24
3	32
4	40
5	52
6	59
7	69
8	84
9	92
10	103
11	114
12	130
13	141
14	154

»Eintausend Mark Belohnung!

Am Freitag, dem 29. September 1899, gegen Abend, hat sich ein junger Mensch von 18¼ Jahren aus der elterlichen Wohnung hierselbst entfernt und ist bisher noch nicht zurückgekehrt. Er ist von langer, schlanker Statur, hat braune Augen und dunkelblondes, kurzgeschnittenes, leicht gelocktes Haar. Auf der Straße pflegt er sehr rasch zu gehen und hat die Gewohnheit, dabei den Kopf etwas im Nacken zu tragen. Sprache Hochdeutsch, mit etwas Anklang an die Pfälzer Mundart, auch geläufig Französisch und Englisch. Bekleidet war er bei seinem Weggang mit modischem, hellgrauem Anzug, einem echten Panama- Strohhut mit blauem Band, gleichfarbiger Krawatte zum Selbstbinden und weißen Strandschuhen. Die sehr feine Leibwäsche ist mit W. W. gezeichnet. Da er sich nur im Besitz ganz geringer Geldmittel befindet, so wird vermutet, daß er sich noch nicht weit von der Stadt oder ihrer Umgebung entfernt haben kann. Wer über den Verbleib des Vermißten sachdienliche Angaben zu machen vermag, erhält sofort obige Belohnung im Privatkontor des Hauses Kaiser-Wilhelm-Straße 81, parterre rechts, ausgezahlt.«

Der Zettelankleber hatte den Anschlag an der Litfaßsäule befestigt und trottete mit Pinsel, Kleistertopf und einem Stoß weiterer Plakate um die Ecke. Sein Schritt hallte in dem sonnenwarmen Sonntagnachmittagschweigen durch die menschenleeren Gassen der Fabrikvorstadt. Blauer Himmel über schlafenden Höfen. Feiernde Schlote. Rastende Riemen hinter den verstaubten Scheiben. Die Räder standen still. Vor den Toren ruhten die Riegel. Auf den Kohlenbergen jenseit der Bretterzäune bröckelte es kaum hörbar vom Schleichtritt einer Katze. Verhuschte. Ein leises Wehen des Windes hinterher, über das ausgestorbene Pflaster, gleich einer mächtigen Stimme der Stille: Sechs Tage sollst du arbeiten und am siebenten ruhen.

Das Volk der Arbeit war fern. Draußen im Grünen. Keine Menschenseele weit und breit. Erst nachdem der hinkende Zettelträger weit außer Sicht und Gehör war, trat der junge Mann hinter der andern Seite der Litfaßsäule, wo er sich vor jenem verborgen gehalten, hervor, legte die Arme auf den Rücken, den Kopf in den Nacken und studierte mit zusammengebissenen Zähnen seinen Steckbrief. Ein spöttisches Lächeln verzog seine kaum vom ersten dunklen Flaum beschatteten Lippen. Der echte Papa! Heute war man ihm schon wieder tausend Mark wert! Vorgestern um diese Zeit hatte er geschrien: »Jetzt hältst du endlich 's Maul, du Lausbub!« Und als man antwortete: »Ich hab' mein Abiturium hinter mir! Ich will werden, was ich will, und nicht, was du aus mir machst. Ich lass' mich nicht länger von dir kujonieren!« — — Ja, dann der Schlag ins Gesicht! Schluß! Ade, Elternhaus! Mich seht ihr nicht wieder! Mag Papa künftig seine Wut austoben, an wem er will.

Die Litfaßsäule stand dunkel wie ein warnender Schatten vor dem blaßblauen Himmel. Sie war die letzte hier draußen. Gleich davor begann schon das freie, flache Land, pfiff der Wind über die Stoppelfelder, ragten nur noch vereinzelte Fabrikschornsteine, schweifte der Blick weit über die kirchturmbesäte Ebene bis zu dem fernen Blau des Odenwaldes. Hinten, nach der andern Seite der Litfaßsäule, lag die große Industriestadt am Rhein. Jetzt ein stilles, steinernes Meer. Kirchhofsruhe in den Vororten. Erst in der Mitte der Stadt begann das Leben, wurden die Straßen volkreicher, immer feiner gen Westen, bis zur vornehmsten von allen. Dort, wo im immergrünen südländischen Zierpark das prunkende weiße Haus mit dem Säulenvorbau stand. Dort lauerte jetzt Papa mit dem braunen Lappen in der Hand. Er mochte lange warten! Und oben weinte die Mama .... Eine dumme Vorstellung .... Lieber nicht daran denken .... Was war da zu machen? Mama half einem ja auch nie. Sie hielt ja immer dem Vater die Stange.

Komisch, so vor dem Spiegel zu stehen und seine eigene Beschreibung zu lesen ... Einen Steckbrief ... Gerade, wie wenn man Geld unterschlagen hätte als einziger Sohn und Erbe von Millionen! So? Man hatte also die Gewohnheit, den Kopf im Nacken zu tragen? ... Na, Papa – wir werden ja noch sehen, wer von uns beiden das steifere Genick hat – ich oder du. Kein Geld? Ja, leider! ... Mußte auch gerade in diesen Tagen der Abschiedskommers der Abiturienten gewesen sein: da hatte man sich vor den andern Muli nicht lumpen lassen können. Da waren die paar

Kröten freilich draufgegangen. Rein durch Zufall noch dreißig Pfennig im Portemonnaie. ...Dafür gestern früh Brot beim Bäcker nach im Freien durchfrorener Nacht. Seitdem nichts mehr ....
Kein eigentlicher Hunger. Dazu war die Aufregung zu groß. Aber so ein unheimliches, leeres Gefühl im Magen. Zuweilen schwarze Punkte vor den Augen ....Eine Schwäche....Ein Schwindel ...jetzt bewegte sich die Litfaßsäule ganz deutlich, neigte sich nach vorn, breitete Arme aus wie ein Mensch, als wollte sie auf einen fallen und einen erdrücken. Man trat unwillkürlich zurück. Unsinn ....Sinnestäuschung ....Fäuste zusammen. ...Es mußte sich etwas für zwei Fäuste finden....Zu dumm: Latein und Griechisch hatte man gebüffelt. Mit dem seligen Cicero stand man auf Du und Du. Das Sabinergütchen des Horaz kam einem schon zum Halse heraus. Aber wie ein gesunder junger Kerl sich irgendwie von seiner Hände Arbeit ernährt, das wußte man nicht. Und doch taten es ringsum alle Menschen. Alle Gebäude, die hier im Sonntagsschweigen um einen standen, waren Stätten der Arbeit.

›Modischer, hellgrauer Anzug!‹ ...Er mußte lachen. Der sah gut aus, jetzt, nach achtundvierzig Stunden Vagabundieren. Schon in der ersten Nacht, als man auf dem Holzplatz einen Unterschlupf suchte, die verfluchten Hunde! Einem der kalbgroßen Köter hatte man beim Retirieren über den Plankenzaun ein Stück Hosenbein in den Zähnen lassen müssen. Die nächste Nacht war es ja besser gegangen in der leeren Hütte der Laubenkolonie drüben vor den Toren. Aber des Morgens die handbreiten Erdflecken auf dem Rock....Man kriegte sie nicht heraus.... In ein paar Tagen sah man aus wie ein Stromer.....Der erste beste Gendarm nahm einen unbesehen fest, führte einen am Kragen heim zu den Fleischtöpfen Ägyptens ....Nein ....Den Triumph sollte Papa nicht haben ...für seine tausend Mark. Der Steckbrief klebte jetzt an jeder Straßenecke. Jeder kannte einen drinnen in der Stadt. Jeder wollte das Geld verdienen! Und erst halb vier Uhr nachmittags.....Noch lange Zeit bis zur Dunkelheit! Herrgott ...wohin denn nur? Wohin?

Der junge Mann sah scheu um sich. Niemand da. Und trotzdem die Angst. Plötzlich lief er mit langen Schritten die Straße entlang, kopflos ins Freie hinaus, da, wo das Pflaster aufhörte, Stacheldraht leeres Bauland umspannte, verbeulte Ofenröhren, verrostete Eimer, aufgeschlitzte Konservenbüchsen den Grund abgebauter Kiesgruben füllten. Uff! ...Kein Atem mehr! Wieder der verwünschte Schwindel! ...Er setzte sich auf die Wurzeln eines Obstbaumes am Grabenrand nieder und stützte den Kopf auf die Hände. Über ihm wiegten sich herbstreif, rotbäckig die Äpfel im Westwind. Er erhob sich seufzend, langte sich die nächste Frucht, biß hinein....Brr .... Es ging nicht mehr! Schon seit heute früh nicht! Dem ausgehungerten Magen widerstand das saure Zeug. Am besten, man kroch, statt sich immer müßig herumzutreiben, jetzt gleich wie gestern in der leeren Hütte der Laubenkolonie unter. Da suchte einen keiner. Vor Tag und Tau marschierte man dann in einem Bogen um die Stadt herum nach dem Rhein. Wenn sie einen dort fanden, stand man mit dem Strom im Rücken, verhandelte von Macht zu Macht, sprang schlimmstenfalls ins Wasser. Papa sollte sich nur nicht einbilden, daß er seinen Willen durchsetzte! Bei allen übrigen Menschen ja! Vielleicht ließen die sich's gefallen, wenn er ihnen ins Gesicht schlug. Bei seinem Sohn fand er keine Gelegenheit mehr dazu....

Wie schwer einen die Füße trugen. Staub unter den Stiefelsohlen. Heiße Sonne auf dem Panamahut. Drüben ließen Kinder einen Drachen steigen. Das bunte Ungetüm stand steil an bebänderter Schnur gegen den Wind. Ein paar kläffende Hunde. Ein vorbeiflitzender Radler. Der junge Mensch sah das wie im Traum. Er wanderte und wanderte. Er hatte nur Sehnsucht, sich irgendwo auszustrecken, zu schlafen. Gottlob: da drüben lag die Laubenkolonie. Er machte plötzlich halt und schirmte die Augen mit der Hand, in einer jähen Erkenntnis: Herrgott, in was für einer Welt wächst unsereiner auf! Was weiß man von den nächsten Dingen? Was hat man für einen dummstudierten Kopf! Auf die ganz einfache Idee, auf die jeder Bäckerjunge von selber kommen würde, daß heute am Sonntag nachmittag die ganze Laubenkolonie voll Leute ist, auf die bin ich nicht verfallen...

Vereinzelt standen da drüben in dem freien Feld schon die ersten Mietkasernen, die Vorposten der Großstadt, mit kahlen, fensterlosen, vier Stockwerke hohen Brandmauern, düster im hellen Sonnenschein, zwingburgartig und zwecklos. Weiter hinten schlossen sich die Häuserblocks schon in Reihen zusammen, umgürteten die Stadt mit einem neuen erstickenden Jahresring von Backsteinmassen, tilgten aus freudlosen Hinterhöfen das Grün der Erde, das Blau des Himmels, das Gold der Sonne, die sich verschwenderisch hier vorn noch über die flüchtige Bretterwelt der Laubenkolonie ergoß. Hunderte und Hunderte von Hütten wie die Zelte eines wandernden Volks der Wüste. Hier flammten noch blau, rot und weiß die Astern in kleinen Beeten, rankte sich in Scharlachblüten die Kapuzinerkresse, flatterten Schwärme bunter Wimpel im Herbstwind, waren Menschen....Menschen überall,.. ein Gewimmel und Gewühl wie im Ameisenhaufen . . , Farbenflecke: die weißen Hemdärmel der Männer, die grellen Blusen und Hüte der Frauen, die weißen Kleidchen der Kleinen. ...Menschen, die, obwohl sie schon die ganze Woche schwer gearbeitet hatten, hier im Schweiße ihres Angesichts ihr bißchen Boden umschaufelten, an Zaunlatten hämmerten, Holzplanken mit saftig grüner Ölfarbe strichen, voll eines glücklichen Eifers, einmal etwas für sich zu tun und nicht für andere...Gelächter .., der blaue Rauch eines Feuers aus Kartoffelkraut ...Kindergeschrei ....Ein Leierkasten: »Herr Hauptmann, die Liebe – hat mich so weit gebracht.« ...Der junge Mann drüben dachte sich: Da kochen sie Kaffee, und ich hab' nichts!...Wollte weitergehen...ließ sich matt auf dem Meilenstein nieder, starrte vor sich hin ....Ja, was nun?

Ein Ziehen der Gedanken durchs Hirn wie die Wolken an einem stürmischen Märztag.... Ihm schien: das Feld der Budenstadt da drüben gehörte überhaupt Papa. Oder wollte er's haben? Irgend etwas war damit los. Es war neulich bei Tisch davon geredet worden mit dem Großpapa Stadtrat. Der Großpapa war eine Autorität in Bodenfragen. Wo da etwas zu verdienen war, da hatte er schon tags zuvor in aller Stille seine Hand darauf gelegt. Seit fünfzig Jahren und länger ...Egal! Wenn die nur da drüben nicht wären und einen fernhielten – die Laubenbewohner, am Sonntagnachmittag....Was waren das wohl für Leute? ...Arbeiter natürlich ...was anderes gab's ja kaum in der Stadt....Komisch: die Arbeiter hatte man sonst nur vom Fenster des früheren elterlichen Hauses im Morgendämmern kommen, im Abendgrauen gehen sehen, eine graue, flutende Masse. An jedem siebenten Morgen blieb die aus. Wo sie dann war, was sie dann trieb, wußte man nicht. Man sprach auch nicht davon. Seit vor ein paar Jahren Papas neue Villa in der Kaiser-Wilhelm-Straße fertiggeworden war, wohnte man eine halbe Stunde von der Fabrik, bekam überhaupt keinen Arbeiter mehr zu schauen. Erst hier. In den Lauben. Anders als sonst. Vergnügte Gesichter. Lachende Stimmen. Lebensfreude. Aber nur nicht mehr lange hierbleiben....Wenn irgendeiner kam, der das Plakat schon gelesen hatte ...schnell ...hinüber an den Rhein....Nur schnell. ...Mit aller Gewalt auf die Beine....Wieder der Taumel in den einknickenden Knien...die Schwäche ...lieber Gott...da schauen sie schon zu einem herüber. ... Was hat denn nur der unglückselige Bub da drüben auf einen mit der Hand zu weisen?

In der Laube »Zur neuen Welt«, auf deren Dachfirst ein winziges rotes Fähnchen flatterte, streckte das Adämle, ein vier Käse hoher Knirps, immer noch seinen vom Kartoffelbuddeln schwärzlichen Zeigefinger aus und verkündete: »Babbe! Guck emol den Mann dort an der Schosseh!«

Und sein Bruder, der Schorschl, stellte fest: »Dem sei Hose sind aber arg zerrisse!«

Der »Babbe«, der Maschinenbauer Ortlieb, ein junger, blonder, schnurrbärtiger Mann, hielt seine beiden Töchterchen auf den Knien und ließ sie nach Paris reiten. Er wandte den Kopf nach seiner Frau: »Über den wunner ich mich auch schon die längst Zeit.«...

Frau Ortlieb war zart und fein. Sie war vor ihrer Heirat in einem reichen Haus im Dienst gewesen. Sie hatte etwas von der gezierten Art badischer Bürgermädchen an sich. Sie kniete gerade vor ihren Geranientöpfen, die schon etwas unter der Herbstkühle gelitten hatten, und meinte über die Schulter: »Der hot zu viel gelade! Weiter nix!«

»Loßt ihn doch!« sagte ihr Bruder, der junge, erst neunzehnjährige Schlossergeselle Robert Kienast, der, eine Zigarette rauchend, bäuchlings im Gras lag, und lachte über sein breites, gutmütiges, sommersprossiges Gesicht. »Do steht er schon uff und trägt sei Rausch heim!«

»Abah! Er kommt wieder retour!«

Der Maurer Hildebrand, ein großer Mann mit mächtigem grauen Vollbart und breitrandigem Schlapphut, der wie ein Wotan der Sage aussah, trat aus dem beizenden Rauch des Kartoffelfeuers, an dem seine beiden Töchter, das Babettche und das Sannche, erhitzt herumstocherten. Sie gingen wochentags in die Gelatinefabrik. Sie kamen mit dem Kochen nicht zurecht. Die Flamme flackerte wild im Wind. Der Dampfziegeleikutscher Friese, ein junger, verwegener Kerl, der seine blaugelbe Dragonermütze schief auf dem Scheitel trug, nahm eine Schaufel zur Hand, warf einen Graben gegen die Windrichtung auf und belehrte sie: »So mächt man's im Biwak – verstanne?«

»Lern's norr, Sannche! Sonst darfst net heirate!« schrie von nebenan das Lutze-Käthche, die Tochter des Straßenbahnschaffners. Die andern lachten zu der zarten Anspielung. Hinter dem Gerank von Feuerbohnen, das das nächste winzige Gärtchen abgrenzte, drehte der Elektromonteur Zittelius seinen blassen, feingeschnittenen, an einen Privatdozenten erinnernden Kopf herüber. Er hatte mit Gewerkschaftsabrechnungen zu tun und benutzte den Sonntag, die vielstelligen Ziffern seiner Bücher nachzuprüfen.

»Kreischt doch net so!...Man wird ja ganz irr!«

Aber zugleich riefen noch viel mehr Stimmen, deuteten Hände nach dem jungen Mann drüben.

»Jesses! Jetzt fällt er hin!«

»Du liebe Zeit! ...Do liegt er«...

»...wie wann er tot wär! Hebt ihn doch! ...Der Borsch kann doch net auf der Schosseh bleibe!«

Flinker als die andern war der Schlossergeselle Robert Kienast aufgesprungen. Sein Vater, der Nachtfabrikwächter vom Rand des Odenwaldes her, der mit ihm zum Besuch seiner Tochter, der Frau Ortlieb, über den Sonntag an den Rhein gekommen war, warnte ihn mit einem grämlichen Zug um die tiefliegenden Augen und den gefurchten, von einem schütteren Graubart umbuschten Mund: »Kümmer du dich doch net um andere Leut!« Aber der Sohn war schon drüben auf der Chaussee, packte den da regungslos im Staub Liegenden an den Schultern, schaute ihm in das wachsbleiche Gesicht mit den blutleeren, halbgeöffneten Lippen, schnupperte ...Nein – der hatte nichts getrunken ...»Wasser her, ihr Männer! ...Herrgottdunnerwetter! ...Steht doch net so rum ...kumme Sie mal bei ...Sie! ...Helfe Sie mal! So!«

Er und der Former Ott, ein junger Arbeiter, stellten gemeinsam den Erschöpften auf die Beine. Der Fremde war nicht ganz bewußtlos. Nur zu Tod erschöpft. Er gab nur willenlos, in einer geistesabwesenden Art Antwort.

»Was fehlt Ihne denn? Sind Sie krank?«

»Nein!«

»Ha, liege Sie denn zum Pläsier da rum?«

»Ich hab seit gestern früh nichts mehr gegessen!«

»Kumme Se!« sagte der vierschrötige blonde Robert in hilfsbereiter Kürze, faßte ihn unter dem Arm und führte ihn hinüber in die Laubenstadt. Seine Stimme scholl in voller Pfälzer Lungenstärke voraus: »Habt ihr euern Kaffee fertig, ihr Krotte?« Und als er sah, daß das Hildebrand-Babettche schon mit einer dampfenden Tasse in der Hand kam, kommandierte er weiter: »Und was zu futtere!«

Er bückte sich zu seinem kleinen Neffen, dem vierjährigen Ortlieb, nieder. »Gell, Schorschl, du gibst dei Wasserweck her! Du hoschst schon e Bäuchel wie e Trommel! So, jetzt setze Sie sich nur ungeniert dahin...«

Es stand da eine roh gezimmerte, kleine Holzbank mit Rückenlehne vor der Hütte. Der Maschinenbauer Ortlieb, der Hausherr dieses Fleckchens Erde, ließ seine beiden Töchterchen auf den Boden gleiten, erhob sich und half, den Fremden vorsichtig niederzulassen. »Wer sind Sie denn eigentlich?« fragte er dabei mit einem Blick auf dessen weiße, wohlgepflegte Hände.

Der junge Mann vor ihm sah ihn verwirrt und halb erschrocken an und sammelte mit Mühe seine Gedanken zu einer Antwort.

»Kaufmann!« sagte er endlich gepreßt und halb zögernd.

»Und da sind Sie außer Stellung?«

»Ja, schon lange. Gestern früh hab ich mir für mein letztes Geld Brot gekauft!«

»Sell hab ich mir bei dem Bürschle gleich gedenkt!« meinte der kräftige Maschinenbauer zu dem andern. Der Maurer Hildebrand trat heran und legte stumm und ernst ein in Zeitungspapier gewickeltes Stück Lyoner Wurst auf die Bank und sein aufgeklapptes Taschenmesser daneben.

Und von drüben kam mit seiner weithin leuchtenden roten Nase der Dienstmann und Hundehändler Muck, der hier draußen, wo das Gebell keinen störte, sich einen kleinen Zwinger voll Köter eingerichtet hatte, und bot mit seinem tiefen Baß eine Flasche Zwetschgenwasser. »Trinke Sie norr! Ich hab's selbst vum Bauer uff'm Odenwald!«

»Loßt ihn jetzt bloß in Ruhe, ihr Leut!« sagte der Robert, und der bleiche junge Mann vor ihm saß und aß und trank, und es war ihm wie in einem Traum. Die Welt verkehrt. Fremde Menschen halfen ihm gegen den eigenen Vater und boten ihm Obdach, und ihn, den Jüngling aus reichem Haus, speisten die Armen....

Ein wohltuendes Gefühl der Sättigung. Der Schläfrigkeit. Vorläufig war man geborgen, saß auf warmer Holzbank zurückgelehnt und ließ sich von der Sonne bescheinen. Die Hände im Schoß, die Lider halb geschlossen. Niemand kümmerte sich um einen. Störte einen. Man ruhte in einem Dämmern. Undeutlich nur, wie von fern, Licht und Laute....

Hinter einem ein eintöniges Gemurmel einer weichen, gebildeten Männerstimme. Der Monteur Zittelius rechnete seine Gewerkschaftstabellen nach. Vierzigtausend Mark ...fünfundvierzigtausend Mark ...Komisch ...So viel Geld hier unter den armen Leuten ...Papa war immer wütend über die gespickten Streikkassen ...Einundfünfzigtausenddreihundertundsiebzehn Mark und dreizehn Pfennig ...Schluß ...Papa war oft wütend ...Ein Segen, daß ihm nicht immer alles nach seinem Willen ging. Daß andere Leute auch bockten. Nicht nur der Sohn.

Wenn man nur noch recht lange so dasitzen konnte, um einen Sonnenwärme, ein Geruch von frisch umgegrabener Erde, von Kaffee, von Blumen, von hier im Land gewachsenen und gewickelten Zigarren. Eine davon hielt der Maschinenbauer Ortlieb im Mund und hatte wieder seine beiden Töchterchen auf den Knien und strich ihnen zärtlich über die semmelblonden Scheitel: »Ei du mei Herzgebobbeltes« ...Er trug eine rote Nelke im Knopfloch. Überall, irgendwie waren rote Pünktchen, rote Schlipse, rote Federchen, wie Blutstropfen in dem fröhlichen Bild....

»Ob'sch d' stillhältst, du Schote!« sprach drüben bedächtig der Dienstmann Muck und schor einem vor ihm auf dem Schemel stehenden, bildschönen, weißen Schnürpudel kunstgerecht vier Manschetten um die Pfoten. »Der Hund gehört uff Heidelberg, ihr Männer! ...Ich wollt, ich hätt's wie der!«

Daneben stand der Briefträger Adam Ringewald vor seiner Kaninchenhecke und erzählte dem Straßenbahnschaffner Lutz von den Umtrieben bei der vorwöchigen Kaninchenschau droben in Günzheim ...Das war halt wieder so e rechte Vetterlewirtschaft gewesen! Du liebe Zeit ...Wenn die Preisrichter so gar nix von französischen Widdern verstanden! ...Er zog erbost sein Prachtstück, den schwarzweiß gefleckten Zuchtrammler, an den Löffeln aus dem Kasten. »Gucke Sie sich norr mal den Borsch da an ...für den Behang hot er die höchsten Punkte gekriegt ...Für die Zeichnung ...fürs Gewicht ...bloß zu guter Letzt für den allgemeinen Eindruck net! ...Jetzt, ich bitt Ihne ...Hand uffs Herz: Kann denn e Stallhas e bessere Eindruck mache?«

Das Kaninchen saß stumpfsinnig da und schnupperte mit der hochgezogenen Schnauze. Der Briefträger fuhr ihm liebreich und voll gekränkten Ehrgeizes über das seidenweich gekämmte Fell. Der Lutz neben ihm lachte. Er war ein kleiner, rundlicher, pfiffiger Kerl, durch das Trinkgeldnehmen in der Straßenbahn an Leutseligkeit gewöhnt. Er setzte wieder seine Okkarina an die Lippen und blies aus der »Fatinitza«:

> »Du bist verrückt, mein Kind!
> Du mußt nach Berlin!«

Und die halbwüchsigen Mädchen, die schon erwartungsvoll um ihn standen, fingen gleich wieder an zu tanzen, daß die magern Beinchen und die Rattenschwänze von Zöpfen flogen, und sangen mit ihren scharfen, dünnen Kinderstimmen:

»Wo die Verrückten sind,
Da gehörst du hin«...

Vom Kartoffelkrautfeuer drüben her ein Duft ... Die Erdäpfel waren in der Asche heiß ge-
backen ...»Vadder ...jetzt loß emol die Karte und kumm! ... Sonst werde sie kalt!« Der Pudel
hatte sich freigemacht ...»Jesses, hebt doch den Hund!« Ein Geschrei und Gebell ... Der blasse junge Fabrikarbeiter, der neben dem Fremdling auf der Bank im Gras lag, stopfte sich die
Zeigefinger in die Ohren und lernte an seinem Prolog für das nächste Stiftungsfest:

»Das ist der Arbeit Freudentag,
Nach all der Mühsal, all dem Ringen,
Nach Kümmernis und Sorgenschlag
Hebt sich der Geist auf freien Schwingen«...

»Do gehört mehr Schwung hinei, Emil!« sagte Robert Kienast, der junge blauäugige Schlosser,
der neben ihm kauerte, die Hände über den hochgezogenen Knien verschränkt, eine Zigarette
schief im Mundwinkel. Er plänkelte die ganze Zeit mit den Blicken zu den Hildebrand-Mäd-
chen hinüber. Die beiden gingen nur geringschätzig darauf ein. Der war noch zu jung. Kaum
neunzehn. Und nicht einmal ein hiesiger. »Mache Sie net als so Aage!« sprach das Sannche
achselzuckend. »Sonst sag ich's Ihrem Babbe!«
    Der alte Kienast hörte nichts davon. Er saß gramvoll und still. Fabriknachtwächter? Nein: ein
Erfinder, den die Welt verkannte. Millionen hatte man im Kopf, und es langte kaum zu einem
Handkäs. Jetzt schrieb man 1899. Im nächsten Jahrhundert flog ein jeder. Das Fliegen war gar
keine Kunst. Das wußte er, Sebastian Kienast! Er hatte seine Erfindung schon beinah fertig. Er
hatte Zeit genug dazu in den langen, stillen Nachtstunden auf dem Fabrikhof. Nur das Geld ...
das Geld ...Ein vernünftiger Mensch unter den Reichen, die nicht wußten, wohin mit ihrem
Geld ...»Der is närrisch ...schon die längst Zeit«, sagte drüben das Lutze- Käthchen zu ihren
Freundinnen. Der Alte rührte sich nicht. Er sah, in seinen Mantel gewickelt, unverwandt, in
fanatischer Sehnsucht, hinauf in den unergründlich blauen Himmel, und unter ihm, am Boden,
lernte der blasse, junge Fabrikarbeiter weiter an seinem Prolog:

»Aus unsers Alltags grauen Sphären
Reckt er die Flügel groß und weit,
Und rings um uns in Feierchören
Rauscht das gewalt'ge Lied der Zeit.«

Der junge Mann auf der Bank hörte es halb im Schlaf. Wo war man nur? Im Elternhaus nicht.
Aber in seiner Nähe? Nein. Das war alles so fremd. So neu ...als hätte man das nie gesehen ...so
nie gesehen ....Dann fuhr er auf. Es war eine Bewegung um ihn. Der Stadtrat und Zigarrenhändler Karl Mattrian, ein früherer Zigarrenwickler, war von der Landstraße her, wo er mit seiner
vielköpfigen Familie einen Sonntagnachmittagsspaziergang machte, herangetreten. Er war ein
vollbärtiger, stattlicher Mann in mittleren Jahren. Er hatte in Haltung und Erscheinung eine
ruhige Würde. Man begegnete ihm mit Respekt. Er sprach erst halblaut kurze Zeit mit dem
Monteur Zittelius über Parteiangelegenheiten. Dann wandte er sich an den Maschinenbauer
Ortlieb: »Wie ist's denn: Ist das Terrain hier schon verkauft?« Ein Schweigen. Ein Achselzucken.
Niemand wußte etwas davon. Er fuhr fort: »Ich hab' auf dem Rathaus was läuten hören! Die
Pfälzer Bodenkreditbank will es losschlagen!«
    Die Pfälzer Bodenkreditbank ...Darunter konnte man sich auch nichts Rechtes vorstellen.
Nur ein großes, steinernes Gebäude mitten in der Stadt, in dem man nichts zu suchen hatte.
Alle, die hier in der Laubenkolonie hausten, hatten ihre Pachtverträge mit dem Grundstücksver-
walter Sturzacker abgeschlossen. Herr Sturzacker wohnte in der Nähe. Er hatte Vollmacht ...
von irgendwem.

»Acht Täg Kündigung!« sagte der langbärtige Maurer Hildebrand. »Anners hot er's dies Jahr net getan!«

»Er hat aber versprochen: im Sommer wird's nicht verkauft!«

»Aber jetzt ist's Herbst!«

»Sie – Herr Knorsch, wisse *Sie* was?«

Der Schutzmann Knorsch vom nahen Polizeirevier, allgemein der grobe Knorsch genannt, verneinte. Er war ein gemütlicher Mann, kein Spielverderber. Man konnte oft seinen breiten, phlegmatischen Rücken mit den weiß behandschuhten, darauf gekreuzten Händen bewundern, wenn er etwas nicht sehen wollte, wie jetzt die ohne behördliche Erlaubnis flackernden Kartoffelfeuerchen. Er warf aber doch unwillkürlich im Vorbeigehen einen forschenden Blick auf den übernächtigen jungen Mann auf der Bank in seiner eleganten, beschmutzten und zerrissenen Kleidung. Als er fort war, setzte sich der verstört zurecht und schaute ihm nach, und der Schlossergeselle Robert fragte vom Boden her: »Wo wolle Sie denn hin?«

»Arbeit suchen!«

»Wann Sie doch keine finde!«

»Ich muß!«

Robert Kienast zerzupfte einen Grashalm zwischen den Zähnen.

»Jetzt auf den Herbst ist's bös! ... Wo Sie doch keine Profession gelernt hawwe«...

»Dann klopf ich eben Steine! Mir ist alles gleich!«

»Ja – wann Sie auch ungelernte Arbeit annehme?«...

»Auf der Stelle! Wissen Sie wo?«

»Bei mir daheim, da hot's doch das halbe Elektrizitätswerk runnergebrannt – das von Römer und Sohn ... Da stelle sie jeden ein, damit sie vor Winter wieder unter Dach kumme!«

»Wo ist denn das?«

»Da nauf zu, am Odenwald! Zu laufe sind's von hier drei Stunde! Warte Sie ... Ich kann's Ihne weise!«

Der Schlossergeselle war aufgestanden und zeigte mit der Hand nach den fern im Osten blauenden Höhenzügen, aus denen als rötliche Flecken die Sandsteinbrüche bei Heidelberg, als grelles Gelb die Porphyrwerke an der Bergstraße schimmerten. »Also: wann Sie links am Eppeler Kirchturm vorbeischaue ... als noch besser links ... was habe Sie denn? ... Sie werden ja ganz gelb im Gesicht ... hocke Sie sich nur hurtig wieder hin...«

»Es ist so heiß hier draußen«, sagte der junge Mann und trocknete sich mit dem Tuch den kalten Schweiß von der Stirn. »Kann ich ... kann ich mich nicht da drinnen in der Hütte ein bißchen ausruhen?«

»Ungeniert! ... Da hot mei Schwager nix dawedder!«

Ein kleiner, aus Holzplanken gezimmerter Raum, Tisch und Stühle ins Freie hinausgetragen, nur am Boden noch eine Ruhegelegenheit, ein Haufen Strohmatten zum Zudecken der Blumenbeete. Wenn man auf denen lag, sah man über sich papierdünn zwischen den Fugen der Dachbretter durchschimmernde Linien von Himmelblau. An den Wänden Familienphotographien, darunter ein Gruppenbild: »Reserve hat Ruh« ...die alte Mannschaft der siebenten Kompagnie vor der Entlassung, in der Mitte der Hauptmann, gegenüber eine Lithographie mit den drei Köpfen von Liebknecht, Bebel, Auer ...Ein Schrank mit Kaffeetassen und Blechgerät ...nein ... der war zu klein, um sich darin zu verstecken ...aber da in der Ecke gab es Verteidigungswaffen ... eine Gießkanne, eine Schaufel, wenn es zum Schlimmsten kam...

Er spähte, wieder aufgesprungen, atemlos mit zusammengebissenen Lippen durch das kleine Fenster. Hatte er am Ende eben falsch gesehen? ...Nein ...da draußen auf der Chaussee stand er leibhaftig ...der Großpapa Stadtrat ...lang, mager, vornübergebeugt, mit dem schlohweißen Kopf und dem kurzen, weißen Schnurrbart in dem gerunzelten, immer kläglichen Gesicht. Aber der neben ihm ...der Kleine, der viel Jüngere, Spitzbäuchige, Lebhafte, mit dem Zwicker vor den scharfen Augen, das war nicht Papa. ...Gottlob ...da galt der Besuch auch nicht ihm!...

Drüben von der Straße her wies der Stadtrat Kobus mit seinem silbernen Krückstock auf das Terrain der Laubenkolonie und sagte mit seiner weinerlichen Stimme zu dem Syndikus der Pfälzer Bodenkreditbank:

»Bätzle, aus Ihnen kann man drei Räuber machen, und es bleibt noch ein Spitzbub übrig. Hand aufs Herz: der äußerste Preis!«

»Für Ihren Schwiegersohn – weil er's ist: fünfhundert Mille!«

Der alte Herr stieß einen schwachen Klagelaut aus.

Es klang wie das Weinen eines Kindes. Der Banksyndikus sagte kaltblütig, was er immer bei solchen Gelegenheiten sagte: »Meine Herren … Sie denken tiefer … aber ich denke klarer. Dafür bin ich Jurist. Kann ich dafür, daß die Geschäfte des Herrn Winterhalter so gut gehen?«

»Bätzle« …

»… daß er seinen Umsatz in den letzten zehn Jahren verdoppelt hat?«

»Bätzle« …

»… daß er seinen alten Kasten von Fabrik da drinnen in der Stadt nicht mehr erweitern kann? Daß er hier heraus *muß*? … Mit seinem Betrieb … glatt *muß*?«

»Vierhundertfünfundsiebzig Mille, Bätzle!«

»Fünfhundert!«

Ein Schweigen. Die beiden Herren sahen tiefsinnig einen kleinen Köter an, der sein Hinterbeinchen am Meilenstein lüftete.

»Bätzle – ich geh jetzt wieder heim!«

»Ich geh mit!«

Von drüben aus dem Fenster der Hütte lugte Werner Winterhalter herüber, trat wieder zurück in den schon halbdämmerigen kleinen Raum, streckte sich mit klopfendem Herzen auf den Matten aus … schloß die Augen … um ihn ein einlullender Geruch von Staub, von altem Holz, von verwittertem Stroh … eine Angst … er schaute wieder auf … geistesabwesend auf das Buntdruckbild neben ihm an der Wand … »Der schlafende Riese«: ein Arbeitsmann bei der Mittagsrast, schlummernd am Rain. Um ihn bis weit in die Ferne, winzig wie Puppenspielzeug, Fabriken, Schlote, Schlackenhügel. Zwerge krochen und kletterten auf seinem Körper. Am Rand, mit Bleistift hingekritzelt:

»Wach auf, daß du den Unfug weißt,
Leicht kannst du ihn verjagen!
Ich weiß auch, wie der Riese heißt,
Noch darf ich es nicht sagen!«

Komischer Vers … überhaupt … ach, es war ja alles egal … nur Ruhe … Ruhe … laßt mich ungeschoren … ja? Sonst setzt's was! … Den klapperbeinigen Großpapa – den renn ich gleich über den Haufen. Der Bätzle besieht was mit der Gießkanne auf seine Bombenglatze, daß er denkt, Ostern und Pfingsten fallen auf einen Tag! Kommt nur! Wenn nur Papa nicht kommt … Ein Träumen … die Gedanken wandern im Halbschlaf der Erschöpfung … Nur noch schattenhaft ein Gefühl: man ballt die Faust … Was macht ihr eigentlich da draußen? Was wollt ihr? …

Und auf der Straße sah der Syndikus ungeduldig auf die Uhr.

»Ja, kommt Herr Winterhalter noch, oder kommt er nicht?«

»Versprochen hat er's! Aber wo er jetzt wieder den heillosen Ärger mit dem Bub erlebt …«

»Mit Ihrem Enkel?«

»Ja. Vorgestern abend ist der Strick von daheim fort. Heut mittag war er noch nicht wieder da!«

»Ach, gehe Sie! Wo ist er denn hin?«

»Das weiß keiner!«

»Da wird Ihr Herr Schwiegersohn freilich nicht die Zeit haben …«

»Wann man von ihm spricht, da kommt er!«

Leopold Winterhalter stand etwas atemlos vom schnellen Gehen vor den Herren. Er lachte. Ein starker Vierziger, aber noch kein graues Fädchen in dem dunklen, leicht gelockten Haar, dem südlich weichgekräuselten Vollbart. Ein schöner Mann, breitschultrig, etwas zur Fülle neigend, mit der gesund gebräunten Haut des leidenschaftlichen Jägers, lebenstrotzend, voll Saft und Kraft der heißen Sonne der Pfalz.

»Tag beisamme! ...Wie? Ein andermal, Bätzle? Wegen meinem Sohn? Da wär ich nicht in der Stimmung für Geschäfte? ...Da hätt ich viel zu tun, wann ich den ganzen Tag hinter dem Schlot herspringe wollt!« Er wandte sich mit einem jähen Ruck des Körpers an seinen Schwiegervater: »Also, hab der Amélie den Gefallen getan! Der Herr Filius steht an der Anschlagsäule ...Tausend Mark ...Ein Sündengeld ...Ich mein immer, die Heiner lachen schon hinter mir her ...No .... Reden wir von unsrer Sach!«

Seine Ruhe war gekünstelt. Die beiden andern merkten, wie es in ihm kochte – weniger aus Angst um den Sohn ...Unkraut verdirbt nicht – als aus verletztem Selbstgefühl ...dieser Anschlag an den Säulen ...dieses Eingeständnis vor der ganzen Stadt: Ich, Leopold Winterhalter, der Selfmademan, der Mann des Erfolges, vor dem die Konkurrenz zittert, dem tausend Arbeiter werken – ich werde mit einem grünen Bengel von achtzehn Jahren nicht fertig! Da könnt ihr's lesen, schwarz auf weiß!

»Von Geschäften soll man reden?« sagte der alte Stadtrat plötzlich hell und weinerlich in die allgemeine Stille. »Ja – wo einem der Bätzle gleich an die Gurgel springt! Leopold ...'s ist ein Kreuz mit dem Mann! Der holt einem die Seele aus dem Leib!«

»Ich schaff doch nicht für meine Tasche, sondern für unsere Aktionäre! Das ist meine verfluchte Pflicht und Schuldigkeit.«

»Alleweil hat der Bätzle recht!« sprach der Stadtrat trüb. Sein Schwiegersohn fragte kurz und herrisch: »Also wieviel?«

Der Syndikus malte stumm mit seinem Spazierstock vor sich fünf Nullen in den Staub und davor eine große Fünf. Leopold Winterhalter zuckte die Achseln. Er schritt bis an den Rand des Laubengeländes. Dort blieb er stehen und musterte die Fläche. Wie ein Feldherr das Schlachtfeld. Hinter sich hörte er die kühle, fachliche Stimme des Bankvertreters: »Herr Winterhalter: ein Mann wie Sie! ...Einer, der weiß, was er will! Sie sagen sich: Was die in Stuttgart und Mannheim und am Main können, das kann ich auch! ...Es ist doch ein offenes Geheimnis, daß Sie mit Lefeuer in Paris für ganz Deutschland Ihr Motorpatent abgeschlossen haben ... Echt deutsch wieder! Otto und Daimler erfinden's, und wir müssen's erst wieder vom Ausland zurückkaufen. Na schön! ...Sie haben sich für die Konstruktion von Benzinmotoren entschieden. Andere für Elektrizität. Römer und Sohn bauen drüben am Odenwald wie besessen Tag und Nacht an ihrer neuen Anlage. Es gibt ein hitziges Rennen. Sie *müssen* in das Geschäft hinein, ehe die andern den Rahm abschöpfen.«

»Glauben Sie denn, daß ich das alles nicht selber weiß?«

»Ich sagt es Ihnen auch nur, damit Sie wissen, daß ich es weiß!«

Leopold Winterhalter wandte sich jäh um.

»Kann ich in vierzehn Tagen hier den ersten Spatenstich tun?«

»In acht!«

»Gut!«

»Und der Preis?«

»Leopold! Leopold!« schrie der Stadtrat weinerlich. Aber es war schon zu spät.

»In Gottes Namen: fünfhundert! Ich hab heute kein Pläsier am Kuhhandel!«

»Bätzle! Das haben Sie nur meinem Enkel zu danken! Wann der jetzt daheim auf seinem Hosenboden säß, da tät Ihne sein Vater was geigen mit Ihre Fünfhhh...«

»Abgemacht?«

»Hand drauf!«

»Uff! Jetzt komm ich doch noch zurecht zu meinem Skat ...He, Herr Sturzacker ...komme Sie mal flugs bei ...das Terrain hier ist verkauft! So wie es morgen verbrieft ist, wird alles geräumt! In acht Tagen seh ich hier nur noch eine Baufläche so kahl wie mein Schädel! Wir haften Herrn Winterhalter dafür! ...Na – kommen Sie mit, meine Herren? ...In die Stadt? ...Los!«

Im Laubenland hatte man die drei Männer nicht beachtet. Eine italienische Nacht war in Vorbereitung als Abschied vom diesjährigen Sommer. Bunte Papierlaternen schaukelten an Drähten, um bei Einbruch der Dunkelheit angezündet zu werden. Vor der Ortliebschen Hütte hielten die beiden flachsblonden kleinen Mädchen erwartungsvoll Stöcke mit aus zusammengedrehten Tüten gefertigten Lampions in der Hand, für den Kinderfestzug nachher. Der Straßenbahnschaffner Lutz blies auf seiner Okkarina: »Behüt dich Gott, es wär zu schön gewesen!« und blinzelte dabei aus seinen pfiffigen Äuglein auffordernd zum Sannche und Babettche hinüber, und die beiden und seine eigene Tochter, das Lutze-Käthche, fielen mit ihren dünnen, klagenden Fabrikmädchenstimmen ein: »Behüt dich Gott, es hat nicht sollen sein!«

Und mitten hinein plötzlich ein tiefer Baß von irgendwoher: »Uffgepaßt, ihr Leut! Das Terrain is verkauft!«

Es lief wie ein Windstoß über den ganzen Platz. ...Ein Gewirr ...Ein Durcheinander von Stimmen ...Ein Gefrage: »Ha, wann denn? ...Ha, von wem denn? ...Ha, wer sächt's denn? ... Ha, der Sturzacker sächt's. O mei, der Sturzacker!« ...Und um den Grundstücksverwalter herum ein Gedränge und sein beschwichtigendes: »Norr Ruh, ihr Männer! ...Do kann ich doch nix mache! ...In acht Täg is Kehraus! Ha no! ...'s gibt ja noch mehr Terrains ...Nächst Jahr zieht m'r halt e Endche weiter...«

»Aber die Erd da nehme wir mit, Mutter!« sagte der Monteur Ortlieb zornig und wies auf das Beet mit schönem, schwarzem Humus. »Die lasse wir ihne net! Springt mal, Schorschl und Adämle ...guckt, ob die Säck hinter der Hütt noch ganz sind...«

Und nebenan zählte der Briefträger Ringewald kummervoll seine Kaninchen. »Ich muß halt mit 'm Hauswirt redde! Streng stinke tun sie ja freilich ...die Stallhase! Aber so ganz hinte im Hof e kleiner Verschlag ...vielleicht erlaubt er's doch...«

Drüben bei Hildebrands buddelte der riesenhafte Maurer mit den Seinen in der Halbdämmerung eilig die letzten Kartoffeln aus dem Boden und schüttelte den Kopf, daß der Bart wehte. »Fuffzehn Mark hab ich dem Bauern das Frühjahr für die zwei Fuhre Mist gewwe. Und jetzt, wo der Bode gut is, heißt's weg! Herrgottdunnerschlagja!«

Um den fremden jungen Mann kümmerte sich in der Aufregung niemand. Nur der Robert neben ihm fragte: »No – wie ist's denn? Wolle Sie wirklich dort drübe Arbeit?«

»Und ob!« sagte Werner Winterhalter und lachte trotzig und hörte schon die ersten Hammerschläge, mit denen der angetrunkene dicke Hundescherer Muck im ersten Zorn seinen Verschlag abbrach, und dachte sich: Also das hier kommt auch wieder von Papa! Papa sitzt doch keine Minute still. Ewig ist er hinter andern Leuten her...

Und wie ein Sinnbild dieser rastlosen Arbeit, wie ein Bote des nahenden zwanzigsten Jahrhunderts huschte drüben auf der Chaussee etwas vorbei, tutete, ließ Benzingestank in der Luft. Die Spaziergänger blieben stehen und schauten lachend dem komischen pferdelosen Fahrzeug nach, einer Art von ganz leichtem, zweisitzigem Break auf vier hohen Rädern, mit einer sonderbaren Wölbung hinten. Ihm folgte ein Knirps von Wagen wie ein hochlehniger Großvaterstuhl auf vier Gummireifen. Kein Vorspann, nichts! Und doch liefen die Dinger, Gott mochte wissen, wie. Blieben auch manchmal vor einem Hügel stehen und wurden unter dem Hallo der Straßenjugend von Kühen heimgezogen. Seit ein paar Jahren schon sah man manchmal die verrückten Wagen hier und in Mannheim und in Rüsselsheim, in Untertürkheim und in Dessau...

»Kriegt die Kränk mit eure Stinkkaste!« schrie ein Droschkenkutscher hinter den Monteuren her. Die beiden Versuchsautomobile rollten weiter, hielten dann plötzlich auf einen Anruf seitlich vom Weg. Der Werkmeister oben am Steuerrad zog seine blaue Schirmkappe vor Leopold Winterhalter, dem Besitzer der Fabrik.

»Gut is heut gange, Herr Winterhalter! ...Wir sind bis Weinheim!«

»Wieviel Kilometer in der Stunde?«

»Streckenweis bis zu dreißig, Herr Winterhalter! ...Bis zu dreißig! ...Gell, da staune Sie? Man muß halt auch emal sei Lebe riskiere! Dodafür is man auf der Welt!«

»...'s ist recht!« sagte der Fabrikant und entließ die Wagen. »Mit der Glührohrzündung wird's nichts!« murmelte er in Gedanken. Und dann, in plötzlichem Jähzorn zum Schwiegervater an seiner Seite, mit dem Stock nach rückwärts auf den neugekauften Bauplatz deutend: »Das alles geschieht doch nur für den Bub! Dem kommt's doch mal zugut! Der erntet, was ich hier säe! ... Bloß reinzusetzen braucht er sich, wann ich mal die Augen zumach ... Und zum Dank läuft mir der Schlot auf und davon!«

»Was mußt du ihn auch jetzt gleich nach seinem Abiturium wieder nach England in die Maschinenfabrik stecken wollen? Der Bub will sich doch auch mal erst verschnaufen, sich besinnen, was aus ihm wird...«

»Ach was! Parieren soll er!«

»Du denkst immer, dir soll alle Welt parieren ... Lieber Leopold! Wenn deine Benzinwägele nicht mehr wollen und mitten auf der Chaussee bocken, da hast du Geduld wie ein Engel und hockst dich vor ihnen hin und schaust, wo's fehlt! So 'ner dummen Maschine haust du nicht gleich eins ins Gesicht, aber deinem Sohn wohl. Und das ist nicht so ein dummes Fuhrwerk, sondern ein Mensch von Fleisch und Blut! Leopold .. Leopold .. das war nicht recht ..«

Der neben ihm biß sich finster auf die Lippen und schwieg. Der Stadtrat fuhr fort: »Wann der Bub jetzt in schlechte Gesellschaft kommt, bist du schuld! Der kann jetzt Schaden nehmen an Leib und Seel, und wir können's nicht mehr gutmachen hinterher. Dann bist du erst recht gestraft! Und wir andern mit! Nur durch dich! Ich hab's schon längst mit Angst gesehen, was mit dir und dem Werner wird! Aber natürlich: was so ein Großpapa daherbabbelt...«

»Bist du jetzt still!«...

Leopold Winterhalter stieg düster die Treppen seines Hauses in der Neustadt empor. Verfluchte Zucht überall ... Türen offen ... Unordnung ... aus einem Zimmer allgemeines Geflenne von Weiberstimmen. ... Ein lähmender Schrecken: Herrgott! ... Es war doch nichts passiert? Nichts Ernstliches ... mit dem unglückseligen Bub? Er trat wuchtig in den Salon. ... Alles drinnen weiß von Taschentüchern ... seine Frau hatte eins vor dem Gesicht ... seine Schwiegermutter ... seine Schwägerin ... noch ein paar Tanten und Basen ... draußen heulten die Dienstmädchen wie die Schloßhunde ... Eins von den Frauenzimmern steckte immer wieder die andern an. Seine Stimme war heiser: »Was Neues, Amalche?«

Die kleine, blasse Dame schüttelte stumm und verzweifelt den Kopf. Gott sei Dank! Ein Stein fiel ihm von der Seele. Die weichende Angst wandelte sich in neuen Zorn. Er faßte die Schwester seiner Frau, die Frau Gymnasialprofessor Neff, ziemlich unsanft an der Schulter.

»Jetzt endlich mal heraus mit der Sprache: der Werner ist drüben bei euch?«

»Nein! Wirklich und wahrhaftig nit!«

»Er war schon früher zweimal bei euch drüben, wenn's hier Krach gegeben hat, und ihr habt's mir die längste Zeit abgeschworen...«

»Aber diesmal nit! ... Da tät's doch die Amélie wissen! Glaubst du denn, ich ließ die in ihrer Angst da sitze! Die Frau ist ja ganz auseinander...«

Die kleine Frau Winterhalter war immer noch, im jäh steigenden Reichtum, trotz Equipage und Dienerschaft und Prunkvilla, die sorgenvolle deutsche Hausfrau mit Staubwedel und gehäkelten Sofaschonern geblieben, Fremden gegenüber verlegen, stets still, wenn ihr Mann im Zimmer war. Aber jetzt plötzlich fuhr sie auf, schrie, war ganz außer sich.

»Und wann der Werner jetzt in den Rhein gesprungen ist?«

»Um Gottes willen, beruf's nicht!«

»Amélie, hör auf!«...

»Das kommt über dich, Leopold! Dann spring ich hinterher! ... Jawohl! Das tu ich! Was liegt an 'ere dumme Person, wie mir! Aber den Bub sollst du mir nicht aus der Welt treiben ... Der Bub soll wieder bei! Der Bub soll bei!«

Sie schrie es in hysterischer Angst. Leopold Winterhalter trocknete sich die Stirn. Er war käseweiß geworden.

»Man möcht' meinen, man wär' im Narrenhaus!« sagte er.

Seine Schwiegermutter, die alte Frau Kobus, war aufgestanden. Die kleine, resolute, rundliche Pfälzer Madam mit rotem Gesicht und grauen Löckchen hatte noch am meisten den Kopf oben.

»Ich weiß, wer der ärgschte Narr im Zimmer is!« sprach sie. »Du hast nicht weit bis zum Spiegel, Leopold!«

»...wenn du dich noch drin sehen kannst«, ergänzte Frau Neff.

»Himmeldonnerwetter! Bei euch drüben im Schrank steckt er! Ich weiß es doch! Still! Ich weiß es. ...Ich lauf jetzt selber hin und red mal deutsch mit deinem Mann.«

In den Vorplatz ...den Hut vom Haken ...fort ...die Treppe hinunter ...Herrgott ...die Angst.. die Angst.. nur rasch hinüber! .. Zum Schwager! .. Der Gymnasialprofessor wohnte weit innen in der Stadt. Er hatte außer seinen eigenen Rangen noch ein halbes Dutzend Schulpensionäre im Haus. Mit denen saß er bei Lampenschein an einem langen Tisch und ging die Klassenaufgaben für morgen durch ...»Maierle! ...Du bischt e Simpel ...*haud dubium est, quin.. quin...!* Wann du die Konstruktion als noch nicht begreifst...Für dich hat der Cicero umsonst gelebt ...Das heißt man Latein vor die Säu ...*Risum teneatis* , ihr Bube ...Lache Sie net ...Ulrich ...Flenne möcht mer, wann mer euch so beisamme sieht ...Einer immer dümmer wie der andere! ...Guck emol, der Schwager!« ...Er stand auf und wurde plötzlich hochdeutsch statt der hemdärmeligen Pfälzer Mundart. »Hast du Nachricht, wo der Werner steckt?«

»Bei dir!«

»Ha ...schau doch nach! ...Bring wegen mir den Oberamtmann und die Polizei mit!«

Der Klassenordinarius verlor heute seinen sonstigen Respekt vor dem reichen Schwager-Fabrikanten, der das Geld in Scheffeln schaufelte. Er kümmerte sich nicht um die gespitzten Ohren der Jungen. Er wurde einfach grob.

»Bei uns auf dem Gymnasium hat der Werner gut getan! Da hat er als Dritter gesessen. Da hat er eine Eins im Betragen gehabt. Wenn er jetzt, kaum acht Tage später, schon Dummheiten macht, dann bist du schuld!«

Leopold Winterhalter stand unschlüssig, drehte ihm den Rücken, auf einmal selbst überzeugt, daß sein Sohn nicht hier sei, fand sich wieder auf der Straße ...lief weiter ...wußte nicht wohin ...durch die hereingesunkene Nacht ...bis vor die Stadt ...Speicher ...Lagerschuppen ...Kranen ...ein mahnendes Bild: eine mächtige, im Mondschein silbern glänzende Wasserfläche, die eilig ihren Wogenschwall gen Norden wälzte ...der Rhein ...Unruhiges Zittern der Uferlaternen über seinen Fluten ...In die fiel der gemauerte Kai lotrecht ab ...Kein Geländer davor ... ein Sprung ...Gottlob: der Werner war ein guter Schwimmer! Aber die schweren Stiefel, die Kleider ...Leopold Winterhalter konnte den Fluß nicht mehr sehen, mit dem Glucksen seiner Wellen, dem unheimlichen Hundegebell von den in der Mitte des Stromes verankerten Schleppzügen, der kalten, grellen Helle des Monds ...Er machte kehrt, eilte wieder durch die ganze Stadt, schaute den jungen Leuten, die ihm begegneten, unter die Hutkrempe, glaubte oft aus der Ferne den Werner zu erkennen, sah immer neu an den Anschlagsäulen das höhnische: »Tausend Mark Belohnung«...

»Wohin denn, Herr Winterhalter ...wohin?«

Vor ihm stand Alfred Kühn, der Großindustrielle und Vorsitzende der Handelskammer, der reichste Mann der Stadt und weit hinaus im Land. Er kam mit seiner eleganten, noch jugendlichen Frau und seiner halbwüchsigen Tochter wie der erste beste Kleinbürger von einem Sonntagnachmittag-Spaziergang heim. Seine Grundsätze waren so streng wie der ganze Mann. Heute, am Feiertag, wurde in seinem schloßartigen Sitz am Rhein nur kalt gegessen, die Luxuspferde standen im Stall, er nahm die Dienste keines seiner Angestellten für sich in Anspruch und öffnete seine Ziergärten und Treibhäuser dem Publikum, während er selbst vor den Toren, zwischen Kartoffeläckern und Pappelreihen, mit den Seinen frische Luft schöpfte.

Leopold Winterhalter hatte vor dem vielgenannten Sozialpolitiker, der mit seinem herrischen, hageren Haupt und den forschenden grauen Augen all die andern hier nicht nur körperlich, sondern auch geistig weit überragte, immer etwas von der scheuen Achtung des Emporkömmlings. Der dort drüben war andere Klasse ...schon die vierte Generation gefestigten Reichtums, die Frau aus einer Kohlendynastie des Niederrheins, verwirrend glatt und liebenswürdig, berühmt durch ihre zu ihrer blonden Schönheit abgestimmten Pariser Toiletten, die

Tochter der Mutter wie aus den Augen geschnitten, ein bildhübscher, vierzehnjähriger Back-fisch in kurzem, weißem Kleid, offenes, kurzes Blondhaar um das schmale Gesicht.

Leopold Winterhalter beherrschte sich. Er tat, als sei nichts Besonderes vorgefallen.

»Ah … guten Tag, Herr Geheimrat! Guten Tag, die Damen! … Ich dachte, Sie wären noch drüben in Karlsruhe zur Sitzung der Ersten Kammer!«

»Nein. Der Tanz geht erst nächste Woche wieder los!« sagte der Geheime Kommerzienrat. Auf seinem rosigen, sein geäderten Gesicht lag der harte Eigenwille des pflichterfüllten, allmächtigen Arbeitgebers, der Gehorsam in seinem kleinen Königreich verlangte – da der Mann, dort die Masse. Hier die irdische Vorsehung, da die Unterwerfung unter deren Hand. Daran fehlte es. Ein ewiges Wetterleuchten zwischen dem Mann und der Menge … Er wechselte einen Blick mit seiner Frau. Er wollte nicht aufdringlich erscheinen. Schließlich sagte er doch in einem absichtlich halb scherzenden Ton: »Na … Sie sind wohl auf der Suche nach Winterhalter junior?«

»Uff … Ja!«

»Vor kaum zehn Minuten haben wir den jungen Herrn noch gesehen.«

»Wa – was?«

»Das heißt … ich nicht … aber die Stefanie da« … er wies auf seine Tochter »… die hat Luchsau-gen. Die hat ihn deutlich erkannt! Erzähl doch mal!«…

Das Kind schob sich eifrig vor und schüttelte sich die blonden Haare aus der Stirn.

»Wie wir draußen an der Laubenkolonie vorbeigegangen sind …«

»… dem Bauterrain der Bodenkreditbank!« schaltete der Vater ein.

»Ja … ja … das hab ich eben gekauft! Nur weiter!«

»Da ist er grade von dort gekommen. Zusammen mit noch einem jungen Mann. Der war so alt wie er. Aber der hat mehr ausgeschaut wie ein Arbeiter. Da sind sie zusammen nach der Stadt zu!«

»War er's auch wirklich, Fräulein Stefanieche?«

»Ja, ganz gewiß!«

Der Großindustrielle lachte und gab seiner Kleinen einen Klaps auf die Schulter.

»Die Bälge da aus der Höheren Töchterschule – die werden die Herren Primaner nicht ken-nen!«

»Ich hab ihn im letzten Augenblick auch erkannt!« fügte Frau Alwine Kühn hinzu. »Und wie wir dann gleich darauf den Anschlag gelesen haben …«

Leopold Winterhalter nahm sich kaum die Zeit, guten Abend zu sagen. Er stürmte davon, blindlings auf den Bauplatz draußen. Jetzt, wo er den Sohn sicher am Leben wußte, kam die Wut wieder. Da tauchte wieder im Zwielicht hinter den letzten Vorpostenriesen der Mietkaser-nen die sterbende Laubenkolonie vor ihm auf. Zum Teil schon still und verlassen wie an jedem Sonntagabend, aber dazwischen Leben, Lichter, Rufe, ein Räumen und Richten und Poltern und Packen, als rüste sich ein Nomadenstamm, nächtlings seine Zelte abzubrechen und wei-terzuziehen. Eine Familie kam ihm entgegen … der Maschinenbauer Ortlieb mit seiner Frau und seinen vier Kindern, jedes mit so viel Töpfen voll Blumenerde, als es nur irgend tragen konnte, auf dem Arm, um das bißchen eigenen Boden vor dem allgemeinen Zusammenbruch zu retten … Sollte er die fragen? Oder andere? Die Leute waren alle so mit sich beschäftigt … machten traurige, zornige, aufgeregte Gesichter oder sahen mit einem sonderbaren Ausdruck stumm und anscheinend teilnahmlos darein, andere wieder verbissen … Von denen bekam er doch keine rechte Antwort … zwei-, dreimal versuchte es der Fabrikant trotzdem … ein unbe-stimmtes: … Ja … ja … am Nachmittag war solch ein junger Bursch dagewesen … aber wohin? … »Du liebe Zeit … Losse Sie mich aus … Ich hob mehr im Kopp … steige Sie mir den Buckel nuff!« … Er trat auf die Straße zurück … spähte da … vermochte kaum mehr, in der Finsternis die Gestalten zu erkennen. Die verloren sich … es wurden immer weniger … schließlich ein Schweigen weit und breit … eine Dunkelheit … in ihr dort drüben die große Stadt, in die er langsam, mit gesenktem Kopf, zurückschritt. Irgendwo war in ihr der Sohn. Aber wo? Es war umsonst, heute noch weiter zu suchen. Werner Winterhalter war verschwunden.

2

Vor Tag und Tau. Nächtlicher Herbstwind in den schwankenden schwarzen Türmen der Pappeln rechts und links vom Weg, Sternengeglitzer über der weiten Rheinebene. Vorn, über den dunklen Wellen des nun schon ganz nahen Odenwaldes ein langer, wagrechter, den ganzen Osthimmel umspannender glühender Streifen...

Marschtritte auf der Chaussee. Die eigenen und zur Seite die des jungen Schlossers. Ein Glück, daß der wie ein Stück gutmütiger Vorsehung neben einem geht. Denn man selber ... man hat nicht umsonst neun Jahre Gymnasium hinter sich ... unpraktisch ... verbüffelt ... weltfremd ... alle wirklichen Dinge einem ein Rätsel. Dagegen der Robert ... Im Augenblick hat er mir in der Herberge, in der die Handwerksburschen dicht gedrängt am Sonntagabend saßen, meine goldene Uhr verkümmelt, auf die der mißtrauische Pfandleiher am Sonnabend nur gegen Legitimation hatte etwas geben wollen. Ausweispapiere? Gegen den Erlös aus der Uhr mit Kußhand. Dahinten in der Ecke der Mann mit dem schmutzigen Gesicht war der Spezialist für Flebben, brachte sie vorsichtig, geheimnisvoll unter dem Tisch ans Licht ... Ein fettiger, verschmutzter Heimatschein ... für den Hausburschen Philipp Schaefer, neunzehn Jahre alt, aus Rödelheim bei Frankfurt am Main ... Gott mag wissen, Philipp Schaefer, wo du augenblicklich Bier zapfst und Stiefel putzt, und wie du deinen Heimatschein losgeworden bist. Jedenfalls hab ich ihn in der Tasche ... bin du ... Ein Korn im Sand ... versunken in der großen, dunklen Menge ...

Werner Winterhalter warf kampflustig den krausgelockten Kopf in den Nacken und wanderte drauflos. Neben ihm sagte der junge Schlossergeselle: »Gut, daß mein Schwager Sie die Nacht hat auf'm Sofa schlafe losse ... Daheim hawwe wir überhaupt nur ein Bett, der Vadder und ich.«

»Wie geht denn das?«

»Ha ... er ist doch Nachtwächter, und ich schaff' bei Tag!«

»Und Ihre Mutter?«

»Die is schon lang tot!«

Robert Kienast erkannte in der Dunkelheit vor ihnen den breit ausladenden Schattenriß eines Walnußbaums, bückte sich, suchte auf der Erde und reichte seinem Begleiter eine der glatten grünen, zu Boden gefallenen Früchte.

»Reibe Sie sich norr ordentlich mit dene Schale die Hand! Sonst merkt der Stumpf, daß Sie aus 'em Kaufmannslade kumme und kei Hausbursch net sind!«

»Wer ist denn der Stumpf?«

»Der Polier uff'm Neubau! ... Grob is Ihne der Mann! Aber da hawwe Sie Glück: am Montag mache so viele blau! Da ist er froh, wann einer kummt!«

»Aber *Sie* arbeiten da nicht mit?«

»Ich?« sagte der Schlossergeselle mit unergründlicher Verachtung. »Ich unter sellere hergeloffene Bagasch? Ich bin doch e gelernter Mann! Ich schaff im Akkord! ... Ich hab schon Woche gehabt, wo ich's auf einunddreißig Mark gebracht hab! Gucke Sie ... da vorn den Schein von dene viele Fabrike ... do liegt Sandbeuren.«

Sie waren nicht mehr allein im Morgengrauen. Es trabte vor und hinter ihnen, klapperte unsichtbar mit Blechgeschirren, räusperte sich und hustete, kam mit schweren Tritten querfeldein aus einsamen Häuserumrissen, in denen gelbe Lichtpünktchen glimmten. Die ganze Nacht war von einer wachen, pilgernden Masse durchlebt. Man fühlte sie um sich, ahnte ein Wandern auf allen Wegen, einen gemeinsamen Willen nach einem Ziel, ein wortkarges Stimmenraunen im Wind, das um einen wuchs, die Vorstellung von Hunderten und Tausenden von Menschen erweckte, ohne daß man etwas anders als in nächster Nähe die unbestimmten Gestalten wie Schatten gleiten sah.

All diese Unbekannten strömten, wie Nachtfalter zum Licht, der Märchenstadt zu, die unwahrscheinlich, gleich einer Sinnestäuschung, drüben in der Dämmerung gleißte. Das waren nicht die trostlos grauen, schmutzigen, freudlosen Fabriken des Alltags. Das w.aren verwunschene Schlösser, die mit taghellen, riesigen Fensterreihen weithin winkten und das Volk der

Arbeit lockten. Sie standen über die Ebene verstreut, jede für sich, in ihrem eigenen Lichtkreis. Da bläulicher, zauberhafter Glanz wie von einem mächtigen Mond hinter den Scheiben, dort ein blendendes, grelles Weiß, drüben ein grünlicher, in schimmerndes Kobaltblau spielender Glast, blutiges Aufleuchten und purpurnes Funkengewirbel über einem mächtigen Schlot ... Der Robert kannte alle diese Fabriken an ihrem Licht und nannte sie seinem Begleiter ... Das Zementwerk ... die Kunstmühle ... die Ultramarinfabrik ... die Dampfziegelei ... alles, was sich hier auf dieser unfruchtbaren Sandinsel inmitten der reichen Pfalz angesiedelt hatte, wo nur Kiefern kümmerlich wuchsen und die Löhne niedrig waren.

Jetzt wurde es schon allmählich heller. Man sah in einem grauen, fließenden Nebel Menschen ringsum ... Menschen ... Menschen! Vor Werner Winterhalter und seinem Begleiter gingen zwei Buben. Sie prahlten: »Ich hab gestern so viel Kirschejockele gegesse!« und der kleinere schwieg neidisch und machte einem von hinten klingelnden Radler Platz. Immer mehr Burschen auf Zweirädern, ältere Männer zu Fuß, Scharen blasser, junger Mädchen vor dem noch geschlossenen Gitter der Gelatinefabrik, überall harrende Haufen ... die rotrandige Mütze des Pförtners ... Ein plötzliches, gellendes Aufheulen einer Dampfpfeife ... durchdringendes Sirenenschrillen ... ein dumpfes Stöhnen wie von einem Nebelhorn ... Gebimmel von Glocken, nah und fern ... die Tore öffneten sich ... der Arbeitstag begann ...

Die beiden jungen Leute wanderten weiter durch das Dorf. Mitten in der Gasse stand der Metzgermeister, rosig-feist, das Messer am Gurt, die Hände auf dem Rücken, vor seinem Laden.

»Sie ... Herr Schickedanz!«

»No ... Kienast?«

»Losse Sie doch den Mann da in der Gaubstub neben uns loschiere! Er hot Arbeit! Er zahlt Ihne auf'n Samstag! Ich bin Ihne dafür gut!«

»Jesses! Jetzt kummt der Robert erst heim!« sagte erschüttert ein hübsches, siebzehnjähriges Mädel, die Tochter des Ratschreibers gegenüber, und hielt mit dem Treppenscheuern inne, und über die Gasse schrie die schwarze Walburg, die Metzgerstochter: »Der fährt jetzt alle Sonntag do nunner! Wo das Lutze-Käthche is, do is'r aach net weit!«

»Abah ... du schwätzt mer lang!« sprach der Robert mit einem vertraulichen Blick zu der blonden Elis Seegebiel hinüber und zog sich gähnend in seinem Stübchen oben seine blaue Monteurtracht an und lieh seinem Wandergenossen einen verschlissenen Anzug aus dem Schrank des Vaters ... eigentlich ein Geschenk von der Kutscherfrau beim Papierfabrikanten drüben ... Das waren so Protektionsgeschichten. ... Jetzt nur los ...

»Die Landwirt hier – dees is e dickfellig Pack«, sagte er und wies, während sie in hellem Sonnenschein durch die breite Dorfgasse schritten, auf die Bauernhäuser rechts und links, die mit ihrem Rebengerank um die Mauern, den Maiskolbenbüscheln unter dem Dach, den mächtigen Dunghaufen den ganzen Reichtum der Pfalz zeigten. »So e Mischtfink von Ökonom, der denkt, ihm gehört die Welt! ... Rechts hinein! übern Bach ... da sind wir ...«

Werner Winterhalter stand vor einer weiten, schwarzen, halb aufgeräumten Brandstätte. Verkohlte Balken in Stapeln ... ein kalter, bitterer Rauchgeruch in der Luft ... Leute mit Karren und Schaufeln ...

»Herr Stumpf! Do wär e Borsch – der sucht Arbeit!«

Der Polier, ein Mann mit grobem, rohem Gesicht, musterte forschend, wenig freundlich, den Fremden und fragte: »Kannscht net den Hut vom Kopf runnertun – he?« Und dann: »Zweiunddreißig Penning die Stund! Wer mehr will, kann gehen ... Verstanne? ... Erst vorgestern hot mir so e Schote die Leut uffgehetzt und zwei Penning mehr verlangt ...«

»Ich bin mit allem zufrieden!«

»Dann gehe Sie meinetwege bei!«

Zugleich stieg ein eleganter, bebrillter Herr, von dem Maurermeister begleitet, über die Trümmer und fragte nervös: »Sieben Leute machen wieder blau? Das ist ja schrecklich!«

»Siebe Stück, Herr Römer!«

»Da stellen Sie mir nur ein, soviel Sie kriegen! Sonst kommen wir ja gar nicht mehr vorwärts!«

Er erinnerte mehr an einen mit Ausgrabungen beschäftigten Gelehrten als an einen Fabrikanten, wie er sich mit der Unsicherheit des Kurzsichtigen und doch in einer unruhigen Hast seinen Weg über die Schutthaufen bahnte und dann nach seiner hundert Schritte entfernten Villa schaute. Eine helle Damenstimme rief von dort: »Theodor, das Frühstück!«

»Ja. Ich komm schon!«

Unter schattigen Bäumen war vor dem Haus der Tisch gedeckt. Theodor Römer saß daran, seine Frau und seine drei Töchter – zwei schon erwachsen, die dritte noch ein Schulmädchen – mit den Gedanken beim Geschäft.

»Dein Vater kann mich da lange warnen, Marianne! Ich bin doch auch vom Fach. So gut die Krise in der Nähmaschinenindustrie überwunden ist, so gut werden auch wir ...Schreib ihm nur: Ich ginge nun mal für den Elektromotor ins Zeug! Voriges Jahr seien auf der Tuilerienausstellung neunundzwanzig elektrische Automobile gewesen, dies Jahr dreiundsechzig! Er möge gefälligst an den »Ritter«-Wagen in Boston denken ...an die Fahrt Philadelphia – Atlantic-City ...«

»Ach, lieber Mann, davon versteh ich ja nichts!« sagte Frau Römer seufzend. Sie war eine zarte, feine Dame, schöngeistig, musikalisch, eine Freundin von Blumen und alten Meistern. Über den Kies knirschten Schritte. Der Prokurist lief heran.

»Depesche aus Paris, Herr Römer! ›Jamais Contente‹ gestern 105 Kilometer in der Stunde!«

»Der Aluminiumtorpedo?« Theodor Römer sprang stürmisch auf. Er strahlte. »Na ...da seht ihr's! ...Wo bleiben denn da die Benzinkasten mit ihren Kraftfressern von Transmissionen? Ich fürcht sie nicht! Ich fürchte Stanley mit all seinen Dampfbreaks nicht! Ich will das überhaupt mal gleich meinem Schwiegervater ...Kommen Sie, Krause!«

Er eilte davon. Man hörte aus dem ganz nahen. ebenerdigen Arbeitszimmer seine Stimme beim Diktieren: »Du nennst eine Leistung von 100 Ampère mal 300 Volt einen Bluff, denn Leistungen von 30,000 Watt könne eine Batterie nur drei bis vier Minuten hergeben. Nun, ich kann dir verraten, daß das vielberufene Patent von Bouquet-Garcia- Schivre«...

Er schloß der wachsenden Tageshitze wegen das Fenster. Es wurde still. Die Damen saßen draußen noch eine Weile am Kaffeetisch. Dann sagte die Mutter zu ihrer Jüngsten: »Eva ... rekle dich doch nicht so! Wenn du d as in Karlsruhe auf dem Gymnasium lernst ...Wie ist's denn mit deinen Ferienaufgaben?«

»Gott ...ich fang lieber gleich heut an zu ochsen! Jetzt hab ich den ganzen Quatsch noch im Kopf!«

»Eva! Dieser burschikose Ton ...«

Ach ...da solltest du erst einmal die Pennäler hören, Mama! Dagegen sind wir die reinsten Waisenknaben!«

»Das Kind macht einen ganz nervös mit diesen Manieren!« sagte Frau Römer zu ihren großen Töchtern. Der stämmige Backfisch wuchs ihr und dem ganzen Haus über den Kopf. »Schon diese tiefe Stimme, die sie in Karlsruhe gekriegt hat! ...Nun schlenkert sie wieder ins Haus und pfeift! ...Eva, Eva! Du bist doch kein Schuljunge! Wie? Doch? ...Immer eine patzige Antwort! ... Ach, Kinder ...ja, geht nur Krocket spielen! Ich bleib hier und lese!«

Ein Bild im Grünen: Die Dame im weißen Kleid, das Buch in der Hand. Die beiden weißschimmernden Mädchengestalten vor den Bällen im Gras, abseits, in einer niederen Baumkrone wieder etwas Weißes, die Jüngste, die da gelenkig hinaufgekraxelt war, die langen, dünnen, weißbestrumpften Beine baumeln ließ und, den rotbackigen Blondkopf zwischen den Händen, in der lateinischen Grammatik büffelte. Erquickender Schatten da innen, das Plätschern der Springbrunnen, das Leuchten der Blumenbeete. Von außen, von der hundert Schritte entfernten, sonnenüberglühten Brandstätte sah man es deutlich. Da polterte Karren auf Karren über die Laufplanken, brachte Schutt, kippte ihn abseits in eine Mulde, kam zurück in einer ewig gleichen Runde. ...Ein junger Mann zog den einen Wagen ...der sah kaum auf ...der arbeitete so zäh, mit verbissenem Eifer, daß selbst der grobe Polier zufrieden den neuen Taglöhner musterte. Das war doch einer, der sich in die Hände spuckte und zugriff, nicht so ein Gutedel wie die übrigen, an Erdarbeit nicht gewöhnt – das merkte man –

aber kräftig für zwei ...Den schweren Stein da, den hätte ein andrer nicht so leicht mit der Spitzhacke aus dem Boden gezwängt.

Und Werner Winterhalter dachte sich, ein wenig atemlos, in einem Triumph von Staub und Schweiß: Wenn mich nur der Papa so sähe! ...Der denkt, ich sei nichts ohne ihn ...Neulich noch hat er gesagt: »Verhungern tatst du, wenn ich meine Hand von dir abzieh!« Jawohl, ich verhungre nicht! ...Ich verdiene drei Mark zwanzig im Tag...

Nein: hoffentlich sah einen der Vater nicht! Noch lange nicht! Der sollte nur erkennen, wer man war. ...Die Turnstunde wenigstens, die war auf dem Gymnasium nicht umsonst gewesen ... Das half einem jetzt, die starken Muskeln.

Sonderbar, so seine beiden Arme an einen Fremden zu vermieten und kaum einen Pfennig in der Tasche, nichts auf der Welt ...Die Welt erschien einem auf einmal ganz anders! ...Die weißgekleideten Damen drüben wie Wesen aus dem Märchen ...der grüne Park ein verbotenes Land ...

Ein komischer Kerl, der riesige Bayer vor einem, mit der behaarten Brust unter dem offenstehenden, schmutzigen Hemd und dem großen, blau tätowierten Anker auf dem rechten Vorderarm. Der stand mit dem Polier auf Kriegsfuß und brummte ein grimmiges: »Mich stimmst!«, wenn er den Karren wieder ansetzte. Hinter einem junge Burschen, stumpf, träge, gedankenlos, auf und ab, in einem Hindämmern bis zum Feierabend. Einem älteren Mann wurde die Arbeit schwer. Er blieb manchmal stehen, wischte sich die Stirn, seufzte: »O mei, o mei!«, hielt die übrigen auf, bis er einen Rippenstoß bekam. Dann ein freundlicher, schnurrbärtiger Arbeitsmann in alten Militärhosen. Er schob gewissenhaft, unermüdlich seine Karre, die Pfeife im Mund. Wieder andere. Viele andere. Man verwechselte die Gesichter. Sie sahen sich alle so ähnlich. Alle verstaubt, in beschmutzten Kleidern, mit lehmigen Schuhen....

Drüben lagen die beiden Mädchen jetzt in Hängematten und lasen. Die Mutter las auch.

»Baß uff, du Vieh!« brüllte ein junger Tagelöhner. Werner Winterhalter hatte ihn, die Augen zerstreut nach dem Paki gerichtet, mit dem Rad an das Bein gestoßen. Er lachte über den Pfälzer Lümmel und fuhr weiter. Halt! Vorn war einem übel geworden. Der mußte sich niedersetzen und stierte, kalkweiß, vor sich hin. Der Polier nickte: »Jo ...der Montag!« Und eine Stimme sagte: »Der hot am Samstag mit dem Bayer sei ganze Lohn versoffe! Jesses, was hawwe die Fraa und die Kinner geflennt!« Der riesige Bayer spuckte nur aus und holte sich sein Schmalzlerglas aus dem Hosensack, um zu schnupfen. Und der fröhliche Arbeitsmann daneben lachte: »Dees kommt bei mir nit vor, ihr Männer! Mei Frau kriegt ihr Sach!«

»Guckt emo! ...die Gendarme!«

Ein Schrecken ...Werner Winterhalter biß sich auf die Lippen: Weiß Gott ...da drüben ... zwei Pickelhauben nach dem Dorf zu ...zum Bürgermeister! Ach was ...ich bin der Hausbursche Philipp Schaefer ...was wollt ihr denn? Er bückte sich und wuchtete verbissen einen neuen Stein aus der Erde. Die Kleider, die er anhatte, rochen nach Schweiß, die Menschen um ihn, die Sonne glühte durch die stauberfüllte Luft. ...Im Schweiß des Angesichts sollst du dein Brot essen. ...Siehst du, Papa, ich kann's! Ich bin vor mir ein andrer Mann seit gestern. ...Bums ... da lag wieder eine Karrenladung ...Wenn nur nicht die verfluchten Gendarmen ...da radelt einer von den beiden wieder zurück. Ihr könnt mir überhaupt nichts tun. Ich bin kein Stromer. Ich hab ja Arbeit...

Mittag ...Sonnenglut vom wolkenlosen Himmel. Ein Schwarm Tauben da oben in dem tiefen Blau. Die Luft heiß, staubig, zitternd ...die Menschen grau ...schlafende Klumpen unter den Schatten der paar Feldbäume ...die meisten sind hinüber ins Dorf ...andern bringt die Frau im Blechnapf das lau gewordene Essen. ...Sie löffeln stumm ...die Frau sitzt still mit gefalteten Händen daneben ...einige junge Burschen ziehen irgend etwas aus der Tasche ...es riecht nach weißen Bohnen ...nach Limburger Käse ...man legt die Hände unter den Kopf und starrt empor. ...Drüben von der Villa ein langgezogener Gongruf zur Tafel ...ein Husten dazwischen neben einem ...irgendeiner von den Arbeitern der Zementfabrik drüben, die sich auch hier im Schatten gelagert, hustete immer ...es waren blasse, krankhafte Gesichter ...ewig der seine, weiße Steinstaub in der Lunge. ...Die Ziegelstreicher da vorn tranken Schnaps aus einer großen, wasserhellen Flasche. Sie hatten starrende, wässerige Augen und rot gedunsene Gesichter. Zwei von ihnen schnarchten schon, den fettigen Filz über dem Ohr. »Ohne Schnaps halte die Leut dees net aus!« meinte einer von den Tagelöhnern halblaut...

Dann Besuch ... einer in blauer Bluse, vom Elektrizitätswerk ... schnurrbärtig, intelligent, ganz anders gepflegt und selbstbewußt im Auftreten als hier das Häuflein Mühsamer und Ungelernter. ... Er schlendert scheinbar absichtslos heran, setzt sich auf einen Kilometerstein: »E strenge Arbeit, ihr Männer ... was meinst? Arbeite muß e jeds! Ha, freilich ... aber was arbeitet denn, beispielsmäßig, der in dem Haus dort hinte ... der Römer?«

»Ha – der hot doch die Fabrik!«

»Guck emol die Fabrik am Sonntag an! Do is es still wie in der Kirch! Do rühre sich die Maschine net. Do kann der Mann drin verhungere, wann er bloß die Maschine hätt!«

Der Sprecher in der blauen Bluse stand auf.

»Erst am Montag früh um sieben, wann *wir* kumme, dann fange die Maschine und das Geldverdiene an. Für den Mann dort! ... Der lebt von unserer Arbeit! Merkt's euch, ihr Leut! Mit euch Unorganisierte is es e Kreuz ... da ... nehmt das mit und lest's am Feierabend, damit ihr e bißche klüger werdet!«

Er verteilte ein paar dünne, graue und braune Heftchen an die Taglöhner, dann auch an ein paar Frauen: ›Mann der Arbeit, her zu uns!‹ und ›Bist du einer der Unsrigen‹« Die Leute nahmen es stumpf. Sie waren verwirrt. Aufgestört aus dem dämmernden, schmerzlosen Gefühl des bloßen Daseins, der Rast am Mittag, der Sättigung. Es waren böse Blicke, mit denen sie plötzlich das weiße Haus in der Ferne maßen. Etwas Verzweiflungsvolles, wie von einem Verhängnis über ihnen. In der Stille sagte Werner Winterhalter unwillkürlich: »Die Fabrikanten arbeiten doch auch! Bis in die Nacht!«

Der Agitator musterte mißtrauisch den jungen Erdarbeiter.

»Mit dir Bürschle werd ich lang diskuriere!« sprach er und wandte sich zum Gehen. Es war ohnedies schon nahe an ein Uhr. Der Robert kam aus dem Dorf zurück und vorbei. Er war selig. Er hatte über Mittag seine Tauben aus dem Schlag gelassen. Zum drittenmal. Es war gut gegangen. Die Hauptgefahr, daß sie sich auf dem Nebendach niederlassen würden, war vermieden. Und auch der »Vogel«, der gefürchtete Turmfalke, war ausgeblieben.

»Hoscht gesehe, wie sie geflöge sind?« fragte er Werner Winterhalter begeistert. »Schwenkungen wie die Soldate! Heute hawwe sie mir wirklich Pläsier gemacht!«

Er ging, kehrte aber nach einer Minute, nach einem Zwiegespräch mit dem Blusenmann von vorhin, zurück. Sein gutmütiges, sommersprossiges Gesicht war auf einmal sehr ernst, grob, fast drohend.

»Du – was heißt denn dees? Der Mann sacht, du wärst ein Spitzel ... Mit dir wär's nicht richtig! Du tatst hier Unzufriedenheit verbreite?«

»Ich? ... Er!«

»Ich hab dich in Schutz genomme! Ich hab ihm gesagt, du wärst e stelleloser Kaufmann, der wo noch nix von so Sache versteht! Do hot sich der Schwert zufriedengegebe! Aber nimm dich in acht, sonst mußt du von hier weg und von jeder annern Arbeitstell nach!«

Die Schaufel knirschte wieder im Erdreich. Der Schutt kollerte im Karren, der Schweiß perlte einem auf der Stirn. Und hinter der Stirn ein Staunen: man war noch in der heimatlichen Pfalz, nahe am Elternhaus, und doch wie im Mond. Eine andere Welt um einen. Die Welt von hinten, das Gegenteil dessen, was man bisher gewußt und gekannt. Staub und Hitze ... zweiunddreißig Pfennig die Stunde ... das ganze Leben lang ... immer den Spaten in die Erde ... wieder heraus ... wieder herein, so, als begrabe man irgend etwas ... jeden Tag von neuem. ... Das schwindsüchtige Husten der Zementarbeiter klang einem noch im Ohr, obwohl sie längst weg waren ... dort, wo zähe, weißgraue Wolken über Schloten und Fabrikdächern brüteten. ... Herrgott! ... Die Pickelhauben! Plötzlich stockte Werner Winterhalters Herzschlag. Neben ihm, wie aus der Erde gewachsen, stand ein Gendarm.

»Sie Polier ... komme Sie mal bei!«

»Ja, Herr Wachtmeister!«

»Haben Sie heut vielleicht einen seinen jungen Herrn hier vorbeikommen sehen ... in einem modischen, hellgrauen Anzug?« ... Er studierte den Steckbrief, den er in der Hand hielt. »Mit einem Panama- Hut und weißen Strandschuhen?«

»Ich weiß von nix! Was soll denn seller Aff hier?«

»Er ist seinem Vater weggelaufen! Einem von denen Protze unten am Rhein!« sagte der Gendarm und lachte. »Die Belohnung ist von tausend auf fünftausend Mark erhöht. Wer weiß, ob der ganze Borsch so viel wert ist! Ich tät mir gern das Geld verdienen.« ...

»Ich auch, Herr Wachtmeister, wann ich ihn fänd!«

Nur jetzt ein gleichmütiges Gesicht ... den Karren unbefangen weitergeschoben. ... Lieber Gott ... wer achtete auf solch einen verschmutzten und verschwitzten jungen Erdarbeiter! Uff! Da ging der Gendarm glücklich weiter. Aber sie suchten einen! Suchten einen wie eine Stecknadel in der ganzen Pfalz. Wenn Papa etwas anfaßte, dann tat er's nicht halb. Da konnte man sich auf ihn verlassen. Der lief jetzt drüben beim Bezirksamt das Haus ein. ... Schade, die Mama ängstigte sich nun gewiß ganz unnütz. ... Man mußte ihr schreiben, daß man gesund sei ... eine Karte ohne Unterschrift ... aber durch den Poststempel lenkte man doch die Spur auf sich? ... Nein, das ging nicht. ... Sie konnte einem ja leid tun, aber es war nichts zu machen. ...

Endlos lang war solch ein Arbeitstag. Er schien einem wie eine Woche, bis schließlich die Sonne sich fern über den blauen Wall des Wasgenwaldes neigte. Die plötzliche Kühle des Herbstabends kam. Noch fünf Minuten. ... Einer der Arbeitskollegen hatte wahrhaftig eine silberne Uhr. Der kontrollierte das. Jetzt hob der Polier die Hand. Feierabend! ... Ein Aufatmen! Ein Gefühl des Sieges, dem Leben, dem Vater abgerungen, eine heillose Müdigkeit in den Knochen. ... Gottlob, drüben im Dorf hatte man ein Stübchen ... und ein Bett. Meinetwegen Flöhe darin – und aß im Wirtshaus Knackwurst und Brot und trank Bier dazu. Der Wirt borgte bis zum Lohntag. Er hatte es dem Robert versprochen.

Sonderbar: auf dem Weg, der nach Sandbeuren führte, standen zwei Männer in dunklen Röcken und Hüten. Die gefürchtete Uniform mit der Pickelhaube und dem umgeschnallten Revolver war weit und breit nicht zu sehen. Aber die beiden in Zivil hatten etwas Verdächtiges. Sie musterten mit einem so merkwürdigen, stillen Interesse alle die Arbeiter, die an ihnen vorbeikamen. Wenn das Kriminalbeamte aus der Vaterstadt waren? ... Ihn von Ansehen kannten? ... Werner Winterhalter hemmte den Fuß, trat in die Wegbiegung zurück, hinter der er den Blicken von dort entzogen war. An den beiden getraute er sich nicht vorbei. Aber wenn er nach der andern Richtung ziellos ins Feld hinauslief, so machte er sich vielleicht erst recht verdächtig.

Er lugte vorsichtig um die Ecke. Da setzten sich die beiden Männer in Bewegung, kamen langsam auf ihn zu. Sie sahen ihn noch nicht. Zeit war nicht zu verlieren. Das Parkgitter zur Linken hatte verwünscht scharfe Eisenspitzen. Man mußte gut aufpassen, um sich nicht beim hastigen Hinüberklettern ein Dreieck in den Hosenboden zu reißen. So! Drüber! Gottlob! Grünes Dickicht schlug hinter einem zusammen. Man stand geborgen auf einer Lichtung vor einem großen Baum.

Aus dem fiel mit einem Plumps ein blaues Heft herunter ins Gras. Zwei braune Schnürstiefel baumelten da oben in Mannshöhe, darüber weiße Strümpfe und ein weißer Rock ... Er erkannte die jüngste der drei Mädchen von heute früh, die wieder ihren Hochsitz da oben bezogen hatte und verblüfft mit ihrem blauäugigen, pausbackigen Kindergesicht auf ihn herunterschaute.

»Sie ... da dürfen Sie nicht herein ... das ist den Arbeitern streng verboten!«

»Nur einen Augenblick! ... Bis die beiden Kerle draußen vorbei sind.« ...

Von der Straße klangen zwei Bässe ... ein Murmeln: »Ich mein alleweil, er hält sich irgendwo in der Stadt selbst versteckt! Hier drauße *müßt* man ihn doch kriege.« ...

Werner Winterhalter horchte. Die Kleine oben mit. Die Schritte verloren sich in der Ferne. Sie fragte, nun wieder ganz pomadig, mit ihrer tiefen, behaglichen Kinderstimme: »Wollten die Ihnen was tun?«

»Ach, ich hab Streit im Wirtshaus mit den Leuten gehabt! So ... dank schön ... jetzt kann ich wieder gehen!«

»Aber erst geben Sie mir meine Aufgaben herauf!«

Er hob das blaue Heft von der Erde, das ihr in der ersten Überraschung entglitten war und sich im Fall aufgeblättert hatte, und schüttelte den Kopf.

»Das ist aber grundfalsch! $(a + b) * (a - b)$ gibt doch $a^2 - b^2$!«

»Ach, Unsinn!«

»Doch!«

»Na, warten Sie mal!«

Sie glitt behende den Eichenstamm herunter, sprang auf die Füße, stand mit offenem Mund, die Hände auf dem Rücken, neben ihm. Er erläuterte: »$+ a b$ und $- a b$ heben sich doch auf!«

»Ach so, ja, natürlich – das meint ich auch eigentlich!« sagte sie langsam. Dann kam ein maßloses Erstaunen in ihre Augen. Sie starrte ihn an wie einen Geist. Ein junger Taglöhner, der Mathematik konnte. Das ging nicht mit rechten Dingen zu...

»Woher wissen Sie denn das?«

»Na, das sind doch Quartanerkunststücke!« sagte der Abiturient und lachte.

»Nee! Ich bin schon in Untertertia!«

»Wo denn?«

»In Karlsruhe. Auf dem Mädchengymnasium!«

»Ach so.«...

Er lächelte und blätterte in dem Heft. Eine Seite war von oben bis unten mit hilflosen, wütenden Krakelfüßen bedeckt. Die Kleine folgte seinem Blick.

»Also, dabei kann man reif für die Gummizelle werden! Ein Dreieck aus der Hypotenuse und einem Winkel zu konstruieren....Ich krieg's und krieg's nicht heraus!«

»Kinderspiel!«

Er nahm den Bleistift, der an einem Schnürchen an dem blauen Deckel hing, und zeichnete ihr mit geübter Hand die Geschichte auf. Sie sagte mechanisch: »Danke!« Dann trat sie, mit beiden Händen sich das Aufgabenheft wie zum Schutz vor die Brust haltend, in einer plötzlichen Angst zwei Schritte zurück. »Wer sind Sie denn nur?«

»Ich arbeite da draußen.«

Er war stehengeblieben. Folgte ihr nicht. Das gab ihr wieder Mut. Sie kam näher und betrachtete neugierig seine ausgefransten Kleider, das sonnengebräunte, trotzige Gesicht mit den dunklen Augen und meinte endlich mit großer Ruhe: »Also, Sie haben doch ganz gewiß was eingebrockt!«

»Nichts Böses! Da schwör ich Ihnen darauf!«

Werner Winterhalter fühlte einen neuen Schrecken. Wenn ihn das kindische Balg nun anzeigte? Den Eltern drüben in aller Unschuld etwas von einem in Algebra und Geometrie beschlagenen jungen Erdarbeiter vorschwatzte? Er hob bittend die Hände: »Tun Sie mir den einzigen Gefallen und verraten Sie mich nicht. Ich hab wirklich nichts auf dem Kerbholz. Ich bin rein zum Spaß da draußen in Arbeit getreten! Es macht mir Vergnügen!«

»Zu dumm!« sagte das Kind und lachte. »Das soll einer glauben!«

»Ich erzähl es Ihnen mal, wie alles war, wenn Sie wollen ... nur jetzt« ... Er brach ab ... suchte nach Mitteln, sie zu gewinnen. »Ich mache Ihnen auch Ihre Aufgaben! Sie brauchen nur das Heft hier hinzulegen. Das ist für mich eine Kleinigkeit.«

»Gott ...das wär ein Segen! Ich hab so gar keinen Grips für Mathematik!«

»Warum gehen Sie denn dann aufs Gymnasium?«

»Man muß doch was lernen und einmal auf eigenen Füßen stehen.«

Das klang wieder so phlegmatisch vernünftig und hartnäckig dabei, so voll stillen Eigenwillens, als sei es Geist von seinem Geist. Aus der Ferne rief eine helle Frauenstimme suchend: »Eva!« und wieder, schon näherkommend: »Eva!« Werner Winterhalter war mit einem Sprung in den Gebüschen, über das Gitter weg. Gleich darauf trat Frau Römer, etwas erhitzt und atemlos, auf die Lichtung.

»Immer muß man dich suchen, Eva! Wo steckst du denn wieder? Man ängstigt sich ja.«...

»Ach, mich stiehlt keiner!«

»Du gehörst am Abend ins Haus.«

»Gott ...da mops' ich mich früh genug!«

»Eva! Hörst du je von deinen älteren Schwestern solche Ausdrücke?«

»Nee. Das sind aber auch Schafe!«

»Immer diese gräßlichen Antworten!«

Frau Römer hielt sich verzweifelt die Hände an die Ohren. »Eva, von wem hast du die nur her!« »Oh ...die fallen mir von selber ein, Mama!«

»Warum lachst du denn jetzt auf einmal?«

»Etsch! Ich weiß etwas, was ihr nicht wißt! Jetzt eben! Ein kolossales Geheimnis! Aber ich sag's nicht! Auch dem Papa nicht! Keinem.«

»Das wird schon was Rechtes sein. Sei jetzt so gut und komm! Warum verdrehst du denn so den Hals? Das schickt sich auch nicht. An dem Arbeiter da draußen ist doch wirklich nichts zu sehen.«

»Nee – gar nichts, Mama!«

»Also, kicher nicht so dumm! Wenn das die Früchte der Gymnasialbildung sind«...

Ein junger Taglöhner, schlenderte Werner Winterhalter lässig, einsam auf dem weißen Staubband der Chaussee, den Schlapphut gegen die Abendsonne ins Genick gerückt, dem Dorf zu. Ein Korn im Sand, ein Kiesel am Rhein, einer der vielen hundert Arbeiter mehr, die jetzt nach Feierabend in dunklen Scharen, stromweise, durch die breite, ungepflasterte Gasse fluteten. Die Häuser gehörten alle den Landwirten. Die fuhren nach wie vor mit Leiterwagen und Kuhgespann hinaus aufs Feld, das ganze Wälder von Äpfelbäumen überschatteten, und banden am Sonnenhang den Rebstock mit Bast an den Wingertstiefel und bauten aus Draht und Föhrenstangen das schwanke Hopfengerüst wie zu Väterzeiten. Nur Dachstuben und Oberstock aus Fachwerk hatten sie sich vielfach auf ihre behäbigen Anwesen gesetzt und zogen Geld aus der Vermietung an die fremden Arbeiter. Einer von denen löste sich aus einer Gruppe, ging wie absichtslos neben Werner Winterhalter her und sagte beiläufig: »Vorigs Jahr war auch einer do und hot die Leut uffgehetzt! .. Da hot's Streit gewwe! ...Es hot ihm beinah das Aug aus'm Kopp gehange! Do is der Mann nix wie fort! Sodele ...Jetzt merke Sie sich's – wann Sie wieder die Fabrikante verteidige wolle wie heut mittag.«

Werner Winterhalter antwortete nichts und schritt weiter. Aufhetzen – das hieß hier Bestehendes verteidigen. Schutz dagegen? Bei den Behörden? Die suchten einen ja, die nahmen einen ja gleich fest. Hier hieß es: Hilf dir selbst! Hier ist ein heimliches Reich ... Hier sind unsichtbare Gesetze ...Und du bist nur noch ein Teilchen in einer unermeßlichen Masse. Mußt denken wie sie. Fühlen wie sie. Sein wie sie...

Er hatte den Kern des Dorfes erreicht. Da war alles voll von Bauern und Kleinbürgern. Der Robert lehnte am Fenster des Metzgerladens, in dem die schwarze Walburg erhitzt und ohne aufzusehen mit ihrem großen Tranchiermesser Leberkäs für die Kundschaft absäbelte. Gegenüber schwatzte die blonde Elis, um sich zu rächen, angelegentlich mit dem jungen Hilfslehrer, der überhaupt so etwas Feines und Gebildetes an sich hatte, gerade etwas für ein besseres Mädchen. Ihr Vater, der Ratschreiber, verhandelte mit dem Landwirt Christian Kaltschmidt XIV., dem Bürgermeister, über die Raupenvertilgung. Daneben schellte der Gemeindediener mit Donnerstimme die Verfügung wegen der Weinbergsperre aus und brüllten die Pfälzer Buben und kreischten die Mädchen und bellten die Hunde und schnatterten die großen weißen Gänse und schütterte immer wieder dazwischen der schwere, gleichmäßige Massentritt der heimkehrenden Arbeiterbataillone, deren ernste, resignierte Gesichter sich so sonderbar von der breiten Lebenslust der Bauernköpfe abhoben ...Werner Winterhalter klomm im Haus des Ochsenmetzgers die Hühnerleiter zu seinem Dachstübchen empor, warf sich aufs Bett, schlief wie ein Toter in all dem Lärm um ihn her, und ihm war, als versänke er in einem tiefen, brausenden Meer. Und dies Meer war das Volk.........

3

»Als noch nix von Ihrem Sprößling, Herr Winterhalter?«

»Als noch nix! Vier Wochen ist er jetzt fort, und wir wissen nur von ihm, daß er noch lebt und gesund ist! Alle acht Tag kommt von ihm eine Postkarte an meine Frau. Die Karte ist immer in Mannheim selber aufgegeben! Also weit kann er nicht sein! Aber wo sich der Strick rumtreibt...«

Leopold Winterhalter leerte finster am Frühstückstammtisch in der »Wolfschlucht« seinen Schoppen Hardtwein. Die Zornröte war dem dunkelbärtigen, heißblütigen Mann ins Gesicht gestiegen. Die Industriellen um ihn schwiegen mit still zwinkernden, vergnüglichen Pfälzer Augen. Eigentlich, da ja keine Gefahr vorlag, war es ein Hauptspaß: dies Versteckspiel zwischen Vater und Sohn. Am andern Ende der Tafelrunde raunte der dicke Herr Lay zu seinem Nachbar: »Das geschieht dem Krischer ganz recht, daß mal einer früher aufsteht als er!«

»Morgen, Herr Stadtrat!«

Der andere stand halb auf und begrüßte den hereintretenden alten Kobus mit dem verschwiegenen Freimaurerhändedruck von unten, und der lange, weißköpfige Herr nahm seinen Platz am Eckfenster des Rundtisches ein, von dem aus die Stadt zum guten Teil regiert wurde, und sprach weinerlich: »Karl – e Viertelche Überrheiner!« und dann, die Zigarre an dem Knipser zum Besten des Lahrer Reichswaisenhauses abschneidend, zu seinem Schwiegersohn: »Leopold, vor dir könnt sich ein Truthahn fürchte! Halt den Kopf in die Wasserbütt. Du bist ja kirschrot!«

Leopold Winterhalter schlug mit der Faust auf den Tisch, daß die Gläser tanzten: »Ja ... ist's denn nicht 'ne Sünd und Schand, ihr Herren? Da zahlt man Steuern, daß man schon am liebsten sein Hemd rübertragen möcht aufs Finanzamt ...Da setzt's Strafbefehle, weil ein Hutzelweib aufm Glatteis vorm Haus hingeschlittert is ...da heißt's Marken kleben, bis man schwarz wird ...und wenn man dann bloß einmal von dem Herrn Staat verlangt, daß er einem so 'nen ungeratenen Sohn wieder beischafft, do weiß keiner Rat! ...Ha – wozu kriegen denn die Beamten e Sündengeld? He, Herr Staatsanwalt?«

Der Erste Staatsanwalt Dr. Kneufler, der ihm gegenübersaß, legte großen Wert auf den ihm zukommenden Amtstitel »Erster« und wurde deswegen allgemein »Kneufler der Erste« genannt. Er erwiderte etwas kühl: »Ihr Sohn ist freiwillig fort. Es liegt keine Entführung eines Minderjährigen vor. Ich habe keinen Anlaß, strafrechtlich einzugreifen! Wenden Sie sich doch an die Polizei!«

»...Als ob die mich nicht schon seit vier Wochen uzen tät!« brummte Leopold Winterhalter wütend. Neben ihm sagte der graubärtige Altbürgermeister Schröll, um das Gespräch abzulenken: »Winterhalter ...wie wird's denn mit der neuen Fabrik?«

Bei seinem Nachbar kam die Energie wieder in die heißen, schwarzen Augen.

»Morgen früh ist auf dem neuen Terrain die Grundsteinlegung. Und heut abend ist bei mir die Vorfeier.«

»Ohne das Wernerche!« sprach Jakob Kobus kläglich. Sein Schwiegersohn schnauzte ihn an.

»Soll ich das Früchtle vierspännig heimfahren, wann ich nicht weiß, wo er ist? Ihr habt ihn so verwöhnt, du und die Großmama! Wenn sich der ungeratene Bub Zeit nimmt – ich geh auch meinen Weg. Ich tu ihm nicht den Gefallen und ....Karl ...jetzt schreibe Sie sich's endlich mal hinter die Löffel: Man soll einen nicht unterbrechen, wenn man red't!«

Aber der Kellner beugte sich doch über die Lehne und flüsterte Leopold Winterhalter etwas zu. Gleich darauf stieß der krachend den Stuhl zurück, sprang auf, stürmte hinaus, verhandelte hastig im Gang mit einem dort harrenden Mann, kam zurück, riß Hut und Mantel vom Haken und winkte den Stadtrat in eine Ecke.

»Wir haben ihn am Schlawittich, Schwiegerpapa! Wir haben ihn!«

»Daheim?«

»Du rätst nicht, wo der Lausbub hockt! .. In Sandbeuren. Beim Rindsmetzger wohnt er. Rein per Zufall ist es rausgekommen. Die Tochter von dem Metzger hat 'ne Freundin zu Besuch gehabt ...die dient hier in der Stadt ...Die kennt den Werner vom Ansehen und hat gleich losgekrischen. Jetzt zum Glück hat der Gemeindediener dabei gestanden und ihr hurtig 's Maul zugehalten, damit der Werner nichts merkt! Sonst geht er wieder auf und davon! Komm nur rasch! Ich lass' anspannen ... der Polizist setzt sich auf den Bock. Los!«

Schon hatten sie die Stadt im Rücken. Da war das neue Fabrikgebäude. Keine Spur der Laubenkolonie und ihrer Bewohner mehr: nur eine öde Schuttfläche. Am Eingang eine schwarz-weißrote und eine rotgelbe Fahne am hohen Mast als Zeichen der morgigen Feier. Dahinter die weite Pfalz, jetzt nicht mehr herbstsonnenhell, sondern in seinem weißen Dunst eines letzten, trüben Oktobertages. Die Felder abgeerntet, die Obstbäume früchtefrei, welkes Laub am Boden, weiße Sommerfäden über den Stoppeln. Langsam rückten aus der nebligen Ferne die Höhen des Odenwaldes näher. Der Fabrikant brach das Schweigen: »Als Hausbursche Philipp Schaefer hat er sich angemeldet. Mein Sohn ein Hausbursch! Die Kränk möcht man kriegen! Was? ... Das Drecknest dahinten – das ist schon Sandbeuren? Na, warte Alterle! Jetzt reden wir deutsch miteinander!«

Vor dem Dorf gab er ein Zeichen zu halten und stieg mit dem Stadtrat aus.

»Unter Tag geht er auf Arbeit, hat das Mädchen gesagt. Halb fünf ist's jetzt schon. Da brauchen wir nicht lang zu warten. Am besten ist's, wir setzen uns ins Wirtshaus und schauen von da auf die Straße.«

Bald füllte sich die breite Dorfgasse mit den heimkehrenden Kolonnen der Arbeit. Wie jeden Abend kamen die Trupps aus dem Zementwerk und der Ultramarin- und der Jalousiefabrik, aus der Kunstmühle und der Dampfziegelei, aus der Papier- und der Gelatinefabrik und drüben vom Elektrizitätswerk her, wo nun schon im rohen Verputz der erste Stock des Neubaus sich auf der Brandstätte erhob. Aber der, den Vater und Großvater und Geheimpolizist suchten, war nicht unter den Hunderten.

Der war nach Feierabend in der entgegengesetzten Richtung vom Arbeitsplatz weggegangen, längs des Parkgitters hin, über dessen Eisenspitzen man an einer bestimmten Stelle sich mit geübter Turnerwende hinwegsetzen konnte. Drüben raschelte der Fuß im welken, feuchten Laub. Die Sträuche und Büsche waren schon vielfach von Blättern leer. Man mußte aufpassen, daß man nicht von dem weißen Haus aus gesehen wurde, bis man die von dicken Bäumen umschützte Lichtung erreichte.

Dort saß die Kleine schon auf einer Bank und wartete. Sie sah in dem langen, dunklen Lodenmäntelchen und der spitzen, über den Kopf gezogenen Kapuze in der Entfernung wie ein Waldgnom aus. Erst als sie aufsprang und herankam, lugte das frische, rotwangige Kindergesicht unter den Falten hervor. Er blieb stehen und wehrte ab.

»Geben Sie mir nur nicht die Hand! Meine ist ganz voll Erde!«

»Ach, Blech!« Sie wischte sich unbekümmert nach der Begrüßung ihre kleine rote Rechte am Mantelzipfel ab. Ein kurzes Schweigen. Dann fragte er: »Also morgen früh geht's wieder nach Karlsruhe?«

»Ja. Übermorgen geht das Pennal wieder an. Mein neuer Klassenpauker wird sich wundern! So feine Ferienaufgaben hab ich noch nie mitgebracht, wie Sie sie mir in den vier Wochen gemacht haben.«

Sie lachte. Er mit.

»Und in allem! In Deutsch. In Latein. In Mathematik. Kolossal!«

»Ich hab's gern getan!« sagte er. »Wo Sie mir doch auch den Gefallen getan und dreimal Postkarten an meine Mutter drüben in der Stadt in den Kasten gesteckt haben!«

»Kunststück ... wenn man ohnedies zum Anprobieren hinüber muß ... Hören Sie mal: darf ich wirklich gar niemand mehr was von Ihnen sagen? Auch jetzt noch nicht?«

»Nein. Ich hab Ihr großes Ehrenwort!«

»Aber wenn jetzt der Winter kommt, wie wird denn das werden?«

»Weiß nicht! Papa soll nur zappeln!«

»Nun ja ... ich setz ja auch so wahnsinnig gern meinen Kopf durch. Wenn ich mal groß bin, tu ich nur, was ich will! ... Das hab ich jetzt von Ihnen gelernt! Die Eltern haben ja keinen

Schimmer! Herrgott … da bammeln sie schon wieder zum Kaffee … den ganzen Tag futtern sie … na, adieu … dank schön … Und lassen Sie sich's recht gut gehen!«

»Sie auch!«

Eva Römer wandte sich ab, lief über die Lichtung, blieb noch einmal stehen und winkte mit der Hand zurück: »Adieu!« Dann schoß sie in ihrem flatternden, grauen Mäntelchen wie eine gescheuchte Fledermaus quer durch den Park dem Elternhaus zu.

Der junge Arbeitsmann war wieder draußen im Grau und Kot der Landstraße. In einer ungewohnt gedrückten Stimmung schritt er dem Park entlang. Sterbensbuntes, welkes Laub flog im Abendsturm aus dessen Wipfeln, wirbelte in der Luft, tanzte am Boden, regenschwere Wolken segelten am Himmel, vom Rhein und Wasgenwald her, die Luft war kalt, der Herbst war da. Der Winter vor der Tür. Nun auch das Mädel da drüben weg … Ein kleines, dummes Mädel … aber immerhin … das letzte Band … Nun verknüpfte einen nichts mehr mit der Oberschicht des Lebens, aus der man kam …

Nur nicht zurück. Lieber weiter in die Schweiz, rüber nach Italien, wenn es hier keine Arbeit mehr gab. Schlimmstenfalls als Stromer im Straßengraben einschneien … erfrieren … auch kein Schade! Werner Winterhalter warf den Kopf in den Nacken, blieb stehen und lachte.

»Na, Papa Kienast? An Ihnen ist ein Sterngucker verloren gegangen!«

»Gucke Sie emol die Krabbe an!« sagte geheimnisvoll der grauhaarige, verwitterte Nachtwächter, der wie ein Schattenriß in der Dämmerung vor dem Römerschen Neubau stand. Eine vielhundertköpfige Krähenschar flatterte über ihm in allabendlichem Massenflug am stürmenden Himmel. »Die unvernünftige Viecher könne fliege und der Mensch net!«

»Das ist nichts Neues!«

»Wenn man so'nen Krabben schießt, plumpst er runner wie e Stein! Der wiegt grad so schwer wie wir! Aber er hot's in sich! … Ich hab's aach in mir! Ich bau daheim 'nen Apparat. Ich flieg aach noch mal!«

Die eingesunkenen Augen des alten Philosophen suchten fanatisch die Höhe … Funkelnd stand dort als erster Gast am Himmel der Abendstern.

»Do nuff gehöre wir … Wir alle, Herr Schaefer, nit bloß die Reiche! … Die bilde sich bloß ein, sie wäre was Besseres. Vor der Frau Haubold sind wir alle gleich!«

Frau Haubold war die Leichenwäscherin im Dorf. Der Greis sah auf seine Uhr, hustete und ging, plötzlich schweigsam geworden, über den Fabrikhof zum Kontrollapparat, der ihn überwachte, wie er hier Staub und Steine in langer, dunkler Nacht. Werner Winterhalter pfiff sich eins im Weiterwandern, die Mütze in der Stirne, die Hände in den Hofentaschen, mit schlürfenden Nagelschuhen, wie der erste beste junge Pfälzer Kerl, der von der Arbeit kam. Vor dem Laden des Ochsenmetzgers im Dorf stand ein unbekannter Mann, ging auf ihn zu und sagte plump: »Guten Abend, Herr Winterhalter! Kommen Sie nur gleich mit!«

Der junge Tagelöhner verzog trotz des Schreckens keine Miene. Jetzt nur kalt Blut! Zeit gewinnen … und dann irgendwo hinaus in die Nacht …

»Losse Sie mir mei Ruh … gelle Se?« sprach er kurz und grob in der heimischen Mundart.

»Kommen Sie mit!«

Der andere faßte ihn rüde am Arm. Aber zugleich erhielt er von zwei arbeitsgewohnten Fäusten einen Doppelhieb unter das Kinn und gegen die Magengrube, daß er hinflog.

»Hoscht genug, du Rindvieh?« So! … Nur jetzt schnell die Treppe hinauf. Die guten Kleider holen … weg … Der Fremde schrie, noch am Boden, blutspuckend: »Hebet ihn! … Hebet ihn!« Plötzlich war Volk überall. Fragen … Geschrei.., Werner Winterhalter kannte seine Leute … ersah seinen Vorteil …

»Obacht, ihr Männer! Das ist einer von der Polizei! Das ist ein Spitzel!«

»So haltet ihn doch, ihr Leut! … Himmeldunnerschlag!«

Der Mann raffte sich mühsam auf. Gekreisch von Fabrikmädchen gegen ihn … Bubengebrüll … Die Stimmen junger Arbeiter … im blitzschnellen Zusammenschluß … im selbstverständlichen Masseninstinkt des Widerstands.

»Der Borsch hot nix getan! Losse Sie den Borsch! Der Borsch g'hört frei!«

Der junge Tagelöhner hatte Zeit, das Weite zu gewinnen. Da scholl hinter ihm ein Ruf: »Werner...«

Herrgott ... Der Vater! Da stand er mitten auf der Straße. Vor dem Vater Reißaus nehmen, atemlos, wie der Dieb in der Nacht? Nein ...da war der Trotz stärker. Werner Winterhalter machte auf halber Treppe halt, die Hände gleichgültig in den Taschen, lächelnd, als sei gar nichts geschehen ...Alles so dreist wie möglich. Der Fabrikant musterte unten mißbilligend den Privatdetektiv, der sich fortwährend die Nase schnaubte.

»Das haben Sie schön tappig angestellt. Da kostet einem der Lausbub schon wieder Schmerzensgeld! Wie ist's denn, Werner? Schlägst du auch deinen Vater? Nein? Gut! Dann komm ich zu dir hinauf!«

Sie standen sich bei dem Flackerlicht einer Kerze unter dem niederen, abgeschrägten Dach des Mansardenstübchens gegenüber. Der Fabrikant sah kopfschüttelnd auf das ärmliche Gemach und dann auf dessen Bewohner. War das wirklich sein Sohn? Dieser achtzehnjährige, trotzige Tagelöhner mit dem verwilderten Haarschopf über der gebräunten Stirn, dem kastanienfarben gebrannten Hals und Nacken? Und eigentlich, bei näherer Betrachtung, doch kein Proletarier, sondern ein junger Athlet in verschlissenen Kleidern und derbem Schuhwerk.

»Also in dem Loch hast du die ganze Zeit gehaust?«

»Oh, hier ist's famos!«

»Und da drüben in der Fuhrmannskneipe gegessen?«

»'ne Köchin hab ich mir nicht gehalten, Papa!«

»Bist du schon wieder frech?«

»Ja.«

Eine Pause. Leopold Winterhalter runzelte die Stirn.

»Und um Tagelohn hast du gearbeitet? Schämst du dich denn nicht?«

»Wenn sich alle schämten, um Tagelohn zu arbeiten, dann könntest du ja deine Fabrik zusperren, Papa!«

»Verfluchter Bengel! Und davon hast du wirklich gelebt?«

»Großartig! Und werd's auch weiter...«

Der Ältere ging finster die drei Schritte im Gaubzimmer auf und nieder. Er kam nicht in vollen Grimm. Er kämpfte mit unwillkürlicher Hochachtung. Immerhin! ...Und verändert war der Bub ...gar nichts Scheues mehr ...nichts Unterdrücktes ...nichts mehr vom verprügelten Jagdhund ...stand breitbeinig vor dem Vater...frisch, frei, froh, frech...

»Hast du wenigstens noch einen anständigen Anzug statt der Fetzen? Dann zieh den auf der Stelle an und komm! Jetzt hat die Komödie ein Ende!«

Werner Winterhalter retirierte hinter den einzigen wackeligen Tisch.

»Hallo! So rasch geht das nicht, Papa!«

»Was – du willst noch Bedingungen stellen?«

»Na gehörig!«

»Du stehst unter väterlicher Gewalt!«

Der junge Erdarbeiter hatte seine verschwitzte Jacke abgeworfen. Er streckte die beiden muskelstrotzenden Arme aus und lachte: »Mit dem Latein und Griechisch, das sie mir beigebracht haben, da hätt ich gleich verhungern können. Das ist alles Mist! Sag das nur den Ochsen! Aber zwei Hände sind zwei Hände – weißt du? Das Geheimnis hab ich entdeckt: ich bin überall drei Mark zwanzig den Tag wert...«

»Du sprichst gerade wie einer von meinen Arbeitern!«

»Ich bin ja auch einer, Papa.«

»So? Wo eine ganze Fabrik mit tausend Arbeitern auf dich wartet...«

»Und du darauf, daß du mich wieder knuffen kannst!«

Der junge Tagelöhner streckte den dunklen Krauskopf in die Waschschüssel, ließ die Seife zwischen den arbeitsharten Fingern schäumen, begann ein umständliches Säuberungswerk. Sein Vater betrachtete schweigend das Muskelspiel des geschmeidigen Jünglingskörpers.

»Willst du mich wirklich zwingen, die Hilfe der Polizei in Anspruch zu nehmen?«

»Wenn's dir Spaß macht!«

»Gut. Dann werd ich es tun!«

»Aber helfen wird es dir gar nichts, Papa«, sagte der Sohn hinter dem groben Handtuch her, mit dem er sich geschäftig Brust und Schultern rieb. »Wie willst du mich denn halten? Übermorgen bin ich ja doch wieder über alle Berge!«

»Was?«

»Wo ich doch jetzt genau weiß, daß ich mit meinen zwei Fäusten überall durchkomm! Wovor soll ich mich denn da fürchten?«

»...daß ich hinter dir her bin, mein Lieber!«

»Oh ...dann geh ich als Kohlentrimmer nach Amerika! Da findest du mich nicht!«

»So ...und wenn du einmal dein Einjährigenjahr abdienen mußt?«

»Einfach als Gemeiner! Das kostet nichts! Im Gegenteil: da krieg ich noch was raus vom Staat!«

Leopold Winterhalter wandte sich, vor Wut zitternd, ab.

»Das ist der Geist der Widersetzlichkeit!« sagte er zu seinem Schwiegervater, der nach vergeblichem Anklopfen eingetreten war. »Derselbe Geist, der aus meinen Arbeitern spricht. Von denen ist der Bub da angesteckt. Keine Gewalt mehr über sich! Dann sind sie zufrieden!«

Der weinerliche alte Stadtrat hatte diesmal wirklich die Augen voll Tränen. Er legte dem andern die Hand auf die Schultern: »Leopold ...merkst du denn nicht, daß das *dein* Geist *ist da* drüben? Das ist *d ein* Dickschädel. Den hast *du* dem Werner vererbt!«

»Hörst du, Papa?«

»Du sei jetzt mal still ...du in deinem Eck da!«

»Leopold, der Bub will doch nichs Böses! Der will bloß nach seiner Fasson durch die Welt! Ja, wenn er dumme Streiche gemacht hält! Aber daß sich eins hinstellt und schafft wie ein Neger ...Leopold ...hast *du* dir denn je was von 'nem Menschen sagen lassen?«

»Ich hab's auch zu was gebracht!«

»Wer sagt dir denn, daß es der Werner zu nichts bringt? Laß ihm doch Zeit! Laß ihm sei Ruh! Mit deine Benzinmaschine geht's auch langsam vorwärts, jedes Jahr ein Stückche ...Jeder Mensch hat seine Mucke! Als nur Geduld, Leopold ...als nur Geduld!«

Und endlich halblaut im Winkel an der Tür: »Schau ihn doch an, wie er dasteht! ...Leopold, den zwingst du nicht mehr! Der wächst dir doch über den Kopf! An dem Bub hast du auch mal deinen Meister gefunden! Das kommt davon, wenn man den Bogen zu arg anspannt! Jetzt gib nach ...denk an deine Frau ...der bricht ja das Herz, wann der Werner noch einmal aus dem Haus geht und dann womöglich gleich nach Amerika ...der Bub ist ja jetzt zu allem fähig...«

Leopold Winterhalter trat finster in die Mitte des Zimmers.

»Was willst du also eigentlich?«

»...bloß, daß du nicht über mich verfügst und mich jetzt nach England schickst und dann wieder woanders hin, sondern daß ich selbst wählen kann, was ich werden will und was ich tu!«

»Wenn du das jetzt, nach bestandenem Abiturium, noch nicht weißt...«

»Du hast mir ja nie Zeit gelassen, mich zu besinnen! Du hast immer bloß kommandiert! Das lassen sich deine Arbeiter nicht von dir gefallen, Papa – und ich auch nicht...«

»Er ist der reine Fabrikbursch geworden!« klagte der alte Kobus. Leopold Winterhalter schwieg eine Weile. Dann sagte er langsam und nachdrücklich: »Ich tu nichts halb! Ich übernehm entweder ganz eine Verantwortung oder gar nicht! Wenn ich dich von jetzt ab deinen eigenen Weg gehen lass', dann kümmere ich mich aber auch um nichts mehr, als daß ich dir so viel Geld geb, als du brauchst! Dann trag du deine eigene Haut zum Markt! Aber mach mir hinterher keine Vorwürfe.«

»Nein ...sicher nicht, Papa!«

»Du denkst jetzt: da hat man schon das Leben in der Tasche, wenn man sich in die Hände spuckt und einen Karren voll Dreck vor sich her schiebt. Wenn's bloß das wäre, mein lieber Werner, so wäre ja jeder Taglöhner ein großer Mann! ...Ich hab dir viele Erfahrungen ersparen wollen! Du willst sie lieber am eigenen Leib fühlen! Wegen mir! … Also mich geht's nichts mehr an! Tu du von heute ab, was du willst!«

»Dein Wort, Papa?«

»Mein Wort drauf! Aber jetzt nix wie fort von hier!« Der Fabrikant schaute auf die Uhr. »Herrjesses ja … in einer Stund hab ich daheim das Haus schon voller Gäst und schlag mich hier mit dem Malefizbuben herum … Vorwärts … marsch!«

»Gleich! Ich muß nur noch dem Robert adieu sagen!«

»Wer ist denn der Robert?«

»Mein bester Freund hier … ein Schlossergeselle!«

Vater und Großvater tauschten einen verzweifelten Blick. Der Sohn lief auf den Treppenabsatz und schrie hinunter: »Robert , . . Robert … wo steckst du denn?«

Aus dem Schlächterladen unten schrillte die eifersüchtige Stimme der schwarzen Walburg: »Do müssen Sie die Seegebiel-Elis frage, Herr Schaefer! Mit der is er wieder ins Dunkle spazieregeloffe …«

Ein Gekicher von Mädchenstimmen hinterher.

»Na – dann grüßen Sie den Robert schön von mir. Und ich wär plötzlich eingeheimst worden. Aber ich käme in den nächsten Tagen mal nach ihm schauen!«

Draußen hielt die väterliche Equipage. Die ganze Dorfgasse umher im Laternenschein war voll staunender Menschen. Der Gemeindediener hielt den Weg frei, der Ratsschreiber stand kopfschüttelnd neben dem Kutscher, die Buben glotzten mit offenen Mäulern . . Leopold Winterhalter sah nicht rechts und links, schob Schwiegervater und Sohn in den Wagen, stieg hinterher … nur los!

»Nein! Halt! Halt! Ich muß noch meinen Lohn holen, Papa! Das hätt ich beinah vergessen!«

In der niederen Stube eines Bauernhauses zahlte der Polier bei der Lampe die Wochenlöhne aus. Ein Gedräng von Arbeitern um den groben, mürrischen Mann. Ein Geruch von Schweiß, Schmierstiefeln, feuchten Röcken und Pfälzer Tabak. Aufgerissene Augen … ratloses Schweigen: alles war schon dagewesen … aber ein junger Erdarbeiter, der in der Equipage vorfuhr, um seinen Lohn in Empfang zu nehmen, noch nicht! Der aber tat, als sei das ganz selbstverständlich, schob eine Rolle Silberstücke in die Tasche und schlug, wieder im Wagen sitzend, triumphierend mit der Hand darauf, daß es klirrte: »Selbstverdientes Geld, Papa!«

Sie fuhren hinaus in die Nacht, jagten durch die dunkle Rheinebene dahin. Der Fabrikant drängte den Kutscher: »Jean! Lassen Sie die Pferd springe! Herrgott! … Hockt der Mann denn wieder auf seinen Ohren? … Zufahren, Jean! Sonst kommen wir zu spät – und 's ganze Haus ist schon voller Gäst!… Gott sei Dank, da sind wir … So! Da bring ich dir den verlorenen Sohn, Mutter!«

Und nach einer Weile, schon wieder ungeduldig, während Frau Winterhalter ihren Einzigen in den Armen hielt: »Schluß, Mama! Für heute ist's genug geflennt! Der Werner verdient's gar nicht! Was liegt denn dem an dem Kummer von seinen Eltern, wenn er nur Bauschutt karren darf! Jetzt schau, Werner, daß du dich schnell umziehst!«

»Soll er denn heute noch unter die Leute?«

»Freilich soll er!« brauste Leopold Winterhalter auf und besann sich. »Das heißt, es wäre mir lieb, wenn du kämst, Werner! Die Feier gilt doch dir! Du erbst ja doch die neue Fabrik, sobald du mich mal erst mit deinem Dickkopf unter die Erd' gebracht hast…«

Werner Winterhalter stand allein in seinem Zimmer, sah sich um … merkwürdig … es hatte sich so gar nichts verändert in diesen vier Wochen … so, als hätte man die nur mit unruhigem Kopf nach dem Abiturientenkommers geträumt. Auf dem Tisch noch die Examenbücher … Ein Aufsatzheft … der letzte Aufsatz in Oberprima … ein Schillerscher Vers: »Wenn die Könige bau'n, haben die Kärrner zu tun.«

Ihm war, als käme er aus einem dunklen, fernen Land, in dem er, durch Wochen und Monate hindurch, Kärrner gewesen und seinen Karren mit Staub und Steinen unermüdlich zwischen den anderen Mühsamen und Beladenen vom Bauplatz zur Schuttabladestelle und zurück gefahren hatte, und als erwachte er jetzt in einem bunten Märchenreich, wo er noch nicht König war, aber Kronprinz und Erbe von Gut und Gold, von Geburt Herr über die Massen, sein Wille dereinst Befehl. Und beides er! ...In ihm war ein Staunen ...eine Geistesabwesenheit ...Er fuhr zusammen. Der Diener war geräuschlos eingetreten, legte, ohne ein Wort zu sagen, mit einem stummen, ängstlichen Gesicht vor ihn den Frackanzug aus seinem schwarzen Tuch hin, die schwarzseidenen Socken, das Plätthemd, die Lackschuhe ...vor ihn, den Tagelöhner bei Römer und Sohn ...Mechanisch griff er nach Kölnisch Wasser und Veilchenseife ...zog sich an ...Unten summten viele Menschenstimmen, klang Musik, fiel greller Lichtschein in den von bunten Glühbirnen erhellten Park der weißen Elternvilla ...Das nannten die Leute hier allgemein »die Protzeburg« ...Früher hatte man das ihm, dem Sohn des Hauses, nie gesagt. Jetzt hatte er es oft gehört ...dort drüben ...Es war ihm unwahrscheinlich, daß es ein Drüben gab und ein Hier ... eines von beiden konnte doch nur sein...

Die Tür flog auf. Der Vater schaute herein, auch schon im Gesellschaftsanzug.

»Bist du fertig? Tu mir den Gefallen und behalt die weißen Glaces an, daß man deine Hand nicht sieht ...Oder zeig's ihnen in Gottesnamen! Ich weiß schon, was ich sag!«

Er war jetzt ganz der Mann der Tat. Kraftgeladen, breitschultrig, laut und jovial stand er unten im großen Saal und schlug lachend seinem Sohn auf die Schulter. »Da haben wir den Ausreißer, meine Herren! Der hat heimlich in der Zeit einen praktischen Kursus durchgemacht! Die richtigen Fabriklerfaust hat er heimgebracht! Mir ist's recht. Praxis ist 's halbe Leben! ... Ich hab's ja seinerzeit grad so gehalten! Der Apfel fällt nicht weit vom Stamm!«

Nie hätte er freiwillig eine Niederlage eingestanden. Für ihn mußte sich, wenigstens nach außen hin, alles in Sieg und Erfolg drehen. Dafür war er Leopold Winterhalter, der Selfmademan, der Erste in der Bresche, von Kopf bis zu Fuß ein einziger Wille. Sein Sohn stand stumm in einer Ecke. Jetzt auf einmal, hinterher, wunderte es ihn selbst, daß er wirklich diesen Willen gebrochen! Sonderbar das alles! Der jähe Wechsel...Er trank hastig ein Glas Sekt und hörte durch die rauschende Musik noch ganz von fern das Husten der Zementarbeiter im Mittagsschatten. Hatte helle Mädchenstimmen ringsumher im Ohr und zugleich noch das schwere Schnarchen der betrunkenen Ziegelformer, sah farbige Damenkleider und weiße Schultern um sich und drüben, in dem nachtfinstern Fabrikhof am Odenwald, den alten Kienast, den Blick sehnsüchtig nach den Sternen.

Dann scharte sich alles unten im Garten. Zwei mächtige Glutaugen leuchteten, kamen näher, fauchend rollte ein Automobil aus dem Dunkel des Gebüsches, von einem unheimlichen Gesellen in schwarzem Ledergewand, Rennhaube und Schutzbrille gelenkt. Neben ihm eine weißgekleidete Mädchengestalt. Der Genius des zwanzigsten Jahrhunderts begrüßte Leopold Winterhalter zum morgigen Tag. »Das Sabinche Bätzle!« raunte es umher. Und der Fabrikant legte die Hand auf die lauwarme Haube des Fahrzeugs, des neuesten seiner Art, das zum erstenmal den Motor vorn statt hinten trug, und sprach beinahe feierlich: »Auf dich setze ich meine Hoffnung und meine Zukunft! In deinem Zeichen wollen wir siegen! Merk's dir, mein Sohn Werner!«

Und wiederum wandte sich später bei der Tafel im großen Saal der dicke Fabrikant Lay, als er den Toast auf den Hausherrn ausbrachte, an den einzigen Sohn und Erben: »Das Leben Ihres Vaters ist bisher köstlich gewesen. Denn es ist Mühe und Arbeit gewesen! Lernen auch Sie von ihm die Arbeit und ihren Segen.«

Und Werner Winterhalter saß stumm und dachte sich: Arbeit? Ich weiß doch wahrhaftig besser als ihr alle hier am Tisch, was Arbeit ist! Zweiunddreißig Pfennig die Stunde...

Nach aufgehobener Tafel trat sein Mitabiturient Moritz Kühn, der Sohn des Bankkrösus, an ihn heran. Er markierte den jungen Weltmann und bemühte sich, noch etwas unsicher, ein Monokel in der rechten Augenwölbung zu erhalten.

»Na!« meinte er gönnerhaft. »Mit Gottes Hilfe wieder im Lande? Verrücktes Huhn! Was machst du denn nun?«

»Ich weiß noch nicht...« sagte Werner Winterhalter. Er war ganz unsicher, mit allem unzufrieden, was er von andern hörte und selber sprach. Aus dem Rauchzimmer kam der junge Rentier Schweikardt, der größte Feinschmecker der Stadt, ein dicker, fünfundzwanzigjähriger

Junggeselle, die Havanna in der Hand. Er war mit dem Essen unzufrieden. »Ein Fraß!« murmelte er. »Ein Fraß...« Und dann lauter, zu dem Sohn des Hauses: »Na, lassen Sie sich mal anschauen, Sie junger Proletarier! Sie haben ja förmlich Edelrost angesetzt! Verbrannt wie 'ne Rothaut... gesund das Erdbuddeln – was?«

»Für Sie noch viel mehr!« sagte Werner Winterhalter. »Wo Sie so unanständig dick sind!«

Herr Schweikardt ließ ihn stehen und ging auf den Gastgeber zu.

»Gratuliere, Verehrtester! Bestechende Umgangsformen hat Ihr Stammhalter von seinem Ausflug mitgebracht! Wenn er nicht noch ein halber Schulknabe wäre, müßte ich eigentlich wirklich ...«

»Ach... lassen Sie mich in Ruh! Ich hab schon grad genug Verdruß!«

»Das Wernerche ist halt noch ein bißche auseinander!« meinte der Stadtrat Kobus. Kneußler der Erste, der Staatsanwalt, pflichtete bei: »Das gibt sich!«

Der Bankherr Alfred Kühn, weitaus der Reichste und dabei der Klügste im Kreise, wandte seinen herrischen, leicht angegrauten Blondkopf hinüber nach dem jungen Mann. »Das kann man nie wissen, Herr Erster Staatsanwalt!« sagte er langsam. »Das kommt auf den Menschen an. Manchem geht so etwas zeitlebens nach!«

4

»Hochverehrter Nachtrat! Hochansehnliche Trauerversammlung...«

»Meine Herre! ...Dees is öffentliche Ruhestörung! Um vier Uhr morgens gehört m'r ins Bett!«

»*Sie* sind ja auch noch auf, Nachtrat!«

»Morjen, Polype!« schrie von hinten der Fuchsmajor des Korps, ein kleiner, dicker Hamburger. Werner Winterhalter winkte ihn mit der Würde des Ersten Chargierten und Zweibändermanns zur Ruhe und legte, die bunte Mütze schief im Genick, dem Polizeidiener feierlich die Hand auf die Schulter.

»Herr Siebenhaar! Wenn wir keinen Spektakel machten, wären Sie auch überflüssig! Wir sind Ihre natürlichen Ernährer!« Er wandte sich an die drei in der Schar, die nicht farbige Mützen, sondern blaue Stürmer trugen. »Verehrter Korpsbesuch! Ich stelle Ihnen hier den Ersten Nachtrat von Heidelberg, Herrn Siebenhaar, vor! Herr Siebenhaar flieht den äußeren Schein. Er wirkt im Dunkeln. Die Mitwelt verkennt ihn. Ich bin sein einziger Freund...«

»Sie bringe einen noch ins Grab, Herr Winterhalter!« sagte der alte Heidelberger Schutzmann erschöpft. »Dreißig Jahre bin ich jetzt bei der Polizei. In sellerem Geschäft lernt m'r viel Studente kenne. Aber so wie Sie hot mir noch keiner in der Zeit zu schaffe gemacht!«

»Zigarre, Nachtrat? Was macht die Frau? Die Kinder? Alles wohl? ...Bravo! Silentium! Ich ersuche die sämtlichen Aktiven, einschließlich der Renoncen, die J. A. C. B., die C. K. und M. K. und unsere verehrten P. P. Paukanten aus Freiburg, mit mir einzustimmen in den donnernden Ruf: Der Schutzmann Nummer 187, Herr Christian Adam Siebenhaar ...er lebe hoch ...und abermals hoch!«

»Hoch! ...Hoch! ...Hoch!«

»Tue Sie mir den einzigen Gefallen und höre Sie uff!«

»Guter Mond, du gehst so stille!« schrie der kleine Hamburger und schwenkte begeistert sein Stöckchen.

»Das fehlt noch, daß der Mond aach noch kreische tät! Sie mache scho Lärm genug ...Ach du liebe Zeit ....was habe Sie denn da wieder g'schafft?« An der Terrasse des Hotels zur Rechten, auf der tagsüber die Engländer und Amerikaner saßen, hing ein geraubtes Plakat: »Die Fütterung der Raubtiere findet nachmittags von 5–6 Uhr statt.« Das Standbild des bayerischen Kriegshelden auf dem Platz nebenan trug einen Zylinderhut schräg auf dem ehernen Haupt und hielt eine Virginia im Mund. In den Lüften winselte es. Hoch oben saß in einer ausgelöschten Gaslaterne ein dicker Mops. Der Polizeidiener rang die Hände. »Jesses! Sell is ja der Hund vom Herrn Geheimrat owwe!«

»Nicht wahr? Mal was Neues!« sagte der Studiosus Winterhalter leutselig, als erwartete er eine Anerkennung seitens der Behörden. »Immer tätig! Andere Leute schlafen! Männer wie Sie und ich haben keine Zeit, müde zu sein, Herr Siebenhaar! Kommen Sie an mein Herz! Wir trinken Brüderschaft!«

»Fiduzit!« brüllte der Kleine und rasselte mit seinem Spazierrohr an den Rolläden. Im ersten Stock klirrte ein Fenster. Ein majestätischer Kopf sah in das Morgengrauen hinaus.

»Ich verlasse Heidelberg, wenn dieser wüste Unfug nicht sofort aufhört!« donnerte die wohlbekannte Stimme des akademischen Olympiers. Die Scheiben schlossen sich. Unten war es einen Augenblick still.

»Herr Winterhalter ...Sie hawwe so viel auf dem Kerbholz! ...Ich mein als, Sie werde bald mal relegiert!«

»Den billigen Scherz hat sich das Biergericht in Göttingen auch schon geleistet! Na – nun wollen wir in die Klappe, Nachtrat, was?«

»Gehe Sie awwer auch wirklich heim!«

Der Schutzmann sah mißtrauisch dem Zug nach, der sich paarweise auf den Fußspitzen die Anlage hinunter bewegte, voraus drei Korpshunde, die Stöcke ihrer Herren quer im Maul, dann der kleine Hamburger mit einem irgendwo losgeschraubten Messingschild »Höhere Töchterschule« als Banner, in der Mitte Werner Winterhalter in Hemdsärmeln, die andern um Haupteslänge überragend, riesenstark, Tollheit in den braunen Augen. Neben ihm einer der Freiburger.

»Fechten Sie nicht nächstens, Herr Winterhalter?«

»Leibfuchs, wann geh ich wieder los?«

»Heut vormittag!«

»Mit wem?«

»Kontrahage mit einem Bummler!«

»Weshalb denn?«

»Er hat uns frech angesehen, Leibbursch!«

»Und da kneipen Sie die Nacht vorher so durch?«

»Leibfuchs ... wie oft waren wir jetzt auf Mensur?«

»Sechsunddreißigmal, Leibbursch!«

»Und wie oft abgestochen?«

»Dreißigmal, Leibbursch! Fünfmal ausgepaukt, einmal von den Polypen gesprengt!«

»Freilich ... ein Fechter wie Sie! Bei welcher Fakultät sind Sie eigentlich?«

»Leibfuchs, was studieren wir augenblicklich?«

» *Jur. et cam.*, Leibbursch!«

»Eben! Das dacht ich mir doch!« sagte Werner Winterhalter befriedigt. Sein Korpsbruder Moritz Kühn wandte sein Monokel zu ihm zurück.

»Ja. Du hast's gut. Er hat nämlich ein höchst listiges Abkommen mit seinem alten Herrn. Schon vom Ende seiner Pennälerzeit her, vor dreieinhalb Jahren! Keiner von ihnen kümmert sich um den andern ... Jeder tut, was er will!«

»Schade, daß man den Vater nicht verborgen kann!«

Sie standen an der alten Neckarbrücke. Es war schon heller Tag. Unten rauschte der Fluß in raschem Schwall durch die Sandsteinbögen. Stumm schauten die Minerva und der Kurfürst Karl Theodor von ihren steinernen Sockeln auf die buntbemützte Schar.

»Meine Herren! Es steigt eine Bierrede!«

»Silentium für Winterhalter!«.

»Verehrte Anwesende! Wir sind den Schergen der Knechtschaft wieder einmal entronnen. Die Pflicht ruft. Die Augen Europas sind erwartungsvoll auf uns gerichtet! Enttäuschen wir das Vertrauen nicht! Meine Herren ... wir stehen hier vor dem Haus eines Philisters. Der Philister beabsichtigt, wie Sie sehen, seinen kümmerlichen Vorgarten mit einer Mauer zu umgeben! Ziegelsteine und Mörtel liegen neben dem Haustor bereit! Meine Herren! Hand aufs Herz: ist es nicht geradezu unsere Pflicht, dies Haustor zuzumauern? Meine Herren! Wozu braucht der Philister ein Haustor? Er kann doch durch das Fenster klettern!«

»Sehr richtig! Sehr wahr!«

»Ruhe! Ruhe! ... Steine her! Von Hand zu Hand ... Ordentlich in Fugen ... Ich verstreich den Mörtel...«

»Famos machst du das, Leibbursch! Man sollte meinen, du hättest schon einmal auf einem Neubau gearbeitet!«

»Hab ich auch!« sagte Werner Winterhalter. Auf einen Augenblick zerriß der Schleier der Erinnerung ... Es war ein Ausblick in ein fernes, graues, trübes, längst wieder versunkenes Land ... Schmutz und Schweiß und Not. Die flüchtige Spiegelung löste sich auf, schwand im Eifer, den Philister einzumauern. So! Fertig. Stille Seligkeit auf den Gesichtern. Aber nun Dauerlauf! Sonst wurde die Geschichte brenzlig. Erst ein paar Gassen weiter konnte man sich verschnaufen ... Untergefaßt ... Bummeltempo ... Ein schallender Gesang durch die stillen Häuserreihen:

> »Geht der Bursch in Amt und Stand,
> Ist er auch noch zu was nütze!
> Doch an seiner Klause Wand
> Hängt er Band und bunte Mütze.«

»Winterhalter ... der Fuchs wird schlapp!«

»Nehmt die Bierleiche untern Arm! Auf dem Bahnhof gibt's schwarzen Kaffee! ... Aber Herr Siebenhaar, schämen Sie sich denn nicht mit Ihren grauen Haaren? Immer noch nicht daheim?«

An der Straßenecke stand händeringend der alte Schutzmann.

»Jesses! Jesses! Do kumme Sie wieder anmarschiert!«

»Der Jüngling da hat sich beim Studieren übernommen, Herr Siebenhaar! Wir bringen ihn in die Klinik!«

»Eine akute toxische Psychose!« brüllte es von hinten.

»Und sie trugen einen Toten hinaus und riefen: Sankte! Sankte! Er aber verstand: Fangt ihn, fangt ihn! Und er entwich.«

»Höre Sie uff, Herr Winterhalter! Sie solle net singe, meine Herre! 's is verbotte! 's wird einem ja angst und bang bei dem Gebawwel ...«

> »Wer keine Sorge je
> Und kein Verzagen weiß,
> Und wer sich rasch erstürmt
> Des Lebens lecken Preis ...«

»Seie Sie um Gotteswille schtill!«

»Hier, Herr Siebenhaar! Hier haben Sie diese direktionslose Bierleiche inzwischen zur Aufbewahrung!«

> »Wer sich als alter Herr
> Doch stolz als Bursch bekennt,
> Der bleibt sein Leben lang
> Ein richtiger Student!«

» *Cantus ex*! ... Ein Schmollis den Sängern!«

»Fiduzit!«

»Vorwärts! Weiter!«

»Mit einer Geschwindigkeit von 0,5!« keuchte der kleine Hamburger. Er trug einen Haufen Backsteine von dem Neubau auf dem Arm, um sie nachher als ehrlicher Finder auf der Polizeiwache abzugeben. »Meine Herren ... der Tag hat begonnen. Da steht schon die erste Lerche: der Brezelbub!«

Der Brezelbub war gut fünfzig Jahre alt, ein pfiffig grinsender Kerl, der einen Korb mit Backwaren umgehängt trug. Das brachte den kleinen Hamburger auf eine fürstliche Idee.

»Brezelbub! Wieviel kostet der Kram?«

»Hunnert Mark, Herr Graf!«

Es sollte ein Witz sein. Aber der Kleine gab den blauen Lappen großmütig her, legte sich die Tragbänder des Korbes um die Schultern und pries mit schallender Stimme auf der maihellen, schon von vielen Leuten belebten Straße seine Ware an.

»Frische Salzbrezeln! Wasserweck! ... Herran, das Volk! Es kostet nischt!«

»Is wohr?« fragte ein kleiner Junge gierig, erhaschte eine Semmel und rannte davon. Andere drängten sich herbei. Der kleine Hamburger verteilte unermüdlich.

»Immer heranspaziert! Großer Ausverkauf! Volksfest erster Güte ... kolossaler Betrieb! Sie da, Madame! Befingern ist nicht! ... Tritt mir nicht auf die Hühneraugen, mein Sohn! Einer nach dem andern! Ran zum billigen Mann! ... Wer will den nächsten Wecken? ... Sie, verehrter Zeitgenosse, Sie haben noch nicht gefrühstückt. Ich seh's Ihnen an! Nur keine falsche Scham! Hier, bitte ...«

Er lief mit seinem Korb einem jungen Arbeiter in blauer Monteurbluse nach und bot ihm strahlend seine Semmel an. Der nahm sie, warf sie ihm, ohne ein Wort zu sagen, vor die Füße und ging weiter.

»Unverschämt! So'n Kerl.« ...

»Wer? Wer is hier e Kerl, du Lausbub?«

Der andere machte halt und drehte sich um und hob sich in den Schultern. Werner Winterhalter sprang dazwischen, um eine ganz gewöhnliche Feld-, Wald- und Wiesenkeilerei mit der Plebs zu verhüten. Er schaute dem trotzig dastehenden blonden Schlossergesellen ins Gesicht. Diese frischen blauen Augen und breiten Nackenknochen und Sommersprossen kannte er doch ... Ein Bild tauchte vor ihm auf von einst...

»Herrgott ... der Robert!«

»Ja.«

»Weißt du noch, wer ich bin?«

»Ha freilich!«

»Na ... daß man dich mal wieder sieht! Ich wollt damals immer noch mal raus und dir adieu sagen. Aber dann kam ewig was dazwischen. Und dann mußte ich auf die Universität...«

»Ha ... da is nix zu entschuldige!«

»Doch! Dir verdank ich das alles damals allein!«

»Ja – dees war e G'schicht!« sagte der Robert und lachte. Er war männlicher geworden in den fast vier Jahren und trug ein kleines Bärtchen auf der Oberlippe. Die beiden jungen Männer ließen ihre Hände ineinander ruhen. Sie waren eine Sekunde halb verlegen. Dann fragte Werner Winterhalter: »Na, erzähl doch ... was hast du denn die ganze Zeit gemacht?«

»Ich hab meine zwei Jahre abgedient ... bei den Pionieren...«

»Ich auch mein Jahr. Bei den Ulanen.«

»Und jetzt bin ich wieder beim Römer in Sandbeuren. Aber wie lang? 's is nix mit dene elektrische Wäge ... heut hab ich grad wieder in Heidelberg e Reparatur!«

»Was macht dein Vater?«

»O mei! Der alti Sterngucker! ... Der treibt's wie immer!«

»Und die blonde Krott ... wie hieß sie doch? Die Seegebiel-Elis?«

»Die heirat ich auf'n Herbst!«

»Famos! Nun besuch ich euch aber wirklich nächstens in Sandbeuren!«

Robert Kienast erwiderte darauf nichts. Er lächelte nur mit einem stillen Vorbehalt des Zweifels.

»Jetzt derf ich aber springe, daß ich zur Arbeit kumm!« sagte er. Werner Winterhalter reichte ihm wieder die Hand.

»Adieu einstweilen ... und die Geschichte da eben –«

»Ach ... der Borsch is besoffe!« sprach der Robert mitleidig. »Des sieht m'r ja. Bringt den norr ins Bett!«

Er ging eilig davon. Als Werner Winterhalter sich umwandte, sah er überall große Augen.

»Na ... hör mal ... Bekanntschaften hast du, so in der Morgenfrühe!« sagte Moritz Kühn. »Wer war denn der Kerl?«

»Ein Freund von mir!«

Die andern lachten über die Kateridee.

»Nee – im Ernst! Das *ist* mein Freund!«

Werner Winterhalter bückte sich und hob den Wasserweck von dem staubigen Boden auf.

»Herrgott ... laß das Zeug doch liegen!«

»Nein. Brot soll man nicht liegen lassen!«

Er steckte die verschmutzte Semmel in die Tasche. Der Fuchsmajor schnob ihn an: »Beim nächsten Biergericht werde ich gegen dich einen protokollierten Rüffel beantragen! Wegen inkommentmäßigen Verkehrs. Aber nun fall ich in die Klappe! Ich hab mir meine paar Augen Schlaf redlich verdient!«

»Ich bin auch stumpfsinnig!« sagte Moritz Kühn und gähnte. Die andern mit. Plötzlich waren sie übernächtig geworden. Müde. Schweigsam wanderten sie die Anlagen entlang. Irgend etwas hatte sich über ihre Laune gelegt. Die buntbemützten Köpfe hingen nach vorn. Nur Werner Winterhalter hielt seinen aufrecht. Er hatte die Kappe abgenommen, daß der Morgenwind sein braungelocktes Haar umspielte, und lachte und winkte mit der Hand in das offenstehende, ebenerdige Fenster einer Pension zur Rechten.

»Morgen, Kinder!« rief er vergnügt. Seine dunkeln Augen lachten mit. Unter dem brünetten Bartflaum der Lippen war ein verwegener Zug. Als er weiter weg war, lachten auch die drei jungen Studentinnen drinnen an ihrem Frühstückstisch, auf dem schon die schwarzen Ledermappen für die Morgenkollegien bereitlagen. Die eine sagte seufzend: »Randaliert haben sie wieder heut nacht! Man konnte kein Auge zutun!«

»Und der Lange da, der ist immer der Haupthahn!«

»Eigentlich ist's ja ein wunderschöner Mensch!« sprach die kleine Blasse am Fenster und schaute hinter der Gardine dem bunten, von Werner Winterhalters dunklem Haupt überragten Trupp nach.

»Das ist er!« meinte die schwarzhaarige Kandidatin, die dicht vor dem Doktorexamen stand. »Aber ich wollte, er brächte seine Reize weniger lärmend zur Geltung! Immer ist um ihn herum ein Spektakel ... ich kenn ihn schon ...«

»Ich kenn ihn auch!« sagte vom Kaffeetisch her, wo sie sich behaglich einen Kipfel in die Tasse tunkte, die Jüngste mit ihrer tiefen Kinderstimme. »Schon von früher. Der war immer so ein tolles Huhn. Einmal war er doch vier Wochen bei meinem Vater Taglöhner.«

»Was?«

»Ja. Um seinen Alten zu ärgern! Gelang ihm auch! Das war, wie ich noch in Tertia war.« Die Kleine stand auf und trat mit vollen Backen zum Fenster. »Herrjesus ja ... nun spannen sie doch wahrhaftig an der Schießtorstraße den Droschkengaul aus, und er reitet nach Hause! Es sind wirklich zu dumme Jungen!«

Sie sprach es mit der ganzen Verachtung ihrer achtzehn Jahre. Die andern beiden lachten. Die kleine Blasse nickte: »Ich finde sie ja auch wahnsinnig komisch. Wenn sie sich so feierlich, mit steifem Arm, grüßen, das ist zum Wälzen!« Und die angehende Doktorin, die älter als die andern war, meinte: »Die, die so dick vom Bier sind, die find' ich gräßlich! Aber der da geht!«

Ja. Der ging. Darin waren sie stillschweigend einig. Sie saßen wieder alle drei friedlich am Frühstückstisch. Ein Blütenstrauß überduftete die dampfende Kaffeekanne, das schneeweiße Tuch. Vom Fenster her vergoldete ein schräger Morgenstrahl die frischen jungen Köpfe mit den klaren ausgeschlafenen Augen, die schlanken Gestalten in weißen Blusen und Röcken. In der Ecke durchschmetterte ein Kanarienvogel den häuslichen Frieden. Ganz in der Ferne verklang, um den Droschkengaul und seinen Reiter herum, der Gesang:

> »Ich habe keine Pflicht verletzt ...
> Ich trinke ... trinke ... trinke!«

Die Jüngste warf einen Blick auf die neben ihr liegende, bis auf die Abschrift fertige Doktordissertation ihrer Kommilitonin.

»Au fein!« sagte sie, an ihrem Kipfel kauend. »Das Mehl im Welthandel‹ ... Ich wollt, ich kriegt mal auch so was!«

»Na, vorläufig bist du erst im zweiten Semester, Eva!«

»Ja, leider!«

»Was hören Sie denn heute, Fräulein Römer?«

»Ach, ich schinde für den Anfang noch so 'rum! Allgemeine Nationalökonomie ... und dann will ich mal bei Kuno reinschauen!«

Der vertraulich mit seinem Vornamen »Kuno« Genannte war der weltberühmte Philosoph der Universität. Die drei Mädchen erhoben sich, fuhren sich vor dem Spiegel über die Haare, setzten sich ihre Strohhüte auf und traten, die Mappen unter dem Arm, vor das Haus. Auch andere kamen aus der Pension. Ein paar Japaner, Yankees, Russinnen, ein türkischer Arzt. Alles wanderte dem Museumsplatz, der fünfhundertjährigen Weisheit der Ruperto-Carola zu.

Den ganzen Vormittag war von dem unansehnlichen Gebäude mit dem Uhrturm auf dem Schieferdach ein Kommen und Gehen. Während der akademischen Viertel standen da dicke

Gruppen von Studenten, junge Mädchen mit Kollegienheften darunter. Der Droschkenhalteplatz daneben am Brunnen war heute leer. Alle Landauer waren drüben überm Neckar, um den C. S. zum Paukboden in die Hirschgasse zu bringen. Erst als mittags die Vorlesungen und die Mensuren zugleich ihr Ende erreichten, belebte sich die Hauptstraße wieder von Rädergerassel, Hundegebell und farbigen Mützen. Eva Römer trat mit ihren Freundinnen aus dem Tor der Universität und sagte: »Also … mit Althochdeutsch könnt ihr mich jagen! Der sieht mich nicht wieder!« und unterbrach sich: »Gott, da sind die Kinder ja wieder …«

Unter den »Kindern« verstand sie die Kämpen der Hirschgasse.

»Da kommt ja unsere Beauté!«

»Warum hat er denn die kleine Reisemütze auf?«

»Ich weiß nicht!«

»Vielleicht reist er ab, und der Straßenlärm nachts hört auf!« meinte die Kandidatin hoffnungsvoll.

»Ach – das tät mir leid – ich seh ihn so gern!«

»Ich auch!«

Werner Winterhalter schlenderte in einer elastischen und selbstbewußten Haltung heran, das Stöckchen in der Hand. Er war ausnahmsweise allein. Vor der Universität blieb er einen Augenblick gedankenlos stehen und sah sie an.

»Jetzt wundert er sich nämlich, was das für ein Haus ist!« sagte Eva Römer zu ihren Freundinnen.

»Nein! Er hat Angst gekriegt. Er macht, daß er weiterkommt!«

Der Studiosus Winterhalter ging vorbei. Von den »Bummlern«, wie sein Sprachgebrauch die Kollegbesucher auf der Hochschule nannte, nahm er keine Notiz. Aber er hörte die drei Mädchen neben sich lachen und sah auf die Gruppe mit einem zerstreuten Wohlgefallen. Schritt weiter, einen vergessenen kleinen Blutspritzer hinten im Genick. Blieb stehen. Fuhr sich mit der Hand über die Stirn und schaute zurück. Kam wieder. Er und Eva Römer lachten zugleich und gaben sich die Hand.

»Herrgott ja … heut find ich alle alten Freunde wieder, von damals«, sagte er. Er hatte noch den stämmigen pomadigen Backfisch jener Zeit im Sinn. Jetzt war sie gewachsen, schmächtig und schlank. Mädchenhaft geworden. »Erinnern Sie sich noch, wie ich Ihre Ferienaufgaben gemacht hab?«

»Gott und wie!«

»Und nun studieren Sie hier?«

»Schon im zweiten Semester.«

»Komisch … Ich hab Sie nie gesehen!«

»Ich Sie oft!«

»Wirklich?«

»Erst heut nacht, wie Sie mit dem Mops unter dem Arm den Laternenpfahl hinaufgeklettert sind. Ich wohn doch gerade gegenüber.«

Er runzelte mißmutig die Stirn und ging neben ihr in der Richtung nach der Peterskirche weiter.

»Na … diese Heldentaten … ich war nämlich eben im Begriff, einen leichten Moralischen ins Grüne zu führen. Einer von meinen Korpsbrüdern hat überhaupt das heulende Elend. Liegt auf dem Sofa und revoziert und depreziert seine Existenz. Aber nun erzählen Sie mal: Wie geht's Ihnen denn?«

»Ganz gut! Ich büffel nach Noten! Ich arbeite auf die Fabrikinspektorin oder so was Gutes hin.«

»Das wäre doch schade …«

»… wenn man seinem Vater so rasch wie möglich aus der Tasche kommen muß? Ja, Sie haben leicht lachen. Ihr Vater verdient Geld wie Heu. Meinem gelingt's regelmäßig vorbei. Es geht daheim bei uns gar nicht gut – nee, gar nicht. Das ist ein offenes Geheimnis!«

Sie stieg frisch bergauf, das Grün des Heidelberger Kastanienwaldes über ihrem blonden Haupt, Sonnenzittern durch die Lücken des Laubs auf ihrem weißen Kleid.

»Warum haben Sie denn heute Ihre schöne bunte Mütze nicht auf?«

»Ich hab nicht aufgepaßt vorhin ... Ich hatte was anderes im Kopf ... Da schlug mir der Stöpsler wahrhaftig eine Prim herein. Na ... der Knabe besah ja dann sein Teil ... Aber die Mütze hält nicht auf dem Verband.«

»Und das nennen Sie studieren?«

»Diese rhetorische Kunstfrage höre ich öfters«, sagte Werner Winterhalter tiefsinnig. »Nun auch gleich wieder von Ihnen. Alle Leute in Heidelberg haben was gegen mich. Ich hab so eine dumpfe Vorstellung, ich werd hier nicht alt! Im Vertrauen: das *consilium abeundi* ist schon unterschrieben!«

»Also hatte Ihr Vater eigentlich ganz recht, daß er Sie damals nicht von der Strippe lassen wollte!«

Werner Winterhalter schlug sorglos mit seinem Stöckchen einem unsichtbaren Feind eine blitzschnelle Doppelterz über den Stulp. Unwillkürlich gefiel ihr das kraftvolle Ungestüm der kindischen Bewegung. Sie sah von der Seite sein trotziges Profil mit den lachenden dunklen Augen. Die Freundin hatte heute früh recht: er war wirklich ein schöner Mensch!

»Sorgen Sie sich nur nicht um meinen alten Herrn. Der benimmt sich seit Jahren unerwartet anständig. An dem könnten sich andere Väter ein Beispiel nehmen.«

»Aber was er sich dabei im stillen denkt ...«

»Gott – das ist doch unmaßgeblich!« sprach Werner Winterhalter leichthin. Seine Worte atmeten eine milde Nachsicht mit den Schwächen der älteren Generation.

»Und wie lange wollen Sie denn das noch so treiben?«

»Keinen Schimmer! Vorläufig bin ich im Korps direkt unentbehrlich ... Wenn nicht der Prorektor mit roher Faust meine Studien unterbindet ... sagen Sie mal: wohin klettern wir denn hier eigentlich?«

»Ich geh nach Hause! Durch den Wald! Immer über den Sonntag. So. Nun adieu. Sie müssen doch wieder zu Ihrem Korps zurück.«

»Nee ... ich überlass' die Blase heut mal ihrem Schicksal!«

»Ich denke, es geht nicht ohne Sie?«

»Einmal muß es ja doch. Geben Sie doch her. Ich kann das gar nicht sehen, daß Sie sich mit der schweren Mappe schleppen!«

»Das ist gewiß auch das erstemal, daß Sie so etwas in die Hand kriegen!«

»Na natürlich!« sagte er, beinah erstaunt über ihr Lachen. Er kam sich selber komisch vor mit der dicken, schwarzen Kollegmappe unter dem Arm: Gut, daß einen niemand sah. Er nahm eins von den Heften heraus und blätterte darin ... Stichworte in steiler, großer Mädchenhandschrift: ›Wirtschaftliche Krisen ... Arbeitslosigkeit ... Rückgang der Lebenshaltung ... Durch Sinken der Kaufkraft Rückschlag auf die allgemeine Produktion ... Verringerung der nationalen Arbeitskraft durch schlechtere Wohnungsverhältnisse ... Säuglingssterblichkeit ...‹ »Das schreiben Sie sich nun so alles auf, was Ihnen da der Greis auf dem Katheder vorspiegelt!«

»Dazu bin ich auf der Universität.«

»Kapieren Sie's denn auch?«

»Wenn man's daheim ewig vor Augen hat? Papa muß ja fortwährend Arbeiter entlassen. Jetzt schon. Leute mit fünf, sechs Kindern!«

Plötzlich der Ernst des Lebens ... eine sonderbare Frühreife auf ihrem frischen Gesicht. Er schüttelte den Kopf, wie um einen Gedanken zu verscheuchen, der ihn ansummte gleich einer zudringlichen Fliege, und musterte sie von der Seite beim Weitergehen mit einem verstohlenen Lächeln. Eigentlich sehr niedlich ... noch so ganz jung, knospend, knapp achtzehn, in ihrer schmächtigen, sorglosen Anmut, im raschen Faltenschlag ihres weißen Kleides um die zarte Gestalt, während sie die braunen Schnürschuhe energisch voreinander setzte. Den Hut hatte sie abgenommen und trug ihn in der Hand. Ein drolliger Eigensinn lag um die roten Lippen, die blauen Augen waren klar und ahnungslos wie die eines Jungen.

»Wie nett Sie sich die Zöpfe um die Ohren gelegt haben!« sagte er und wies auf die gold-
blonden Schnecken rechts und links. Es war ihm, als sei auf ihren Wangen einen Augenblick
eine feine Röte. Aber sie antwortete nur: »Ach, lassen Sie doch den Blödsinn!« Es klang wenig
verbindlich. Das Gefühl harmloser Kameradschaft, das sie mit den andern Hörern im Kolleg,
Studenten und Studentinnen, verband, brachte sie ihm gegenüber nicht auf. Er kannte ja die
Hörsäle nur von außen. Er kam ganz von wo anders her.

Er atmete tief die reine Luft. Alles so rein. Nichts von Tabaksqualm und Kellnerinnen und
dem Gelichter. Säuberlich wie 'ne Puppenstube! Finkenschlag und Mailaub und Sonnengold
und Himmelblau ... ein gesittetes Gespräch mit einem kleinen Mädel statt des homerischen
Wortwechsels mit dem Nachtrat ... Eigentlich Torheit! Wozu gehörte 'n Mops in die Laterne?
So kolossal war der Scherz, bei hellem Tag besehen, gar nicht...

»Mein Moralischer verstärkt sich, Fräulein Römer!«

»Glaub ich nicht!«

»Doch! Mir ist so sonderbar!«

»Ach! Ich höre Sie schon morgen nacht wieder randalieren!«

»Nee ... ich weiß nicht ... wenn man so denkt ... es muß doch alles mal ein Ende nehmen...«

Und er dachte sich: Ja, was denn? Die Kleine da, die ist ja wie der Vorbote der Wirklich-
keit ... Man lebt ja wie in einem dumpfen Nebel mit Plempengeklirr und Biergerichten und
Renommierbummelei ... und der Scheitel beim Friseur ... und –

»Pfui!«

»Was denn?«

»Ihr Karbolgeruch ... 's ist wirklich schade um die schöne Waldluft.«

Er ärgerte sich wieder. Frei ist der Bursch! Das verstand so ein Wurm natürlich nicht! Ein
Kind, das man Hals über Kopf da drüben in der Ruperto- Carola mit Weisheit vollnudelte. Er
bemitleidete die Kleine: »Haben Sie denn wirklich die versteckte Absicht, künftig so in Fabriken
herumzuklettern, ob da alles in Ordnung ist?«

»Ich muß sehen, wo ich 'ne Stellung krieg! Zu tun ist überall furchtbar. Die Not ist groß.«

Es klang sonderbar von diesen jungen, roten Lippen: »Die Not ist groß.« Beinah feierlich.
Wissend. Und wie eine Verwirklichung ihrer Worte, wie ein mächtiges, unwahrscheinliches
Spiegelbild erhoben sich vor ihnen, während sie aus dem Wald traten und die weite Rheinebene
vor sich liegen sahen, dicht da vorn am Hang, die Burgen der Arbeit, die Fabriken von Sandbeuren, von schwindelnd hohen Schloten überragt, von schwerem, funkenreichem Qualm überbrü-
tet. Die Fensterreihen der vierstöckigen Sandsteinkasernen glitzerten blutrot in der Nachmittag-
sonne. Kein Mensch war zu sehen. Aber ein gedämpftes unermüdliches Summen und Brummen
der Maschinen erfüllte von nah und fern mit einem geheimnisvollen düsteren Klang die Welt.

Eva Römer wies auf die toten Fische am Rand eines Bachs.

»Die Papierfabrik!« sagte sie. »Die Singvögel sind bei uns auch schon beinah alle weg.«

Die Luft hatte sich verschleiert. War grauer, schwüler, schwerer. Zeigte, je näher man kam,
die Dinge wie durch ein trübes Glas: Die Ultramarinfabrik mit ihren blauen Pfützen im Hof,
ihren blaubespritzten Türen, ihren blaugefärbten Arbeitern, die blendend weiß überpuderte
Kunstmühle, in deren Dunkel Dutzende von Schneemännern hantierten, das weithin gelagerte,
unheimlich in dräuenden, weißlichgrauen Schwaden dünstende Zementwerk, die Dampfziegelei,
die aus ihrem riesigen Ringschornstein eine pechschwarze, pilzartig nach oben verbreitete Wolke verfinsternd über den halben Himmel sandte. Vom Römerschen Werk her kamen, obwohl
es noch lange nicht Feierabend war, ein paar Gruppen. Ein schnurrbärtiger Mann mit Frau und
Kindern ... ein älterer Arbeiter ... noch einer...

»Das ist eben schrecklich!« sagte Eva Römer. »Papa muß Samstags immer Leute entlassen!
Er läßt sie lieber schon vor Arbeitsschluß gehen. Es gibt sonst immer solche Aufregung. Guten
Abend, Frau Schönke! Philippche ... mach mir mein Kleid nicht schmutzig! Du hast Dreckfin-
gerche, Alterle! Weißt du das? ... Wie ist's denn, Frau Schönke? Hat Ihr Mann schon Arbeit?«

»Er geht jetzt gleich ins Hessische hintere ... zu der Überlandzentrale ... ich bleib mit den
Kinnern hier und wasch!«

Der Student und die Studentin waren stumm weitergegangen, an dem Neubau der Fabrik elektrischer Artikel entlang, und Werner Winterhalter sagte lachend, wie um sich von einem Druck zu befreien: »Toller Gedanke, daß das auch meiner Hände Werk ist! Das Steinekarren war kein Spaß!«

Sie blieb am Gittertor der väterlichen Villa stehen und sah ihn an, als suche sie in dem übermütigen jungen Nichtstuer den sonnengebräunten, knabenhaft trotzigen Athleten im Arbeitskittel von einst.

»Ein netter Zeitgenosse war ich damals – was?«

Eva Römer nahm ihre Mappe an sich, reichte ihm die Hand zum Abschied und fragte mit ihrer tiefen, aufrichtigen Kinderstimme: »Soll ich Ihnen einmal etwas sagen?«

»Bitte!«

»Sie haben mir damals viel besser gefallen! Adieu!«

Sie lief, ohne sich nach der Wirkung ihrer Worte umzusehen, ins Haus. Sie hatte nachträglich einen roten Kopf bekommen und war doch froh, daß sie die Wahrheit nicht bei sich behalten hatte. In seinem Privatkontor, am offenen Fenster, an dem sie vorbeikam, saß ihr Vater und fragte, halb geistesabwesend, den Buchhalter, der neben ihm stand: »Also müssen wir heute wieder fünf Leuten innerhalb vierzehn Tagen kündigen? Haben Sie die Liste? ... Die mit dem Kreuz? ... Der Kappel ... der Grainer ...

Dossenbach *II* ... Flieg ... Bühler ... alle verheiratet?«

»Darum können wir uns jetzt nicht mehr kümmern!«

»Nein! Wenn man selber ... man wird müde in der Tretmühle, lieber Braun, man wird müd! Also gehen Sie und schreiben Sie's in Gottes Namen den fünfen.«

Theodor Römer blieb, nachdem ihn der Buchhalter verlassen, still am Schreibtisch sitzen. Er stützte den Kopf auf die Hand und stöhnte schwer auf. Gram und Mutlosigkeit auf dem gealterten und gefurchten Gesicht. Der Seufzer kam ihm ebenso aus dem tiefsten Herzen wie denen da draußen, den Entlassenen, die auf der Landstraße einer ungewissen Zukunft entgegenwanderten. Es war ein Gesetz über den Dingen. Ein unerbittliches Muß ... Stärker als Arbeitgeber und Arbeitnehmer. Ein eherner Zusammenhang von Ursache und Wirkung, wie seine junge Tochter drüben in Heidelberg sich das mit ihren festen, eckigen Schriftzügen ins Kollegheft schrieb ... die industriellen Krisen und ihre Not.

Es tutete tief dröhnend um die Ecke herum. Das wilde Gelächter einer Heulsirene schrillte warnend durch das Schnattern der Auspuffklappe. Ein grau getünchter, niederer, fischförmiger Rennwagen schoß in atemloser Hast vorbei, Monteure auf ihm, die Hauben in der Stirn, den Blick stählern gradaus über Steuer und Weg ... Auf dem tanzten die Kiesel, wirbelte der Staub, füllte durchdringender Bezingeruch die Luft ... Blieb in ihr stehen wie eine Mahnung, lange, nachdem das Automobil der Firma Winterhalter wieder verschwunden ... Die siegreiche Konkurrenz war vorbeigerast, den feindlichen Fabrikanten mitsamt seinen Arbeitern hinter sich auf der Strecke lassend, und der Mann am Schreibtisch oben schüttelte den Kopf und malte umsonst Ziffern und Zeichen vor sich auf das weiße Papier. Es half nichts. Noch immer war kein Ersatz für das schwere Blei der Akkumulatoren gefunden. Seine Elektromobile erlagen der toten Last ...

Werner Winterhalter ging unterdessen langsam dem Dorf zu. Die Sonne war jetzt schon im Sinken und warf vor ihm her seinen eigenen langen schwarzen Schatten über den weißen Staub. Es sah sonderbar aus. Fast unheimlich. Und plötzlich längst vergessene heulende Laute in der Luft, schrille Pfiffe, Gebrüll aus Dampfrohren, wie die Stimme eines Riesen: Feierabend über Rädern und Riemen ...

Die Eisengitter der Fabrikhöfe taten sich auf. Erst zeigten sich an ihnen einzelne schwarze Punkte, dann begann es plötzlich zu quellen wie aus einem geöffneten Wehr, floß in langen dunklen Bächen über die Feldwege, rann nach der Eisenbahnstation und der Straßenbahn, strömte von allen Seiten, überflutete die Chaussee. Unversehens war Werner Winterhalter mitten zwischen diesen ernsten Gesichtern, diesen klappernden Blechgefähen, diesem Dunst von Menschen und Kleidern: jäh rief ihm der Geruch die Erinnerung wach. Ein Mädchen lachte und zeigte auf die beiden bunten Bänder auf seiner Brust. Er schob sie unter Weste und Krawatte zurück, in einem merkwürdigen schlechten Gewissen, und ging zwischen den Gruppen weiter, unwillkürlich mit in demselben gleichmäßig schüttelnden Tritt der Männer, der an gediente Soldaten erinnerte. So war er damals auch vom Bauplatz hereingegangen. Ein junger Arbeiter unter andern. Seltsam: jetzt tauchte das alles wieder auf...

Und über Schlot und Abendrot, über Mensch und Masse die ewige Mahnung des Buches Mosis: ›Im Schweiße deines Angesichts sollst du dein Brot essen....‹

Vorhin, im Maienwald, an der Seite der kleinen Römer, hatte er einmal wie durch einen Wolkenriß in die Zukunft gesehen und sich gedacht: Vor mir, im Leben, steht die Frau! Jetzt, im Abendgrauen, unter diesem wandernden Strom dunkler Hüte, dunkler Röcke, dunkler Stimmen dachte er sich: Vor mir im Leben steht die Arbeit ... steht das Volk...

Im Dorf lehnte, feist und rosig wie damals, der Metzgermeister Schickedanz vor seinem Laden. Gegenüber begoß der Ratschreiber Seegebiel die Nelken im Vorgarten. Seine Tochter, die blonde Elis, schwatzte mit der schwarzen Walburg von gegenüber und wurde feuerrot auf die Frage, ob da noch der Robert Kienast wohne.

»Jawohl! Als noch wie früher!«

»Sei Babbe auch, der alti Simpel!« schrie die Walburg.

Niemand erkannte den fremden Herrn. Man wunderte sich, wie er ohne weitere Erkundigungen den Weg fand, die steile Hühnertreppe hinaufstieg, an die Tür rechts klopfte. Das Zimmer, in das er trat, schien ihm im Dämmern leer. Vor dem Dachfenster gurrten, wie einst, die Tauben. Auf dem Holztisch in der Mitte lagen mühsame, die schwere Hand eines jungen Arbeiters verratend, Maschinenzeichnungen aus dem abendlichen Fortbildungskursus. Es erinnerte ihn an Eva Römers Kolleghefte. In beiden, dem Schlossergesellen wie der Studentin, der gleiche Wille zum Wissen. Auf dem Wandbrett standen geliehene Bücher aus dem Volksbildungsverein...›Sonntag eines Arbeiters‹...›Aus der Werkstatt des Lebens‹ ...›Gut Deutsch ohne Lehrer‹ ...ein Hunger nach Licht hier überall. Ein Unbehagen in Werner Winterhalter. Er dachte an den nächtlichen Mops in der Laterne. Und um einen rang es hier mit tausend Seelen...

»Der Robert is weg!« sagte eine Stimme aus der Ecke. »Sie habe ihn hole lasse. Es is eins auf der Streck verunglückt!«

Da saß der alte Fabriknachtwächter Kienast auf seinem vom Tagesschlaf zerwühlten Bett, die Augen noch tiefer eingesunken, die Züge unter dem schütteren grauen Vollbart noch gefurchter wie damals. Neben ihm starrte es links und rechts wie zwei riesige Teufelshörner schräg in die Luft. Die Rippen seines nie fertigwerdenden Flugzeugs, an dem er herumbastelte. Es war unbegreiflich, wie er in dem Zwielicht noch etwas sehen konnte. Aber seine Pupillen waren seit Jahren an das Dunkel der Sterne gewöhnt.

»Na, Papa Kienast ...immer noch im Geist in den Lüften? Kennen Sie mich noch?«

»Freilich kenn ich Ihne!« sagte der Alte geheimnisvoll und stand auf. »Aber ihr kennt mich noch nit, ihr Leut: ’s is so weit! In vierzehn Tagen flieg ich!«

»Wahrhaftig?«

»Sell macht mir Bläsier, mal dem Römer sei Fabrik von obe anzugucke, statt sie ihm jedi Nacht zu bewache...« Er knüpfte seine alte Joppe zu, hustete und öffnete die Tür, um zu gehen und seinen Nachtdienst anzutreten. Auf dem Vorplatz, vor dem offenen Nebenraum, hemmte er den Fuß. Dort hantierten Männer, flatterten Kerzen, polterten dumpfe Schritte.

»Jesses! Do hawwe sie ihn gebracht,« sagte er halblaut, »is er tot, Robert?«

»Ha ...soll eins noch lebe, mit hundertzwanzigtausend Volt im Leib! Ganz fest am Mast von der elektrischen Leitung hot er gehange! Wir hawwe die ärgst Müh gehabt, ihn mit Isolierzange herunterzuhole, ohne daß es uns auch noch gepackt hot.«

»Dees war e bös Stück Arbeit!« sagte ein anderer junger Monteur.

»Blau und grüne Flamme hot’s aus dem Kurzschluß rausgehaue – so lang wie mei Arm...«

Bleiche Gesichter über den blauen Blusen. Werner Winterhalter stand hinter den anderen. Sah über ihre Köpfe hinweg. Sah das wachsbleiche Haupt eines älteren schnurrbärtigen Mannes

auf dem weiß und blau gestreiften Kissen, die bläulichen Lippen verzogen, das bläuliche Weiß
der Augäpfel offen im Kerzenlicht. Ein Gemurmel: «Wie heißt er denn?«

»Wir habe ihn als norr den Philipp genannt. Er is von owwe runner, aus'm Schwarzwald!«

»Hot er Fraa und Kinner?«

»Vielleicht daheim!«

»Also schreiben wir vorläufig: Ein Arbeiter.« Der Kassenarzt sagte es halblaut und machte sich
Notizen für den Totenschein in sein Taschenbuch. Es klang seltsam in Werner Winterhalters
Ohr – dies trockene »ein Arbeiter« … Es umfaßte in seiner Unbestimmtheit etwas Wesenloses,
Ungeheures. Schien ein Sinnbild für millionenfaches Sein und Atmen und Vergehen. Und wie
er wieder in den kahlen, schrägen Dachraum schaute, erfaßte ihn ein Schrecken. Das war ja
seine eigene Schlafstelle von damals, das war sein wurmstichiges, niederes Bett, auf dem jetzt
der Tote ruhte, und ihm schien, als suchten dessen offene weiße Augen durch das Gedränge der
Arbeiter ihn – gerade ihn – als wollten sie ihn stumm etwas fragen …

Er wandte sich ab und drückte Robert Kienast, der ihn jetzt erst erkannte und verblüfft ansah,
die Hand.

»Ich komm ein andermal!« sprach er und stieg vorsichtig, die bunten Bänder goldenen Stu-
dentenleichtsinns unter seinem Rock bergend, die Treppe hinab. Die Menge, die vor dem Haus
unten schon die Gasse füllte, hielt ihn für einen Amtspraktikanten oder sonst einen Vertreter
der Behörden und machte ihm Platz. Er drängte sich durch und lief hinaus in das Dunkel der
Frühlingsnacht … zu Fuß den stundenweiten Weg nach Heidelberg zurück …

Die Korpskneipe donnerte vom Gepolter des Fuchsritts: »Was kommt dort von der Höh?«
Eine dicke blaue Rauchwolke stand längs der Decke über der langen Tafel mit ihren Krügen und
Kommersbüchern, trübte die zahllosen, buntbemützten Bilder der alten Herren an der Wand.
Vor dem Bierfaß hockte »Herr Maier«, die alte einäugige Bulldogge, und schlapperte gedan-
kenvoll, wie jeden Samstagabend, das Tropfbier aus der Blechschüssel unter dem Hahn. An
ihr vorbei, von der einen Schmalwand zur andern, ritten die Füchse im Gänsemarsch auf den
Strohstühlen, in verschnürten Pekeschen, das gestickte Zerevis hinten auf dem Haarwirbel. Der
kleine Fuchsmajor dirigierte mit erhobener Hand tiefernst: ›Was macht die Frau Mama?‹, und
jauchzend tönte der Chor:

> »Sie fängt dem Papa Flöh!
> Sie fängt dem ledernen Papa Flöh!
> Ça, ça, Papa Flöh!
> Sie fängt dem Papa Flöh!«

»Winterhalter, warum bist du denn heute so stumpfsinnig?«

»Schon den ganzen Abend ist er's!«

»Laßt ihn! Er hat einen Bombenmoralischen!«

»Hab ich auch!«

Die lustigen jungen Leute lachten. Werner Winterhalter erhob sich mit einem jähen Ruck.

»Es hat alles seine Zeit, Kinder! Das ist nun gewesen!«

»Wohin, Leibbursch?«

»Nach Hause!«

»Um halb eins! Bist du bierkrank?«

»Dageblieben! Die Polypen erwarten heute noch von uns Großes!«

»Gute Nacht!«

»Ach, der kommt ja wieder!« meinte sein Leibfuchs. Aber die Zeit verstrich, die Fidelitas
erreichte ihr Ende und pflanzte sich tosend auf die Straßen hinaus fort, ohne daß Werner Winterhalter noch einmal im Kreis der Genossen erschien.

Mit ungewohnt klarem Kopf stand er am andern Morgen am Fenster seiner Bude. Draußen
summten die Kirchenglocken durch die Feiertagstille. In ihm war ein sonderbares Staunen. Am
meisten über sich selbst. Daß man auf einmal so anders werden konnte … oder war das nur ein
Zeichen von Schwäche? Mußte man solche Anwandlungen nicht mannhaft niederkämpfen, ehe

sie einem das Leben trübten? Dies freie Burschenleben – die Lust der Waffen und der Lieder: »Sind wir nicht zur Herrlichkeit geboren?«

Ja, freilich war man zur Herrlichkeit geboren. Ein Sonntagskind des Glücks. Aber eben darum. ...Er fuhr in den Rock, den er gestern früh beim Nachhausekommen von der durchbummelten Nacht über das Sofa geworfen. Den hatte die Phileuse inzwischen ausgebürstet. In der Tasche stak etwas Hartes. Er nahm es heraus. Es war ein Stück zerdrücktes und verstaubtes Brot. Die Semmel, die gestern Robert Kienast dem kleinen Hamburger vor die Füße geworfen...

Er legte das hart gewordene Brot auf den Tisch, stand davor, sah es an. Es sprach eine stumme Sprache von Millionen, die im Schweiß des Angesichts dies Brot verdienten und doch oft Not litten und den Tod fanden um das Brot, wie gestern abend in der Dachkammer drüben der stille Mann mit den bläulichweißen Augen. Es war wie ein feierlicher Dreiklang: »Brot, Not und Tod!« Und mahnend wie Menschenstimmen riefen von nah und fern die Glocken.

Moritz Kühn war eingetreten, mit ihm die verkaterte Bulldogge, die am Schwanzstummel an kurzer Strippe scherzhafterweise einen roten Kinderluftballon trug.

»Na ... du kümmerliches Gebilde! Was macht das graue Elend?«

»Wir müssen heute einen C. C. einberufen und die erste Charge neu besetzen!« sagte Werner Winterhalter. »Ich werde heute noch inaktiv! ... Nein – rede nicht, Moritz! Das verstehst du nicht! Jetzt fängt der Ernst des Lebens an.«

»Ernst des Lebens ist gut! Was willst du denn tun?«

»Arbeiten!«

5

Himmel über Heidelberg. Der Heiligenberg drüben vom Fuß bis zum Bismarckturm weiß von Blüten, oben grün vom jungen Laub. Lachender, kühler Aprilwind durch das offene Fenster. Er schüttet rosafarbene Pfirsichblüten über den schwarzen Spiegel des Tintenfasses, zaust die Blätter der Dissertation auf dem Schreibtisch, wirbelt das oberste durch das Zimmer ...»Der Staatssozialismus in Theorie und Praxis, Dissertation zur Erlangung der Doktorwürde der Universität Heidelberg, vorgelegt von Werner Winterhalter, *cand. philos.*«.« Flieg du nur zu ...du sollst noch weit fliegen ...über die Neckarstadt hinaus ...in deutsche Lande ...Und wenn ihr noch jung seid, meine Gedanken, und Sturm und mehr noch gärender Most als klarer Wein, webt nur und wirkt und seid trotziges Leben von heute statt vermuffeltes, eingebüffeltes Wissen von gestern! Lieber eigener heißer Irrtum als die wasserdünne Weisheit der Gerechten ... Werner Winterhalter hob das Blatt wieder auf, legte es auf die andern, durchlas die letzte, noch tintenfeuchte Seite, stützte den dunklen Kopf auf die linke Hand, vom Frühling schwer ...seinen Hauch um die Wangen ...im Ohr ein Summen und Wandern: »Der Neckar rauscht ...die Sonne geht, der Wind von Wolke zu Wolke weht ...und Storch und Krähen fliegen ...juchhe – in langen Zügen« ...Sonnengeglitzer über den grauen, alten Dächern der Musenstadt ...dort drüben, ein paar hundert Schritte weit, auch am offenen Fenster eines Giebelstübchens, zwischen windbewegten Gardinen, ein blonder Mädchenkopf, das Gesicht in den Händen vergraben, über ein Buch gebeugt wie er. Er lächelte unwillkürlich über den Ernst seiner Arbeit hinweg, hob sein Taschentuch und schwenkte es, lachenden Übermut in den dunklen Augen. Drüben, über dem bläulichen Rauch der Küchenschlote, flatterte ein weißer Gruß dagegen wie ein kleines Banner der Wissenschaft. Dann wußten die beiden, der Kandidat und die Studentin, plötzlich nichts mehr voneinander, schauten angestrengt auf ihre Arbeit nieder, Werner Winterhalter hier und Eva Römer dort. Und er runzelte die Stirn und überlas mit murmelnden Lippen seinen letzten Satz: »So liegt der Unterschied zwischen uns modernen Menschen allen weniger darin, was wir tun, sondern ob wir es sagen. Wenn ich am Schalter eine Postmarke kaufe oder eine Fahrkarte löse, erkenne ich das Monopolrecht des Staates unter zwangsweiser Ausschaltung des Unternehmergewinns an, befinde mich also eigentlich schon mitten im Zukunftsstaat, der...« Ein Schmetterling vor dem Fenster. ...Ein Zitronenfalter ...der Himmel dahinter blau ...drüben der blonde Kopf mit den eigensinnigen Schnecken am Ohr. Jetzt kann man sie deutlich sehen ... wo die kleine Römer nicht mehr beim Repetieren die Fäuste dagegen stemmt, sondern Exzerpte in ihr Heftchen kritzelt ...die glaubt immer noch alles ...denkt nicht, sondern lernt ...na ja ... unser täglich Brot gib uns heute ...der Mensch will leben. ...Vor einem das Leben ...so bunt, so weit, wie drüben, unermeßlich verschwimmend, die grüne Rheinebene. Unter einem, in enger Gasse, der Lärm der Stadt, Geschrei der Buben, Bellen der Hunde, Rädergerassel, Peitschengeknall. ...Da fahren sie drüben über die Neckarbrücke zur Mensur, in langen Wagenreihen, bunte Mützen. ...Das war ich auch einmal – zwei Jahr ist's her – vorbei, ohne Trauer. ...Was werden will, das häutet sich und wandert, sucht sich und seinen Sinn. ...Gegenüber wieder die zitterige Geige, dünn wie die herbe, zarte Vorfrühlingsluft ...der lange Theologe vom »Wingolf« spielt sie, mit andächtigem Augenaufschlag unter der Brille, spielt »Die Lore am Tore«. Alter Sohn, wie kommst denn du auf Liebeslieder? Setz dich lieber über dein Altes Testament, wie ich über List und Rodbertus und ...ja, wo war man denn stehengeblieben? ...»Im Zukunftsstaat, der...« Nur nicht immer an den blonden Kopf dort drüben denken! Die Eva, die ist so recht wie der April da vor den Fenstern, auch noch so herb, erster Frühling mit verschlossenen Knospen. ... Und auch so launisch wie der April, störrisch, eigensinnig, schaut doch überhaupt nicht mehr von ihrem Schmöker auf, obwohl sie genau weiß, daß man hier ...Meinetwegen! Tun wir's auch! Wie du willst! ...Die Wissenschaft benimmt sich weit manierlicher, die läuft einem nie davon, steht still wie ein Packesel, läßt sich viel aufladen...

»Aber auch rein politisch schreitet die Entwicklung des letzten Jahrhunderts unaufhaltsam auf der Linie des Staatsgedankens fort. Die allgemeine Wehrpflicht, das allgemeine Wahlrecht sind Pol und Gegenpol neuen bürgerlichen Lebens, das«...

Im Nebenraum war ein leichtes Geräusch. Werner Winterhalter sah von seiner Arbeit auf und durch das mit Eichenmöbeln aus dem schweren Reichtum des Elternhauses ausgestattete Gemach und dachte sich: Da schreibe ich von der Gleichberechtigung aller Menschen. Und dicht dabei im Schlafzimmer hantiert mein Diener. So bin ich. ... So sind wir alle ... der Sozialismus in Theorie und Praxis. ... Und morgen das Doktorexamen. Und dann steh ich am Scheideweg, ob man mich nach meinen Worten oder nach meinen Werken richten soll. »Karl, was trampeln Sie denn da auf einmal herum? Ich hab Ihnen doch befohlen, mich nicht zu stören!«

»Einer von den Herren Professoren ist draußen, Herr Winterhalter!«

»Donnerwetter!«

Werner Winterhalter sprang vom Schreibtisch auf. Da stand der Professor schon auf der Schwelle, den Schlapphut in der Hand, im blonden Vollbart, noch jung, trotz seiner Ordinariuswürde, kaum ein Dutzend Jahre dem Kandidaten voraus, seinen Studenten, eher ein älterer Kamerad. Burschikos und unbefangen.

»Na, Sie Prüfling ... Wie ist Ihnen denn nun so zumute vor morgen? Warten Sie nur, wenn ich Sie erst zwacke! Wie? Sie haben kein Kanonenfieber? Brauchen Sie auch nicht! Wir kennen Sie doch aus den Seminaren ... Eine Zigarre soll ich nehmen? Na, bei Ihnen wird's ja wohl ein rauchbares Kraut geben. Sie ... Sie junger Krösus ...« Er nahm Platz und schaute sich, die Havanna zwischen den Lippen, in dem reich ausgestatteten Raum um. »Aus dieser Umgebung saugen Sie wohl die umstürzlerischen Gedanken, mit denen Sie unsere ehrwürdige Ruperto-Carola ängstigen? Haben Ihnen in letzter Zeit nicht die Ohren geklungen, mein Lieber? Wegen Ihnen sind in der Fakultät die Geister aufeinandergeplatzt, daß ... na, ich will nicht aus der Schule schwatzen ...«

Er beugte sich vor und wurde plötzlich ernst.

»Also hören Sie mal: Ich beglückwünsche Sie zu Ihrer Dissertation, obwohl ich Sie ja nicht in Nationalökonomie, sondern in einem Nebenfach prüfe! Aber mit einem Tropfen sozialen Öls sind wir ja heutzutage alle gesalbt ... bei Ihnen ist's schon mehr ein Kübel! Ein paar von den älteren Herren der Fakultät waren geradezu entsetzt ...«

Werner Winterhalter lachte.

»Ich hab davon gehört, Herr Professor!«

»Na ... wir haben gesagt: Lassen wir das *Enfant terrible*! Barrikaden wird er nicht gleich auf der Hauptstraße bauen! Und wenn er ein bißchen zu lebhaft die rote Fahne schwenkt, es braucht ja nicht jeder gleich der Ochse zu sein, der darauf losgeht ... Mir zehnmal lieber als der herkömmliche Musterknabe mit dem kurzen Gedärm! Sie haben den Mut, die großen Fragen der Zeit wirklich zu durchleben ... in sich zu brechen, lieber Winterhalter ... Unterschreiben will ich ja Ihre polizeiwidrigen Seitensprünge nicht alle als offizieller Mensch in Amt und Würden! Aber ich hab mich in diesem Fall – mehr noch als sonst – gegen jeden akademischen Maulkorb ausgesprochen!«

Der Professor brach ab und rauchte. Werner Winterhalter saß ihm lächelnd gegenüber. Vogelhuschen vor dem Fenster ... Herrgott ... waren denn wirklich schon die Schwalben da? Kein Wunder bei *d e m* Frühling ... dem tiefen Blau über Heidelberg ... der goldenen Sonne ... dem blonden Kopf da drüben ... dem wehmütigen Geigenspiel des Wingölfle oben aus der Dachkammer:

>»Von all den Mädchen so blink und so blank
>Gefällt mir am besten die Lore ...«

Der frische Frühlingswind, der die dünnen Töne über die alten Dächer trägt, den zarten Scheitel drüben zaust: Studier nicht so viel ... Das Leben lacht! ... Das Leben liegt vor uns ... Das Leben ist weit ... Herrgott ja: da vor einem sitzt ja der Professor! Man muß aus seiner verliebten Verträumtheit zu sich kommen, wenn der da drüben auch gar nichts ahnt, sondern kopfschüttelnd den silbergrauen Aschenturm seiner Havanna betrachtet.

»So 'ne Zigarre ist an sich eigentlich schon ein Bestechungsversuch, Verehrtester! ...Ja, ja, wer so vorsichtig in der Wahl seiner Herren Eltern war wie Sie ...denn ein Privatdozent ohne Geld ...Sie wollen doch jedenfalls Privatdozent werden?«

»Ich weiß nicht, Herr Professor, ob ich je die rechte Ruhe zur Wissenschaft besitzen werde!«

»Die Wissenschaft kann schon einen Puff vertragen, mein Lieber!«

Der junge Hochschullehrer lachte und stand auf. Werner Winterhalter mit ihm.

»Das Denken ist ja sehr schön, Herr Professor! Aber ich denk immer an den Faust: Im Anfang war die Tat!«

»Was denn für eine?«

»Etwas, wodurch man sich frei macht. Ich hab immer das niederträchtige Gefühl: es geht mir zu gut! Unverdientermaßen! Das muß ich abarbeiten! Irgendwie!«

»Na ...da wollen wir Sie mal vor allem morgen erst ordentlich in die Zwickmühle nehmen! Adieu!«

Werner Winterhalter hatte seinen Besucher bis an die Treppe gebracht. Die Stubentür flog ihm fast aus der Hand, als er zurückkam, so fegte der Frühlingswind durch das Zimmer. Er stellte sich mit heißen Wangen ans Fenster, schaute hinaus, im Durcheinander der Gedanken ... Morgen mittag um zwölf in Frack und weißer Binde ...pah ...den Kopf rissen sie einem nicht ab, der Dekan und das gelehrte Kleeblatt am Museumsplatz. Nach zwei Stunden gab's ein Händegeschüttel und aus, und vor einem steht's tausendtönig, tausendfältig rufen die Dinge, lockt das Leben ...wo fass' ich dich? Wo ist mein Platz? Wo bewähre ich meine junge Kraft? Die Erde ist so groß ...der Himmel blau ...schwere, weiße Frühlingswolken fliegen wie wilde Schwäne im Sturm an ihm dahin, die rostigen Wetterfahnen knarren auf den Dächern ...ein dummes Sehnen und Singen wandert mit dem Wind. Der Theologe da oben fiedelt immer noch in Lenz und Sonne hinaus sein Lied von der Lore:

> »Sie ist mein Gedanke bei Tag und bei Nacht
> Und wohnet im Winkel am Tore!«

Nein! Der Winkel drüben am Fenster ist leer! Der blonde Kopf verschwunden. Wo ist denn das dumme Mädel wieder hin? Womöglich allein aus dem Haus und weg, ohne einem etwas zu sagen! Sieht ihr so recht ähnlich, dem Dickkopf! Nun kann man sie suchen! Oder nicht! Mag sie! ...Aber bei dem Prachtwetter bleibe der Kuckuck daheim, mit der Unruhe im Blut. ... Werner Winterhalter wandte sich stürmisch vom Fenster, streifte dabei mit dem Ellbogen den Bücherstoß auf dem Schreibtisch. Da segelt das »System der erworbenen Rechte« hinunter auf den Fußboden, das »Kapital« plumpst schweratmig hinterher ...Vertragt euch da unten, ihr zwei Genossen Lassalle und Marx ...»Ach lassen Sie die Schmöker nur ruhig liegen, Karl! Ich brauch' sie vorläufig nicht mehr! Geben Sie mir lieber meinen Strohhut ...rasch ...ich muß weg.«

Wie er auf der Straße war, sagte er sich: So, warum muß ich denn? Kein Mensch muß müssen! Und lief dabei immer rascher durch die krummen, engen Gassen und bog um die Ecke und stand nach hundert Schritten vor einem zopfigen alten Haus.

Eva Römer trat gerade, zum Ausgehen fertig, auf die Schwelle. In weißem Kleid, weißen Schuhen, weißem Hut. Eine kleine schwarze Mappe in der Hand. Unter der breiten, schattenspendenden Krempe das Gesicht nicht mehr so ahnungslos vergnüglich wie zur halben Backfischzeit, sondern mit zarteren Zügen, feiner, blasser, nur noch das unbekümmerte Schlenkern in den Schultern, wie sie gemächlich daherkam und ihm kameradschaftlich zunickte. Er war böse.

»Wohin läufst du denn?«

»Na, ich kann doch gehen, wohin ich will!«

»Ohne mir ein Wort zu sagen?«

»Bist du mein Vormund?«

Es klang patzig. Sie hatte noch immer die tiefe Stimme. Was sie sprach, kam dadurch entschiedener heraus, als es ihre schlanke, blonde Mädchenhaftigkeit erwarten ließ. Er runzelte die Stirn und ging stumm zu ihrer Linken her. Neben ihnen rauschten frühlingsbraun, geschwellt vom Schmelzschnee der Rauhen Alb, die Neckarwogen. Von der Neuen Brücke sah man hoch auf sie hinab. Zickzack des Schwalbenflugs über den Wassern ... Gekräusel kleiner, flußaufwärts laufender Wellen unter den brandenden Windstößen von Westen ... Spiegelung fliehender Wolken in der Flut ... Frühling ... Frühling in Unrast und Unruhe und Brausen. Eine Weile schwiegen sie beide und schauten trotzig in die Tiefe.

»Dickköpfig bist du heute wieder mal, Eva ...«

»So? Ich?«

»Die ganze Zeit redest du keinen Ton.«

»Na, du etwa?«

Plötzlich mußten sie alle zwei lachen und bummelten weiter durch das weiße Wunder der Bergstraße.

Es war, als hätte es geschneit unter blauem Himmel und heißer Frühlingssonne, so deckte weithin weißer Blütenglast die Hänge, dehnte sich in die Rheinebene hinaus, schwankte in tausend schimmernden Sternen über dem klaren jungen Mädchengesicht. Sie pflückte sich lachend ein paar kleine Zweige, verbarg sie vorsichtig vor dem Flurschütz in der Mappe ... summte leise ein Lied. In ihm wieder das stürmische Herzklopfen. Zu dumm: in das Examen stieg man, ohne mit der Wimper zu zucken, Mut in der Brust ... und hier ... dies Selbstverständliche konnte einen an ihr so reizen ... dies So-Tun, als ob gar nichts wäre. Aus reinem Ärger fing er wieder Streit an.

»Wohin schleppst du mich denn eigentlich?«

»Zur Mutter Bürkin!«

»Herrgott, immer noch die gleiche Seminaraufgabe? Kinder, ihr werdet ja daran noch stumpfsinnig!«

Die kleine Römer würdigte das keiner Antwort. Sie öffnete ein schwarzes Heftchen. Er schaute ihr über die Schulter ... Richtig, das alte Thema: »Die Gemüseversorgung Heidelbergs« ... die Arbeit im kleinen ... Baustein an Baustein, Sandkorn an Sandkorn, das war die Wissenschaft ... Hättest du nur nicht immer deine verwünschte Wissenschaft in deinem blonden Kopf...

»Also meine Arbeit wird die beste im Seminar. Das weiß ich!« sagte die junge Studentin, sich auf den Zaun einer Gärtnerei setzend, mit ihrer tiefen, bedächtigen Stimme und führte den gespitzten Bleistift an die roten Lippen. »Na, Frau Bürkin, hat Sie mir für Ihre zehn Mark auch alles aufgeschrieben? Was Sie ein Kopf von Ihrem Salat kostet? Auch den Wasserzins? Den Lohn für die Magd? Das Standgeld auf dem Markt? Die Grundsteuer ... alles richtig verschwitzt! Ja, Sie kann halt nicht rechnen! Ihr alle nicht! Das ist das Malheur!«

Um Werner Winterhalter kümmerte sie sich nicht weiter. Er stand ein paar Schritte entfernt, das Auge auf ihr. Sie saß in lässiger, unbewußter Anmut auf dem Zaun. Der Blütenschnee umfloh als weißer Rahmen die weiße Gestalt. Sie war selbst wie ein Bild des Frühlings. Frühling überall.

»Bürkin, wieviel kriegt der Bauer von Ihr für den Dung? Was? ... Acht Mark die Fuhr?«

»Jo ... und dann muß man sie noch drum bitte, die Schote!«

»Also gut, acht Mark!« Eine Zahl mehr in das Notizbuch. Ein Mistbeet in Handschuhsheim oder das Planetensystem: vor der Forschung gab es keinen Unterschied. Reizend war sie, wie sie dasaß, ganz ernst, ganz versunken in ihr Tun ... das zarte Profil, der halboffene Mund, sorglose blonde Haarsträhnchen im Wind ... In ihm die Ungeduld: Ja, und ich? Ich steh einfach daneben!

»Im Winter der Mäusefraß in den Strohdecken ...« Die kleine Römer notierte sich sachlich den Fall. »Sind die Glasfenster gegen Hagelschlag versichert, Bürkin? ... Gelt, da erschreckt Sie schon bald selber, was da zusammenkommt ...«

»Jo ... ich hätt's net gedenkt!«

»Adieu, Eva! Ich geh jetzt wieder!«

»Adieu! Das heißt ... wart doch 'ne Sekunde!«

Wie sie nach zehn Minuten von ihrem Notizbuch aufblickte, stand er immer noch da, mit einem ärgerlichen und ungewissen Gesicht, als sei er auf die Mangoldblättchen und Gurkensetzlinge eifersüchtig.

»Dank schön, Bürkin!«

Sie schüttelte der Bauersfrau die Hand und schob das Heft in die Mappe. Auf der Straße blieb sie wieder interessiert vor einem Gemüsekarren stehen.

»Herrgott, komm doch weiter! Man kriegt dich ja an keinem Kohlstrunk mehr vorbei!«

»Davon verstehst du nichts!«

»Ich?« Er mußte lachen. Er, der Doktorand! Sie blieb ernst und sagte in einem nachdrücklichen Ton: »Das begreifst du nie: für mich ist das eine Existenzfrage. Sein oder Nichtsein! Brotstudium. Ich muß mich dazuhalten, wenn ich nicht später einmal eines schönen Morgens verhungert aufwachen will.«

»Aber hör mal!…«

»Ich höre gar nichts, sondern ich weiß! Papa kann sich nicht mehr lange halten! Das pfeifen die Spatzen von den Dächern. Und dann? Dann muß ich auf eigenen Füßen stehen!«

Er wollte sie unterbrechen. Umsonst.

»Du dagegen mit deinem wahnsinnigen Geld! Du brauchst das Leben freilich nicht ernst zu nehmen! Für dich ist's der reine Spaß!«

»Hör doch, Eva!«…

»Aber da wird man selber auch nicht ernst genommen, wenn einem immer alles auf dem Präsentierteller gebracht wird! Wir andern können selber schauen, wie wir uns durchbeißen!«

Plötzlich wurde sie ruhig und verfiel in die alte Patzigkeit: »Pah! Werd' ich auch! Mir ist nicht bange.«

Er schritt neben ihr auf der menschenleeren Straße und sagte leise, vorsichtig, so wie man einen scheuen kleinen Vogel in die Hand zu bekommen sucht: »Aber Eva…das hast du doch nicht nötig!…«

Ein Schweigen.

»Eva…renn doch nicht plötzlich so!«

Sie antwortete wieder nichts, sondern ging nur noch schneller.

»Eva…zwei Jahre sind wir jetzt hier beisammen. Du bist ja so wahnsinnig eigensinnig, kratzbürstig bis dahinaus. Ich bin dir doch…ich weiß doch, ich bin dir nicht gleichgültig…«

»Ich will jetzt nach Hause!«

»Bleib doch nur 'nen Augenblick stehen!«

Sie tat, als hätte sie nichts gehört.

»Eva – jetzt ist doch die Zeit…wenn ich meinen Doktor…«

»Eben! Mach du deinen Doktor! Das ist vernünftiger!«

»Den mach ich morgen, auf einem Bein stehend. Glaubst du, die lassen mich durchfallen? … Aber du sollst mich nicht immer abfallen lassen…ich kenn schon deine verfluchte Art: immer kommst du einem wie ein Aal aus den Fingern, wenn man ernsthaft werden will.«

»Ich hab jetzt überhaupt für das Seminar…«

»Jetzt läßt du mal dein Gemüse!« Er nahm ihren Kopf zwischen die Hände und küßte sie. Sie schloß die Augen und blieb still. Es war ja nicht das erstemal. Kein Mensch weit und breit. Nur ringsum, wie weiße Wächter, die Blütenbäume. Dann machte sie sich plötzlich los, lehnte sich gegen einen jungen Stamm und fing an, hell zu weinen. Ein leises Beben ging durch das Bäumchen. Ein Blütenregen rieselte von ihm hernieder und über ihr weißes Kleid, als schneite es mitten im Frühling.

»Aber Eva…was hast du denn?«

»Laß mich…laß«…Sie sprach kein Wort mehr, bis sie den Neckar im Rücken hatten. Da witschte sie in der Altstadt plötzlich um die Ecke in ein Haus, hinauf zu irgendeiner Freundin, die da wohnte, war im Handumdrehen verschwunden, ehe er sich noch von seiner Verblüffung erholt hatte.

Unten stand man allein, ging ärgerlich heim. Es war ja immer so…Sie war nicht zu fassen, wollte nicht. Wehrte sich. Eine nette Stimmung für das Examen morgen…Da saß man wieder an seinem Schreibtisch, schaute hinaus über die Stadt in Abenddunst und erstem Lichterglühen, vor einem die dummen Schmöker…im Ohr eine Stimme, ein Wort: »Du brauchst das Leben freilich nicht ernst zu nehmen!«…Hallo! Das will ich euch beweisen, morgen schon! …

Andere schwitzen in der Prüfung Blut und Wasser. Für mich ist es nur ein Spiel …ein angeregtes wissenschaftliches Gespräch mit den Professoren. Nach zwei Stunden ein Händeschütteln,
der wohlwollende Baß der alten Exzellenz: *Gratulor … gratulor, Doctor carissime … summa cum
laude!*« Und dabei keine Überraschung in einem. Höchstens eine Befriedigung. Das hatte man
ja im stillen erwartet.

Man stieg die Treppe hinab. So! …Nun war man also Doktor. Vor einem die Zukunft …die
Jugend …der Frühling …das letzte Abenddämmern. …Der uralte Brunnen plätscherte auf dem
Platz vor der Hochschule. Blauer Mondschein lag über der leeren Fläche. Niemand zu sehen. Es
gab seinem Herzen einen Stoß der Enttäuschung. Er hatte sich, mitten im gelehrten Disput der
Prüfung, so freundlich vorgestellt, wenn sie da unten, am Fuß der großen Aulatreppe, stehen
würde, ein Blumensträußchen in der Hand, einen letzten Lichtstrahl durch die hohen Fenster
auf dem lachend aufwärts gewandten Blondkopf.

Also nicht! Gut! Trotze du! Ich trotze auch! Etwas in einem wie eine leise Mahnung: Ihr
seid noch so jung …du erst Mitte der Zwanzig …sie überhaupt noch ein halbes Kind …Ein
Frühlingstraum unter Heidelberger Blüten. Der Sommer noch fern, vor einem die Weite …
die geheimnisvolle Weite. Die Frau und das Leben …oder beides eins …eins ein Gleichnis für
das andere, ohne das andere nicht zu denken, nicht zu erleben. Wie halt ich euch, ihr beide?
Ergründe mich in euch …werde in euch …wachse durch euch …Mit suchender Seele und
heißem Herz? Und wie ich suche, da stehst du ja da an der Ecke, wo dich keiner sieht …keiner
vermutet…ein zarter, blondköpfiger Schatten …läßt dich lachend unter den Laternenschein
ziehen. Hältst wirklich einen kleinen roten Rosenbusch so krampfhaft in der Faust, daß man dir
die Gabe fast mit Gewalt entwinden muß und sich die Finger an den Dornen blutig sticht! …So
echt ein Zeichen für dich. Na …trotzdem! »Ich dank dir schön, Eva, daß du gekommen bist«…

»Gott – ich hab' gerade nichts vor!«

Natürlich, wieder der kalte Wasserstrahl! Aber heute macht er einem nichts. Froh, siegestrunken, wie man ist. Nun nur fort von hier…Raus aus den Philistern! Irgendwohin, wo's still
ist und zwei allein….

Du ewige Schönheit des Heidelberger Schlosses im blauen Schimmer der Nacht. Verschwiegene Bänke zwischen Efeu und Trümmern, unter Sternhimmel und Waldrauschen. Auf der
einen, im Schutz des ersten jungen Grüns, sie beide, Hand in Hand, ihr Kopf an seiner Brust.

»Eva, hast du mich lieb?«

Ein stummes Kopfnicken. Ein Aufschluchzen.

»Warum weinst du denn dann? Das ist doch nichts Trauriges!«

»Doch!«

…»daß ich dich endlich hab und du mich?«

»Ach – wer kann dich denn halten? …«

»Da bin ich ja!«

»Auf wie lang? Du lebst ja nicht, du brennst! Du rennst durchs Leben! Wer kann mit dir mit?«

»Herrgott…«

»Du hast keine Zeit! Tausend Sachen haben in dir Platz. Da bleibt für den einzelnen zu
wenig!«

»Aber Eva! …«

»Damit quäl ich mich seit Jahr und Tag. Ich will nicht hinterher weggeworfen werden. Dafür
bin ich mir zu gut…«

»Wer denkt denn daran?«

»Du freilich nicht! Du kennst dich selbst nicht! Ich kenn dich besser! Darum wehre ich
mich die ganze Zeit gegen dich. So weh es tut!«

»Eva, sei doch vernünftig! …«

»Bei dir hat der Augenblick recht, aber ich entscheide mich fürs Leben. Ich hab dich so
lieb …«

»Nun eben …«

»Aber ich will nicht später wie ein Bleigewicht an dir hängen! Du nimmst ja alles auf, was an dich kommt. Es werden so viele Dinge an dich kommen, die stärker sind als ich...«

»Wen hab ich denn schon sitzen lassen? Sag!«

»Du warst damals in Sandbeuren und eines schönen Tages weg und hast nie wieder was von dir hören lassen! Du warst ein toller Student da unten und hast seit Jahr und Tag das Korpshaus nicht mehr betreten und deine Korpsbrüder nicht wiedergesehen! Du hast heute mit Glanz deinen Doktor gemacht und sagst mir vorhin, eigentlich seiest du für die Wissenschaft verloren! Dich riefe das wirkliche Leben! Immer ruft dich was! Heute ich – morgen was anderes ... Ich mach dir ja keinen Vorwurf. Aber...«

»Aber du schickst mich weg?«

Er war zornig aufgestanden. Sie weinte leise in sich hinein.

»Gib mir Antwort, Eva!«

»Ich habe sie dir schon gegeben!«

Werner Winterhalter beugte sich zu ihr nieder, zog sie zu sich empor. Sie leistete keinen Widerstand.

»Deine Antwort ist zwischen Ja und Nein, Eva. Ich hör doch das Ja heraus!«

»Nein – nein!«

»Doch! Eva, sag's noch einmal!«

»Ich kann doch nicht!«

»Versuch's!«

»Laß mir Zeit!«

»Wie lang?«

»Ach Gott ... bis ich Vertrauen zu dir hab!«

»Wann ist denn das?«

»Das weiß ich doch selbst noch nicht. Ich muß mit mir im klaren sein. Ich will nicht halbfertig ins Leben hinaus. Versprich mir, Werner...«

»Gott im Himmel! Was denn?«

»Frag mich jetzt ein Jahr lang nicht danach! Oder anderthalb – so lange, bis ich auch mein Studium fertig hab und selbständig bin. Und wenn du mich dann noch nicht vergessen hast...«

»Eva, Eva!«

»... und fest im Leben dastehst, so daß ich nicht nur Liebe zu dir haben kann, sondern auch Zutrauen...«

Er ließ sie gar nicht ausreden. Er küßte sie heiß auf den Mund.

»Ich werd dich an nichts erinnern, Werner! Ich werd dich um nichts bitten! Laß mir bis dahin meine Freiheit ... Ich lass' sie dir auch...«

»Eva ... es wär so schön, wenn wir uns gleich...«

»Gib mir dein Wort!«

»In Gottes Namen!« Werner Winterhalter lachte und riß sie stürmisch an seine Brust: »Aber mein bist du jetzt schon! Mein bist du doch!«

6

War denn heute Sonntag? Unmöglich! ...Gestern am Mittwoch war man ins Examen gestiegen ...Mittwoch, den dreißigsten April. Gestern abend hatte man sich verlobt. Den Tag vergaß man doch wahrhaftig nicht, und wenn man hundert Jahre alt wurde. Oder war heute Feiertag? Auch nicht. Es waren alle Läden innen in der Stadt offen gewesen, die Kinder zur Schule gegangen, die Soldaten zum Exerzierplatz marschiert. Alles da drinnen wie sonst. Nur hier ...hier außen ...im Reich der Räder und Riemen schien die Welt verwandelt.

Werner Winterhalter hatte, vom Bahnhof seiner Heimatstadt kommend, die Vorstadtviertel erreicht auf dem Weg zur väterlichen Fabrik. In seinem Kontor hatte Papa stets den Kopf voll Geschäfte, den Tisch voll Papiere, das Vorderzimmer voll Menschen, fand nicht viel Zeit zu der Gewissensfrage: »Was nun mit dir, mein Sohn?«, wenn man sich ihm anstandshalber als neugebackener Doktor der Weltweisheit vorstellte. Denn die Antwort war schwer und keine Antwort der Weisheit: »Ich weiß es noch nicht!« – Papa begriff so etwas gar nicht. Der hatte dafür nur ein grausam vergnügtes Lächeln. Der packte das Leben an und nahm es auf die Hörner, wie der Stier den Feind. Da ich – dort die andern! Nun wollen wir mal sehen, Herrschaften, wer stärker ist!

Auch schön ...die alte Weisheit der Heidelberger Hirschgasse. Hiebe sind immer gut, ob man sie gibt oder kriegt! Aber daß man sich mit der Nützlichkeit nicht begnügt, daß man über sich hinaus will und hinausdenkt und hinausfühlt und auf ein Zeichen wartet und hinter jeder Straßenecke die Offenbarung stehen kann: Das ist dein Weg! Ja, rechts oder links, man muß sich entscheiden, wenn man nicht als Nachtwächter durchs Leben bummeln will – Werner Winterhalter fuhr aus seinen Gedanken auf, hob den Kopf, sah in neuem Staunen um sich. Was war das nur? Diese Stille ...diese Leere am Wochentag? Kein Mensch auf der Straße, als dort in der Ferne ein dicker Schutzmann mit nachdenklich auf dem Rücken gekreuzten Händen. Kein Rauch aus den Schloten, kein Summen und Brummen hinter den staubigen Scheiben, keine berußten Gestalten und flackerndes Helldunkel der Kesselglut...

Werner Winterhalter schüttelte das Haupt und ging weiter. Zu beiden Seiten lagen mit geschlossenen Gittertoren die Fabrikhöfe in Kirchhofsruhe, hörten auf, begannen schon die Neubauten, träumten Mörtelkelle und Tragbrett in der Frühlingswärme, Wasserwage und Winkelmaß und Senkschnur ...keine Hand, die sie führte. Kein Laut zwischen diesen ragenden Mietkasernen, die, noch unbewohnt, halbfertig, mit leeren Fensterhöhlen ihre Schatten über gelbe Pfützen, graue Plankenzäune, weiße Kalkgruben, rote Ziegelhaufen warfen. Das fraß sich weit in das grüne Land hinein wie Schwären in Gottes Erde, schob Kieslöcher, Kehrichtlager, Kohlenberge vor sich her in einem Schweigen, einer Einsamkeit, als habe über Nacht eine Seuche alles, was hier werken sollte, hingerafft. Leer lehnten die langen Leitern. Kein Hall von Nägelstiefeln auf den Laufbrettern. Kein Hammerschlag. Nur Sonnengeflimmer, Spatzengepiep ...irgendwo jankte ein einsamer Spitz.

Es war fast wie ein Grauen am hellen Tag, ein Mahnen: Licht und Luft ist jedes Menschen Recht. Du sollst sie ihm nicht rauben. Nicht Wucher treiben mit unserer Allmutter Erde. Stumm ging Werner Winterhalter durch diese tote Welt. In ihm stürmten plötzlich Gedanken, sprachen Staub und Steine mit Stimmen der Stille: Hier könnten Menschen wohnen, zufrieden und unter einem eigenen kleinen Dach. Ein Vorgärtchen mit Blumen, die Ziege im Stall, Obstbaum und Geißblattlaube. Ein bißchen Land. Es ist ja so viel da ...so unermeßlich viel ... soweit das Auge reicht, dehnt sich die Rheinebene. Es ist etwas Heiliges um die Sehnsucht nach der Scholle. Ich hab's erlebt als Flüchtling und Gast der Armen, vor langen Jahren, in der Laubenkolonie, unter den Wanderzelten der Heimatlosen auf ihrer ewigen Flucht vor dem Maurerpolier.

Ein Zukunftsbild: die Arbeitsstadt von einst, mit breiten, baumbepflanzten Straßen, schimmernden Teichen, grünenden Parks, in einer Flut von Licht und Luft und Sonne. Und die Fabrik selbst: nicht mehr das berußte Gespenst der Nützlichkeit aus rohem Backstein und blinden Scheiben, mit Absicht jeder geringste Reiz von Form und Farbe verbannt wie der Inhalt eines Lebens voll Novembergrau.... Wir sind so stolz auf unsere Arbeit! Warum nicht auch auf die Stätten der Arbeit? Wir machen dem Arbeiter das Leben so freudlos wie möglich und verlangen dann, daß er Freude am Leben hat.

Die Steine sangen: Du träumst, du träumst! ... Sieh da, zwischen den Haufen umgehauener Bäume die Grundfesten neuer Zinskasernen. Sieh dort, wie die wachsenden Mauern schon der Sonne den Zugang zu dem Boden verwehren, den sie seit Jahrtausenden beschienen. Ist der Hofschacht erst fertig, so werden Hunderte von Menschen in seinem Düster wohnen, abgesperrt von Tageshelle und frischem Wind, blasse Männer, bleiche Frauen, blutleere Kinder....

Ein Fröscheln. Der Widerhall der eigenen Schritte in der Maienstille. Wo seid ihr hin, die ihr hier baut? Die ihr hier wohnen sollt? In diesem neuen steinernen Ameisenhaufen. Kein Laut.... Doch jetzt ...dort drüben ein Hüsteln, das Geräusper eines alten Mannes. Storchbeinig steigt er über die Schutthügel, den langen Oberkörper mit dem kleinen, schlohweißen Kopf vorgebeugt, auf einen Stock gestützt, prüft ...rechnet ...mißt im Geist, mit zusammengekniffenen Augen. Herrgott ...der Großpapa! Der Stadtrat! Er hebt zum Zeichen des Erkennens seine gichtige Hand. Eine weinerliche Stimme: »Guck emol, der Musje Werner! Was schaffst denn du hier? Du solltest lieber in Heidelberg hinter deinen Büchern hocken! Aber deine Studien kennt man! Die Frauenzimmer studierst du! Du hast dich mit so ›ere Krott‹ behängt ...alle Tage sieht man euch beisammen, hab ich mir sagen lassen! Auf die Art wird nie was aus dir, mein Sohn ...du weißt nicht, wie gut du's hast!«

Jakob Kobus schnaubte sich umständlich in ein rotgewürfeltes Sacktuch, steckte es in die Tasche und beschrieb mit dem Stock vor sich einen zittrigen Halbkreis durch die Luft.

»Da guck das Bauterrain an! Das hat schon meinem seligen Vater gehört. Ich hab dazugekauft, was ich gekonnt hab. Hab's mucksstill liegen lassen. Jetzt ist's reif ...jetzt kommt die Stadt anmarschiert ...jetzt muß mir der Bätzle und seine Bank jeden Quadratmeter mit Markstückche einrahmen....«

»Das hier gehört auch dir, Großpapa?«

»Ha, wie lang denn noch? Ich steh bald nicht mehr auf meinem Boden, sondern lieg in ihm drin. Du erbst das alles mal, du dummer Bub! ...Du wirst mal ein schwerreicher Mann ...und statt daß du einem dafür dankbar bist ...ach, was soll man mit dir ernsthaft sprechen? Man fuchst sich bloß! Du hast doch keinen Kopf fürs Geschäft!«

»Nee, Großpapa!«

»Also das kriegen alles noch mal die Waisenkinder, wenn du noch lang redst!« sagte der Alte plötzlich wütend. »Ich stoß noch mal mein Testament um. Nachher sitzt du da! Laß mich nur jetzt in Frieden! Ich hab hier zu tun, wo's heut leer ist.«

Er humpelte davon, begann schon wieder murmelnde Berechnungen mit halb offenem, zahnlosem Mund. Sein Enkel schaute ihm nach und ging dann weiter. An den Häusergerippen entlang. Pferdehufe klapperten hinter ihm. Ein schnurrbärtiger Gendarm ritt auf dickem Braunen vorbei, hoch im Sattel, mit umgeschnalltem Revolver. Er zog zwischen den toten Mauern dahin wie ein versprengter Söldner aus dem Dreißigjährigen Krieg durch eine zerstörte Stadt, hielt dort am Rand des freien Felds, spähte nach vorn, galoppierte zurück, daß der Staub stob.... Sonderbar das alles....

Da war die weite Ebene, drüben begrenzt von dem Stadtwäldchen, sonst dem Ziel der Sonntagsnachmittagsausflüge. Werner Winterhalter stand und staunte. Was war das? Die ganze Fläche vor ihm schwarz von Menschen ...Ein Ameisengewimmel unzähliger dunkler Punkte, nach dem Wäldchen zu ein unablässiges Strömen aus der Stadt dahinten ...wieder, aus der Ferne, wie ein Bild aus dem Dreißigjährigen Krieg, nur diesmal ins Gewaltige vergrößert. Ein Fluten anscheinend ungeordneter Massen, Fahnen und Banner in Mengen über den Köpfen, vereinzelt die Schattenrisse von Reitern in dunklem Mantel und blitzendem Pickelhelm, Musikfanfaren, ein Summen und Brausen von Tausenden von Stimmen, Männer, Frauen, Mädchen, Kinder .., da gerade vor einem eine Kolonne junger Turner, rasch marschierend, in gleichem Schritt und Tritt, ein Chorgesang:

Und plötzlich begriff Werner Winterhalter: der erste Mai! Der Weltfeiertag....

Jetzt lösten sich schon, beim Näherkommen, die einzelnen Farbenflecke aus dem Massenbild, die blauen Uniformen der Schutzleute, die weißen Armbinden der Ordner, die vier rot ausgeschlagenen Rednertribünen wie blutige Klippen aus einem unruhig ragenden Meer von Hüten, Federputz, Sonnenschirmen, bloßen Häuptern, ein Schleier von Staub und Hitze, Menschengedräng und Menschengeruch, Pfälzer Tabak und Schweiß und Rippenstöße. Vorn, unermüdlich, der Elektrotechniker Zittelius mit seinem feinen, nervösen, blondbärtigen Gesicht, wie ein Privatdozent anzuschauen.

»Herr Wachtmeister, tue Sie mir den einzige Gefalle und kreische Sie mir die Leut net so an! Es geschieht ja alles in Ordnung! Ich bin Ihne gut dafor. ...So ...als weiter, ihr Männer! Net stehebleibe!«

Der schnurrbärtige Briefträger Ringewald und der kleine, runde, immer pfiffig vergnügte Straßenbahnschaffner Lutz schoben sich an ihm vorbei. Sie waren beide wohlweislich in Zivil. Aber der dicke Schutzmann Knorsch erkannte sie doch und schüttelte mißbilligend den Kopf.

»Wann so zwei alte Rindviecher wie ihr nach noch unter die Soze gehe ...«

»Steig mir'n Buckel ruff!« brummte der Kaninchenzüchter. Neben ihm die rastlose Stimme des Gewerkschaftssekretärs Zittelius: »Fraa ...bleib Sie besser hinte mit Ihrem kleine Kind uff'm Arm! ...Wer steigt denn do über den Strick? Sind Sie vom Arbeitersängerbund? No hawwe Sie da nix zu suche! Gehe Sie retour!«

»Mit Sektionen rrrechts schwenkt! Halt! Richt euch! Augen gerrade aus! Rührt euch!«

Schnell und sicher, wie auf dem Exerzierplatz, ordnete sich die einmarschierende Sängerkolonne in zwei Gliedern, lauter gediente Leute. Die Stimme des Unteroffiziers der Reserve mit der roten Rosette im Knopfloch gellte. Dann setzte der Chor ein, brauste über die Massen:

Die Sänger trugen rote Schleifchen. Rote Punkte waren überall, wie Blutstropfen, in der Menge, rote Schlipse, rote Taschentuchzipfel, rote Federchen am Filzhut...

»Uffgebaßt, ihr Leut! 's hot Spitzel hier!«

Der junge Metallarbeiter Ott stellte sich mißtrauisch, die Hände in den Hosentaschen, den Pfälzer Stummel schief im Mund, vor Werner Winterhalter hin. Aber der Elektrotechniker Zittelius war an drei Orten zugleich, er kannte jenen und bahnte sich eine Gasse zu ihm.

»Komme Sie nur ungeniert nach vorn! Gleich geht's los!«

»Pscht!«

»Pscht!« Trompetenstöße ...das Signal: Gewehr in Ruh ...Von drüben von den andern Tribünen ein Widerhall. Ein Ebben des Stimmengewirrs, eine plötzliche tiefe Stille ...die ersten Sätze des Festredners ...von fern, von den übrigen roten Kanzeln, wie ein Echo, undeutlich, windzerrissen, die gleichen Worte. Werner Winterhalter stand ganz vorn vor Karl Mattrian, dem früheren Tabakwickler und jetzigen Stadtrat und Zigarrenhändler. Ein ruhiger, vollbärtiger Mann, kleinbürgerlich, schwer und nachdrücklich in der Sprache. Diese Stille unter ihm ... diese atemlose Stille. Ein Mensch redete, ein anderer Mensch hörte tausendfach zu. Stumm wie aus Wachs die Köpfe. Werner Winterhalter allein wandte den seinen, sah rechts und links, sah die dumpfe Andacht auf den groben Zügen des Ziegeleikutschers Friese ...Dort, ragend über die anderen, ein langbärtiger, wildgrauer Kopf unter mächtigem Schlapphut, als stände Wotan, der Wanderer, in der Menge, und es ist doch nur der alte Maurer Hildebrand. Und da drüben der Robert ... der Robert Kienast, aus Sandbeuren herübergekommen, auch sein gutmütiges, sommersprossiges Antlitz so feierlich wie in der Kirche. Neben ihm seine blonde junge Frau, sein Vater, der Fabriknachtwächter. Ein Genosse neben dem andern. Die meisten wohlgenährt, sonntäglich gekleidet, friedlichen Pfahlbürgern gleich. Zwischen dem Volk, die Schmisse auf dem Gesicht des Kassenarztes, der Zwicker vor den Augen des Rechtsanwalts, die hageren, glatt rasierten Lippen des einstigen Kandidaten der Theologie ... wer zählt euch alle? Nennt euch beim Namen? Und mitten unter euch – ich, der Reiche, für den ihr morgen wieder die Stahlgewinde schneidet und Zylinder bohrt und Zahnräder fräst.

Der da oben spricht noch immer ... er hat eine fast phlegmatische Art, mit den Händen auf die rote Balustrade gestützt, seine Sätze kurz und schwer in das Volk hinunterzuwerfen, wie Steine in einen stummen See. In dem bilden sich laufende Ringe, zittern auf der Oberfläche, ein hundertstimmiges Aufbrausen ... stoßweise ... um so stärker, je langsamer und nachdrücklicher der Redner Pausen hinter jedem Schlagwort macht ... einmal trifft sein Auge durch Zufall den jungen, eleganten Mann gerade unter ihm ... ein kurzes Befremden im Blick: Warum schüttelst du da unten den Kopf? Du, der einzige? Warum diese ungeduldige Bewegung mit der Hand, als wolltest du es wagen, mich, den Festredner des ersten Mai, zu unterbrechen? ... Weiter. ... Die leidenschaftslose Baßstimme hallt an Werner Winterhalters Ohr. Irgend jemand stößt ihn achtlos an ... da, dicht neben ihm, steht der junge Schlossergeselle aus Sandbeuren mit seinem Schwager, dem Maschinenbauer.

»Robert ...«

»Jesses! Wie komme Sie denn hierher?«

»Robert ... hör doch mal um Gottes willen, was der da oben spricht!«

»Freilich hör ich's!«

»Kein gutes Haar läßt er an allem, was in Deutschland ist! Robert, zuckt's dir denn da nicht in allen zehn Fingern?«

»Ha, warum denn?«

»Soll man sich denn das gefallen lassen? Herrgott ... mir ist ja unter euch zumut, als war ich gar nicht mehr daheim, sondern im Mond oder irgendwo ...«

»Ich werd doch net gescheiter sein wolle wie der Mattrian!«

»Man muß ja rasend werden! Habt ihr denn gar kein Gefühl dafür? ... Ich weiß nicht ... wir sind doch alle Deutsche ...«

»Ha, freilich sind wir's!«

»Ob' schd' jetzt still bischt, Robert!« sprach der große, stattliche Maschinenbauer Ortlieb und legte die Hand ans Ohr, um besser zu hören. Von hinten rief es: »Maul halte da vorn!«

»Was hawwe denn die zu dischkuriere?«

Oben auf dem Rednerpult ein erhobener Arm, der tiefe Baß in dröhnendem Schluß. Unten ein tausendfacher Wirbel geschwungner Hüte und Hände, wehende Tücher ... ein Massenaufschrei ... »die Internationale hoch! und hoch! und wieder hoch!« Musikwirbel. Der Stadtrat Mattrian trocknete sich den Schweiß von der Stirn, stieg die Stufen hinab, raffte seine Papiere zusammen, machte erstaunt halt.

»Was wollen Sie, Sie junger Mann da?«

»Wie können Sie das verantworten?«

»Was denn? Sie sind ja ganz außer Atem. Haben Sie am Ende zu viel getrunken?«

»... was Sie da alles erzählen, wie es bei uns zugeht! ... So arg wie nirgends sonst auf der Welt ...«

»Jesses ... wer ist denn das?«

»Wer kreischt denn da so, ihr Leut?«

»Wenn man Sie hört, da möchte man ja meinen, ganz Deutschland wäre ein Saustall! Da müßt sich ja jeder Ausländer schämen, ein Stück Brot von uns anzunehmen! Als ob wir hier auf allen vieren herumliefen, so haben Sie geredet ...«

»Sind Sie organisiert?«

»Ein guter Deutscher bin ich, zum Donnerwetter! Und schäm mich nicht, daß ich's bin ...«

»Ich auch nicht! Aber wenn Sie nicht organisiert sind, dann seien Sie still!«

»Ich bin nicht still, sondern red mal hier deutsch. Und sag hier meine Meinung. Da kann man mir lang mit den Fäusten vor der Nase rumfuchteln! Das ist mir höchst Wurst! Ich bin kein Hasenfuß! Ich bin zu wütend! Ich ... lassen Sie mich los, zum Donnerwetter ...«

Polizeihelme schoben sich durch die gestauten Massen. Ein Geschrei. Ein Gedränge.

»Was gibt's denn da vorn?«

»Da hält eines e Red!«

»Ruhe, ihr Leut! Als norr Ruhe!« Der grobe gemütliche Schutzmann Knorsch stemmte mit ausgebreiteten Armen seinen umfangreichen Rücken gegen den Ansturm von hinten. »Die Festrede is polizeilich erlaubt. Aber kei Gebawwel hinterher! ... Wie, Herr Mattrian? Sie wolle gar keine Diskussion. Der Mann da g'hört an die Luft? Ha, der is ja scho an der Luft! Lache Sie net, meine Herre! Losse Sie mir den jungen Mann da los, oder 's setzt was! So! Halte Sie sich an mir fest ... Ich bring Sie raus ... es bassiert Ihne nix! ... Als bei, die Ordner! Auf die andere Seit von ihm! ... Uff! ... Jetzt ist's geschafft ... Jetzt könne Sie ungeniert heim!«

Werner Winterhalter stand erhitzt allein, schon fern vom Rand des Wäldchens, zupfte sich die Krawatte zurecht, fuhr sich mit der Hand über das in Unordnung geratene Haar. Um ihn plötzlich Stille, die weite Fläche, nur spärlich Menschen da und dort auf ausgetretenen Graswegen, ein paar Buben mit einem Drachen. Der Wind trug einen Hauch des Volksfestes herüber. Staub, Tabaksdunst, den fetten Duft von Bratwurstküchen und Waffelbäckereien, den dumpfen Zapfenschlag am Bierfaß, das Geleier der Karussels. Dort drüben begann jetzt das Behagen des Seins ... das Allmenschliche ... die Fröhlichkeit der Tausende auf grünender Erde.

Und diese Erde trägt den Ärmsten wie den Reichsten, ist unser aller Mutter und Ende. Kann euch denn keiner die Liebe zur Erde wiedergeben? Zur deutschen Erde? Zum deutschen Land? Es gab einen Riesen, der neue Kräfte gewann, sobald er die Erde berührte. Jeder Mensch ist solch ein Riese. Jeder arbeitende Mensch. Gebt dem Arbeiter Land. Wer ihm das Land gibt, gibt ihm das Vaterland ...

Und dann in Werner Winterhalter ein jäher Schrecken: Dieser Boden da, unter meinen Füßen, gehört einem einzigen Menschen. Gehört einmal mir! Das ist ja hier weithin alles das Spekulationsterrain des Großpapa Stadtrat ...

Er ging in tiefen Gedanken, das Haupt gesenkt, in die Stadt hinein, der elterlichen Villa im Parkviertel am andern Ende zu. Leopold Winterhalter saß da in seinem Privatkontor über Stößen und Stapeln von Papieren, tätig wie immer, nun schon nicht mehr Alleinbesitzer seiner ständig vergrößerten Fabrik, sondern Vorsitzender des Aufsichtsrats der Aktiengesellschaft vormals L. Winterhalter, von deren Anteilen er mehr als die Hälfte besaß. Er war nun schon Mitte der Fünfzig. Graue Fäden in dem dunklen Bart, an den Schläfen, in dem lichter gewordenen Haar. Aber seine Schultern so breit, seine Augen so heiß, seine Stimme so stark wie je. Er schob die Berge von Briefen von sich zurück und wandte den Kopf: »Jean! Wer ist denn da draußen? Und wenn's der Kaiser von China ist ... Ich hab keine Zeit! Ich muß zum Zug! Nach Mannheim hinüber!«

»Es ist der junge Herr, Herr Kommerzienrat! Der Herr Doktor!«

Leopold Winterhalter lachte, erhob sich, blieb breitbeinig mitten im Raum stehen, steckte eine Hand in die Tasche und gab drei Finger der andern dem Sohn, der über die Schwelle trat. »So? Der neugebackene Doktor? Sehr freundlich, daß du wenigstens kommst und dich zeigst. Na, zwischen uns gibt's ja weiter keine Sentimentalität! So stehen wir nicht miteinander! Geh nur jetzt zur Mama hinauf! Die freut sich mehr als ich über den Herrn Filius!«

»Nachher gleich! Papa, aber zuerst ...«

Leopold Winterhalter tat einen geschäftsmäßigen Griff nach dem Kassenschrankschlüssel in seiner Tasche.

»Ach so ... Na, wieviel?«

»Kein Geld, Papa ...«

»Sondern?«

»Ich möchte einmal mit dir sprechen über meine weiteren Lebenspläne.«

Der Vater faßte nach seinem Hut und zündete sich bedächtig eine Zigarre an.

»Nee, mein Sohn! Das ist gegen die Abrede! Tu du, was du willst! Ich hindere dich nicht...«

»Aber wenn ich...«

»Ich hab keine Zeit! Ich muß nach Mannheim!« Er unterbrach sich und rief mit verstärkter Stimme durch die Nebentür zu dem Sekretär: »Herr Krause, telephonieren Sie ins Konstruktionsbureau: Wenn ich zurückkomme, will ich noch einmal die Zeichnung des 100– *P. S.*–Spezialmotors für die Taunuskonkurrenz sehen.«

»Sehr wohl, Herr Kommerzienrat!«

»Und legen Sie mir die Offerten von den zäh veredelten Stahlsorten heraus...samt den Ergebnissen aus dem Prüfungsraum...Ich will das nicht noch einmal erleben, daß mir das Schwungrad springt! Da könnt ihr mich mal kennen lernen...ihr alle zusammen!«

Seine Augen glühten in einem plötzlichen Zorn. Er fuhr mit Hilfe des Dieners in den Mantel.

»Ich muß alles machen! Ich schufte wie ein Neger! Das danke ich dir, mein lieber Werner! Wie du klein warst, da hab ich gehofft, ich könnte einmal auf meine alten Tage Schicht machen und hätte einen Sohn zur Seite, der mir hilft. Na, vorläufig geht's ja auch noch so.«

Er lief, Schriftstücke unter dem Arm, die breite Freitreppe seines Hauses hinab.

»Wegen dir hab ich die Aktiengesellschaft gründen müssen! Ich will nicht, daß mein Lebenswerk gleich nach meinem Tode wieder vor die Hunde geht, weil mein Nachfolger noch nicht ein Vorgelege vom Differential unterscheiden kann und, wenn die Herrschaften da draußen heut ihren ersten Mai feiern, dasteht wie die Kuh, wenn's donnert! Na, gottlob...*unsere* Direktoren hab ich eingefuchst! Die verstehen ihr Handwerk! Du hast seinerzeit nichts zu tun, als die Coupons zu schneiden...Das wirst du wohl noch fertigkriegen! Und nun Gott befohlen... ich hab keine Zeit.«

»Papa...ich hab eine Bitte...zeig mir einmal die Fabrik!«

»Die Fabrik?«

»Ja. Sobald es dir möglich ist!«

Leopold Winterhalter musterte seinen Sohn mit einem langen, forschenden Blick, entschloß sich: »Nach Mannheim telephonieren, ich komm erst nachmittags!« schrie er zum Kontor hinauf, dann: »Ankurbeln!« hinunter. Sein Automobil stand da bereit. Ein sehniger, kleiner, grauangestrichener Rennwagen riß die beiden im sausenden Singen des Viertakts dahin, und der Ältere sagte unterwegs, den Hut festhaltend: »Jetzt bauen wir längst in Serien, mein Sohn... haben die Kinderkrankheiten hinter uns...jetzt bleibt uns so ein Kasten nicht mehr auf einmal in Gedanken auf der Chaussee stehen wie noch vor ein paar Jahren.«

»Aber es hat doch keinen Zweck, wenn wir jetzt in die Fabrik fahren, Papa!«

»Warum?«

»Es ist doch alles geschlossen! Es wird doch heute gefeiert!«

Leopold Winterhalter lachte und warf seinen ausgerauchten Stummel mit einer energischen Handbewegung hinter sich in den wirbelnden Luftzug.

»Bei den meisten schon. Das sind Schlappiers! Aber bei mir nicht! Ich hab meine Leute in der Hand!«

»Aber du kannst sie doch nicht zwingen!«

»Man kann vieles zwingen, wenn man der Kerl danach ist, mein Sohn! Furchtbar einfach: wenn ich nicht nachgeb, müssen's eben die andern! ...Die kennen mich! Die wissen, daß mit mir schlecht Kirschen essen ist! Bei mir wird gearbeitet!«

Er wies heißblütig mit dem Zeigefinger nach vorn, in einem zähen Triumph: »Schau, ob ich Herr im Haus bin oder nicht!«

Da lagen, eine kleine Stadt für sich, mit langgestreckten Dächern und qualmenden Schornsteinen, mit hochstöckigen Verwaltungsgebäuden und weitläufigen Höfen, Schuppen, Anschlußgleisen, Kantinen die Werke der Aktiengesellschaft vormals L. Winterhalter. Vater und Sohn traten durch das Gittertor, stiegen in Donner und Glutgeflacker und Zickzack der Arbeit hinein. In dem riesigen Montagesaal schossen von der Decke hernieder Hunderte von eiligen Riemen und surrten und stiegen geschäftig-endlos im majestätischen tiefen Summen der Räder. An jedem Riemen ein Mann. Bei jedem Mann ein Hammer. Ein hundertfaches Pink-Pank durch den hellen Raum – eine Hitze – ein Sturmwind wie aus dem Backofen, der einem dort an der Tür fast den Hut vom Kopf reiht ... hinter den Türen neue Säle ... neue blaue Blusen, schwarzrußige Gesichter mit weißen Augen.... Säle ohne Ende ... die Schleiferei... die Dreherei... die Stanzerei. .. die Fräserei ... Nun das betäubende, nervenzerrüttende Geklemper der Blechspannerei ... der Roh-Karosseriebau mit seinen plump und unfertig wie Holzschlitten aussehenden Gestellen ... die plötzliche, unwahrscheinliche Stille der Lackiererei und des Lackmontagesaals mit ihren Hunderten von feucht dastehenden, ängstlich vor Fingerdruck behüteten Limousinen und Phaethons, Landaulets und Sporttorpedos.

Leopold Winterhalter sah alles, prüfte alles, stieß da mit dem Stock den festgebackenen Sand von einem eben fertig gegossenen, noch ganz schwarz daliegenden Zylinderstück, blieb dort in tiefem Sinnen vor den Revolverköpfen der Karussellbänke stehen, machte jetzt wieder vor seiner fertigen Ware halt.

»Für Rußland braucht man hohen Unterbau und doppelt starke Federn wegen der schlechten Wege! Die argentinischen Wagen bekommen keine Abgaszufuhr zum Gemisch, sondern nur Außenluft. Dort ist's von selber warm. Aber die Zündung wasserdicht wegen der Sümpfe .... Wir arbeiten für jedes Land besonders!

Wir holen die Kerls, die Franzosen, schon noch ein! ... Da ist die Roßhaar-Zupfmaschine für die Polsterung ... Da ist die Sattlerei mit den Lochmaschinen ... da die Wagnerei ... drüben der Holzbearbeitungsraum ... dahinter die vielen Schuppen sind die Magazine, mein Sohn...«

Und überall Menschen! Arbeitende Männer!... Hunderte und Tausende von schwieligen Fäustepaaren. Dazwischen Buchhalter mit Papieren, Ingenieure in weißen Kitteln, auswärtige Vertreter, Geschäftsfreunde, da die Kontrollabteilung ... die Versuchsabteilung ... die Lehrabteilung mit den riesigen Papptafeln der vier Hubzeiten an der Backsteinwand. ... Es nahm kein Ende.

Draußen auf dem Hof standen wie Batterien die laufbereiten Wagen, kamen fauchend von ihren Probefahrten angeschossen, rollten langsam durch das Gittertor hinaus. Werkmeister liefen, Notizen in der Hand, und schrien die Namen einzelner Fahrer, Käufer standen da, Herrenfahrer, Chauffeurschüler, Schlosser ... Leopold Winterhalter ging rasch und wuchtig durch, wieder in die Fabrik hinein, sprach wenig, fand nur, seiner Meinung nach, Unordnung an allen Ecken und Enden, schleuderte kurze, zornige Befehle in das funkensprühende Durcheinander von Menschen und Maschinen, hemmte schließlich beinah andächtig in der Bremsstation seinen Schritt.

Das war der geheimnisvolle Ort des »Es werde!« – die Stelle, wo der kunstvoll zusammengesetzte Motor zum erstenmal zum Leben erwachte. Ganz vorn in der Reihe stand ein Prunkstück der Fabrik ... ein Kerl von hundert Pferden ... Konstrukteure, Mechaniker, Monteure, Schlosser in stummer Spannung um den schlafenden Stahlklotz.

»Jetzt wolle wir mal gucke, was der Motor sächt!«

»Ist der Vergaser angeschlossen? ... Los! ...«

Nichts rührt sich ...

»Noch einmal andrehen!«

Ein Pfauchen ... Ein Zischen ... Ein Frohlocken: »Er niest! .. Er niest!«

»Er läuft! ...«

Plötzlich beginnt sich der Motor zu schütteln ... holt Atem ... stampft in rasendem Takt ... die Kolben zucken ... die Ventile klappen ... die Maschine keucht gleich einem ungeduldigen Renner, als könne sie es nicht mehr erwarten, mit ihrer Last hinauszufliegen ins Weite, über Länder und Berge ... Der Menschenwille hat das tote Erz beseelt, legt ihm jetzt die Maßbremse an ... das Gewicht am Hebelarm steigt! ... Die Konstrukteure stehen und berechnen aus Last und Tourenzahl die Pferdestärke. ... Und mitten in diesem Lärm erhob Leopold Winterhalter seine Stimme, stand wuchtig da, funkelte seinem Sohn ins Auge: »Kennst du die Stelle da, Werner? Nicht? .... So? ... Na... *Ich* hab sie mir gemerkt!«

Sie waren zehn Schritte von den Arbeitern entfernt. Die hörten nicht, was sie sprachen. Die ganze Luft war durchschüttelt von nahem und fernem Lärm.

»Genau an der Stelle da, Werner, hast du vor sechs, sieben Jahren als dummer Lausbub gehockt ... in einer lumpigen Bretterhütte, und ringsum war der Lumpenkram von der Laubenkolonie, Kartoffeläckerchen und Kompost und Dreck! Da bin ich beigegangen und hab das alles da aus dem Nichts heraus geschafft! Wie's da steht, ist's mein Werk ... Guck dir's an, mein Sohn! ...'s ist das erstemal, daß ich mit dir darüber red! ... Du machst dir's leichter im Leben wie dein alter Papa!«

Wie ein Unterton zu seinen Worten grollten hundertstimmig um ihn seine Maschinen.

»Hab du mal die Verantwortung auf dem Buckel, Werner! ... Die tausend Leute, die von einem abhängen, die Aktionäre, die einem ihr Geld anvertraut haben! Da möcht man manchmal Blut und Wasser schwitzen, wenn die Herren vom technischen Bureau reingesprungen kommen und melden: ›Drüben in Mannheim oder in Stuttgart oder sonstwo hat die Konkurrenz schon wieder was Neues auf dem Markt!‹ ... Die Arbeiter lassen sich keine grauen Haare darüber wachsen ... die kriegen ihren Wochenlohn! Die Aktionäre schnarchen wie die Ratzen auf ihren zwölf Prozent Dividende .... Aber ich . . ich . . wer nicht schlafen kann, das bin ich! .. Bei mir kannst du oft um zwei Uhr nachts noch Licht im Kontor sehen!«

»Ja. ... Ich weiß, Papa ...«

»Nix weißt du! ... Seit du konfirmiert warst, hast du mich gehaßt, weil ich's gut mit dir gemeint hab! Vielleicht war ich zu streng. Wer seinen Sohn lieb hat, der züchtigt ihn. Geschehen ist geschehen ... Treib du, was du magst! Badd's nix, so schadt's nix! Aber wenn ich 'ne Dummheit mach, so spür ich's in Valparaiso und Konstantinopel!«

Er folgte mit den hitzigen, schwarz überbuschten Augen einem heimkehrenden Rennwagen. Der vierräderige graue Fisch triefte vom Kot der Landstraße. Braune Schlammspritzer sprenkelten die Gesichter der beiden barhäuptigen jungen Fahrer, die steifbeinig von dem schmalen Blechsitz herunterkletterten.

»Wo kommt ihr denn her?«

»Vom Kräheberg, Herr Kommerzienrat!«

»Läuft er jetzt?«

»Der Motor mächt sich! Aber der Schinnos, der Vergaser, hot als noch sei Mucke!«

»Papa .. hör mal ... Ich glaube, du tust mir unrecht, wenn du sagst, ich lebte ohne Verantwortung! Gerade die such ich ...«

»Du hast ja studiert. Schreib du gelehrte Bücher, die tun keinem weh!«

»Aber ich bin nicht für die Bücher geschaffen. Ich muß hinaus ins Leben!«

Der Mann der Tat und des Erfolgs wandte jäh den Kopf.

»Und wer hat dich denn vor sechs Jahren nach England schicken wollen? Nach Belgien ... überallhin, wo man was lernen kann? Ich, dein alter Esel von Vater. ... Du aber ...«

»Papa .. eine Frage ...«

»Bitte!«

»Kannst du mich bei dir hier brauchen?«

Leopold Winterhalter riß die Augen auf.

»Hier?«

»Ja!«

»In der Fabrik?«

»Ja.«

»Für wie lang denn?«

»Als Lebensziel!«

Die Dampfpfeifen brüllten von den Dächern und riefen zur Mittagsrast. Die Flügeltore der Werkstätten öffneten sich, die Pforten des Verwaltungsgebäudes, die streng bewachte Türe zum Konstruktionsbureau, die Ausgangsgitter am Pförtnerhaus. Männerscharen quollen heraus, junge und alte, Männer in blauen Blusen und grauen Röcken, holten ihre Fahrräder, überfluteten die Landstraße, strömten zu den Kantinen. Immer neue, schwarze Menschenzüge aus schwarz gähnenden Wölbungen. Ein einheitliches, hart geschultes Heer der Arbeit nach dem Dienst.

»Werner .. ist das dein Ernst?«

»Mein heiliger Ernst!«

»Wirst du's nicht bereuen?«

»Ich glaube, ich werde nie in meinem Leben etwas bereuen. Denn wenn ich etwas tu, dann muß ich's eben!«

Sein Vater stand in Gedanken. Plötzlich reichte er ihm die Hand.

»Also .. dann sei willkommen!«

Und nach einer Weile: »Ich will nicht triumphieren und sagen, ich hätt's ja gleich gewußt. Nein, ich hab's nicht gewußt und nicht gehofft. Schon lang nicht mehr!«

Gegen innerliche Ergriffenheit gab es bei ihm nur ein Mittel: die Barschheit.

»Jetzt tu mir den einzigen Gefallen und trödel mir hier nicht mehr so lang herum, Werner! Komm mit heim! Die Mama wartet mit der Suppe.«

Aber trotzdem schickte er vor dem Tor seinen Wagen weg und meinte: »Ich lauf lieber zu Fuß. Ich hab 'nen ganz dicken Kopf gekriegt. Du liebe Zeit ja ... Jetzt kommt der Bub doch noch zu einem zurück!«

Sie schritten durch die Stadt und durch das Villenviertel dahinter. In einer der Parkstraßen hoben sich hinter Baumwipfeln schloßartige Türme eines im englischen Stil gehaltenen Herrschaftssitzes, tummelten sich weiße Gestalten auf dem Sandplatz im Grün der Rasenfläche, flog der Tennisball über das Netz. In dem halb vom Laub verdeckten, der Öffentlichkeit entzogenen Palast thronte der ungekrönte König der Stadt, der Multimillionär Alfred Kühn. Sein Sohn und Sozius Moritz trat lachend, das Rakett in der Hand, an das Gitter und reichte durch dessen Zierstäbe dem Schulkameraden und Korpsbruder die Hand.

»Na, kriegt man dich auch mal zu Gesicht? Was treibst du denn?«

»Hoffentlich was Nützlicheres als du augenblicklich!«

»Hoho! Glaubst du, das ist 'ne Kleinigkeit ... die Stefanie nach allen Regeln der Kunst einzuspielen? Das muß ich machen. Ich als Bruder werde allein grob genug zu dem verwöhnten Balg!«

Er wies auf seine Schwester, die lang und schlank in ihrer blonden, blendenden, zwanzigjährigen Schönheit mitten auf dem Rasen stand. Wirre Haare hingen ihr um das vom Spiel erhitzte Gesicht, ein weiter, weißer Flanellmantel lose um die Schultern. Sie reckte unbekümmert, mit einer ungezwungenen, jungenhaften Bewegung, die Arme.

»Die Stefanie trainiert doch für das gemischte Doppelspiel im Homburger Turnier«, erklärte ihr Bruder. Sie hatte jetzt die Herren am Gitter bemerkt und kam lachend, burschikos, in ihrem fußfreien weißen Kleid herangeschlendert und schüttelte dem Kommerzienrat und seinem Sohn die Hand. Es war ein fester, beinah zu männlicher Druck. Sie verkehrte mit den jungen Männern im Ton sorgloser, sportlicher Kameradschaft. Unbefangenheit lag darin. Oder Geringschätzung: Mir tut ihr nichts! Eine fast grausame Gesundheit sprach aus ihren fröhlichen Zügen. Eine naive, kraftschwellende Selbstsucht. Werner Winterhalter hatte sie seit Jahren nicht gesehen. Sie mißfiel ihm gründlich, trotz ihrer Schönheit. Er hatte ein Gefühl, als verkörpere sich in ihr sein eigenes Gegenteil. Da stand man am Scheideweg. Da teilte sich das Leben in Spiel und Ernst.

Sein Vater drängte zum Weitergehen. »Ich habe Hunger«, sagte er wohlgelaunt und dann, mit Donnerstimme, im Treppenflur seines eigenen Hauses: »Mama! Da bringe ich den Ausreißer! Guck ihn dir an, den verlorenen Sohn! .. Dir schlachten wir ein Kalb, Wernerche. Du kriegst ein hübsch Pöstche in der Direktion für den Anfang ... Du bist doch ein gelehrter Mann .. hast Volkswirtschaft mit Auszeichnung studiert ... So Leut wie dich kann man immer brauchen!«

Und nicht lange Zeit danach lag auf dem Tisch der reichen, neu eingerichteten Junggesellenwohnung im Elternhaus der Anstellungsvertrag. Viele Tausende von Mark jährlich. Werner Winterhalter stand davor. Er dachte sich: Wie lange müssen andere kämpfen, keuchen, die Ellbogen brauchen, ihren Nächsten niedertreten, bis sie das erreichen? Ich gab mir die Mühe, geboren zu werden ... Mir fällt es in den Schoß ...

Und nicht das allein! Da ein feierlich lateinisches Pergament: Die Ruperto-Carola sendet dir, *vir juvenis orantissimus*, ihr Doktordiplom. Und hier das Hohenzollernwappen unter friderizianisch ehrwürdigem Deutsch: »Nachdem Seine Majestät in Preußen in Gnaden resolvieret und beschlossen...« Die Herren des Bezirkskommandos haben dich zum Reserveleutnant gewählt, und der Kriegsherr verleiht dir das Offizierspatent und das Prädikat »Hochwohlgeboren« .. und dort: »Unsern Gruß zuvor!« Zweimal das dreifarbige Band ...die Aktiven deiner beiden Korps schreiben dir, ernennen dich zum Alten Herren. Und da ein Amtsstück vom Notar: Der Großpapa hat dich in der Freude seines Herzens über deine Heimkehr in aller Form Rechtes zum Universalerben eingesetzt. Millionen sind das und Millionen ...Und da vor allem: eine Photographie, heute gekommen – ein zartes, eigenwilliges Mädchengesicht – kein Wort dabei, nur unten in der Ecke eine Inschrift: »Eva. 30. April.« Du Frühlingsanfang, du neues Leben, du gutes Vorzeichen für die Zukunft und ihr Glück...

Unten im Garten flimmerten Lichter, schimmerten weiße Tafeln, stimmten Musikanten ihre Instrumente. Der Vater ließ es sich nicht nehmen, den Eintritt seines Sohnes in die Firma festlich zu feiern. Die halbe Stadt war geladen. Werner Winterhalter trat zum Fenster. Der Abendhimmel war feierlich klar, voll Sterne. Er schaute hinauf, und es war in ihm ein stummes Gebet: »Gott – gib mir Kraft, daß ich all mein Glück verdiene.«

7

Es war um diese zwölfte Tagesstunde, in der Augustglut, ein unruhiges Weben und Wirren vor den Fabriken von Sandbeuren. Kein eiliges Zur-Mittagsrast-Heimradeln und -Heimlaufen wie sonst. So wie an heißen Sommertagen die Bienen stoßen, so blieben dunkle Menschenkumpen vor jedem Fabriktor hängen, schwärmten schwarze Punkte umher, bildeten sich zu neuen Knäueln, aus deren Mitte die weißen Papierfetzen von Zeitungen und Extrablättern leuchteten. Ein Pfälzer Geschrei aller in alle, ein Gelächter, ein Stimmengeschwirr, das aus der Ferne wie das dumpfe, tausendfache Summen des aufgeregten Immenschwarms vor dem Abflug klang,

»'s geht los, ihr Leut! 's geht los!«

»Als norr abwarte! ... Das muß alles uff emol gehe wie's Dunnerwetter ...«

»Awwer unne am Rhein hawwe se schon ...«

»Ach, halt's Maul! Nur nix tun, bis aus Mannheim telegraphiert wird ...«

Der Ochsenmetzger Schickedanz rasselte rund und rosig auf seinem Wägelchen vorbei. Hinten lagen auf Stroh die Kälber. Er deutete mit dem Peitschenstiel nach der Rheinebene hinaus.

»Ha ... geht doch nach Mann'em retour, ihr Krischer! Wir halte euch net!«

Und der Altbürgermeister Kaltschmidt XIV., der in blütenweißen Hemdärmeln, die Hacke auf der Schulter, neben seinem kuhbespannten Leiterwagen ging, ergänzte: »Hundertfufzig Prozent Gemeindeumlag hawwe wir wege euch hergeloffene Fawrikler! Steuern zahle tun sie net! Awwer zum Streike – da hawwe se alleweil 's Geld!«

»Zweidreiviertel Millionen Mark!« schrie irgendwo eine Stimme. Die Summe wirkte unheimlich . ... unwahrscheinlich ... berauschend ...

»Hoscht du's g'zählt, du Schote?«

»Der Zittelius hot's g'sagt. Was der Zittelius sagt ...«

»Der Zittelius ist doch in Berlin im Reichstag!«

»Sowie der Zittelius von Berlin telephoniert, geht's los!«

»Wege mir!« Der Rindsmetzger trieb seinen Schimmel an. »Aber sagt nur euren Frauen: geborgt wird bei mir von heut ab nix mehr! Kei Pfund Hackfleisch! Ich kann euch net mäste, wann ihr nix schaffe wollt! Der Bäcker aach net!«

»Ach! Die komme alleweil durch! Wir Landwirt sind die Gestrafte!«

»Wir kriege Geld aus England!« schrie es hinter dem alten Kaltschmidt her.

»Aus Belgien!«

»Von üwwerall!«

Es war eine trunkene Stimmung vor dem Portal der Römerschen Fabrik elektrotechnischer Bedarfsartikel. Vor der Gelatinefabrik drüben standen Dutzende von aufgeregt plappernden Mädchen. Zwischen dem schwarzen Qualm der Dampfziegelei und den weißen Schwaden des Zementwerks war ein Ameisengekribbel hin und her. Von den blauen Pfützen der Ultramarinfabrik bis zur Papiermühle oben im Tal. Nur manche der Frauen, die ihren Männern das Essen gebracht hatten, schauten ängstlich und bekümmert darein.

»Guck emol, Robert, wo wir doch als noch an unsere Wohnungseinrichtung abzahle müsse! Am nächsten Ersten kummt der junge Mann vom Löwenberg in Mannheim wieder ...«

»Bawwel net, Elis!« sagte der Schlossergeselle Robert Kienast. »Wir hawwe Geld auf der Sparkass!«

»Aber der Vater meint auch ...«

»Dei Vatter is Ratschreiber!« schrie eine Mädchenstimme hinter ihr.

»Der hält's mit de Fabrikante!«

»Sie, Herr Kienast! ... Herr Kienast!« Der Pförtner stand vor dem Fabriktor. »Sie möchte doch so gut sein und mal zum Herrn Römer hereinkomme!«

»Ich?«

In seinem Privatkontor saß, bleich und sorgenvoll, tiefe Furchen von den Augen bis zu den Mundwinkeln herunter, Matthias Römer am Schreibtisch und nickte dem Schlossergesellen zu.

»Guten Tag, Kienast! Setzen Sie sich nur hin ...ungeniert! ...So ...Wie geht's denn daheim? Die Frau gesund? Der Peterle munter?«

»Dank schön! Da fehlt nix!«

»Nun sagen Sie mal, die Leute sind ja rein rappelig geworden! Überall im Land! In Mannheim sollen gestern abend zehn Volksversammlungen stattgefunden haben ...«

»Zweiundzwanzig.«

»Und so geht das den ganzen Rhein hinunter.«

»Ja. So spricht man, Herr Römer!«

»Und wenn es nun wirklich zu diesem Riesenstreik kommt ...Kienast, Sie sind doch einer meiner ältesten Leute: wie ist denn die Stimmung hier in der Fabrik?«

»Ha ...die mache halt mit!«

»Alle?«

»Ha, freilich!«

»Sie auch?«

»Ha ...ich muß doch!«

»So? Sie müssen?«

»Ja, wann's doch befohle wird!«

Matthias Römer sprang von seinem Stuhl auf und fuhr sich nervös mit den Händen durch das ergraute Haar.

»Wer befiehlt euch denn, zum Kuckuck?«

»Es kommt aus Berlin! Der Zittelius ist doch vorgestern nacht nach Berlin gefahren!«

»Und ihr tanzt hier wie die Puppen am Draht. Kienast, jedes Kind in Sandbeuren weiß, daß ich hier in der Fabrik keine Seide spinne! Seit Jahren habe ich nichts mehr verdient! Trotzdem hab ich ausgehalten wie ein Soldat auf dem Posten, bin alt und grau geworden und habe euch jeden Samstag den Lohn auf Heller und Pfennig hingelegt. Ist's wahr oder nicht?«

»Ha schon!«

»Aber wenn ihr mich jetzt mitten in den Aufträgen sitzen laßt ...«

»Da läßt sich nix dagege mache, Herr Römer!«

Es klang wie die dumpfe Stimme von Tausenden. Von Zehntausenden. Von hundertausend. Der Fabrikant stand eine Weile schweigend vor dem jungen Mann.

»Kienast ...wenn ein paar von euch ein gutes Beispiel geben wollten .. einfach sagen: › *Wir arbeiten weiter!*‹«

»Ich werd mich hüte, Herr Römer! Da hätt ich ja kein ruhige Stund mehr!«

»So! Und daß wir das nicht leisten können ...einfach nicht können, was da verlangt wird? Was? Es geht schon, meinen Sie? Nein! Es geht nicht, mein Lieber! Bei der augenblicklichen Geschäftslage nicht! Das muß ich besser wissen!«

»Wo doch der Dr. Winterhalter drübe noch vorige Woch öffentlich erklärt hat, m'r sollt halt zwei Prozent Dividende weniger gewwe und dafor ...«

»Jawohl! Herr Werner Winterhalter!« Der Fabrikant schlug wütend mit der Faust auf den Tisch. »Der hat euch gerade gefehlt. Der bringt euch ganz aus dem Häuschen. Was meinen Sie? Wenn bloß alle so wären? Na, ich kann Ihnen nur sagen, lang geht das mit dem Herrn Winterhalter so nicht weiter! Das dürfen Sie mir glauben!«

Robert Kienast schwieg, die Mütze in der Hand, den Gleichmut des Massenwillens auf dem breiten, freundlichen Gesicht.

»Nun gehen Sie also in Gottes Namen wieder, Kienast! 's ist gut! Ich weiß jetzt Bescheid. Sagen Sie nur allen draußen: Einmal ist die Fabrik schon abgebrannt. Jetzt zündet ihr sie mir zum zweitenmal an! Bildlich gesprochen! Und diesmal wird sie nicht wieder aufgebaut wie damals, wo der Herr Winterhalter mir höchsteigenhändig die Steine dazu gekarrt hat!«

Matthias Römer starrte, allein geblieben, vor sich auf das grüne Tuch. Auf dem lagen Depeschen in Haufen. Die letzten Meldungen vom industriellen Kriegsschauplatz. Dazwischen die Nummer eines Arbeiterblatts. Der Leitartikel blau angestrichen: »Ein weißer Rabe!«

»Dr. Werner Winterhalter ist keiner der Unsern! Im Gegenteil! Er erklärt das bei jeder Gelegenheit selbst, und wir sind weit entfernt, ihn für uns in Anspruch zu nehmen. Was ihn von seinesgleichen unterscheidet, das ist sein Gefühl auch für Dinge außerhalb seiner Welt und seiner Kaste. Das Verständnis für unsere Forderungen. Wenn ein Mann wie er ein Nachgeben unserer Gegner auch jetzt noch in zwölfter Stunde für möglich hält und öffentlich empfiehlt ..«

Der Fabrikant schob seine Zeitung von sich, atmete schwer auf, verschloß seine Bücher und ging langsam hinüber in den Salon. Dort tönte in durchgeistigtem Tastenschlag, leise, geheimnisvoll der Karfreitagzauber aus »Parsifal« ... Seine Frau saß am Instrument. Seit die Töchter aus dem Haus waren, spielte sie ganze Vormittage hindurch, spielte sich über die Einsamkeit hinweg und erst recht in die Einsamkeit hinein.

Sie schaute ihn, die Hände auf der Klaviatur, mit einem geistesabwesenden Blick an, als er sie anredete.

»Ja ... nun kommen schlimme Zeiten...«

Die Saiten rauschten. »Durch Mitleid wissend .... Der reine Tor« ... Überirdisch hell klang der Ton auf dem »rein«.

»Wenn man so denkt, Mathilde, man hat das alles hier gebaut, hat dich in dies Haus geführt, seine Kinder hier aufwachsen sehen, sie von hier aus in die Ferne gegeben, hat redlich gearbeitet ... Daß die Elektromobile versagt haben, ist doch nicht meine Schuld...«

Unter ihm wogte es in den Tasten ... die letzten Rätsel ...»Zum Raum wird hier die Zeit« ... Glitzernd wie eine silberne Vision aus Meeresgrund wölbte sich das Gralsmotiv ... Matthias Römer fuhr sich mit der Hand über die sorgengefurchte Stirn und wandte sich ab. Seine Frau merkte im Meer der Töne kaum, daß er das Zimmer verließ.

Auf dem Weg zum Bahnhof kam er überall durch kleine Gruppen von aufgeregt herumstehenden Arbeitern. Es war ihm, als brodelten unruhig Blasen über einem wallenden Kessel. Ein unbestimmtes Zittern war in der Luft. Im Zug ein Stimmengewirr in allen Abteilen ... das rasende Steigen der Kohlenpreise in den letzten Tagen ...»Ja, aber Krupp! Verehrtester, die preußische Regierung!« ... Er sah still und war froh, als das Münster von Freiburg im Breisgau im Abendgold vor seinen Augen auftauchte. Da stieg er aus, schritt durch die engen Gassen der Altstadt, überquerte die Kaiserstraße, betrat ein Haus am Schloßberg und klopfte im zweiten Stockwerk an eine Tür.

»Eva? ... Bist du daheim?«

»Herrjesus! ... Da ist auf einmal der Papa!«

»Gelt – das wundert dich?«

Matthias Römer nahm ermüdet Platz und ließ einen lächelnden, zerstreuten Blick über das weibliche Junggesellenstilleben der Studentin gleiten ... Blumenstöcke hinter den Scheiben, ein Strauß lachsfarbener Nelken auf dem Tisch zwischen den Heften des »Vereins für Sozialpolitik«, Nähgarn und Zwirn über der »Kommunalen Arbeitslosenfürsorge«, ein Stoß Enqueteformulare: »Die Lage der Heimarbeiterinnen« als Unterlage für ein Teemaschinchen mit Tasse und angebissenem Zwieback.

»Immer fleißig, Eva?«

»Na, und ob!«

»Arbeitest du nicht zu viel?«

»Ach Gott! Ich steig doch nächste Woche ins Examen!«

»Du siehst eigentlich ein bißchen elend aus!«

»Mir geht's großartig! ... Mach mich jetzt bloß nicht vor dem Examen nervös! Das könnt ich grade noch brauchen!«

»Hast du nicht irgendeinen Kummer?«

»Ich?« sagte Eva Römer langsam und ganz erstaunt mit ihrer tiefen Stimme. Es klang fast verächtlich. Ihr Vater betrachtete schweigend die zarte, fast überschlank gewordene Gestalt, das hübsche, blasse, jugendliche Gesicht mit den kummervollen blauen Augen, über dem sich wie früher das Blondhaar in zwei eigenwilligen Schnecken an den Ohren wellte.

»Aus dir kriegt man ja doch nichts heraus! Das kenn ich! Eva, wenn du nun die Prüfung bestanden hast, hast du dann wirklich eine Stellung in Aussicht?«

»Drei zur Auswahl, Papa!«

»Wo du auch etwas verdienst?«

»Aber gehörig! Das ist doch der Zweck der Übung! Ich bin doch so ein Hans Huckebein. Ich hab ewig die Idee: lange geht's in Sandbeuren nicht mehr!«

»Nein, Eva! Jetzt geht's zu Ende!«

»Ach, du liebe Zeit! Also wirklich?«

»Der Streik gibt mir den Rest! Ich muß liquidieren! Mit allem Anstand! Es bleibt mir hoffentlich noch eine kleine Rente, so daß Mama und ich irgendwo in einer kleinen Villa an der Bergstraße wohnen können, bis uns der liebe Gott abruft. Die Hauptsache ist, daß ihr versorgt seid.«

»Na ...um mich laß dir keine grauen Haare wachsen! Ich arbeit für euch mit, Papa! Ich schlepp uns zur Not alle drei durch!«

Matthias Römer mußte trotz seines Grams lachen und legte ihr die Hand auf den blonden Mädchenscheitel. Sie lachte mit und schaute zu ihm auf.

»So! Nun weißt du's! Du bist ja ein tapferer kleiner Kerl, Eva! Es ist auch nicht so schlimm! Gott verzeih mir's, aber ich bin eigentlich beinah froh, daß es endlich so weit ist. Ich bin müde. Todmüde. Ich will nur noch Ruhe!«

»Und dabei schaust du schon wieder auf die Uhr, Papa?«

»Herrgott, ja! Beinah sieben! Im ›Geist‹ erwarten mich schon die Herren! Ich muß meine Schwarzwälder Aufträge rückgängig machen ...Adieu, Kind ...Immer den Kopf hoch! Adieu!«

Matthias Römer küßte seine Tochter mit feuchten Augen, griff nach Hut und Stock. Sie sah vom Fenster, wie er unten die Straße hinging, den Graukopf gesenkt, in Gedanken die Begegnenden anstoßend, mehr einem unpraktischen Gelehrten ähnlich, der er eigentlich sein ganges Leben hindurch gewesen, als einem Mann der Geschäfte. Nun war er weg. Abendrot über den Dächern der Stadt. Als altersgraue Schattenklötze über ihnen die Umrisse von Schwadentor und Martinstor, drüben, jenseit der Rheinebene, über dem dunstigen Blau der Vogesen schweres violettes Gewölk, von Blutstreifen durchzogen ...ein schwüler Windstoß durch die geblähten Gardinen. ...Eva Römer fuhr aus ihrer starren Versunkenheit empor, setzte sich jäh an den Tisch, griff zur Feder, schrieb, ohne aufzusehen:

»Lieber Werner!

Ich bitte Dich, komm zu mir nach Freiburg herüber. Sobald Du irgend kannst. Sag nicht wie gewöhnlich, die ewigen Arbeitergeschichten ließen Dich nicht weg! Es wird schon einen Tag bei Euch drüben gehen, ohne daß Du den Hecht im Karpfenteich spielst und alles auf den Kopf stellst. Hier schimpfen sie auch alle mörderisch auf Dich.

Komm jedenfalls, eh Du dann wieder von Deiner Offiziersübung mit Beschlag belegt bist. Irgend etwas hast Du ja immer. Ich weiß kaum mehr, wie Du aussiehst. Ich habe Wichtiges und Ernstes mit Dir zu besprechen, Werner. Dinge, die ich jetzt erst diesen Augenblick erfahren habe, und die mein Leben mehr noch innerlich, vor mir selbst, als nach außen beeinflussen. Bitte, laß mich nicht lange warten. Du findest mich in den nächsten Tagen immer daheim. Ich sitze und büffle über den Büchern. Ich muß Dich sprechen. Es drückt mich zu sehr. Komm bald!

Eva!«

»Soll ich de Brief in de Kaste stecke, Fräule?«

Das Mädchen war eingetreten, um das Zimmer für den Abend zurechtzumachen. Eva Römer stand auf und fuhr in ihr Jäckchen. Ihre Hände zitterten, während sie die Nadel durch Hut und Haar stieß.

»Nein, danke, Sannchen! Der Brief pressiert! Den trag ich selber zum Zug an den Bahnhof!«

Sie kam vor der Station kaum durch. Auf dem weiten Platz drückte sich die Menge Kopf an Kopf. Eine endlose Waggonreihe hielt draußen auf einem Gleis. Zwei Lokomotiven davor.

Die Fenster der Abteile waren rot von Uniformkragen und glitzerten von Pickelhaubenspitzen, Pferdeköpfe glotzten stumpfsinnig aus den Rolltüren der strohgepolsterten Lastwagen, eine Gruppe von Offizieren in hohen Stiefeln, feldmarschmäßig, stand einsam auf dem abgesperrten, völlig menschenleeren Bahnsteig. Es schwirrte von Stimmen um die Studentin.

»Die viele Soldate beisamme!«

»Da fährt's Militär ins Streikgebiet!«

»Is es denn schon losgegange?«

»Es weiß keiner was!«

»Und e Hitz hot's dabei!«

Auch in der Dunkelheit wich die Glut nicht aus der stauberfüllten Luft. Die ganze Nacht wetterleuchtete es über den Vogesen, liefen die huschenden, weißen Lichtwände hinüber bis zur Hardt und Donnersberg. Vom Taunus her antwortete es. Von Hochwald und Hunsrück und Eifel, über halb Südwestdeutschland züngelten die Blitzschlangen in den Lüften und rollte dumpfer Donner. Und doch stand am andern Morgen die Sonne heiß wie all die Tage bisher an dem blauen Himmel, und die Herren des Aufsichtsrats, die allmählich, einer nach dem andern, die Stufen zu dem Konferenzsaal im Verwaltungsgebäude der Aktiengesellschaft vormals L. Winterhalter hinaufstiegen, trugen die Strohhüte in der Hand und wischten sich, trotz der frühen Stunde, die Stirn.

Ein mächtiger, eichengetäfelter Raum. Ein langer Tisch mit zwei Stuhlreihen in der Mitte, über ihm ein paar Glatzen, auf ihm weißes Papier, rote Löschblätter, schwarze Mappen. Die Tritte unhörbar in dem dicken Teppich. Das blaue Aroma von sechs, acht Frühstückszigarren in dem kühlen Raum … ein Murmeln … Immer wieder Türengehen.

»Morgen!«

»Morjen!«

»Nette Schweinerei …«

»Was Neues?«

Frühzeitungen raschelten. Blaue Wolffsche Depeschen. Telegramme. Ein schwaches Summen und Brummen durch die Stille, ganz anders als sonst der stürmische Lebensatem und hämmernde Herzschlag der Fabrik da draußen vor den Fenstern. Die Höfe leer. Da ging einmal ein Arbeiter. Da wieder einer. Statt der Hunderte sonst …

»Wieviel Arbeitswillige noch?«

»E Schtücker fuffzig, Herr Kommerzienrat! Aber wieviel von dene am Nachmittag wiederkumme …«

Leopold Winterhalter zuckte grimmig die breiten Schultern und knackte einen Bleistift zwischen seinen Fingern in zwei Stücke. Seine südlich dunklen, hitzigen Augen suchten feindselig etwas draußen auf der Straße: ein paar junge, sonntäglich gekleidete Männer, die müßig da und dort an Bäumen und Bauplanken lehnten.

»Sind denn die verfluchten Streikpostensteher immer noch da?«

»Der Wachtmeister von der Gendarmerie sagt, so lang als die Leut ruhig dastehn, könnt er nix machen! Das wär halt nit verbotte!«

Der Kommerzienrat Winterhalter wandte sich ab und stampfte mit dem Fuß. Vom Tisch her meinte der Syndikus, der junge Kühn: »Wir werden ohnedies den Betrieb einstellen müssen bis zum Abend.«

Und Karl Schweikardt, der fünfunddreißigjährige Rentner, ergänzte, sich eine neue Havanna anzündend, mit seiner lässigen, durch zu viel Fettansatz weichlich klingenden Stimme: »Vor allem haben wir nur noch zwei Mann im Elektrizitätswerk. Na, Herr Stadtrat?«

Jakob Kobus schlürfte herein. Die Beine trugen den steinalten Herrn nur noch mühsam. Er meldete weinerlich: »Alleweil hot mir mein Schwager, der Oberbürgermeister, vom Ruhrgebiet her telefoniert. Dort unte schaut's schon wüst aus. Nachts keine Hochöfen mehr zu sehen. Die Zechen still. Die Leut gehe spaziere, als ob von jetzt ab ewig Sonntag wär. Es kommt den Rhein herauf, wie e Lauffeuer.«

»Einmal mußte die Kraftprobe kommen«, sagte der kleine, dicke *Doctor juris* Bätzle, der bisher Aktenstücke studiert hatte, in seiner scharfen Art und rückte sich, wie um den Feind besser zu sehen, den Zwicker vor den klugen, runden Augen zurecht.

»Nun wird die Sache aber durchgebissen! Lieber Gott – in England...«

»Aber die Kurse!«

»Unbesorgt! Wir halten die Kurse, Herr Stadtrat.«

»Und wenn nicht?«...

»Dann bleib drauf sitzen«, herrschte Leopold Winterhalter ungestüm seinen Schwiegervater an. »Du hast es doch zum Kuckuck nicht nötig zu verkaufen.«

Der alte Herr schwieg verschüchtert und setzte sich.

»Du tust, als ob man schon rein tappig war«, sagte er resigniert.

Aus der Ecke rief Doktor Bätzle: »Meine Herren! Die Hauptsache ist jetzt der Wille zur Macht!«

Wie eine Verkörperung dieses Willens stand in der Tür ein hoher, hagerer, sorgfältig gekleideter Herr mit leicht angegrautem, feinem, kleinem Kopf und kalten, durchdringenden, blauen Augen. Die meisten erhoben sich beim Eintritt des Geheimen Kommerzienrats Kühn, des reichsten Mannes der Stadt. Er schüttelte allseitig die Hände, ohne daß das rosig getönte Antlitz seine strenge Ruhe verlor.

»Meine Herren – ich weiß nicht, ob ich hier als schlichter Aktionär einmal hereinschauen darf.«

»Hohe Ehre, Herr Geheimrat!«

Sein Sohn Moritz, der Syndikus, schob ihm einen Stuhl hin. Der Millionär setzte sich und fuhr fort: »Ich habe nämlich immer gefunden, daß die Herren mehr Rückgrat haben, wenn ich dabei bin.«

»Bravo!«

»Meine Herren! Sie wissen, daß ich im allgemeinen nicht gerade zu den Leuten gehöre, die sich fürchten. Ich fürchte mich auch nicht, die Wahrheit zu sagen, wenn es sein muß. Auch Ihnen, meine Herren,«

»Bitte, bitte!«

»Ob ich dabei Anwesende in ihren väterlichen und großväterlichen Gefühlen kränken muß, tut nichts zur Sache. Meine Herren! Kurz und gut: ich sehe das jetzt nicht länger mehr so mit an! Die Zeit ist zu ernst dazu. Ich trete hiermit in meiner Eigenschaft als Großaktionär auf das entschiedenste und feierlichste gegen Herrn Direktor Werner Winterhalter auf. Ich lege nachdrücklich Verwahrung dagegen ein, wie er die Interessen der Gesellschaft vertritt. Oder vielmehr das Gegenteil vertritt.«

»Hört! Hört!«

»Sehr richtig!«

»Meine Herren! Haben Sie von seiner letzten öffentlichen Erklärung Kenntnis genommen? Die eigentlich auf eine Unterstützung der Lohnbewegung hinausläuft? Haben Sie den Leitartikel ›Ein weißer Rabe‹ im Volksblatt gelesen? Meine Herren! Ein Mann, den der Gegner lobt, gehört nicht in unsere Reihen...«

»Na endlich!« brummte hinten Herr Schweikardt.

»...und ich erkläre hiermit: entweder ich ziehe meine Hand von dem Unternehmen zurück, zusammen mit der ganzen, mir nahestehenden Bankgruppe...«

»Na, na – erschrecken Sie uns nicht, Herr Geheimrat!«

»...oder Herr Direktor Werner Winterhalter zieht seinerseits die Konsequenzen aus seiner mir unverständlichen Auffassung seiner Pflichten und...«

»Da unten kommt er!«

Der Geheimrat Kühn schaute durch das Fenster.

»Und mit wem? Das Bild da unten enthebt mich aller weiteren Worte! Mit dem Haupthahn des Umsturzes hierzulande! Mit dem roten Stadtrat Mattrian!«

»Eigentlich könnten wir hier zu seinem Empfang gleich das Heckerlied anstimmen«, sprach Karl Schweikardt nachlässig.

»Da stehen sie noch immer und reden aufeinander ein!«

»Jetzt gibt er ihm weiß Gott zum Abschied noch die Hand!«

»Ein Wunder, daß er ihn nicht gleich mit hier hinaufbringt! Hören Sie mal, teuerster Winterhalter: haben Sie mit dem Mattrian schon Brüderschaft getrunken? Sie werden ja nachgerade gemeingefährlich!«

Werner Winterhalter ging, durch die Tür tretend, an dem dicken jungen Mann vorbei.

»Ihre Junggesellendiners in Ehren, Herr Schweikardt«, sagte er, ihn kaum anschauend. »Von Trüffeln in der Serviette verstehen Sie was! Aber hier handelt es sich um das tägliche Brot!«

»Vielleicht nehmen Sie *mich* ernst, Herr Winterhalter.«

»Bitte, Herr Geheimrat ...«

»Halten Sie es wirklich für zweckmäßig, da unten *coram publico* mit dem Feind zu verhandeln?«

»Warum nicht? Wenn der Feind, wie Sie ihn nennen, mit sich reden läßt ... Herr Mattrian springt einem ja nicht gleich an die Gurgel.«

»Aber ein Roter ist er!« sagte Jakob Kobus weinerlich.

»Ein Stadtrat wie du, Großpapa!«

»Ein ehemaliger Zigarrenwickler ...«

»Ein Selfmademan wie du, Papa!«

Eine ungeduldige Handbewegung des Geheimrats Kühn. Ein sofortiges Schweigen der andern.

»Herr Winterhalter, ich beobachte Ihre Tätigkeit hier nun seit fünf Vierteljahren ... Wie Sie Ihr Geld und Ihre Zeit privatim verwenden, darüber steht uns hier kein Urteil zu ...«

»Bitte! Ich trete für alles ein, was ich tu! In und außer Dienst!«

»Wenn Sie regelmäßig Vorträge in Arbeiterbildungsvereinen halten, bedeutende Summen für Volksbibliotheken hergeben, Ihre sozialpolitischen Anschauungen wahllos in Zeitungen veröffentlichen, gleichviel ob Sie damit unsern Gegnern Wasser auf die Mühle liefern ... Nein ... bitte ... lassen Sie mich ausreden! ... Versetzen Sie sich einmal im Geist in unsere Lage. Da hört man: Herr Doktor Winterhalter, ein Direktor unseres Unternehmens, sitzt alle Augenblicke des Abends in der »Herberge zur Heimat« mit wandernden Handwerksburschen an einem Tisch zusammen ...«

»... Glauben Sie, die Kerle, die durch halb Deutschland marschiert sind, hätten einem nichts zu erzählen? Da hör ich interessantere Dinge als am Stammtisch in der ›Wolfsschlucht‹.«

»... oder ein Mann Ihrer Stellung steht am Sonntag nachmittag auf dem Fußballplatz unter jugendlichen Fabrikarbeitern?«

»Die Bengel sollen sich nur tummeln! Ich hab ihnen den Platz selbst gepachtet, weil ich aus meiner eigenen Erfahrung als Erdarbeiter weiß, wie stumpfsinnig so ein Sonntagnachmittag ohne Geld ist.«

»Oder zum Beispiel neulich – ich war ganz entsetzt«, mischte sich Karl Schweikardt ein. »Ich geh hier über den Hof. Wer steht in der Kantine mitten zwischen den Schlossern und Tischlern, hat ein Butterbrot in der Hand und beißt hinein? – Sie! – Jawoll, Sie!«

»Und denken Sie sich, ich lebe noch.«

»Aber die Achtung geht zum Kuckuck, die ...«

»Wissen Sie was, Herr Schweikardt, wir wollen uns einmal vor die Leute hinstellen und sie fragen, vor wem sie mehr Achtung haben: vor Ihnen oder vor mir? Auf die Antwort bin ich gespannt!«

»Niemand wird mir vorwerfen, daß ich nichts für die arbeitenden Klassen übrighabe«, sagte der Geheimrat Kühn langsam. »Ich sorge nach bestem Wissen und Gewissen für sie. Ich nehme die Pflichten nicht leicht, die mir vom Schicksal auferlegt sind. Ich denke, ich darf das aussprechen, meine Herren?«

»Vorbildlich sind Sie uns, Herr Geheimrat!«

»Ich dringe grundsätzlich bei allen Aktiengesellschaften, bei denen ich Einfluß habe, auf umfassende, regelmäßige Rückstellungen zugunsten der Wohltätigkeitsfonds. Ich tu damit nur meine verfluchte Pflicht und Schuldigkeit. Aber da soll mir keiner dreinreden! Nicht der Staat. Und nicht die Masse. Über die Masse gehört die zügelnde Hand. Hat immer gehört. Sie aber nehmen uns die Zügel aus der Hand, Herr Winterhalter.«

»Weil ich die Leute nicht beherrschen will, sondern überzeugen«, sagte Werner Winterhalter. Er stand mitten im Saal. Die andern im Kreis um ihn. »Das ist freilich schwerer, denn es heißt: das zurückerobern, was hier und überall seit Jahren und Jahrzehnten versäumt und preisgegeben worden ist: der Einfluß auf das Volk. Warum soll denn immer und ewig nur ein Zittelius oder Mattrian das Volk führen? Warum kann ich es denn nicht? ...Ich bild mir ein, daß ich gerade so gut dazu imstand bin ...Wozu denn diese unnötige Bescheidenheit bei uns allen, meine Herren? Wir sind doch sonst nicht so.«

»Auch 'n Standpunkt...« murmelte hinten der Syndikus Bätzle.

»Die da drüben wissen ganz genau, daß ich ihre politischen Ziele nicht teile. Ich sag es ihnen auch jeden Tag. Und doch haben sie in ihrer Art Vertrauen zu mir. Sogar ein großes. Wie geht das zu, meine Herren? Da muß doch offenbar etwas an mir sein, das sie die Kluft zwischen Arbeitgeber und Arbeitnehmer vergessen läßt. Ja, und je mehr solcher Leute mir in unseren Reihen haben, desto besser war es doch für beide Teile – für die Arbeiter und für die Fabrik auch ...«

Einige Aufsichtsräte tauschten staunende Blicke. Der Geheimrat Kühn zuckte die Achseln. »Utopien!«

Werner Winterhalter trat, die Zigarre in der Hand, dicht vor den Gewaltigen hin: »Für Sie ist jeder ein Träumer, der immer noch hofft, in diesen Tagen ohne den Schutzmann auszukommen. Für Sie gibt es nur das Recht des Stärkeren ...Nicht ein Recht in den Dingen selbst. Wie? Die Forderungen der Leute sind unannehmbar? In ihrer jetzigen Form gewiß! Da können wir die Bude überhaupt gleich schließen. Aber warum stellen sie unerfüllbare Bedingungen? Weil niemand von uns sich ja je die Mühe gibt oder gegeben hat, mit ihnen vernünftig zu sprechen. – sich irgendwie um sie zu kümmern. Das überlassen wir ja alles den Herren Zittelius und Genossen.«

»Wir haben dem Siebenerausschuß unsere Berechnungen gezeigt.«

»Sie glauben euch die aber nicht. Mir hätten sie geglaubt. Mich hat man absichtlich von den Verhandlungen ausgeschlossen.«

Werner Winterhalter wandte sich an die Umstehenden: »Rein geschäftlich gesprochen: wir sind frei, an keine Syndikatsbeschlüsse gebunden. Wir können gar nichts Gescheiteres tun, als human zu sein und uns mit unseren Arbeitnehmern zu einigen, während ringsum alles streikt. Dann gehen wir mit Volldampf an der Konkurrenz vorbei! Gewinnen einen Vorsprung, den keiner mehr einholt.«

»Die Leute sind dazu viel zu unvernünftig.«

»Die Bedingungen, die sie stellen, sind Blech.«

»Wir fallen den andern damit in den Rücken.«

»Das ist Verrat.«

»An wem?« fragte Werner Winterhalter. »Ich betrachte einen Menschen deswegen noch lange nicht als meinen Nächsten, weil er zufällig auch daheim 'nen Kassenschrank stehen hat.«

»Hören Sie!« Der Geheimrat Kühn schnellte von seinem Sessel empor und streckte den Arm aus. »Hören Sie! Das ist die Sprache des Umsturzes.«

»Werner – besinn dich, wo du bist!« raunte der jüngere Kühn zu dem Korpsbruder. Der schob ihn achtlos zur Seite.

»Umsturz? Nein: Aufbau! Je mehr sich die Lebenshaltung unseres Arbeiters bessert, desto besser auch für uns und für alle in Deutschland. Daran arbeit ich, und dabei bleib ich.«

»Das gibt Ihnen ja jeder zu. Aber der Weg...«

»Ruhe meine Herren ...Ruhe!«

»Wir sind hier doch nicht in einer Volksversammlung.«

»Das Volk pfeift überhaupt auf Sie, mein lieber Winterhalter.«

»Größenwahn!« sprach der Geheimrat Kühn trocken und setzte sich. Ein Diener trat mit einer Meldung heran. »Wieder ein Lebenszeichen von dem roten Generalstab drüben?«

»Ja. Die drei Herren telephonieren eben noch einmal…«

»Der Reichstagsabgeordnete Zittelius – der ist diese Minute aus Berlin zurück –, der Stadtrat Mattrian und noch einer … ein Maschinenbauer … ich glaube, Ortlieb heißt er.«

»Na, und?«

»Sie möchten noch eine letzte Unterredung wegen des Streiks haben.«

Es war ein kurzes Schweigen. Dann stand Leopold Winterhalter, der Vorsitzende des Aufsichtsrats, auf: »Wo warten Sie denn? Im Gewerkschaftshaus? Also in Gottes Namen, lassen wir sie kommen! Helfen wird's ja nichts! Was haben Sie denn noch?«

Der Diener zögerte.

»Die Herren lassen noch sagen, sie wollten nur mit Herrn Direktor Werner Winterhalter verhandeln. Jeden andern lehnten sie ab. Da hätt es gar keinen Zweck.«

Wieder herrschte Stille in dem Raum. Die Herren saßen, rauchten, sahen vor sich hin. Aus den Tiefen seines Klubsessels sprach Karl Schweikardt gedehnt und aufmunternd: »Na … Genosse Winterhalter … los … das Volk ruft.«

»Bitte Ernst, meine Herren!«

Leopold Winterhalter war auf seinen Platz zurückgekehrt.

»Also gut! Man gehört zum alten Eisen«, sagte er und streckte die Beine. »Man erlebt schon Freud an seinen Kindern. Was, Schwiegerpapa? Da haben wir uns ein nettes Kuckucksei ins Nest gelegt.«

Der Diener kam wieder: »Die Herren möchten Antwort. Um zwei Uhr wär die Volksversammlung. Bis dahin müßten sie wissen, woran sie sind.«

Der Geheime Kommerzienrat Kühn hob entschlossen den Kopf: »Meine Herren. Ich habe ja eigentlich hier nicht mitzureden. Es ist ja auch keine formelle Sitzung. Ich spreche rein privatim den Wunsch aus, Herrn Winterhalter mit der Mission zu betrauen. Mög er sein Glück versuchen! Wir werden ja sehen, wie groß sein Einfluß ist … Ich glaube, es erhebt sich kein Widerspruch?«

»Nein!«

»Nein!«

»Jeder blamiert sich, so gut er kann«, murmelte Schweikardt im Klubsessel.

»Na … deswegen gibt der alte Kühn doch auch nur scheinbar nach.«

»Ach so!«

»Sie sind doch recht naiv, Schweikardt, das nicht zu merken.«

»Also Arm- und Beinbruch! Sie Mann des Volkes…«

Werner Winterhalter machte auf der Schwelle noch einmal halt: »Ja, ich bin auch Volk«, sagte er. »Sie alle sind Volk. Das ist ja eben Blödsinn, daß wir einem Bruchteil des Volkes den Ehrennamen überlassen haben.«

»Empfangen Sie die Leute unten im Kontor?«

»Nein, ich geh lieber selbst ins Gewerkschaftshaus.«

Als er fort war, trat eine erwartungsvolle Ruhe ein. Draußen verkündeten schrille Dampfpfeifen durch die leeren Höfe und Fabriksäle die Mittagsrast. Nur ein dünnes Bächlein von Menschen rieselte statt des sonstigen tausendköpfigen schwarzen Schwalls durch das Ausgangstor, verlor sich auf der Landstraße. Einzelne Gestalten, die da draußen geharrt, lösten sich hinter Bäumen und Zäunen los, traten drohend auf die Gruppen zu. Es hoben sich Fäuste. Schimpfworte hallten bis hinauf in das Beratungszimmer.

»Da schlagen sie doch wieder einem Arbeitswilligen den Deckel vom Kopf!« rief Moritz Kühn wütend oben am Fenster. »Der Mann blutet. Herrgott! Wozu haben wir denn eigentlich … na, endlich kommt 'n Schutzmann.«

»Das findet Herr Winterhalter wahrscheinlich auch in der Ordnung«, sprach sein Vater, der Geheimrat, ohne vom Schreibtisch aufzusehen. Er füllte eine lange Depesche aus und gab sie dem Diener. »Nach Belgien! Dringend! Mit bezahlter Rückantwort! Aber sofort expedieren und keinem Menschen zeigen.«

»Was ist denn das für ein gefährliches Dokument, Herr Geheimrat?«

»Später, Doktor Bätzle! Vorläufig hat Herr Winterhalter jun. das Wort.«

»Zeit nimmt er sich«, brummte der dicke Schweikardt und sah auf die Uhr. »Gerechter Strohsack, nun kolken sie schon zwei geschlagene Stunden. Ich hab' einen Hunger...«

Und noch eine Stunde. Bätzle war an das Telephon gegangen. Er kehrte kopfschüttelnd zurück.

»Sollt man es für möglich halten: er kriegt sie herum.«

»Was?«

»Ich hab' ihn selbst gesprochen. Sie einigen sich. Sie sind gar nicht mehr weit voneinander.«

»So? Na ... ich hab ein Mißtrauen«, sagte nach einem langen, allseitigen Schweigen der Geheimrat Kühn. »Ich habe seit vierzig Jahren ein Mißtrauen gegen Leute, die es eilig haben. Sehen Sie nur, wie Herr Winterhalter da unten die drei Stufen am Eingang auf einmal nimmt.«

»Ach – was wollen Sie? Ein junger Mann.«

Die Tür flog auf. Werner Winterhalter stürmte herein. Das war, als bliese ein Windstoß durch offene Fenster, so füllte sich um ihn herum das Zimmer mit einem Atem von Spannkraft und Frische. Ein Ungestüm, das auch die anderen belebte. Sie sprangen auf. Gespannte Gesichter. Fragende Blicke.

»Sieg?«

»Nicht Sieg, sondern Frieden.«

»Unter welchen Bedingungen? Zeigen Sie mal erst die Abmachungen her. Dann wollen wir ... Vorlesen? ... Nee ... bitte ... lassen Sie erst mal mich ... das ist in erster Linie meine Sache ... Donnerwetter! *Das* haben Sie doch von der Gesellschaft erreicht?«

»Wir sind uns genau auf halbem Weg entgegengekommen.«

»Hm...«

»Wie Sie *das* den drei Häuptlingen mundgerecht gemacht haben...«

»Ich hab sie schließlich herumgekriegt ... weil sie mich kennen. Eben tagt die Versammlung. Sowie dort unser Einverständnis eintrifft, empfehlen sie der die Annahme unserer Abmachungen. Die Arbeit wird sofort wieder aufgenommen, der heutige Tag zählt voll für den Lohn,«

»In Gottes Namen!«

Die Herren lachten. Die Stimmung schlug plötzlich ins Rosige um.

»Heut nachmittag noch ist hier alles in vollem Betrieb – das hab ich ausbedungen – nicht erst morgen. Wir werden arbeiten, wenn die andern feiern, Geld verdienen, wenn die andern zusetzen, und vor allem, über das hinaus, ein Beispiel geben ... einen Beweis, daß es geht, wenn man nur wirklich will.«

»Das Kunststück muß ich erst mal sehen.«

»Sie werden es sehen. Aber lange ist nicht Zeit! Sie müssen sich entscheiden: Ja oder nein.«

»Meine Herren! Ich warne vor Nachgiebigkeit«, sagte vom Fenster her der Geheimrat Kühn. »Nachgiebigkeit ist vielleicht nicht immer Schwäche. Aber wird immer als Schwäche aufgefaßt ...«

Er stand auf und hielt sich die Ohren zu.

»Meine Herren ... ich bin nicht taub! ... Ich verstehe Sie, auch wenn Sie nicht alle zugleich auf mich einschreien! Sie betrachten das als einen großen Triumph des Herrn Winterhalter, daß wir schon vor dem Kampf die Hälfte unserer Stellung räumen. Ich bin anderer Meinung. Nun gut! Tun Sie, was Sie nicht lassen können!«

»Herr Geheimrat, wenn Sie nicht von der Vorstellung loskommen, das Wirtschaftsleben als einen stillen Bürgerkrieg zu betrachten ...«

»Sie sind noch sehr jung, Herr Doktor Winterhalter! Sechs-, siebenundzwanzig, nicht? Wenn Sie älter sind, werden Sie merken: das ganze Leben ist ein Krieg. Im übrigen: ich sehe da ja eben schon meinen Filius mit einem Ja und Amen der Herren ans Telephon stürzen. Sie haben sich entschieden. Ich bin ja auch nur einfacher Aktionär und dresch hier leeres Stroh.«

Der Geheimrat ging in das Nebenzimmer, warf seine lange, hagere Gestalt mit einem zornigen Ruck in einen Sessel und griff nach einer Zeitung. Werner Winterhalter schaute ihm lachend nach. Sieg in den dunkeln Augen. Den energischen Kopf noch von Erregung gerötet. In einem fiebernden Vollgefühl des Vollbringens. Er reckte sich in der Schulter.

»Uff! Das wäre nun also vorläufig getan«, sagte er. Und dann zu dem Diener: »Was haben Sie denn da? Briefe? Geben Sie her.«

Er öffnete nur eins der vielen Schreiben, die Adresse in steiler, großer Mädchenhandschrift mit dem Poststempel Freiburg, und las.

»Ja ...ja...« murmelte er, etwas ungeduldig, vor sich hin, wie ein Mann, den man mitten in wichtigen Dingen stört, trat in den Vorraum und schlug da das Kursbuch nach. Moritz Kühn sah es durch sein Monokel.

»Du willst doch nicht jetzt verreisen?«

»Doch. Am Abend, sowie hier alles in Ordnung ist.«

Lange schon hatten draußen die Dampfsirenen ihre langgezogen heulenden Rufe zur Nachmittagsarbeit über die Dächer ergehen lassen. Die Fabrik lag still wie ein Kirchhof. Keine Menschenseele weit und breit. Ein weißer Kater, der sich auf einem Anschlußgleis im Hof sonnte, das einzige lebende Wesen. Die Herren standen dicht gedrängt, die Zigarren nervös im Mundwinkel, die Hände in den Hosentaschen, an den Fenstern des Beratungszimmers und schauten gespannt hinunter nach dem Eingangsgitter. Dort schimmerte nur die rote Mütze des Pförtners hinter der Glasscheibe. Sonst nichts. Jetzt endlich Schritte ... Nein, nur ein Schutzmann, der um die Ecke bog, sah, daß es hier für ihn nichts zu tun gab, und bedächtig wieder kehrtmachte. Auch die Streikpostensteher waren verschwunden. Die Straßen völlig leer.

»Na – wann beginnt denn nun die Völkerwanderung zur Arbeit?« brummte der dicke Schweikardt.

Und wieder, nach einer Viertelstunde vergeblichen Wartens, schon ein wenig schadenfroh: »Vorläufig seh ich viele, die nicht da sind.«

Werner Winterhalter fühlte sonderbare Blicke auf sich gerichtet. Eine leichte Unruhe befiel auch ihn. Er zog die Uhr.

»Die Leute können doch nicht hexen«, sagte er ärgerlich. »Um zwei war die Versammlung.«

»Und jetzt ist's vier!«

»Und jetzt halb fünf!« brach Moritz Kühn nach langer Pause das Schweigen. »Werner – Werner – was hast du uns da eingebrockt?«

Karl Schweikardt wies auf ein greises Mütterchen, das unten den Portier nach dem Weg fragte.

»Vorläufig hält sich der Andrang in bescheidenen Grenzen. Mit der alten Dame allein können wir den Betrieb doch nicht eröffnen.«

»Lassen Sie doch endlich einmal Ihre faulen Witze!«

»Na, ob der Witz, den Sie sich mit uns machen, besser ist...«

Moritz Kühn war an das Telephon gegangen und hatte das Gewerkschaftshaus angerufen.

»Keine vernünftige Verbindung zu bekommen«, sagte er zurückkehrend. »Man hört nur einen unbestimmten Mordslärm durcheinander.«

Im Nebenzimmer hob der Geheimrat Kühn bei diesen Worten den gebieterischen, rosigen, graublonden Kopf, lächelte halb einen Augenblick und las dann weiter. Leopold Winterhalter sah seinen Sohn lange an, fuhr dann plötzlich auf und schlug mit der Faust auf den Tisch: »Jetzt stecken wir in der Sackgasse! Wir haben uns festgelegt, und die drüben spielen die großen Herren. Wie ist denn das mit deinen roten Duzbrüdern – he?«

»Nur noch eine Stunde bis Feierabend«, sagte Doktor Bätzle. »Es würde sich nicht mehr lohnen, anzufangen.«

»Aber wenn sie heut nicht kommen, kommen sie überhaupt nicht mehr. Da wird die Nacht hindurch mit Hochdruck gegen uns gearbeitet.«

»Und wir sind die lackierten Mitteleuropäer«, sprach Karl Schweikardt. »Herrschaften – wir antichambrieren ja hier sozusagen in unseren eigenen Gemächern.«

»Weil Herr Winterhalter keinen Sinn dafür hat, wer hier Herr im Haus ist. Herr Winterhalter – Sie haben uns versprochen, die Leute zur Arbeit zurückzuführen. Bitte, tun Sie's.«

Werner Winterhalter hatte nach seinem Strohhut gegriffen.

»Ich hole Nachricht!« sagte er finster und trat hinaus auf die Straße. Seine Schritte hallten wie sonst zur Nachtzeit auf dem leeren Pflaster. Still, ohne ihren schwarz qualmenden Atem, standen nah und fern die Schlote vor dem blauen Abendhimmel. Da einmal ein Gendarm, fern ein Straßenbahnwagen, ein paar gleichgültige Leute. … Das, was kommen sollte, der schwere Tritt der Arbeitswilligen, die heranwandelnden dunklen Massen, das blieb ein Trugbild sinkender Hoffnung. Gruppen freilich – immer mehr stehende, händefuchtelnde, in Flugblättern lesende Gruppen, je mehr man sich dem Platz vor dem Gewerkschaftshaus näherte. Lauter unbekannte Gesichter. Feiernde aus andern Fabriken. Und noch einmal in Werner Winterhalter die stürmende Kampflust: »Ich hol mir meine Leute! Mitten durch euch hindurch – euch allen zum Trotz!«

Die Kontrolleure am Eingang des Hauses erkannten ihn, grüßten, ließen ihn durch. Er fragte hastig: »Wo ist denn der Herr Zittelius? Und die andern?«

»O mei! 's kommt ja keiner mehr zu Wort. Horche Sie nur, wie sie kreische. Der Berliner macht die Leut ja rein toll!«

Der Berliner … Werner Winterhalter konnte sich kaum erinnern, den stämmigen kleinen Mann mit dem schwarzen Schnurrbärtchen und den stechenden schwarzen Augen je in der Fabrik gesehen zu haben. Jetzt stand er da oben auf der Rednerbühne … oder hatte sich ihrer bemächtigt … seine Freunde als Leibwache um ihn her, zwischen dem umgestürzten Vorstandstisch, den umgeworfenen Stühlen, den am Boden zerstreuten Papieren. Er warf die Arme in die Luft, beugte sich vor, schrie, was er konnte, in den tosenden Strudel von Köpfen, Zigarrenrauch, geschwungenen Fäusten da unten. Seine Anhänger im Saal waren auf Stühle geklettert, schrien mit, wiederholten seine Worte. Seine Stimme übergellte sie alle … Von dem andern Ausgang des Saals her arbeiteten sich Schutzmannshelme durch die Flut.

Die Versammlung schien polizeilich aufgelöst, gärte und kochte doch in sich weiter … »Proletarier … « Die Kehle des Berliners schnitt wie ein Messer durch die Massen … »Proletarier…«

»Um Gottes wille … gehe Sie net so nah bei!« Der Kontrolleur faßte Werner Winterhalter ängstlich am Arm. Der machte sich frei. Ganz erstaunt. »Mir tun die Leute doch nichts!« sagte er und trat vor. Es war ihm, als stände er am Strand des Meers. Ein einzelner Mensch vor etwas Uferlosem, Unbestimmtem, Brausendem, in blinder Naturkraft Wogendem. Die weißen Flecken von Hunderten von erhobenen Händen im blauen Tabaknebel, von erregten, von laut lachenden, von verbissenen, verzerrten Gesichtern. Ein Dutzend der schnurrbärtigen Männertöpfe wandten sich ihm zu. Er fing an zu sprechen. Umsonst. Der Volksredner da oben war anders geschult. Er selbst vernahm kaum seine eigene Stimme. Dann, durch den Lärm in sein Ohr hineinbrüllend, die des blonden, stattlichen Maschinenbauers Ortlieb, der plötzlich neben ihm auftauchte: »So halte Sie doch um Gottes wille die Gosch! Es hilft ja nix!«

Jetzt hatte ihn auch der Berliner gesehen, wies mit der Hand auf ihn.

»Da schaut, Genossen! Da kriechen die Brüder drüben schon zu Kreuz! Da schicken sie und möchten um Frieden betteln. Nee! Jetzt gibt's Senge!«

»Herrgott … mich kennt ihr doch!«

»Ach … was liegt denn an Ihne?«

»Ich mein's doch wahrhaftig gut mit euch!«

»Mische Sie sich doch net als ewig hinein.«

»Sie sind grad so e Bourgeois!«

»'ne weiße Salbe sind Sie!« schrie oben der Berliner. »Mit Ihnen halten wir uns nicht lang auf. Sie sind ungefährlich. Gegen den Kühn geht's. Der ist der Feind!«

»Gegen den Kühn!«

»Wedder den Kühn … den alten Hund!«

»Proletarier…«

»Im Namen des Gesetzes!«

Eine ganze Polizeikette bewegte sich jetzt durch den Saal, schob die widerwilligen Massen vor sich her, zwängte sie durch die aufgerissenen Nottüren, fegte sie in einem Schwall die paar Stufen hinunter und hinaus auf den Platz.

Da löste sich das auf. Wurde zum Gewimmel. Zum Stehenbleiben. Zum erregten Ineinanderreden. Werner Winterhalter mitten darin. Um ihn herum das Stimmengewirr. Das »Weitergehen!« der Schutzleute, die Mahnungen der Ordner »Norr als ruhig, ihr Leut, norr ruhig!« Ein lachendes: »No, da seid ihr ja, ihr Rindviecher!« von jungen Arbeitern aus den Stahlwerken drüben, die alle schon seit gestern in offenem Ausstand ohne Ausgleich und Verhandlungen waren, ein triumphierendes: »Do kumme se!«...

»Dees hat awwer lang gedauert, bis die Simpel sich besonne hawwe!«...»Jo...ihr wart scho die Dümmschte!« schrie der riesenhafte alte Maurer Hildebrand, der mit seinem Wotansbart und Schlapphut weithin die Menge überragte, und dann, mit einer ungeduldigen Handbewegung gegen Werner Winterhalter, der ihn anreden wollte: »O mei! Lasse Sie sich doch heimgeige!«

Auch die andern Leute, die ihn erkannten, grüßten nicht. Es war nichts Feindseliges in ihren Blicken. Eher ein Erstaunen, eine Abwehr. Was machst du denn noch hier? Zwischen den Heeren, die zum Kampf aufmarschieren? Niemand braucht die Schlachtenbummler...

Auf einmal fühlte er das selbst. Sah vor sich die zahllosen Dächer der Fabrikvorstadt, die Schornsteinwälder darüber, sah das Häuflein von einigen hundert, von tausend Menschen, das er hatte halten wollen, hinweggerissen werden wie ein paar Tropfen in das Meer – das Meer, das jetzt von Holland bis zum Schwarzwald überall im Sturm donnerte und wogte, wo Fabriken standen. Was wollte er dagegen, der Einzelne, der Einsame? Um ihn drängte es sich. Er bekam unbeabsichtigte Rippenstöße. Jemand trat ihm auf den Fuß. Ein heißer Brodem von Menschen, Tabak, Schweiß schlug über ihm zusammen. Und doch war ihm, als stände er ganz allein auf dem weiten Platz. Plötzlich allem fremd, nun, wo der Ernst da war. Die Bande, die friedliche Arbeitstage geknüpft hatten, zerrissen gleich Spinnweben...

Ganz gleichgültig, ganz unbeträchtlich, ob man hier stand oder nicht. Es kümmerte sich auch niemand weiter um ihn. Überall liefen die Fragen des Tages, der Stunde, jeder Einzelheit der Mobilmachung sachverständig von Mund zu Mund: »In der ersten Woch gibt's kei Streikgeld! Do hoscht noch dei Lohn!«...»Die ledige Leut reise halt ab! So e Borsch findet sich immer durch!«...»Jo...wenn dei Fraa wasche geht.«...»Zwei Mark im Tag! Abah...zwei Mark fuffzig Penning.«...»Ha...wann m'r kei Bier trinkt...«

Ein winziger, fünfzehnjähriger Fabrikknirps stand da, breitbeinig, die Hände auf dem Rücken, schaute altklug, im Vollgefühl des Lohnkampfs, zu den Männern hinauf. Werner Winterhalter sah das stumpfnasige, bewußte Gesicht mit dem breiten, andächtig offenen Mund. Dachte sich: Ja, du hast deine Welt! Stehst fest auf ihr, mit deinen dicksohligen, geflickten Schaftstiefeln, packst sie derb an mit deinen kleinen frostroten Fäusten, weißt nichts anderes...Der Maschinenbauer Ortlieb, Robert Kienasts Schwager, schob den Jungen beiseite.

»Sind Sie als noch hier, Herr Doktor?«

»Zum Donnerwetter! Ich werd doch noch hier die Geschichte anschauen dürfen!«

»Es ist mir ja auch nit wege Ihne! Aber es soll nix bassiere! Net die kleinste Unordnung...«

»Mir tut keiner was!«

»Ungebildete Leut hot's überall! Gucke Sie nur den Berliner an, wie er dahinte wieder dischkoriert und auf Sie zeigt. ...Was wolle Sie denn noch hier? Gehe Sie doch heim zu Ihre Leut!«

›Zu Ihre Leut.‹ ...Es klang in Werner Winterhalter nach, während er langsam, von niemand behelligt, dem Platz den Rücken wandte, die leeren Straßen hinabschritt. Dort drüben erwartete einen neuer Kampf. Man kam wieder in Feindeslager, wie man es hier verlassen. Stand zwischen zwei Mächten. Blinden Mächten. Und eben deswegen stärker als der, der zu weit sah, zu tief dachte, zu viel wollte. Erkenntnis macht schwach. Wehe dem Menschen der Mitte!...

Im Verwaltungsgebäude wußten sie schon alles. Der dicke Schweikardt sagte, als er eintrat, die Zigarre zwischen den Zähnen: »Da kommt er glücklich ...wie der Napoleon aus Rußland!«

Und Moritz Kühn ergänzte: »Nun ist die Gesellschaft drüben natürlich doppelt üppig, wo wir unnütz nachgegeben haben....«

»Ein schwerer taktischer Fehler!« bestätigte über seinen Papieren der Doktor Bätzle.

Leopold Winterhalter saß mit finsterem Gesicht, die geballte Faust auf der Tischplatte.

»Jetzt tut's mir leid, daß du nicht für immer deinen Willen durchgesetzt hast und nie die Nase in die Fabrik gesteckt hast. Du bringst uns keinen Segen!«

»Wahrhaftig nicht!« sprach der alte Kobus weinerlich. »Jetzt kriegen wir's von beiden Seiten!«

Werner Winterhalter zuckte die Achseln.

»Wir haben wenigstens alles versucht. Daß die Bewegung über ihre eigenen Führer weggeht ...Nun muß man abwarten, bis die Leute wieder zur Vernunft kommen. ...«

»Es wird nichts abgewartet! Sondern gehandelt! Der Betrieb geht weiter!«

Das hagere Haupt des Geheimrats Kühn war nur noch Wille. Er gab dem Diener ein Bündel Depeschen, der damit verschwand.

»Geht weiter ...?«

»Ich hab mehr Erfahrung in so Sachen als Sie, Herr Doktor Winterhalter! Ich bin grau geworden in Lohnkämpfen! Ich weiß, daß wir jeden Zoll Boden verteidigen müssen, sonst erreichen die Leute zu viel und eben dadurch zu wenig ...Legt man uns zu drückende Bedingungen auf, so arbeiten wir hinterher ohne Nutzen und müssen wieder Leute entlassen und gelten für hartherzig, weil wir vorher zu nachgiebig waren. Deshalb kämpfen wir eigentlich für die Arbeiter, wenn wir gegen sie kämpfen, wenn sie es auch nicht einsehen! Und müssen gerade jetzt, nach dieser Schwächeanwandlung, rücksichtslos kämpfen. Ich habe Ihre Seitensprünge nicht hindern können, aber inzwischen alles vorbereitet! Und jetzt Vollmacht von den Herren! Morgen wird hier gearbeitet, wenigstens das Allernötigste!«

»Mit wem?«

»Mit Arbeitswilligen aus Belgien!«

»Mit Streikbrechern!«

»Nennen Sie's, wie Sie wollen!«

»Um Gotteswillen ...«

»Sehen Sie, meine Herren, da haben wir die bekannte Angst vor der ganzen Maßregel!« Der Geheimrat stand mit einer wegwerfenden Handbewegung auf: »Sie wissen: ich war seinerzeit grundsätzlich gegen die Berufung des Herrn Doktor Winterhalter. Ich bin immer gegen Herren dieser Art! Es fehlt ihnen das Unmittelbare der Praxis. Hinter jedem ›Ja‹ haben sie ein ›Aber‹...«

»Herr Geheimrat! Bisher haben die Leute Ordnung gehalten! Sie werden es auch weiter tun! Die Führer haben den besten Willen! Aber mit Streikbrechern beschwören wir Blutvergießen herauf! Das lassen sich die Leute nicht gefallen!«

»Darf *ich* denn über die Straße gehen und den Schuster da drüben gewaltsam an seiner Arbeit hindern?« fragte der Geheimrat. »Nein! Dann bin ich aber auch so frei und nehm auch für mich das Recht auf Arbeit in Anspruch.«

»Aber die Leute werden sich zusammenrotten! Es gibt Tumulte!«

»Dann rufe ich die Hilfe des Staates an! Wozu zahl ich denn meine Riesensteuern? Der Staat hat mich zu schützen!«

»Aber er kann es nur mit Gewalt.«

»Das ist seine Sache! Wie er's macht, geht mich nichts an!«

Werner Winterhalter schaute auf die anderen Herren. Die saßen stumm mit ernsten Gesichtern.

»Ich sehe, Herr Geheimrat: Ihr Einfluß ist wieder allmächtig, wie immer in solchen Zeiten!« sagte er. »Aber ich mache das nicht mit!«

»Ich hoffe, daß Sie jetzt endlich die Unhaltbarkeit Ihrer Stellung einsehen!«

»Wir müssen jetzt geschlossen sein!« versetzte Moritz Kühn schroff.

Leopold Winterhalter erhob sich: »Ich will lieber selbst als Vater das erlösende Wort aussprechen! Es liegt uns ja allen auf den Lippen: Werner, du paßt nicht zu uns! Es ist besser, du erklärst deinen Austritt aus unserm Betrieb.«

»Ja. Das tue ich hiermit.«

»Vielleicht nehmen sie dich auf der anderen Seite mit offenen Armen auf!«

»Die drüben – das seid ihr, nur in anderer Form!« sagte Werner Winterhalter, verließ den Sitzungsraum und stieg zum letztenmal die Stufen des Verwaltungsgebäudes hinab.

»Die drüben – das seid ihr, nur in anderer Form!« sagte Werner Winterhalter, verließ den Sitzungsraum und stieg zum letztenmal die Stufen des Verwaltungsgebäudes hinab.

8

»Eva ...sprich doch wenigstens ein Wort! ...Umsonst bin ich doch nicht hierhergefahren ... Heute mittag, mitten im tollsten Trubel, hab ich deinen Brief gekriegt ...den ganzen Nachmittag bin ich überhaupt kaum zur Besinnung gekommen ...ich bin jetzt noch wie vor den Kopf gehauen ...Wenn nicht alle Züge Verspätung hätten wegen der Militärtransporte ins Streikgebiet, hätt ich den Zug nach Freiburg auch noch verfehlt ...Nun bin ich also glücklich hier ...In zwei Stunden muß ich weiter ...Ich muß mich morgen früh beim Regiment zur Reserveübung melden ...Ich hab wirklich keine Zeit...«

»Nein, du hast nie Zeit, Werner!«

»Kann ich dafür? ...Ich kann nicht dasitzen mit den Händen im Schoß, wenn es rings um einen licherloh brennt.«

»Du bist selbst wie eine Kerze, die an beiden Enden zugleich brennt...«

»Dann leb ich eben doppelt so schnell wie andere Leute! ...Mir auch recht! Alles besser als die Schlafmützerei! Eva ...mach mir nur heute keine Vorwürfe! ...Ich bin heute ein bißchen im Fieber ...Ich geb es zu ...Ich hab heute schon gerade genug erlebt...«

Ein Schweigen.

»Eva ...das macht einen ja rein verrückt, wie du da auf dem Sofa sitzt und in die Lampe starrst und die Lippen zusammenpreßt, statt daß du sie endlich aufmachst und mir sagst, was ...Mir dreht sich der Kopf ...Ich lauf schon in dem verfluchten kleinen Käfterchen da herum wie der Tiger im Käfig...«

»Oben in meinem Zimmer kann ich dich doch abends nicht empfangen!«

»Aber in so'ner Pension haben die Wände Ohren! Hinter jeder Tür steckt irgend 'ne Muhme und horcht! ...Ich seh's ja, wie der Makartstrauß da drüben wackelt!«

»Es wohnen beinah nur Studentinnen im Haus. Die Hälfte ist schon weg, beim Semesterschluß. Und die übrigen sind jetzt sicher alle an die Luft nach der Hitze heute...«

Der Abend hatte wieder kaum eine Minderung der Glut gebracht. Es wehte schwül und schwer von der Straße in den kleinen Empfangsraum mit seinen gehäkelten Sofaschonern, seinem gipsernen Schillerkopf und seiner künstlichen Palme in der Ecke. Fern, am Nachthimmel über den Dächern, zuckten und liefen wieder, wie gestern, fahle Lichtwände als Widerschein unhörbarer Gewitter überm Rhein. Werner Winterhalter unterbrach seinen stürmischen Schritt durch das kleine Gemach, blieb vor dem jungen Mädchen stehen, beugte sich zärtlich nieder, streichelte ihr über das blonde Haar. Sie fuhr zurück.

»Nein! ...Küß mich nicht!«

»Eva...«

Abermals eine Stille.

»Eva ...was hast du denn nur? ...Ja – nun schüttelst du wieder den Kopf und siehst so kummervoll darein ...so verzweifelt ...Um Gotteswillen: Was ist denn passiert?«

»Nichts Besonderes...«

»Ja, aber dann ...Eva ...ich kann heut keine Rätsel raten! Es kam zu viel auf einmal! – Komm ...laß dich anschauen ...Blaß bist du, mein Herz...«

Das klare, junge Mädchengesicht sah, schmal geworden, zwischen seinen Händen mit einem ruhigen, leidenden Ernst zu ihm auf, der ihn plötzlich durchfröstelte.

»Eva, was fehlt dir?«

»Du.«

»Da bin ich ja!

»Weil ich dir geschrieben hab ...Leicht fiel mir's nicht...«

Sie stand langsam auf.

»Weißt du, wann du zum letztenmal hier bei mir warst? ...Vor acht Wochen!«

»Nein. So lange...«

»Ich hab die Tage gezählt...«

Beide schwiegen.

»Eva ...ich hatte so furchtbar zu tun...«

»Das weiß ich! Und wirst auch immer und ewig zu viel zu tun haben! Anders hältst du es ja nicht aus...«

Es klang müde, weich, schmerzlich. Aber es reizte ihn doch.

»Und was ich zu tun habe, das ist dir natürlich ganz egal! Du könntest mich doch wenigstens fragen, was heute...«

Stille.

»Eva ...Ich komm von der schwersten Enttäuschung meines Lebens. Ich hab erkennen müssen, wie wenig doch ein einzelner Mensch vermag. Es ist alles um mich zusammengebrochen, was ich in den letzten fünf Vierteljahren dachte aufgebaut zu haben. Weggepustet wie ein Kartenhaus. Es hat auch gar keinen Sinn, sich zu sagen: ›Ich fang die Geschichte noch einmal an!‹ Dazu fehlt mir der Mut. Ich hab heute viel gelernt, Eva! Aber nichts Erfreuliches...«

Wieder ein ungestümer Gang durchs Zimmer, hin und her. Die billigen chinesischen Vasen auf der Etagere klirrten. Ein verirrter Nachtfalter rannte, dumpf brummend, dickköpfig gegen die Lampenglocke. Jetzt noch ein tieferer Ton ...ganz deutlich, wenn auch aus weiter Ferne, das Grollen der Gewitter...

»Eva ...glaub mir ...es war ein ganz herzhafter Stoß, den ich heut nachmittag abgekriegt hab ...Ich komm zu dir in das Stübchen da förmlich wie ein Schiffbrüchiger auf 'ne Insel...«

»Ja. Jetzt kommst du...«

»Warum sagst du denn das so hart ...Eva? ...Ich hab doch so recht niemand auf der Welt als dich! Ich hatte solch eine Sehnsucht nach dir auf dem Weg hierher ...Ach, Eva, dies schmerzliche Lächeln ist schrecklich! Heute ist doch nicht die Zeit ...Ich brauch doch heute einen Menschen ...ich brauche dich...«

»Wie lang...?«

»Ach, laß doch die Bitterkeit ...Nun wird ja alles besser! ...Ich hab in Zukunft mehr Zeit! ... Man hat mir ja mit Gewalt alles abgenommen, womit ich mich beladen hab...«

»...als ob du nicht in vier Wochen etwas Neues hättest, Werner.«

»...Aus der Haut könnt man fahren, Eva, bei diesem sanften, traurigen Ton ...So bist du doch sonst nicht ...eigensinnig bis über die Hutschnur ...aber nicht so weich ...Man könnt ja förmlich Angst kriegen ...Ach ...'s ist ja Unsinn! ...Kopf hoch ...Eva ...schau mich an ...sei gut ...sei lieb ...Gib mir deine Hände ...gib mir einen Kuß...«

»Laß ...Werner ...laß...«

»Eva ...ich bettel ja förmlich ...Du bist jetzt meine Zuflucht ...halb verrückt haben sie mich heut gemacht ...mach du mich nicht ganz ...hab Geduld...«

»Ich hab Geduld gehabt seit Jahr und Tag...«

»Nein. Ich! Ich hab mich gefügt und gewartet, wie du es wolltest...«

»Weil ich's gewußt hab von Anfang an, wie es enden würde...«

»Eva, heute nicht ...nur heute nicht ...heute ist mir's zuviel ...ein andermal ...Dann mach mir Vorwürfe, soviel du magst ...ich weiß ja nicht welche...«

Plötzlich brauste er jäh auf, um über eine unbestimmte, unheimliche Angst hinwegzukommen.

»Ich steh hier vor dir ...halb kaputt ...ich erzähl dir von einem Schicksalstag heute ...Dich läßt das kühl bis ans Herz hinan ...Keine Silbe von Interesse, was eigentlich heute ...Ja ...so viel Teilnahme, Eva, kann ich doch weiß Gott von dir verlangen...«

»Hast du dich denn je in diesem Jahr um das gekümmert, was ich getan und gedacht hab!« sagte Eva Römer rasch und ruhig. »Wenn du mal zu mir gekommen bist, hast du in deinem Kopf gleich 'ne Volksversammlung mitgebracht! Von der hast du mir erzählt. Das Volk hinten und das Volk vorn und das Volk überall! Ich durft dabeisitzen und zuhören, stundenlang. Daß ich auch ein Mensch für mich bin und es sein muß und es werden will ...auf die Idee bist du nie gekommen. Ich war dein Echo. Weiter nichts. Wenn du ehrlich vor dir selbst sein willst, Werner: Ich war für dich nie etwas anderes ...o Gott, ja gewiß: Ich hab dir auch gefallen. Du hast mich gern. Aber das alles ist mir zu wenig. Viel zu wenig. – Ich muß meinem künftigen

Mann mehr sein, Werner! Eigentlich alles! ... Sein ganzes Leben will ich ausfüllen. Das ist mein Stolz und meine Pflicht. Das klingt vielleicht vermessen. Aber ich kann nicht anders. Ich hab eine zu hohe Meinung von mir. Lieber gar nichts als halb...«

»Eva, tu mir den einzigen Gefallen: Red uns jetzt nicht ins Unglück hinein ... Wir wollen ein andermal ... wenn du ruhiger bist...«

»Ich bin ruhig ... viel ruhiger als du ... so weh mir's tut ... Werner ... Du hast mich überrumpelt vor einem Jahr auf dem Schloß ... Ich hab ›ja‹ gesagt, weil ich dich so liebhab ... auch jetzt noch ... aber ich hab es unter Vorbehalt gesagt: denn ich hab schon damals zu deutlich gefühlt und dir's ja auch gesagt: ›Dich kann man nicht halten.‹ Und so ist's ja nun auch gekommen...

»Lieber Werner: Was bin ich dir denn? Tage-, wochenlang hast du mich ganz vergessen. Dann hast du dich mal erinnert, daß ich hier in Freiburg sitz, und bist herübergefahren und bist mit halbem Kopf und halbem Herzen doch drüben bei deinen Arbeitern geblieben. Ich kenn doch deinen zerstreuten Blick ... Deine Ungeduld, wieder auf die Bahn zu kommen. Du weißt nicht, was ich dieses Jahr gelitten hab ... Es geht nicht mehr...«

»Auch das noch...«, sagte Werner Winterhalter vor sich hin.

»Ich hab dir damals das Versprechen abgenommen, Werner, daß du mich erst nach meinem Examen fragen solltest, ob ich ... Ich hätt ja auch gewartet ... Schon aus purer Feigheit. Mir hat ja selbst schon lang vor der Stunde jetzt gegraut. Aber seit gestern kann ich nicht mehr warten. Da schrieb ich dir...«

»Was hab ich denn da verbrochen?«

»Du nicht! ... Höchstens dein Vater und seine Leute, die meinen Vater seit Jahren systematisch kaputt gemacht haben mit ihrer Konkurrenz. Also nun wirft er mit Gottes Hilfe um! Ich bin so arm wie 'ne Kirchenmaus!«

»Eva ... Wenn es das ist ... das wäre doch lächerlich ... Das ist doch wahrhaftig...«

»Ja – wo du Geld hast wie Heu – da wär ich doch schön dumm, nicht wahr, vor aller Welt – wenn ich nicht die glänzende Versorgung mitnähme, in dem Augenblick, wo ich den Boden unter den Füßen verlier? Aber ich steh auf meinen eigenen Füßen ... ich beiße die Zähne zusammen ... ich komm schon durch...«

»Eva ... Was hat denn das blödsinnige Geld mit mir zu tun?«

»Wenn alles so zwischen uns wäre, wie es sein sollte – dann wahrhaftig nicht die Bohne! ... Aber wo ich doch nur ein Anhängsel in deinem Leben bin ... ein Ding unter tausend andern...«

»Beruhige dich doch! Man hört dich ja auf der Straße...«

»... da wäre das Verrat an mir selbst ... Da ist ein Verdacht ... wenn du den nur eine Minute hegen könntest, daß ich ... ein Gnadenbrot haben will...«

Er ging und schloß rasch das Fenster.

»Das muß ich abschütteln ... Werner ... auf der Stelle ... sonst werd ich krank ... so ... Gott sei Dank ... nun ist's überstanden ... Nun gib mir die Hand! ... Sei mir nicht böse! Es muß ja sein...«

»... daß du dich und mich ins Unglück stürzest ... Eva ... komm doch zu dir ... um Gotteswillen...«

»Geh, Werner ... ich bitte dich...«

»Erst werde ruhiger! ... Du bist ja außer dir!...«

»Geh! Du versäumst deinen Zug!...«

»Eva, denk, was das heißt, wenn du mich wegschickst!...«

»Ich muß doch, großer Gott ... ich muß!«

»Eva ... glaub nicht, daß ich so leicht wiederkomm!«

»Du sollst nicht wiederkommen! ... Es ist aus! Ich hab genug gelitten! ... Geh du zu deinen Arbeitern! Sorg dich um die! ... Noch mehr als bisher! Denen gehört doch dein Herz! Mehr als mir! Ich kann mich nicht mit zehntausend Leuten in dich teilen. Also muß ich dich den andern lassen! ... Geh, Werner ... geh! ... Laß mich jetzt mir allein ... mir allein...«

Im Türspalt der besorgte graue Löckchenkopf der Pensionsmutter. »Fräule Römer – was ist Ihne denn? ... Sannche ... Hurtig ein Glas Wasser...!« Ein befremdender Blick dabei auf den späten Besucher. Auf einmal steht man draußen im Vorgarten, faßt sich an den Kopf, fühlt sich wie im Traum. Das Sannchen, die Magd, hat den Ruf innen nicht gehört. Sie will eben das Gitter abschließen, lockt dem Katerchen, das am Sockel daneben das Beinchen lüftet: »Amile ... kumm!«...Man tritt an ihr vorbei auf die Straße ...wie ein Nachtwandler hin durch ihre Leere ... ihre Stille ...da oben sind die Sterne ...da ist die Stadt ...die alte Stadt ...da dämmern die Häuser im Mondschein ...das Münster wölbt sein gotisches Steingerank in bläuliche Höhe ... In seinem Schatten gehen Menschen durch die Sommernacht ...man geht zwischen ihnen ... geht mit ihnen weiter ...begreift das alles nicht ...Wo ist man denn überhaupt? Irgendwo auf der Welt ...Ja ...in Freiburg im Breisgau. Vor einem bunte Lichter. Pfiffe. Ein Gebäude. Auf ihm hellerleuchtet das Zifferblatt der Bahnhofsuhr. Nur noch zehn Minuten bis zum Abgang des Zugs in die Ulanengarnison...

Ein Zwang von außen ...der kategorische Imperativ: Du mußt dich morgen früh zur Reserveübung bei deinem Regiment melden! Das ist in Deutschland so selbstverständlich, wie daß die Sonne morgen über dem Schwarzwald aufgeht oder der Rhein gen Norden strömt. Werner Winterhalter stieg in einer geistesabwesenden Ruhe in den Zug, fuhr durch die Nacht, saß da, starrte, ohne sich zu rühren, vor sich hin, hörte auf das Rattern der Räder, zwei-, dreimal einen Donner, sah hinter den lichthellen Scheiben vorüberfliegender Eisenbahnzüge Pickelhauben in Masse, rote Kragen, Gewehrläufe ...tanzende Pferdeköpfe mit gespitzten Ohren im Dämmern der Güterwagen – Truppen in Menge ...Alles auf dem Weg ins Streikgebiet. Es wurde ernst ... Einerlei! ...Mochte die ganze Welt aufbrennen! Man war zu müde, noch irgend etwas zu denken ...zu wollen ...zu sein...

Tschapla und Ulanka und Reithosen und hohe Stiefel aus dem Koffer ...um einen das Hotelzimmer ...der Bursche meldet sich...Was? ...Es wird eben schon angetreten? Der Herr Leutnant möchten sich beeilen? Der hetzt einen. Weiter. Immer weiter. Das Schicksal rollt. Man kollert mit wie der Kieselstein im reißenden Bach. Macht sich mechanisch fertig! So! Los! ...Zum Kuckuck: wie sieht da der Kasernenhof aus, in den man hastig, säbelrasselnd und sporenklirrend durch die Torwölbung tritt ...nicht wie in Friedenszeiten ...der Boden voll Stroh ...die Gäule schwadronsweise aufmarschiert ...flatternde Fähnchen ...vorn der Regimentskommandeur zwischen vielen Offizieren...

»Nette Schweinerei!« sagte Moritz Kühn. Er stand, auch als Ulanenleutnant der Reserve, neben seinem Pferd, das unvermeidliche Monokel im Auge, die Zigarette in der Hand, mit der etwas unmilitärischen Lässigkeit eines jungen Weltmannes auf seinen Säbel gestützt.

»Was ist denn los?«

»Wir rücken gleich ins Streikgebiet ab! Vorhin wurde doch schon auf Tod und Deubel alarmiert. Meld dich nur gleich beim Oberst!«

»Danke, Herr Leutnant!« Die heisere Stimme des grauköpfigen Herrn ...»Kein Vergnügen für Sie! ...Für uns alle nicht! ...Im Gegenteil ...Kein Ruhm zu holen ...höchstens Roßäppel an'n Kopf! Na ...hilft nischt!...Befehl ist Befehl!«

»Hast du 'ne Ahnung, wohin's geht?« fragte Werner Winterhalter seinen Jugendfreund, der eben mit dem Adjutanten verhandelt hatte.

Moritz Kühn schnitt eine Grimasse, um das Einglas, das ihm im Ärger halb entglitten war, in der rechten Augenhöhle festzuhalten.

»Was zu toll ist, ist zu toll! Nu machen die Herren mir Vorwürfe! ...Ich kann doch nichts dafür, daß mein teurer Erzeuger halsstarrig ist wie ein Maulesel! Er läßt doch nun mal die Streikbrecher aus Belgien kommen! Sie sind schon unterwegs! Das gibt natürlich einen Riesenradau, wenn die Kerle ihren Einzug halten!«

»Bei uns?«

»Ja. Und wir marschieren jetzt Hals über Kopf hin in unsre liebe Vaterstadt, um Ordnung zu halten. Da sieht's bunt aus, mein lieber Werner! Die Behörden telegraphieren dringend um Verstärkung. Hoffentlich kühlt unser Erscheinen die Gemüter ab ...Sonst wird das Standrecht...«

»Eskadron ...Trrrab...«

Die Chaussee war kilometerweit durch die Rheinebene eine einzige große Staubfahne. Wer in der ritt, sah nur undeutlich über sich durch das Grau den tiefblauen heißen Morgenhimmel, zu beiden Seiten schattenhaft die weiß überpuderten Koppeln, vor sich verschwindende, gleichmäßig mausfarben gewordene Pferdeschenkel, breite graue Mannschaftsrücken, steil im Bügel schaukelnde Lanzen, das schnauzbärtige Profil des dicken Wachtmeisters zur Rechten. Unten am Boden klapperten eilfertig Hunderte von Hufen, wirbelten immer neuen Staub auf. Die Säbel rasselten, die Bocksättel knarrten über den gefalteten Woilachen, die Leutnants, die in dem Zwischenraum zweier Schwadronen vornübergebeugt in englischem Sitz trabten, mußten ihre Stimme verstärken, um sich zu verstehen.

Moritz Kühn zündete sich gewandt in den hohlen Händen zwischen den Zügeln eine neue Zigarette an.

»Rauchst du wirklich nicht, Werner? ...Nee? Überhaupt ...meine Herren: ich warne hier vor meinem Freund Winterhalter! Großartiger Kerl, aber nur mit Vorsicht zu genießen! Sie sehen es ja an seinem Gesicht! Er befindet sich in einem argen Dilemma! Er ist nämlich ein waschechter Mann des Volkes!«

»Nanu!«

»Bitte ...lachen Sie nicht! 's ist kein Witz! Sie ahnen nicht, wie uns der gute Werner seit anderthalb Jahren das Leben sauer gemacht hat! Mein Vater raufte sich schon seine letzten Haare aus, ging die Wände hoch vor Wut. ...«

»Sei still!«

»Nervös könnt man werden bei der Volksbeglückung! Nu besiehst du den Schaden, alter Sohn! Was werden denn nun deine Freunde drüben sagen, wenn du ihnen plötzlich mit gezückter Plempe anrückst?«

»Ich hoffe, es kommt nicht so weit!«

»Ja, ich natürlich auch!«

»Jeder!« sagte neben ihnen nachdenklich ein blutjunger aktiver Leutnant. Moritz Kühn drehte sich im Sattel.

»Na na! Da hinten kommt schon wieder so'n Telegraphenfritze mit 'ner Dienstdepesche angeradelt. Wie, Mann Gottes? Jawohl: der Herr Oberst ist an der Spitze ...Was blasen die Trompeten ...Galopp! ...Kinder, nun wird es brenzlig!«

Endlich ging es wieder im Schritt, nachdem einer der Trompeterschimmel vom Hitzschlag seitwärts in den Straßengraben geworfen worden war. Der Schweißdunst der dampfenden Pferdekörper mehrte die erstickende Schwüle. Die Mannschaften sangen nicht wie sonst ihre flotten Reiterlieder. Sie ließen die Köpfe hängen, schauten stumpf darein. Das Weiß der Augäpfel leuchtete sonderbar aus den vielen staubfahlen, ausdruckslosen jungen Gesichtern. Die Fähnchen hingen flach. Eintönig, rastlos trappelten Hunderte von Hufen. Vor einem war eine zurückweichende, durchsichtige Wand von Staub. In die ritt man hinein ...ins Unbestimmte, ins Wesenlose, wußte nicht recht, gegen welches Ziel ...Irgendein ferner Kommandoruf aus unbekannter Kehle, ein Trompetenstoß aus unsichtbarer Weite bestimmte den Weg. Und Werner Winterhalter dachte sich, in dem dumpfen Dämmerzustand, der ihn umfing: Eigentlich ist das ein Sinnbild meines Lebens...

Er war allein neben Moritz Kühn – der Dritte, der junge Leutnant von der Linie, ritt jetzt vorn bei seinem Schwadronchef – er sagte unvermittelt: »Moritz, du stellst dich ja manchmal ziemlich affig an. Aber bei Licht besehen, bist du nicht so dumm. Es steckt manchmal Sinn in deinem Unsinn. Eigentlich hast du ganz recht mit deinem Ulk über mich vorhin...«

»Gott, Werner, das war doch nicht so bös gemeint...«

»Nein, nein; wer bin ich denn? Was mach ich denn? Wohin treib ich denn? Gestern um diese Zeit, da schrien mir unsere Arbeiter zu: ›Gehen Sie doch zu Ihren Leuten!‹ Nachher sagten mir unsere Herren: ›Gehen Sie doch schon in Gottesnamen unters Volk!‹ Und heute reite ich wieder gestiefelt und gespornt gegen dieses Volk ...Es ist sonderbar...«

Aber er unterdrückte: Und dazwischen war ich in Freiburg und habe dort die schwerste Niederlage meines Lebens erlitten. Eine Erinnerung aus Jünglingstagen, aus suchender, gärender Zeit ...Da war vor einem das Leben und im Leben zweierlei: die Arbeit und die Frau! Die Arbeit schwand einem aus der Hand – die Frau löste sich ins Leere ...Um einen ballte sich der Staub dieser Erde in weißen Nebeln, nahm Atem und Aussicht. Wohin reiten wir? ... Wir alle? ... Eskadron Trrrab!

Und in dem verstärkten hundertfachen Gerassel und Geklapper sprach er gepreßt zu Moritz Kühn: »Weißt du, was ich immer vor mir seh: den großen Kassenschrank meines Vater ... Für den zieh ich hier ins Feld!«

Der elegante junge Bankjurist warf seine ausgerauchte Zigarette in kühnem Bogen über die Tschapka des Einjährigen vor ihm.

»Unlogisch!« sagte er. »Unlogisch wie alle großen Geister! ... Mein alter Herr ist doch gewiß kein Umstürzler. Aber er vertritt trotzdem heute die Freiheit. Da sind Leute, die für ihn arbeiten wollen. Arbeit ist ein Menschenrecht. Rechte zu schützen, ist der Staat da! Der Staat sind augenblicklich wir! Also sind wir die Freiheit. *Quot erat demonstrandum!*«

»Ja. So ist's furchtbar einfach!«

»Und das sag ich nicht, weil ich augenblicklich zufällig grade als Sommerkriegsknecht frisiert bin ... Ich wär jetzt wahrhaftig auch lieber wo anders. Im Gegenteil: als Jurist. Als Mensch des praktischen Denkens!«

»Das Denken. Das Denken ist ja eben der Fluch! Ihr denkt. Ihr denkt alle zusammen. Aber fühlt doch mal mit den Leuten drüben ... Setzt euch mal in ihre Lage ... Arbeit, zehn Stunden Arbeit täglich, aber nie die Sicherheit, daß man in vierzehn Tagen noch die Arbeit hat ... Das Heim ... Warst du je im Hinterhof einer Mietkaserne, wie sie mein Großpapa mit Vorliebe baut? Die Zukunft ... Moritz, hast du mal ordentlich husten hören in so 'nem Saal? Dein abgeklärtes Lächeln bringt so ein Mann nicht auf...«

»Da schau!«

Die beiden jungen Reserveoffiziere ritten schon durch die ersten Vorstraßen ihrer Vaterstadt. Auf dem Bürgersteig führte man einen jungen Menschen vorbei. Sein Gesicht war voll Blut. Sein Hemd war voll Blut. Seine Kleidung hing in Fetzen. Ein Schutzmann hinterher, den Neugierigen wehrend.

»Verunglückt?«

»Nein, Herr Rittmeister! Ein Arbeitswilliger! Sie haben ihn an einer leeren Straßenecke angefallen und verdroschen!«

»Freiheit, die ich meine!« sprach der junge Kühn in seinem nachlässigen Ton. Werner Winterhalter erwiderte nichts. Wortlos zogen sie weiter, nahmen ihre Pferde zusammen. Denn nun hallte schon Pflaster unter den Eisen. Da kamen die Viertel der Reichen. Es ging im Schritt hindurch. Schweigende, vom Gassenlärm zurückgezogene Villen, schattige Gärten, Teppichbeete, Gewächshäuser. Sie kannten jedes Haus. Überall wohnten Verwandte, Bekannte, Geschäftsfreunde. Unsichtbare Bande des Bluts, der Effektenbörse, der Freimaurerloge, der Museumsgesellschaft, des Bezirkskommandos, des hohen Kösener, des Rennvereins, der Stadtverwaltung, der Jagdpacht, der Wohltätigkeit ... Ein stummes: ›Das sind wir! Das ist unsere Welt!‹«

»Schau, da haben sie doch vor meine väterlichen Penaten einen Schutzmann hingepflanzt!« versetzte Moritz Kühn. »Ich hab gestern noch in der entscheidenden Schlußsitzung gesagt: Ich möchte in den nächsten Tagen keine Fensterscheibe im Haus meines Vaters sein! Na ... vorläufig sind sie ja noch alle merkwürdigerweise ganz!«

Werner Winterhalter folgte mit den Augen dem Blick des andern auf die Rasenfläche vor der schloßartigen, turmreichen Villa. Er furchte in einem jähen Unwillen die Stirn.

»Eigentlich ist's doch zu bunt...«

»Was denn?«

»So oft man deine Schwester sieht, spielt sie Tennis.«

»Wenigstens meistens!«

Moritz Kühn lachte und stellte sich in den Steigbügeln auf, um besser zu schauen.

»Jetzt, im Sommer«, sagte er, »ist sie überhaupt kein Frauenzimmer, sondern ein von Ehrgeiz verzehrter Champion. Rein rabiat sind sie da, wenn sie im Schweiß ihres Angesichts ums Netz hopsen, bei den Meisterschaften! Da werden Weiber zu Hyänen! He ... Stefanie! Stefanie ... Steffche!«

Ein munteres Lachen des Erkennens klang zurück. Vier junge Mädchen standen da auf dem grünen Rasen. Ihre weißen Kleider leuchteten. Die eine von ihnen, die aschblonde, schlanke, war fast einen Kopf größer als die andern. Sie hob grüßend das Rakett, das sie lässig in der Hand hielt. In der kurzen Bewegung lag ein Muskelspiel geschmeidiger Kraft, auf ihren schönen, vom Lauf erhitzten Zügen eine gesunde Lebenslust und sorglose Neugier, wie sie unbefangen die vorüberziehenden Reiter musterte.

»Steffche! Hör jetzt mit dem Tralla da auf! Heut ist nicht die Zeit dazu!«

»Warum?«

»Wo die Leute hier alle aus dem Häuschen sind...«

»Was geht denn das mich an?«

»Da gehört sich's doch nicht!«

»Es ist ja ein Polizeimann an der Tür!«

Aus ihren großen, glänzenden, graublauen Augen sprach völlige Verständnislosigkeit. Sie hatte die nervig schmale, lange Hand an das Ohr gelegt und den schlanken Oberkörper vorgebeugt, um besser zu hören. Sie schrie, an die Unbekümmertheit des Sports gewöhnt, ihre Antwort mit so schallender Stimme zurück wie auf dem Exerzierplatz, gleichgültig, ob noch hundert andere Männer zuhörten außer ihrem Bruder. Der schüttelte im Weiterreiten den Kopf, halb stolz auf die Schwester, halb ärgerlich.

»Das Steffche könnt doch eine direkte Schönheit sein – nicht, Werner? Ist's doch! Und verdirbt sich den Teint, wird mager wie 'ne Latte von dem ewigen Sport.«

Der neben ihm wandte sich im Sattel um und schaute zurück. Stefanie Kühn stand immer noch da, straff, lang, schmal wie ein weißer Strich, den gesenkten Schläger in der Linken. Schwadron auf Schwadron zog an ihr vorbei. Es war, als hielte sie eine Parade über eine Kriegsmacht ab, die eigens zum Schutz ihres Tennisplatzes aufgeboten war. Werner Winterhalter empfand eine plötzliche, an Haß grenzende Erbitterung und Abneigung gegen sie, die er von Kind auf kannte und doch immer nur alle paar Jahre einmal flüchtig gesehen hatte. Sie war ihm in ihrer grausam unbekümmerten, unnützen Daseinsfreude hinter Parkgittern und Polizeisäbeln wie ein Sinnbild und Widersinn: Die Welt stand in Flammen, die müden Pferde taumelten unter Sporenstichen, die Degen ruhten locker in der Scheide, Blutgeruch lag in der Luft, nur damit dies schöne, biegsame, sehnige Geschöpf sich unbesorgt in langen Sprüngen auf dem Rasen tummeln, atemlos den Ball durch die Lüfte treiben, ihr › Out‹ rufen konnte.

»Na ... Nun wird's aber ernst!«

Moritz Kühn hatte es an seiner Seite gesagt. Die Schwadron war auf der breiten, zum Bahnhof führenden Straße in Zügen aufmarschiert und ritt in kurzem Trab. Der Widerhall dröhnte an den Häusern, deren Fenster im Erdgeschoß alle mit Läden verschlossen waren. Seitlings, aus den Schienen gerückt, stand da ein Straßenbahnwagen. Glassplitter übersäten den Boden, ein paar Mützen, geknickte Schirme, zerbrochene Stöcke ... Vorsicht mit den Pferden ... Eskadron haaalt! ... Donnerwetter ja! ...

Der große Platz vor dem Stationsgebäude war schwarz von Menschen. Ein dumpfes Brausen wie von einer Naturgewalt grollte über den Tausenden von Köpfen. Die gellen Pfiffe der Gassenbuben schrillten dazwischen. Ein paar farbige Felsen ragten aus dem dunkeln Meer von Hüten. Schwache Infanterieabteilungen. Ihre Pickelhauben und Gewehrläufe blitzten. Sie hielten die Eingänge zum Bahnhof besetzt und ließen niemand durch. Innen, im Dämmern der Glashalle, sah man Scharen von fremdartigen Gestalten .. brünette Gesichter .. finstere Züge ... die Belgier...

»Schmeißt sie tot ... die Lumpenhund!«

»Hängt sie uff ... die Streikbrecher!«

»Als ewedder! Nix wie nein in den Bahnhof!«

Das Prasseln von Steinwürfen gegen die Mauern. Das helle Klirren zerspringender Scheiben. Ein hundertstimmiger Aufschrei. Auf der obersten Stufe ein graubärtiger, bebrillter, dicker Herr mit großer Glatze, der beschwörende Handbewegungen machte, Zu der Menge hinunterredet, auf das Militär weist ... Werner Winterhalter erkannte den Oberbürgermeister. ... Jetzt trat der erschöpft zurück zu einer Gruppe anderer Notabeln im Innern. In ihrer Mitte, lang, dünn, den Zylinder auf dem silberblonden, rosig getönten Haupt, die Hände in den Hosentaschen, in stoischer Ruhe, der alte Kühn. Offiziere von der Infanterie dahinter, die Feldbinden um den Leib, die Schuppenketten unter dem Kinn ... Eine seltsame plötzliche Stille, eine brütende Erwartung ringsum, unter der prallen Mittagsglut, auf der weiten Fläche. ...

»Von selber geht die Gesellschaft nicht nach Hause!« brummte Moritz Kühn. »Da können wir 'n ganzen Tag hier stehen und uns unsere Sünden abschwitzen!«

Werner Winterhalter hielt vor dem zweiten Zug. Allein. Auge in Auge mit dem gärenden Volk.

Vor ihm die Arbeiter ... Ganz nah ... wenige Schritte ... viele Glieder tief hintereinander ... die wohlbekannten Gesichter, so, wie man sie im Flackerschein und Donner der Maschinensäle sah. Aber nicht wie sonst der resignierte Ausdruck des Werkeltags auf den vielen schnurrbärtigen Zügen. Etwas unruhig Gespanntes, Wildes ... Nein ... eher noch eine Angst, eine sonderbare Massenangst vor dem, was kommt. Durch sie kommt. Kommen muß ... Unser täglich Brot gib uns heute ... Und die dort drüben, die Ausländer, nehmen uns unser Brot!

Und ich halte hier, den Säbel in der Hand, und schütze diese Fremden gegen die, die ich selbst immer beschwor, deutsch zu sein! Dort drüben in der Stadt steht der Panzerschrank meines Vaters. Hinter mir, im Parkgrün, schwirren wohl wieder die Bälle übers Netz, liegt die Welt, die nicht gestört sein will, in ihrem Lebensgenuß und ihrer Gedankenlosigkeit. Bin ich denn dazu da, daß ich das Ziel meines Lebens ins Gegenteil verzerre, in Widerspruch? Die blinde Pflicht über einem ... Vor einem die blinde Masse? Das ist nicht mehr der erste Mai mit seiner Feierstimmung, seinen Gesängen und Bannern. Die Männer, die damals die Festreden hielten, stehen jetzt umsonst mitten in der Menge, mahnen sie zur Vernunft. Ihre Stimme dringt nicht durch. Da der Zigarrenhändler Mattrian. Er hebt die Arme: »Ihr Leut! Ich bin's doch ... der Mattrian ... hört doch auf mich! ... 's gibt ja e Unglück!«

»Ha – da gibt's halt e Unglück!«

»Der hot aach Geld vum Kühn gekriegt!«

Und der sonst so ruhige Mann tritt erschöpft zurück, beinah bis in die Reihen der Pferde hinein, und trocknet sich die Stirn. Und von oben aus dem Sattel Moritz Kuhns nachlässiges: »Tag, Herr Stadtrat! Lehrreich für Sie ... die Bescherung, was? *Sie* lassen das Völkchen von der Strippe, und *wir* dürfen es nachher wieder zur Räson bringen!«

Ein gellendes Kommando. Plötzlich blitzen Säbel die ganze Mannschaftsreihe hinab. Man ritt an. Langsam. Im Schritt, die Pferde nach vorn in die Menge pressend, eine Welle von Fäusten, von Stöcken, von Hüten vor sich hertreibend. Halt! ... Die Schwadron stand in Front. Hatte hinter sich eine Gasse freigemacht bis zum Stationseingang. Eine Gasse für die Belgier. Tausendstimmiges wütendes Geschrei. Aus dem Bahnhof bewegte sich ein langer Zug Menschen, Reisezeug unter dem Arm, verbissene, gelbliche Züge, unstete, stechende Augen, mancher sich scheu duckend, frech sich umschauend andere ... Es strömte die Treppe hinab ... Ein Steinhagel zum Empfang ... über den ganzen Platz hin ... Die Belgier! Die Belgier!

Vor Werner Winterhalter zitterte die Menschenmauer. Er sah die verzerrten Lippen, hörte den Schrei aus ihnen, überblickte die unzähligen hellen Punkte, die hocherhobene Fäuste waren und Steine in sich bargen und im Bogen durch die Luft nach vorn entsandten ... Ein dumpfer Prall gegen die Pferdeleiber ... die Tschakos ... die Gäule schnaubten und stiegen, keilten mit den Vorderhufen in die aufkreischende, zurückstrebende Menge, die doch nicht wich. Denn von hinten drängten wie Mauern die Massen ... Trompetenstöße: vorwärts! ... Und in Werner Winterhalter wieder ein Staunen: Was mach ich da? ... Muß ich da? ... Muß...

Ein nackter, blau tätowierter Arm reckte sich dräuend gegen ihn. Er hob abwehrend den Säbel. Zu spät. Schon flog, mitten aus dem Volk heraus, der schwere Stein. Traf ihn an der Schläfe. Ein breites Purpurband schoß hervor, färbte eilig die linke Kopfhälfte mit strömendem Blut. Werner Winterhalter taumelte und stürzte im Sattel nach rückwärts. Der Gefreite hinter ihm hatte gerade noch Zeit, ihn aufzufangen, ehe er bewußtlos zur Erde glitt.

9

Kein Herbst mit Nebelgrau und Krähenkrächzen. Ein heißer, blaugoldener Himmel über Alt-Heidelberg. Im Tal Sonnenschein über der fröhlichen Pfalz. Silbern schimmern deine Wellen, du lieber Neckar, und du dort drüben, Vater Rhein ... Aber schon schwillt in den Rebstöcken am Hang des Philosophenwegs die grüne Traube. Buntes Herbstlaub raschelt am Boden unter dem Husch der Schwarzamsel. Der Fuß tritt auf die Stachelhülsen der Kastanien. Millionen roter Äpfel schimmern da hinten an der Bergstraße, die einst zur Frühlingszeit ein weißes Märchenmeer von Blüten war ... Die Zeit der Reife ist da ... Die Zeit des Segens ... Jeder erntet, was er gesät ... Und du ...?

»Donnerwetter – sind's Sie denn wirklich, mein lieber Dr. Winterhalter! Sieht man Sie mal wieder? ... Na – das ist ja famos ...« Ein Schlag von hinten an die Schulter. Ein frisches Lachen ... Werner Winterhalter wandte sich um. Er erkannte seinen einstigen Hochschullehrer.

»Nun erzählen Sie mal: was ist denn nun so eigentlich mit Ihnen geworden, seit wir Sie vor drei, vier Jahren mit solchem Glanz durch den Doktor gelotst haben? Eine Zeitlang – da hörte man viel von Ihnen ... da standen Sie ja, scheint's, mit beiden Beinen fest in der sozialen Frage ... Aber dann wurde es auf einmal so merkwürdig still um Sie ...«

»Ich war zwei Jahre im Ausland, Herr Professor!«

»Volkswirtschaftliche Studien?«

»Ich habe hauptsächlich den Motorbau studiert. Bei uns und auch in England und Frankreich und auch drüben in Amerika.«

»Also Praxis statt der Theorie?«

»Ja. Ich habe selbst mit Hand angelegt und an der Drehbank gestanden!«

»Und diese Wertstattkenntnisse wollen Sie nun verwerten?«

»Verwerten kann ich sie nicht. Man läßt mich nicht in die väterliche Fabrik. Aber ich erbe die mal. Ich muß wenigstens etwas von dem verstehen, was mir seinerzeit ziemlich unverdient in den Schoß fällt!«

»Und unterdessen – was haben Sie da vor?«

»Ich weiß es nicht!«

»Nanu?«

»Ich weiß es wirklich, nicht, Herr Professor.«

»So ... so ...« Der frische, lebhafte, noch jugendliche Gelehrte schaute seinem einstigen Schüler scharf ins Auge. »Na ... schade! Eigentlich ist's schad um Sie! ... Nehmen Sie mir's nicht übel! Sie sollten mehr aus sich machen ... Na, Sie sind ja ein freier Mann! ... Haben die Mittel, sich Zeit zu lassen. Unsereins ist ewig gehetzt ... Herrgott ja! Schon drei Viertel ... Ich muß ins Seminar! Lassen Sie sich doch mal bei uns sehen! Wir wohnen jetzt drüben in Neuenheim! Meine Frau wird sich riesig freuen! Adieu! Adieu!«

Er war davongestürmt mit flatternden Rockschößen, den Strohhut im Genick. Werner Winterhalter ging weiter, stieg langsam den Schlangenweg hinab zwischen düstern, mannshohen, der Sonne wehrenden Mauern, froh, wieder allein zu sein mit seinen Gedanken. Einst war man hier nicht allein gewesen, vor Jahren und Jahren ... Lang, lang ist's her ...

Ja, rausche du nur, du alter Neckar, in Strudeln zwischen den Sandsteinbogen. Throne du nur siegend auf der Brücke, du Göttin der Weisheit, du Schutzherrin der Musenstadt, Pallas Athene, mit Speer und Schild. Die Weisheit tut es nicht allein. Die Weisheit ist nicht der Schlüssel zur Welt. Und ihr, ihr engen, krummen Gassen, mit eurem Lärm und Geschrei. Mit euren Fahnen vor den Häusern, den müßigen Kötern, den offenen Kneipen, dem ewigen Festtag am Neckarstrand. Einst alles wie heut. .... Nur ich geh fremd durch die Fremde ... nur was einst war, ist so fern ... so fern ...

Bunte Mützen auf der Hauptstraße. Zerhauene junge Gesichter. Würdevolle Doggen. Die wohlbekannten Farben, die ich einst selbst trug. Die Burschen und Füchse drüben kennen mich nicht. Wie sollten sie auch! Das kommt und geht durch die Semester im Korpshaus wie im Taubenschlag. Doch einer von ihnen, ein alter Herr des Korps, im Vollbart, hebt den Arm, läuft über die Straße.

»Jesses, Werner! ...Lebste noch, Kerlchen? Das ist ja großartig, daß wir uns hier ...Ich bin nämlich eben mit meiner Frau auf der Durchreise nach Italien ...'nen Tag hier Station ...Du bist noch nicht verheiratet? Nee? Dann schau mal zu ...Du rückst jetzt auch schon nahe an die Dreißig, mein alter Sohn! Was hast du denn da für ein komisches Ding an der Schlafe? ... Pistolengeschichte? Narbe von einem Schuß? Was?«

»Nee, Pips! ...Ein ganz kommuner Steinwurf ...schon zwei Jahre alt ...als Reserveleutnant im Volksgetümmel!«

»Der scheint aber nicht von Pappe gewesen zu sein...«

»Drei Wochen war ich überhaupt im Tran. Und wie ich wieder bei mir war, lag ich noch ein Vierteljahr fest. Dann ging ich auf Reisen. Nun ist's wieder ganz gut!«

»Das ist ja noch ein Segen! Nun komm mal rüber zu den Leuten!«

»Ich kann jetzt wirklich nicht! Ich hab zu tun! Heute abend komm ich auf die Kneipe! Auf Wiedersehen!«

Du wirst mich umsonst heut abend auf der Kneipe erwarten, mein guter, alter Pips! Diesen ersten Abend wieder daheim in Deutschland seit Jahr und Tag. Aber wo werd' ich sein? Man geht und geht durch die alten Straßen ...und mit einem geht etwas ...heißt Erinnerung ...macht das Herz schwer ...singt und klingt ein fernes Lied aus Heidelbergs Frühlings- und Burschenzeit: »Da komm ich auch vor Liebchens Haus – ade!«

Das alte Haus in der Altstadt wie einst ...Das holperige Pflaster davor ...das Wehen des herbstroten wilden Weins um die klapprigen grünen Fensterläden da oben, an dem wohlbekannten offenen Fenster im zweiten Stock sitzt eine, ist jung und blond, lehnt den gescheitelten Kopf in die Hand, liest und lernt, halblaut die roten Lippen bewegend, in ihrem dicken Buch, wie einstmals die Eva ...Wird dereinst ins Leben hinausgehen wie du, Eva ...der Wind verweht die Spuren. Ich weiß nicht einmal, wo du geblieben bist...

Ich suche, fast ohne zu wissen und zu wollen, deine Spuren! Jetzt schon weit vor die Stadt in den Abend hmausgegangen, die blutrot sinkende Sonne zur Rechten, um einen der Herbst. Weiße Fäden über den Stoppeln, der würzige Hauch frisch gepflügter Scholle, das Knarren der steinernen Mostpresse in den Bauerngärten, die Maisbündel in den Scheunenluken der Landwirte und drüben, langsam näherrückend, finster, schwarz und schweigsam qualmend, der Schornsteinwald von Sandbeuren.

Dieselben Schlote ...dasselbe unbestimmte Summen und Brummen in der Luft ...dieselben geschäftigen Gestalten hinter verstaubten Scheiben. Da, wo früher das Firmenschild der Römerschen Werke gewesen, eine mächtige Aufschrift: »Vereinigte Badewannenfabrik A.-G.« Ein betäubendes Pinkpank von Hammer auf Blech durch alle Stockwerke. Kaum hundert Schritte weiter die weiße Villa ...fremde Menschen auf der Veranda. Der Direktor des neuen Unternehmens mit seinen Damen. Und der Park daneben? Verschwunden. Nur noch ein Bild der Erinnerung. Stangengerüste im Boden, das Bauterrain tief ausgeschachtet. Eine neue Fabrik steigt da aus mächtigen Grundmauern wie ein Sinnbild des rastlos wachsenden Handels und Wandels im Deutschen Reich.

Herbst. Herbst ...Das rauchgeschwärzte Wagenrad mit Reisigkranz auf der Esse des Hufschmieds drüben im Dorf ist schon leer, die Störche gen Süden ...ja ...Herbst...Bunte Astern da vor den Fenstern des schmucken Häuschens zur Linken: eine kleine, zufriedene Familie, durch die Scheiben sichtbar, beim Abendbrot. Vater, Mutter, zwei Blondköpfe ...Sauermilch ... Kartoffeln ...für den Hausherrn ein Stück Fleisch. Jetzt steckt er sich befriedigt seine Zigarre an und greift zum Blättchen, das Büble auf dem Schoß. Was hast du dich herausgemacht, Robert Kienast! Kein simpler Schlossergeselle mehr. Ein Werkmeister schon, seit Jahr und Tag. Und als Zeichen deiner Würde einen kurzen, krausen, rötlichblonden Vollbart um das breitknochige, gutmütige Gesicht mit den blauen Augen. Gottlob, die sehn mich nicht. Ich kann weiter auf den Wegen von einst, durch das Fluten der Erinnerung. Nun schon spät abends, in den Straßen meiner Vaterstadt. Sie ist dieselbe wie vor zwei Jahren. So altbekannt und fremd in der nüchternen Nützlichkeit ihrer Zinskasernenfronten, in den graugetürmten Massen ihrer Fabriken. Fabriken überall, jetzt in Stille und Schlaf. Am Seiteneingang zu einem mächtigen Viereck von Neubauten ein grober Nachtaufseher, den Fanghund an der Seite.

»He – was wolle *Sie* denn hier? Ausspioniere, gelle Se? Awwer sell leg ich Ihne...«

Merkwürdig, wie wütend bewachen doch die Menschen ihr Geld. Und nicht einmal ihr eigenes, sondern diese nächtlich ragenden Steinmassen, die sich bei Tag in dünne, bedruckte Aktienbogen verwandeln, samt Menschen und Maschinen in den Börsestunden von Hand zu Hand gehen ...Nein ...alle nicht ...dazu ist Papa zu schlau. Er hat einundfünfzig Prozent des Aktienkapitals in seinem Tresor. Er behält das Heft in der Hand. Er ist der Herr. Anders kann er sich die Welt nicht denken. Er kontrolliert alles. Sieht alles. Hört alles. Steckt auch jetzt schon, durch den Lärm aufmerksam geworden, den graubuschigen Kopf aus seinem trotz der späten Stunde noch lampenhellen Privatkontor im ersten Stock.

»Wer spektakelt denn da unten? Was? Du bist's, Werner? Wieder da? ...Komm herauf!«

Oben, zwischen Tabellen, Maschinenrissen, sitzt der Vater, immer noch stiernackig, heißblütig, hitzäugig, ein Mann im vollsten Saft und Kraft, die geballten Hände unruhig auf den Knien, als könne er's nicht erwarten, irgendeine neue Aufgabe anzupacken...

»Wie mir's geht, Werner? Gut! Unberufen ...Wir sind vollauf beschäftigt...«

Er kam gar nicht auf den Gedanken, daß es sich um sein persönliches Wohlbefinden handeln könne.

»Wir haben Aufträge bis ins halbe nächste Jahr hinein. Das Auslandsgeschäft wächst auch seit der Neuorganisation. Wenn die Hochkonjunktur anhält...«

»Und du selbst, Papa?«

»Achtzehn Prozent Dividende voriges Jahr, das macht das elende Streikjahr wett! Ich denk, der Friede hält jetzt. Der neue Lohntarif bewährt sich...«

Während Leopold Winterhalter sprach, liebäugelte sein abschweifender Blick schon wieder mit den Stößen von Korrespondenzen auf dem Schreibtisch. Die Arbeit brannte auf den Nägeln. Vorwärts! In Mannheim und Untertürkheim und Rüsselsheim und Frankfurt schlief man auch nicht.

»Bleibst du jetzt hier im Land, Werner?«

»Ich denke.«

»Und was treibst du hier?«

»Ich weiß noch nicht!«

»Es ist mir auch gleich! Bloß draußen bei uns in der Fabrik gib gefälligst Ruh! Die Direktoren haben da schon eine Heidenangst vor deiner Rückkehr. Den Aktionären graust's! Der alte Kühn kriegt einen roten Kopf, wann er bloß deinen Namen hört!«

»Zu viel Ehre!«

»Kurz und gut: wir haben das schon neulich in oer Aufsichtsratssitzung diskutiert. Ich hab dir einstimmig die dringende Bitte auszusprechen, daß du uns nicht wieder die Leute aufhetzt. Sonst kannst du was von uns erleben. Es hat auch gar keinen Sinn. Du kommst doch bloß zwischen uns und die wie so ein Bursch nach dem blauen Montag in die Treibriemen und hast allein den Schaden!«

Der Fabrikant stand auf.

»Werner, ich hab jetzt zu schaffen! Grüß die Mama zu Haus. Sag ihr, ich käm heut erst spät heim! ...Sie, Kraus, geben Sie mir doch hurtig die Offerte von Blankertz und Sohn ...Jesses, was stellen Sie sich wieder tappig an ...E bißche fix ...e bißche fix! Gute Nacht, Werner! Stenographieren Sie weiter, Kraus: ›Und haben wir zu unserem Bedauern mit der Kreditgewährung an dortigem Platz so schlechte Erfahrung gemacht, daß wir Verkäufe gegen Dreimonatsakzept nicht mehr zu betätigen in der Lage sind...‹«

Wieder daheim bei Muttern ...ach ja, es tut schon wohl, die Augen zu schließen, die zärtliche Hand auf dem Scheitel zu fühlen, sich in die Zeiten zurückzuträumen, da man noch ein Bub war, den Kopf voll Trotz und dummen Streichen, verstockt gegen den strengen Vater. Nur dem

Mamale in weichen Augenblicken zugänglich. Damals waren die Eltern noch nicht so reich gewesen. Man konnte sich noch mit seinen Spielgefährten als Räuber und Gendarm durch alle Zimmer kugeln, ohne echte Perserteppiche und Marmorstatuen zu beschädigen. Der Luxus jetzt paßte nicht recht zu der kleinen, stillen Mama, die ihr Leben lang neben dem gewalttätigen Vater verblaßt war. Sie kam auch nun, nach den ersten Freudentränen des Wiedersehens, während sie die Hand des Sohnes in der ihren hielt, bald ins Klagen. War erschöpft. Es lag halt zu viel auf einem, bald sollt man da hinspringen, bald dort!

»Ich hab immer schon Angst, wenn's wieder auf den Winter zugeht, Wernerchen! Mir dreht sich schon mein alter Kopf vor dem Basar nächste Woch! Da machen sie einem 'ne Wirtschaft ... Ich muß ins Komitee ... der Papa ist doch Kommerzienrat ... Alles geht hin ... Gelt, Werner, du kommst auch?«

Ihr Sohn mußte lachen.

»Basar, Mama! Das ist doch der höhere Schwindel!«

Dann, nach einer Pause, plötzlich: »Du, Mama, weißt du vielleicht zufällig, was aus den Römers geworden ist?«

»Der Römer? Ach du liebe Zeit . . der ist doch tot. Er ist vor einem halben Jahr in Heidelberg in der Klinik gestorben. Seine Witwe wohnt bei den verheirateten Töchtern.«

»Und die Jüngste, Mama?«

»Die Eva? Ja, wart einmal ... wie ist mir denn? ... Irgendwo ist sie angestellt ... Besser unten am Rhein ... ach, mein Kopf ist schon gar nichts mehr nutz ... Erst neulich haben die Herren geschimpft, daß jetzt auch noch die Frauenzimmer ihre Nas' in die Fabriken stecken! Man hätt von den Beamten schon grad genug...«

Aber dann wußte sie es auf einmal doch und nannte den Namen der Stadt. Es war gar nicht sehr weit von hier. Nur ein paar Stunden den Rhein entlang. Werner Winterhalter beugte den dunkelgelockten Kopf und küßte der Mutter die Hand.

»Krieg ich wieder mein altes Zimmer? Ja? Dann gute Nacht, Mama, auf morgen!«

Am nächsten Morgen, in den folgenden Tagen, ein bleierner, stiller Herbsthimmel über der Stadt, den Menschen, die, ihren Geschäften nachgehend, wimmelnd die Straße füllen. Jeder hat sein Ziel, sein bißchen Zweck und Sinn. Nur du stehst daneben, und der Großpapa Kobus begegnet dir, uralt, vertrocknet wie eine Mumie und hebt den Stock und klagt weinerlich: »Werner ... Werner ... Was mache wir nur aus dir? Du bischt und bleibscht e Kapital ohne Zinse!«

Oder der Onkel Gymnasiallehrer, der mit Botanisiertrommel und Brille die Jungen, die bei ihm in Pension sind, lüftet, tippt einem mit dem Parapluie in die Rippen. »Was geischterst denn du da am Rhein herum, Werner, und guckst zu, wie sich die Jockele in die Hand spucke? Werner, du bist närrisch! Du mußt heirate oder ins Wasser springe! 's ist eins wie's andere ... Marsch, ihr Bube!«

»Wissen Se! Es muß auch Kunden geben wie Sie und mich!« sagte der dicke junge Schweikardt zu einem. Man hat sich wirklich in seiner willenlosen Stimmung von dem gräßlichen Kerl zum Frühstück in die Weinstube schleppen lassen. Die einzigen menschenwürdigen Austern in der ganzen Stadt. Da sitzt er mit seiner spiegelnden Glatze, schlürft und redet: »Das Leben ist 'ne Kunst, wissen Se! Hauptsache: guter Magen! ... Na prost! Was ... Sie wollen schon wieder gehen? Geschäfte? Menschenskind ... reden Sie keine Schwachheiten! ... Sie und Geschäfte ... das ist ja spaßhaft!«

Und draußen auf der Straße, da kommt wieder einer. Rennt, was ihn die Beine tragen, seine Aktenmappe unterm Arm.

»Tag, Moritz! Brennt's?«

»Nee – Aufsichtsratssitzung ... Gott, du bist's, Werner! ... Wieder zurück? Famos! ... Ich hab jetzt keine Zeit! Auf Wiedersehen! Adieu!«

Kühn der Jüngere läuft weiter. Fort! Um die Ecke! Niemand hat Zeit, hier in der rastlosen Stadt der Arbeit. Der kleine dicke Dr. Bätzle sieht überhaupt nicht unter seinem Regenschirm auf, geht vorbei, liest begeistert seinen Begleitern aus dem Kurszettel vor: »Fest, meine Herren! Wir liegen richtig! Gelsenkirchen ... Luise-Tiefbau ... Phönix ... Harpener ... Alles klettert wie 'n Laubfrosch an der Leiter! Die Hochkonjunktur hält an. Der alte Kühn behält wieder einmal glänzend recht!«

Der Geheime Kommerzienrat Kühn hatte immer recht. Er war der große Mann der Stadt. Wenn er um die Mittagsstunde von seinem Kontor zu Fuß nach Hause schritt, lang und hager, bedächtig, etwas vornübergebeugt, grüßte alle Welt. Er war es gewohnt wie ein regierender Fürst. Werner Winterhalter wäre ihm am liebsten ausgewichen. Aber zu seinem Erstaunen redete ihn jener an, haltmachend und mit beiden Händen auf seinen Stock gestützt. Sonderbar forschend ruhten die nüchternen, großen, blauen Augen auf dem jungen Mann.

»Nun, Herr Doktor Winterhalter, gibt's wieder Krieg zwischen uns?«

»Fürchten Sie sich davor, Herr Geheimrat?«

Der alte Industriekapitän machte eine verneinende Kopfbewegung. Er lächelte beinah väterlich.

»Sie sind ungefährlich, lieber Doktor! Sie tragen keine Scheuklappen!«

»Ist das ein Fehler?«

»Scheuklappen heißt Organisation! Organisation heißt Masse! Masse heißt Macht! Gott sei Dank, sind Sie ein zu gescheiter Mensch! Das ist mein Trost!«

»Für mich nicht!«

»Lieber Doktor: heutzutage steht man in Deutschland in Reih und Glied und schaut nicht rechts und nicht links. Sie sehen viel zu viel. Sie werden immer ein General ohne Heer sein! Nun Gott befohlen!« Der Geheimrat Kühn war weitaus der Klügste unter den Großen der Stadt. Er überragte turmhoch sein industrielles Gefolge, so wie jetzt mit seinem hageren graublonden Haupt die Menge, durch die er nach kühlem Gruß weiterging. Werner Winterhalter sah hinter dem alten Menschenkenner her. Dessen Wort klang in ihm nach. Weißt du das auch schon von mir: die Schauer der Einsamkeit um einen? Die Leere des Lebens? Die Nebel der Zukunft!? Die Ungeduld des Nichtstuns? Eine Sehnsucht in einem. ...Ein leidenschaftlicher Drang. Ein Stoßgebet: Wann finde ich den Menschen, der zu mir gehört ...der mich ergänzt, durch den ich werde, was ich bin – den Menschen, der mich und meinen Widerspruch versteht? Es gab nur einen. Oder vielmehr: es gab nur eine...

Ein Locken. Vielleicht gehst du an deinem Glück vorbei. Es wohnt nicht weit von hier, am Rhein ...Du brauchst ja Eva Römer nicht zu sprechen ...nicht zu sehen ...nur die gleiche Luft mit ihr zu atmen ...in jener Stadt ...dich in ihrer Nähe zu wissen ....Er ging zum Bahnhof, stieg in den nächsten Zug, fuhr rheinaufwärts, kam im Abenddämmern an. Der große Industrieort, in dessen Laternenhelle und Menschengewimmel und Straßenbahngeklingel er hinaustrat, glich aufs Haar seiner Vaterstadt. Er kannte ihn, durchschritt ihn bis an das Weichbild, wo die Häuser älter, die Gassen unregelmäßiger wurden und das mächtige alte Rathaus seine Türme zum Nachthimmel hob. Eva Römer war in städtischem Dienst. Sie hatte sicher ständig auf dem Rathaus zu tun, wahrscheinlich dort auch ihr Amtszimmer. Auf einmal merkte er, daß das ja die geheime Hoffnung war, die ihn hierher getrieben.

Er trat unter eins der Portale. Es war da dunkel. ...Viele Leute kamen die Steintreppen herab. Der Dienst in den Schreibstuben war zu Ende. Diätare, Supernumerare, Sekretäre, Aktuare, Registraturen – alte und junge, dicke und dünne, große und kleine. Der Ausdruck strenger, pedantischer deutscher Pflichterfüllung auf allen Gesichtern. Und sonderbar: zwischen diesen auf den Fliesen widerhallenden Tritten, dem Hüsteln, den tiefen Männerstimmen ein helles Lachen. Die blauen Bänder eines Damenhuts unter der gleichförmigen Welle von dunklen Filzen, ein blonder, rotwangiger, leicht verschleierter Kopf ...Eva Römer stieg flüchtig und leichtfüßig, ebenso wie die andern ihre Aktenmappe unter dem Arm, die Treppe hinunter. Sie lachte aus vollem Hals und schaute dabei ihren Begleiter an. Das war ein junger, großer, gut angezogener Mann. Schmisse auf der Backe. Ein Referendar oder so etwas. Die beiden schienen alte Freunde. Sie schwatzten kameradschaftlich miteinander, platzten wieder heraus ...Es mußte irgend etwas furchtbar Komisches oben in den geheiligten Amtsräumen der Stadtväter passiert sein. Eva drehte sich um, blickte noch einmal mit unterdrückter Heiterkeit in das erste Stockwerk hinauf und sagte: »Na – so was!« Sie sah aus wie das Leben selbst. Sie schritt unbekümmert durch die Torbogen und bemerkte gar nicht den, der seitlings an der Wand stand, der beinah von ihrem karrierten, schottischen Wettermäntelchen gestreift wurde, ihr schweigend nachsah: Nein. Du hast dich getröstet. Dir darf man nicht in den Weg treten. Du gehst deinen Weg. Ein anderer neben dir, immer noch in die Stadt hinein. Wer er ist – was da wird … ich weiß es nicht … ich brauch es nicht zu wissen … Es geht mich nichts an. Ich weiß genug … Du vermißt mich nicht! Ich bin dir nichts mehr … nur fort … fort … Wieder reißt einen das Rasseln der Räder durch die Nacht heimwärts … Funkensprühen der Lokomotive vor den Fenstern … Das Geschwätz der Mitreisenden um einen halbverloren im Ohr … Nebenan die Stimme eines Herrn: »… Nee, unberufen, unsere Geschäfte gehen glänzend …« Und nach einer Pause noch einmal nachdrücklich: »…. glän … zend …« Im Korridor treffen sich zwei, schütteln sich die Hand. »Also … ich komm gerad aus Karlsruhe, Herr Generaldirektor: … ich hab's durchgesetzt … wir *kriegen* den Bahnanschluß …« Ein paar Damen, vertraulich im Winkel des Abteils: »Aber *sie* hat doch Geld! Das Hermännle macht eine gute Partie!« Und in einem ein plötzlicher Zorn. Warum glückt denn euch alles, ihr Unbekannten … mit euren Spekulationen und euren Plänen und euren Hochzeiten? … Warum greife ich immer mit beiden Händen ins Leere … ich, dem das Schicksal alles gab? … Du pfiffiger kleiner Kerl da drüben mit deinem Notizbuch, in dem du rechnest, ein verstecktes Lächeln um die fetten Lippen … du hast sicher heute wieder deine Mitmenschen gründlich übers Ohr gehauen, und ich hier in der Ecke – ich bin ewig der Geschlagene.

Er reckte, in seinem Wohnzimmer im Elternhaus stehend, fiebernd die Arme, in einer zerrissenen, unsteten, kampflustigen Stimmung. In einem zornigen Willen, aus sich herauszukommen, über sich hinauszukommen, über alles, was war. Und ewig um einen die große Stille … das Dunkel vor den Scheiben … das Schweigen im Hause … der Vater natürlich drüben in der Fabrik – er und der Sohn sahen sich fast nie – auch die Mutter weg … unten, durch den Mund des Dieners, eine Botschaft von ihr: Ein schöner Gruß, und es tät der Frau Kommerzienrat so arg leid, daß der Herr Doktor nicht beikäm, und er hätt's doch versprochen gehabt …

»Was ist denn los?«

»Heut ist doch der große Baatzar im Saalbau, Herr Doktor!«

Mama nannte den Basar auch immer den ›Baatzar‹. Es war das erste gesellschaftliche Ereignis des beginnenden Winters. Die ganze Stadt dort. Unzählige Menschen. Warum sollte man nicht auch hingehen? Es war ja ganz gleich, was man tat und ließ … man machte Mama damit Freude. War und blieb ein müßiger Zuschauer in der Komödie des Lebens: da und dort … überall … »Also geben Sie schon in Gottes Namen den Frack her, Karl! Wie? Die Frau Kommerzienrat hat eben noch einmal telephoniert und läßt schön bitten? Ja doch, ja! Ich komme! …«

Menschen in Hülle und Fülle … ein Gewimmel in allen Sälen. Zigeunergefiedel … Hitze … Geschrei … Durcheinander wie im Affenhaus. Er ging durch das Gedränge. Sagte der Mutter guten Tag, die sich plötzlich als oberbayerische Wirtin verkleidet hatte, um sich einen Stab junger Mädel in Dirndltracht, davor einige Jünglinge, den Maßkrug zwischen den *Glacés*, in gezwungener Almstimmung … Nun nestelt einem im Weitergehen ein sinniges Kind eine Gardenie ins Knopfloch und hat kein Kleingeld auf zwanzig Mark, ein anderes Schaf, das als Carmen frisiert ist, packt einen an der Hand und weissagt aus der Lebenslinie: »Sie stehen vor einer großen Wendung in Ihrem Dasein, mein Herr!« Kostenpunkt: wieder zwanzig Mark … Kinder, ihr seid ja blödsinnig … Jetzt soll man wieder den Haupttreffer in der Lotterie kaufen. Aber nur unter der Bedingung, daß ich nichts von dem Kram gewinne … Werner Winterhalter zerriß das Los, ging weiter, vor ihm war es etwas freier … alles drängte sich seitwärts um einen Verkaufsstand … nur Herren. Er wollte vorbei. Da schrie von dort eine kräftige, helle Mädchenstimme aus voller Kehle: »Herr Winterhalter! Herr Winterhalter!«

Es klang befehlsgewohnt. Er blieb belustigt stehen.

»Herr Winterhalter! … Kommen Sie nur hierher! Sie wissen ja doch nicht, was Sie mit Ihrem vielen Geld anfangen sollen!«

»Sehr richtig!« sagte Werner Winterhalter. »Das erste vernünftige Wort, das ich heute höre! Wer hat es denn ausgesprochen?«

»Ich!«

»Wer ist denn das ›ich‹?«

Die Herren versperrten ihm immer noch den Weg. Er schob sich seitlings mit den Schultern durch die Lebejünglinge und meinte dann gelassen: »Ach so ... *Sie* sind es!«

Stefanie Kühn stand ihm gerade gegenüber, hinter einem Schenktisch voll perlender Champagnerkelche. Sie fand keine Zeit, selbst einzuschenken. Das besorgten ihre Freundinnen hinter ihr. Sie hatte alle Hände voll zu tun, um nur die vollen Gläser hinzureichen und das Geld einzukassieren, so groß war der Andrang. Sie überging ein paar Herren, um Werner Winterhalter zuerst zu bedienen. Er bemerkte es. Er leerte den Kelch auf einen Zug. Es war ein sehr anständiger Sekt! Der alte Kühn, der Krösus, ließ sich nicht lumpen, wenn seine Tochter nun einmal schon hier die Büfettmamsell spielte. Es stand ihr ganz und gar nicht. Sie war dazu viel zu hoch und schlank gewachsen, länger als die meisten Herren vor ihr. Eigentlich eine königliche Erscheinung. Ihre weißen Schultern und Arme hoben sich aus einem meergrünen Kleid, ihr aschblondes Haar war auf der Stirn zurückgewellt. Sie sah der Männerschar vor ihr kühl ins Auge. Sie hatte die raschen Bewegungen des Sports im gewandten Hinreichen und Wegnehmen der Gläser, eine dreiste Sicherheit in der Art, wie sie immer wieder Bekannte heranrief, ihre Blicke forschend nach neuen Opfern durch den Saal schweifen ließ. Werner Winterhalter dachte sich: Ganz jung kann sie doch nicht mehr sein. Doch schon nah an die Mitte der Zwanzig. Es fiel ihm ein, daß er sie vor fast zwei Jahren, kurz vor dem Steinwurf an seine Schläfe, zuletzt gesehen. Plötzlich wurde die alte Feindseligkeit in ihm wieder wach. Er sagte: »Das wußt ich gar nicht, daß Sie auch solchen Humbug mitmachen!«

»Sie sind doch auch hier!«

»Ich dachte, was nicht Tennis oder derlei ist, wäre unter Ihrer Würde!«

»... wenn alles dabei ist? Ich bin nicht so, daß ich immer etwas extra haben muß, wie Sie!«

Der Vorsitzende der Handelskammer, ein weißbärtiger, wohlwollender Greis, war herangetreten. Dem goß sie eigenhändig ein und lächelte bescheiden und liebenswürdig, anders als sonst in ihrem ungebundenen Verkehr mit den jungen Herren. Werner Winterhalter beobachtete sie gereizt. Er fragte, als jener fort war: »Zu wessen Gunsten ist denn nun eigentlich der Klimbim hier?«

»Für die Fürsorge.«

»An wem?«

»Ja ... an den Heimstätten ...«

»Was für Heimstätten?«

Stefanie Kühn lachte, schüttelte den Kopf und sagte ehrlich: »Gewußt hab ich's! Aber im Augenblick komm ich ums Totschlagen nicht mehr darauf ...«

Er wurde zornig.

»Das sieht euch allen hier doch so ähnlich. Warum sammelt ihr denn eigentlich Geld, wenn ihr nicht wißt, wofür?«

»Ich nehme jedenfalls mehr ein als alle andern!« sagte Stefanie Kühn triumphierend und wandte ungeduldig den schönen Kopf rückwärts nach frisch gefüllten Kelchen. Nun mußte er lachen. Natürlich: der Rekord! Der Sport auf andere Art! So war das Frauenzimmer nun einmal! So hat er sie auch von jeher in Erinnerung. Er legte sein Gesicht in ernste Falten und versetzte strafend: »Also hören Sie mal ... das ist eine Schande, daß Sie nicht wissen, wozu Sie hier stehen! ... Ich geh jetzt fort und komm in einer Viertelstunde wieder! Wenn Sie mir's dann sagen können, deponiere ich hier noch extra hundert Mark!«

Im Weinzimmer drüben saßen jüngere Herren beisammen, streckten die Beine, gähnten, rauchten. Werner Winterhalter unter ihnen, nach dem Hallo der ersten Begrüßung. Wie die Zeit verging ... mit den jungen Fabrikanten und Großkaufleuten um einen war man einst Schulbub gewesen. Man hatte gemeinsam auf den Bänken der Sexta bis zur Prima den Hosenboden blank gewetzt und sich auf der Gasse mit den Heimern herumgeprügelt. Nun waren das alles schon Leute in Amt und Würden. Ein paar schon Konsuln kleinerer Staaten. Alle gesetzt. Alle respektabel ... Die Zeit, da man sich die Hörner ablief, heimlich zwischen Samstag nachmittag und Montag früh nach Paris spritzte, lag hinter einem. Die meisten waren schon verheiratet. Sprachen von den Landtagswahlen, vom Hochschutzzoll in Amerika, von neuen chemischen Schlagern in Ludwigshafen, und höchst nützliche, tugendsam langweilige Leute waren aus den dummen Jungen geworden. Und in Werner Winterhalter erwachte zum erstenmal in seinem Leben der Gedanke: Nutze die Zeit! Sie rollt. Du bist nah an dreißig!

Moritz Kühn, der neben ihm saß, war auch frischgebackener Ehemann. Eine niedliche Mannheimerin. Aus großem Weizenhaus. Sie hatte drüben im Saal eine Schokoladenstube. Man sah sie nicht. Wenn man von hier in das Menschengewimmel und Kerzengeflimmer blickte, bemerkte man durch den Türausschnitt wie in einem Rahmen einen einzigen, fernen, blendend schönen, blonden Kopf. Der war gleich dem Licht im Raum, um das die Motten schwirrten. Ein ständiges Gedränge der Herren vor Stefanie Kühn. Von hinten sah dieser Halbkreis schwarzer Schwalbenschwänze geradezu lächerlich aus. Werner Winterhalter ärgerte sich darüber und runzelte die Stirn. Er wußte selbst nicht, warum. Er schaute weg. Da war neben ihm wieder ihr Bruder. Der trug immer noch das Einglas im glattrasierten Gesicht, markierte den modernen Sportcharakter. Aber er war doch ernster geworden, ein Mann, auf dem die Verantwortung des Lebens in und außer dem Hause lastete. Dabei sehr stolz auf seine Frau.

»Sie hat mich weggeschickt!« erklärte er. »Sie hat gesagt: ›Solange du natürlich als Othello daneben stehst, mache ich keine Geschäfte!‹ Na, schön!«

Er trug seine halbstündige Strohwitwerschaft mit einer gewissen Würde. Er machte, halb unbewußt, einen Unterschied zwischen sich und solch einem planlosen Junggesellen wie dem Werner Winterhalter an seiner Seite. Der hatte nur halb zugehört und fragte jetzt unvermittelt: »Du ... sag mal, warum heiratet denn eigentlich deine Schwester nicht?«

Moritz Kühn lachte. Er zuckte die Achseln, nahm die Zigarre aus dem Mund und beschrieb mit ihr einen Halbreis um die Herumsitzenden.

»Da schau das Leichenfeld! Da ist kaum einer von den Kunden hier, der sich nicht schon von ihr bei Gelegenheit ’nen Korb geholt hat! Ach, redet doch nicht, Leute, ich weiß es doch! Und das sind doch die Edelsten der Stadt! Es war mir als Bruder oft schon direkt peinlich ...«

»Moritz – schwätz nicht aus der Schule!«

»Ich versichere dich, Werner! Wenn jetzt der Winter kommt und meine Alten ihre Diners geben ... es wird nachgerade eine Preisfrage, wer die Stefanie zu Tisch führen soll! Man kann doch nicht ewig Leute neben sie setzen, denen sie vorher schon mal abgewunken hat ...«

»Aber auf wen wartet sie denn eigentlich?«

»Vielleicht auf den Kaiser von China! Ich weiß es nicht!«

Die Herren umher hatten das Gespräch halb gehört, halb erraten. Einer rief: »Auf Schweikardt wartet sie!«

Allgemeine Heiterkeit. Der dicke, junge Sybarit machte eine abwehrende Handbewegung und wurde dabei rot bis unter seine Glatze und hustete, um das zu verbergen. Und der von vorhin meinte: »Das ist nämlich der Unverdrossenste! Der kommt immer wieder!«

»Nee, danke! Ich hab genug!«

»Ja, und wenn es nur wir schlichte Bürger hier wären!« sagte Moritz Kühn. »Aber die Ulanen sind genau so abgeblitzt. Die sieben- und neunzackigsten Leute, mit denen sie auf dem Tennisplatz herumläuft ... Alles ... rein verrückt!«

»Und der Grund?«

»Größenwahn!« sprach der dicke Schweikardt, und es schien, als bisse er die Spitze eines Spazierstocks ab, so lang war seine Havanna. »Ich wünsche bloß, Moritz, deine Schwester käme schließlich an den Richtigen, der sie zur Strafe gehörig zwiebelt ...«

»Kinder ... die Sache ist furchtbar einfach!« sagte Moritz Kühn nachlässig. »Ihr imponiert ihr eben nicht. Das ist es! Das muß ein ganz anderer Kerl sein!«

»Na, Winterhalter?«

Irgend jemand von den Herren hatte es aufmunternd gerufen. Die andern lachten. Einer meinte: »Das wär was, alle Achtung!«

»Los, Winterhalter! ... Warum sollen Sie was vor den andern voraushaben?«

»Sie macht's ganz schmerzlos! Kolossale Übung!«

»Meine Herren ... ich bitte etwas mehr Ernst«, sagte Moritz Kühn plötzlich bestimmt. »Sie sprechen doch schließlich von meiner Schwester.«

Die Munterkeit ebbte. Die jungen Geldmänner legten sich wieder in den Stühlen zurück. Etwas von Klubstumpfsinn verbreitete sich über die Gruppe. Kühn der Jüngere stand auf.

»Na ... ich muß nun mal nach meiner teuren Gattin schauen! Kommst du mit, Werner?«

»Ja. Gern.«

Die kleine Frau war sehr niedlich als Schokoladenmädchen in weißer Haube und weißer Schürze. Werner Winterhalter küßte ihre Hand, sprach ein paar Worte. Dann empfahl er sich. Er unterdrückte ein Gähnen.

»Ich hab die Kinderei hier dick!« sagte er. »Ich geh heim! Gute Nacht, Moritz!«

Zerstreut, unruhig schritt er quer durch den großen Saal, dem Ausgang zu. Da, wieder wie vorhin, die helle, wie kaltes Metall klingende Stimme: »He! Herr Winterhalter! Hundert Mark! So entwischen Sie mir nicht!«

Er blieb stehen, trat, ohne zu begreifen, näher. Jetzt sah ihm Stefanie Kühn mit unverhohlenem Ärger fest in die Augen.

»Das ist mir doch noch nicht vorgekommen!« sagte sie. »Also, ich geb mir wirklich die Mühe und lerne unsern ganzen wohltätigen Zweck auswendig ... und Sie...«

»Ach so ... ja... das hab ich vergessen ... Hier!«

Sie warf die Banknote ohne Dank mit zwei Fingerspitzen in das Körbchen neben sich und sagte auf: »Es ist zum Besten der Volkslungenheilstätten, zu einem Kräftigungsheim für beginnende Tuberkulose, im Schrwarzwald ... Uff!«

Werner Winterhalter legte die Arme auf die Schenkplatte, beugte sich vor und sagte ihr halblaut und ruhig in das junge, heitere, oberflächliche Gesicht: »Wissen Sie, was das heißt: beginnende Tuberkulose in einer Arbeiterfamilie? Der erste Husten bei einem Mann von dreißig, fünfunddreißig? ... Stube und Küche im Hinterhaus ... Frau und ein paar Kinder ... das tägliche Brot ... trotz Husten jeden Tag in die Fabrik ... bis das Blutspucken anfängt...«

»Um Gotteswillen ... hören Sie doch auf...«

»Die Krankenkasse ... nun gut ... die Frau geht auch in die Fabrik ... schlägt sich durch ... bis der Mann wieder an die Arbeit geht ... bis es bald wieder anfängt und mit einem Blutsturz endet...«

»Herr Winterhalter ... das sind doch keine Gespräche!«

»Von da ab Siechtum ... Not ... Ansteckung ... das ist das Schicksal von Millionen! Ich möchte nur wissen, wie Sie das fertigbringen, sich daraus ein Fest zu machen, sich da in Samt und Seide hinzustellen und Sekt zu verkaufen...«

Stefanie Kühn antwortete nicht mehr. Sie schüttelte nur den Kopf. Er fuhr fort: »Dort drüben tanzen sie gar! Und singen in einem Kabarett Couplets! Es sollte mal wirklich ein Prophet kommen und euch alle aus dem Tempel jagen! Es ist ja toll...«

Während er noch sprach, ging es ihm durch den Kopf: Warum sag ich ihr eigentlich das? Es ist doch nicht der Ort dazu. Und nicht die Zeit. ... Und warum gerade ihr? Warum wirkt sie so herausfordernd ... reizt einen so ... bringt einen zum Widerspruch ... zur Auflehnung gegen diese gedankenlose Selbstsucht? ... Dabei sah er mit einer sonderbaren Befriedigung, daß sie etwas blaß geworden war. So, als ob sie sich vor ihm fürchtete. Oder tat sie nur so? ... Es war etwas Verstecktes um ihre Mundwinkel. Wie eine belustigte Ratlosigkeit gegenüber dem verdrehten Menschen vor ihr. Das erbitterte ihn noch mehr. Und zugleich fiel ihm ein: Nun sehen sie drüben im Rauchzimmer, daß ich mit ihr spreche, machen ihre faulen Witze, weil ich so rasch den guten Rat von vorhin befolge ... der Schweikardt ... sein Gesicht jetzt kann ich mir denken ... nein ... nur fort...

Stefanie Kühn hatte ihre Ruhe nicht verloren. Ihre lange, schmale, weiße Hand zitterte nicht und verschüttete keinen Tropfen, während sie einem Käufer ein neues Kelchglas reichte. Dabei sagte sie, mit ihrem Tun beschäftigt und ohne Werner Winterhalter anzuschauen: »Sie sind doch noch viel komischer, als ich mir vorgestellt hab! Papa hat ganz recht ..«

»Worin?«

»Wenn Papa jetzt zwei Sommer hintereinander hat nach Karlsbad müssen wegen seiner Leber – die haben Sie ihm angeärgert in den anderthalb Jahren, wo Sie mit im Geschäft waren! Immer hat er zu Hause geklagt, er wollte lieber Steine karren, als mit Ihnen auskommen...«

»Ich umgekehrt auch...«

»Und nun seh ich's selbst: Sie sind der geborene Spielverderber! ...Ich wunder mich nicht, daß Sie keine Freunde haben! Aber ich lasse mich nicht so ins Bockshorn jagen! Ich hab überhaupt jetzt zu tun! ...Guten Abend!«

Sie nickte ihm flüchtig und hochmütig zu und beachtete ihn weiter nicht.

Draußen war ein Hundewetter. Er stiefelte, den Zylinder in der Stirn, die Hände in den Taschen, mit langen Schritten in Sturm und Nacht und wachsenden Ärger hinein, ließ sich naßregnen und fühlte bei der Kälte draußen innerlich einen heißen Haß gegen diese Stefanie Kühn in sich kochen. Unnützes Frauenzimmer! Ein Segen, daß man ihr mal tüchtig die Wahrheit gesagt hatte. Es hätte noch viel gründlicher kommen müssen! Dabei mußte er ohne Grund lachen. Er dachte sich: Eigentlich war ich ja grob genug ...Gottlob...

Vor ihm tanzte im Dunkel ein blonder Mädchenkopf mit großen, kalten, neugierigen, blauen Augen, wich vor ihm zurück, je schneller er ging, und verschwamm doch nicht, sondern hing lachend in der Luft, die Nacht als dunklen Rahmen. Er schloß die Augen. Das half aber nichts. Im Gegenteil. Jetzt wurden die schönen Züge nur noch deutlicher. Als er daheim im Korridor stand, fragte er sich: Was hast du Esel denn auf dem Basar zu suchen gehabt? ...Zu töricht, straßenweit in Frack und weißer Binde zu laufen, um ein einziges Glas Sekt mit einem Hundertmarkschein zu bezahlen! Ihm war zumut, als hätte er eine ganze Flasche getrunken! ... Genau solch ein stürmischer Tatendrang ...eine lachende Kauflust ...Wenn man dachte, welch trübseliger Geselle man noch gestern um diese Zeit gewesen ...wie man heute noch den halben Tag ziellos unter grauem Himmel herumgelaufen, mit der Eisenbahn über Land gefahren war, nur um noch einmal ein Mädchen zu beaugenscheinigen, das einem schon vor Jahren den Laufpaß gegeben ...Pah! ...Das passierte einem nicht wieder ...Er fing an zu pfeifen, durchmaß die Zimmer und wiederholte sich, in plötzlichem nachdenklichen Ernst: Nein! ...Nicht wieder!

Da kam Mama von dem Wohltätigkeitszauber zurück. Müde, aber guter Dinge. Sie hatte sich recht amüsiert, nachdem sie ihre gewohnte erste Scheu überwunden. Rote Backen und vergnügte Augen. Drollig sah sie aus in der fremdartigen, behäbigen Bauerntracht. Viel jünger. Ihr Sohn mußte lachen, als er sie musterte. Sie setzte sich erschöpft, strich sich mit einer komischen, verschämten kleinen Handbewegung ihre schwarze Schürze glatt und lächelte befangen, wie um anzudeuten, daß solcher Tand sich für eine alte Frau wie sie freilich nicht mehr gehöre.

»Famos schaust du aus, Mama!«

»Ach geh, du dummer Bub!«

Aber ein bißchen geschmeichelt, lachte sie doch und fuhr fort: »'s war arg lieb von dir, Wernerchen, daß du gekommen bist...hast du dich denn sehr gelangweilt?...«

»Na, furchtbar, Mama! Aber man muß unter Menschen! ...Es gibt doch nun mal nichts anderes! ...Komisch sind sie ja. Schließlich ist man's selber vielleicht auch....«

»Warum bist du denn so aufgeregt. Wernerchen?«

»Ich? ...Ich bin doch die Ruhe selbst!...Hast du gute Geschäfte gemacht, Mama?«

»Ach du liebe Zeit: Mei Mäderche zahle jetzt noch das viele Gold und Silber nach. Es hat doch hübsche Mädchen auf dem Baaßar gehabt ...gelt?«

»Sehr, Mama! ...Nur die Stefanie Kühn – die find ich gräßlich! ...Ich möcht nur wissen, was die sich eigentlich denkt! ...Eine verwünscht dreiste Person! Schon wie sie einen anschaut... mit einem spricht ...Mich wundert, daß sich alle von ihr den Ton gefallen lassen...«

Die kleine Kommerzienrätin stand auf und unterdrückte ein Gähnen.

»Ja...die...« sprach sie. »Ich hab's ihr letzthin erst gesagt: ›Steffche ...sei nicht so arg stolz! 's kommt kein Prinz sechsspännig um die Ecke! Weißt, wie's mit dir geht: Schließlich bleibst als alte Jungfer auf deinem Geldsack hocken‹«

»Und was hat sie denn da geantwortet?«

»Ja, der Schote! ...Gelacht hat sie und ist Tennis spielen gegangen! ...Gute Nacht, Werner-chen!«

10

»Wer weckt einen denn schon wieder, nachdem man kaum ein paar Stunden geschlafen? …Der Diener? Wer ist draußen? …Herr Kühn *junior*? …Sag mal, Moritz …bist du denn verrückt, einen bei Sonnenaufgang wachzutrommeln? …«

Moritz Kühn setzte sich rittlings in Mantel und Hut auf einen Stuhl vor dem Bett.

»Für Leute, die nichts tun, wie du, Werner, mag's noch Nacht sein! …Ich muß Schlag neun in der Bank sitzen! Jetzt ist's drei Viertel! Höre …du hast wohl gründlichen Kater, was?«

»Keine Spur! Warum?«

»Na …ich nehm zu deinen Gunsten an, daß du gestern ein Glas zuviel erwischt hast! Nicht? … Ja, aber dann erlaub mal …ich will ja keine *Cause célèbre* draus machen …Aber ich möchte doch in aller Freundschaft Verwahrung einlegen …auch im Namen meines Vaters. …Er findet auch, das geht zu weit, daß du schon wieder mit uns Händel anfängst und diesmal gar mit meiner Schwester …«

»Wieso?«

»Was fällt dir denn eigentlich ein, dich da gestern abend vor die Steffche hinzustellen und aus heiler Haut die tollsten Volksreden zu schwingen? …Von Blutspucken und kleinen Leuten, und was weiß ich! Sie hat bald geweint vor Wut, wie sie's erzählt hat. Mein alter Herr war außer sich …«

Werner Winterhalter strich sich mit der Hand über die Schläfen. Jetzt, in der Nüchternheit des Morgens, kam ihm seine Aufwallung von gestern auch sonderbar vor. Unwahrscheinlich. Gar nicht wie von ihm.

»Die Empfindungen deines Herrn Papa im allgemeinen sind mir höchst Wurst! Das weißt du!« sagte er. »Dem werde ich – fürchte ich – noch öfter auf die Hühneraugen treten. Aber ich gebe zu …gegenüber deiner Fräulein Schwester war der Ort vielleicht nicht glücklich gewählt. Die Zeit auch nicht. Es tut mir leid, wenn sie sich darüber aufgeregt hat …«

»Ach …die hat sich bald beruhigt. Gleich hinterher! …Nachgemacht hat sie dich im Wagen, mit gerunzelter Stirn und rollenden Augen …zum Schreien! …«

Nun furchte Werner Winterhalter selbst die Stirn. Er unterdrückte einen Zornanfall und meinte gelassen: »Nun – dann ist's ja nicht tragisch! …Dann bestelle also, bitte, deiner Schwester meine Entschuldigung, sobald sie heute aufgestanden ist …«

»Aufgestanden? Da kennst du sie flach! Die ist heute früh um halb acht, schon gefrühstückt und fix und fertig, auf der Treppe an mir vorbeigeschossen wie 'ne Rakete, um nicht zu spät zu ihrer Golfpartie zu kommen! Wir haben doch neulich unsere neuen Links eingeweiht, draußen hinter eurer Fabrik!«

Moritz Kühn erhob sich und nahm seine Aktenmappe.

»Also schön! …*All right!* …Schluß …Und künftig, Werner: Komm den Frauen zart entgegen! Du bist ja ein bißchen verdreht! …Das wissen wir ja alle und ehren es! Aber gemeingefährlich darfst du nicht werden, alter Sohn! Na …adieu!«

Als er gegangen, kleidete sich Werner Winterhalter mit einem unbestimmten Gefühl von Ärger und Reue an. Es war wirklich wie eine Art Katzenjammer, von dem der Freund gesprochen, aber kein leiblicher, sondern ein seelischer, ohne daß man wußte, was. Ein Druck auf den Kopf. Er ging ins Freie. Aber auch durch die frische Luft begleitete ihn das Bewußtsein einer Niederlage, die er gestern empfangen. Man war nun einmal ein Ergebnis seiner Erziehung. Man litt unter dem Gedanken, gegen eine Dame unhöflich gewesen zu sein, auch wenn man sich zehnmal im Recht befunden. Man mußte das mit ein paar erklärenden Worten aus der Welt schaffen. Sie war ja jetzt draußen irgendwo auf dem Golfplatz. Da konnte das ja leicht wie durch Zufall geschehen. Während er sich das noch ausmalte, war er schon auf dem Weg dorthin, hatte die väterliche Fabrik im Rücken, sah vor sich die roten Fähnchen von den weithin zerstreuten kleinen, kaum sichtbaren Hindernissen. Die mächtige Fläche lag still und menschenleer. Aber da vorn, an dem einen Eingang stand, allein, als letzte zurückgeblieben, Stefanie Kühn neben ihrem Wagen, einen Bengel mit dem Köcher voll Golfschläger hinter sich. Ihr Antlitz war vom

Spiel gerötet. Lose Haarsträhnchen spielten ihr im Herbstwind um die Stirn und Ohren. Sie trug eine dunkle gestrickte Jacke und einen dunklen, knapp bis zu den Knöcheln reichenden Rock. Jetzt, in der herben Morgenkühle, von grausilbernem Licht und Luft umflossen, schlank und schlicht, selbst wie ein Stück Natur, gefiel sie ihm viel besser als die Ballkönigin von gestern abend, schien ihm wieder erst ganz sie, in der beinah grausamen Spannkraft und Frische des Sports. Als sie ihn erblickte, streckte sie auf seinen Gruß mit einer Bewegung des Schreckens abwehrend beide Hände vor.

»Um Gotteswillen! Fangen Sie nicht wieder an! Ich hab so schon die halbe Nacht von Ihren gräßlichen Geschichten geträumt!«

»So?« sagte er langsam, blieb vor ihr stehen und sah sie an. »Das wäre ja eigentlich ganz gut!«

»Nee! Danke! Das ist nichts für mich!«

Er ließ sein Auge nicht von ihr, fühlte schon wieder den Zorn über sie und ihre unbekümmerte Selbstsucht und konnte sich nicht enthalten zu sagen: »Wann ich Sie noch gesehen hab, jahraus, jahrein, waren Sie damit beschäftigt, nichts zu tun!«

Sie machte große Augen, als wollte sie fragen: Geht's etwa von neuem los?

Er fuhr fort: »Ich versteh ja nicht, wie ein vernünftiger Mensch jeden Tag, den Gott ihm gibt, hinter ein paar Bällen herspringen kann!«

»Und da sind Sie jetzt eigens hier herausgekommen, um mir das zu sagen?«

»Nein. Deswegen nicht!«

»Sondern?«

Er stutzte und meinte dann langsam: »Ja ... eigentlich wollt ich Sie um Entschuldigung bitten ... wegen gestern ...«

Stefanie Kühn lachte hell auf.

»Na ... da haben Sie aber 'ne merkwürdige Art, das zu bewerkstelligen«, sagte sie, drehte sich unbekümmert auf dem Absatz um und ging zu ihrem Wagen. Er sah von hinten, an ihren schmalen Schultern, daß sie sich noch immer vor Heiterkeit über ihn schüttelte. Er folgte ihr gereizt und hörte, wie sie zum Kutscher sagte: »Ich geh zu Fuß heim, Schorsch!« Und dann zu ihm: »Ich seh gewiß aus wie 'ne Wilde! ... Na ... egal ... Man weiß ja in der Stadt, wer ich bin!«

Sie hatte einen tüchtigen Schritt am Leibe. Er brauchte seine Gangart nicht zu mäßigen, um mit ihr gleichen Tritt zu halten. Er war ganz verblüfft. Da marschierten sie auf einmal als gute Kameraden. Das machte sich so ganz von selbst ... Wieder das jähe Herzklopfen ... Ihre Nähe! Ihre Jugend. Ihre Schönheit. Ihre Frische ... Er fragte: »Sind Sie mir böse?«

»Ach wo!«

Eine Handbewegung dabei durch die Luft. Es lag etwas Wegwerfendes darin. Überhaupt etwas Großartiges in ihrem Wesen. Er dachte sich: In ihrer Art ist sie ja ein ganzer Kerl! Sie fuhr fort: »Ich lass' jedem seine Freiheit! Ich will nur auch die meine! ... Das gräßliche Zeug, was Sie gestern erzählten ... sogar, wenn ich wollte ... *mir* steht das doch nicht! ... Jeder Mensch hat doch nun mal seinen Stil ...«

Ja ... Stil hast du freilich ... wanderst da sorglos mit deinen langen, federnden Schritten über den Ackerweg, patschst gleichmütig mit dem derben Schuh in Pfützen, läßt dich vom Wind beuteln und dir den Herbstsprühregen erfrischend um die Ohren wehen ... Er sah von der Seite ihr Profil ... Es war merkwürdig kühl in seiner klassischen Ruhe ... fast hart geschnitten. Plötzlich warf sie den Kopf zu ihm herum: »Gott ... wenn ich ein Mann wäre ...«

Er mußte lachen. Sie gefiel ihm immer mehr.

»Was dann?«

»Sie zum Beispiel! ... Ich begreif's ja nicht ... Ich käm ja an Ihrer Stelle gar nicht vom Automobil mehr herunter! ... Rasen würd ich durch die Welt! ... Es muß himmlisch sein! ... Wenn man schon das Glück hat und hat einen Vater, der Automobile macht!«

Sie zeigte mit einer leidenschaftlichen Schulterbewegung nach der nahen Winterhalterschen Fabrik. Ein Qualmen von Schloten, ein Summen aus weiten Höfen und Hallen, hundertfacher Hammerschlag. Schon waren sie vorbei ... Sehnsucht in Stefanie Kühns blauen Augen: »Sonst kann ich Papa doch um den Finger wickeln. Aber ein Auto gibt er mir nun mal nicht. Er behauptet, ich bräche mir heilig das Genick, so wie ich wäre...«

Etwas Kindliches kam da heraus. Er dachte sich: Eigentlich bist du doch ein großes Kind! ... Oder ist das auch nur eine Maske? Mir zu Ehren? ...Aber wozu? ...Liegt dir daran, daß ich Feuer fange? Jäh wurde ihm heiß ums Herz. Er bekam kaum mehr Luft beim Atmen, während sie weitergingen. Nun waren sie schon am Beginn des Villenviertels, wo hinter allen Fenstern und Spionenscheiben die Mumen und Basen lauerten. Er blieb stehen und wollte sich verabschieden. Aber Stefanie Kühn sagte seelenruhig: »Kommen Sie doch nur! Wir haben ja denselben Weg!«

Es schien ihr ganz gleich, ob man darüber reden würde oder nicht. Übersehen konnte sie – weiß Gott – keiner bei ihrer Länge. Sie schritt die Millionärsallee hinunter, in ihrem nachlässigen, ein wenig wiegenden und schlenkernden Gang, dankte auf das Hutlüften der Herren oder vielmehr, sie nickte aller Welt vertraulich und kameradschaftlich zu. Auch gegen alte Damen ohne besonderen Respekt. Daß die hinterher stehenblieben, daß Karl Schweikardt mit seinem Anhang ihr und ihrem Begleiter mit offenem Mund nachstarrte, ließ sie kühl. Sie wußte, was sie tat ...forderte nicht nur durch ihr zerzaustes Haar und ihren verwilderten Sportdreß die Mitwelt heraus...

Und machte einem den Kopf heiß, mit aller Absicht ...brachte einen in einen Rausch ...einen Stolz ...gerade wenn man sich am Abend vorher noch in einen dunklen Torbogen gedrückt hatte, um wie ein Bettler ein blondes Bild von einst im Dämmern achtlos an sich vorübergehen zu sehen ...Jetzt war heller Tag ...alle Welt schaute zu ...kannte das schönste Mädchen, die reichste Erbin weit und breit ...Wer sie gewann, schlug alle ...war Sieger...

Werner Winterhalter fühlte noch ihren kräftigen Händedruck zum Abschied. Er ging langsam wie im Traum wieder die Straße zurück. Ein älterer, gut bürgerlich gekleideter Mann mit dunklem Vollbart rührte im Vorbeigehen stumpf vor ihm den Schlapphut. Der Stadtrat Mattrian. Wie ein Bote aus der Tiefe. So, als öffnete sich plötzlich ein Tor mit dem Ausblick auf Kesselgeflacker, auf Reihen blasser Zigarrenwicklerinnen, auf stumm schaffende Gestalten vor Schraubstock und Drehbank. Aber das Bild hatte seine lebenden Farben verloren, war in die Ferne gerückt ...etwas dazwischen...

Wieder draußen, von der Unruhe des Herzens getrieben, einsam auf der weiten Rheinebene! Deren Wahrzeichen ist jetzt nicht mehr der viertürmige Dom von Speier, sondern links, fern, halbe Tage weit ragend, ein riesenhafter Zementschlot am Neckar. Qualm über ihm. Wiedererwachter Rauch über den Schornsteingruppen nah und weit, die wie die Palmbäume der Oasen sich aus dem Flachland hoben. Wie habt ihr mir's gedankt .. ihr alle? ...Hier wie dort. ...Eine Wunde an der Schläfe ...einen Stich ins Herz ...das war der Lohn meiner Liebe...

Ach Liebe ...nein: Leidenschaft! Man wird wieder man selbst! Heiß ...heiß faßt man das Leben ...will es gewinnen ...erstürmen ...lachen ...den Sieg an sich reißen ...Man fiebert und dürstet in dieser Kette wirrer Tage nach einem Kampf ...sieht die, die man sucht, als Feind ... und es geschieht nichts, als daß man sich in sich verzehrt. Man geht jeden Tag an Stefanie Kuhns Haus vorbei wie von ungefähr, und sie kommt wirklich auch einmal heraus und winkt gleichmütig von drüben über die Straße und geht ihres Wegs ganz wohlerzogen, Besorgungen machen mit ihrer Mutter, in Mantel und Muff. Und man ist auf einmal glücklich und ruhig, daß sie überhaupt noch auf der Welt ist und einem begegnet ist. Und man erblickt sie wieder mit einem Haufen Herren, Spießgesellen vom Sport, lachend, schwatzend, und entbrennt in wilder Eifersucht gegen diese von auswärts gekommenen Unbekannten. Und man schläft nicht mehr und ißt nicht mehr und trinkt nicht mehr und sieht um sich sonderbare Blicke, gerade als wüßte noch eine Menschenseele auf der Welt außer einem selbst dies Geheimnis, daß man bis über die Ohren verliebt ist, und kommt sich selber halb verrückt vor, wie man durch die Tage irrt, durch die Straßen läuft auf der Suche nach einem Weg zu ihr....

Der Weg, das ist schließlich immer nur ihr Bruder. Die einzige Brücke zwischen hier und dort. Mit dem Alten steht man ja wie Hund und Katze! Die Mutter kennt man kaum. Und wahrhaftig, da besucht einen nach Bankschluß Moritz Kühn, plaudert vom Hundertsten und Tausendsten, von den Kursen, der G.m.b.H. der alten Herren für das Heidelberger Korpshaus und sagt beim Abschied, zwischen Tür und Angel: »Du ... ich hab übrigens ein Attentat auf dich vor. Ich bin doch nun ein Vierteljahr verheiratet. Meine Frau plant ihren ersten großen Streich ... Vierundzwanzig Personen auf einen Hieb! Es wird mordend stumpfsinnig! ... Nur Verwandtensimpelei! Du mußt dich opfern und kommen! ... Versprich es mir ... nächsten Samstag um acht ...«

Und wie man am Ende der Woche die palmengeschmückte Treppe der Moritzschen Villa hinaufsteigt und oben schon das Zetern der Gäste hört und immer nur, wie die ganzen Tage, im Zweitakt denkt: Wird sie kommen? Wird sie nicht? Und die wohlbekannten Lohndiener sich vor einem verbeugen, findet man oben, auf der Silberplatte, sein Kärtchen: »Herr Winterhalter d. J. wird gebeten,« und innen: »Fräulein Kühn zu Tisch zu führen.« Und im selben Augenblick ein Stocken ... eine Abwehr: sie haben's auf dich abgesehen ... Das sind die Verwandten ... Du sollst in die Falle ...

Dann die Enttäuschung ... Als man sich zu Tisch setzte, blieb der Platz zu seiner Rechten leer. Stefanie Kühn war noch nicht da. Irgendwo im Tattersall oder sonst festgehalten. Ihre eigenen Eltern wußten es nicht. Sie platzte erst mitten in die Suppe hinein, ein wenig atemlos und erhitzt, in Hast frisiert, im hochgegürteten weißen Kleid, faltete schon auf der Schwelle beschwörend und lachend die Hände gegen die Gastgeber und die Gesellschaft, aber mehr wie ein verwöhntes Kind, das weiß, daß man ihm nichts übelnimmt, suchte ihren Stuhl, warf, als sie ihn gefunden, einen halb befremdeten Blick auf ihren Nachbar, setzte sich und war mit einem Schlag ungnädig. Sie hörte nur mit halbem Ohr, als er sprach, antwortete kaum, ließ das Auge zerstreut über die Tafel schweifen. Um sie war noch ein frischer Hauch von draußen, von Luft und Kälte. Ihre Wangen rot. Launische Linien auf der Stirn. Sie vermied hartnäckig, ihn anzusehen. Endlich verstummte er auch. Beide saßen schweigend nebeneinander.

Zu beiden Seiten die lange Tafel. Das Stimmengeschwirr. Die Herren überschrien sich schon. Geld, Geschäfte ... gute Geschäfte ... Man arbeitete und brachte gottlob auch etwas vor sich und konnte sich den Luxus leisten ... Der Tisch vor einem war wie ein Gleichnis, auf dem sich der Donner der Maschinen in Fasanenpüree, der glühende Stahl in Prunksilber, das Funkenstieben der Essen in Sektperlen verwandelte. Irgendwo draußen die große, die dunkle, die wesenlose Masse. Dort arbeiteten bei Tag die Fäuste, hier noch am Feierabend die rastlosen Gehirne der Industriekapitäne, um immer noch mehr die Welt in Wert und Ware zu verwandeln. Und in Werner Winterhalter war plötzlich ein wunderlicher neuer Gedanke, als sei all dieses Mühen und dieser Kreislauf nur dazu bestimmt, das Unnützeste, das Schönste wie eine Orchidee im Warmhaus zu treiben, als müßten Tausende im Schatten leben, damit ein einziges Bild der Schöpfung vollkommen sei – so vollkommen schön wie Stefanie Kühn.

Sie trug ein unwahrscheinlich kostbares, ganz gleichmäßiges Perlenband um den Hals. Es hatte denselben warmen, matten Glanz wie ihre Haut. Die Hände hielt sie im Schoß verschlungen und schaute ehrlich gelangweilt darein, gab sich auch gar keine Mühe, es zu verhehlen, Rücksichten kannte sie nicht in diesem eng versippten Kreis, und am wenigsten gegen ihren Tischherrn. Es war, als wollte sie offen zeigen, daß sie da wider Wissen und Willen saß. Dabei wieder die sonderbaren Blicke ... wenigstens glaubte Werner Winterhalter sie zu fühlen ... nicht unfreundlich, mehr gespannt ... Wie ein stummes Einverständnis auf allen Seiten ... Und er dazwischen ... Er wurde heiß vor Zorn über diese lächerliche Lage. Gleich nach Tisch, als er Stefanie Kühn im Zug der andern in den Nebensaal geführt hatte, sagte er halblaut und wütend: »Was fällt Ihnen denn ein, mich so zu behandeln?«

»Wie?«

»So lass' ich mich nicht behandeln! Das können Sie mit andern machen ... Ich bin kein dummer Junge! Sie wissen das auch ganz gut!«

Er zitterte vor Aufregung am ganzen Körper. Das junge Mädchen blieb sehr gelassen und schüttelte nur verwundert den Kopf. Das erbitterte ihn noch mehr.

»Tun Sie doch nicht so unschuldig, als ob Sie mich nicht verständen! Das war ja doch Absicht, daß Sie kein Wort sprachen! Glauben Sie denn, daß ich nicht einmal *das* merkte? ... Für was halten Sie mich denn eigentlich?«

Er wartete ihre Antwort nicht ab, sondern ging mit langen Schritten davon, in das Rauchzimmer zu den anderen Herren. Er war so atemlos, daß er kaum Luft genug zum Anzünden seiner Havanna fand. Ihm war, als ob ein paar um ihn lächelten und das Beben seiner Hände merkten. Ach wo! Er warf sich in die Tiefen eines Klubsessels, lehnte den dunklen Kopf zurück, schlug ein Bein über das andere, hörte das müßige Gerede rings um ihn, fand keine Ruhe, sprang plötzlich wieder auf die Beine, trat durch die des Zigarrenrauchs wegen halb offene Tür hinaus auf den kleinen Balkon, stand da allein, barhaupt in der kühlen Herbstluft, und schaute, die Henry Clay zwischen den Fingern, angestrengt hinaus auf die stockdunkle Straße und merkte, wie ihm das Blut in den Ohren summte...

Von innen klang zwischendurch das Gemurmel der jüngeren Herren. Plötzlich horchte er unwillkürlich auf. Da war sein Name gefallen. Und dann Moritz Kühns Stimme: »Nee ... seid so gut und laßt ihn in Ruhe! Ihr seht doch, in was für 'ner Verfassung er ist...«

»'s ist nur so scherzhaft, wenn der Mensch...«

»Aber Leute in dem Stadium verstehen keinen Spaß ... also...«

Der Hausherr wechselte unvermittelt, während Werner Winterhalter wieder in das Zimmer trat, den Gesprächsstoff und sagte beiläufig: »Na, wer kommt denn nächste Woche mit raus auf Hasen? Ich lass' unten am Rhein treiben...« Gleich darauf zog ihn, im ersten unbemerkten Augenblick, Werner Winterhalter beiseite.

»Du ... hör mal...«

»Au! Kneif einen doch nicht so in den Arm! Mensch ...du bist ja rein aus dem Häuschen.«

»Hör mal: In was für 'ner Verfassung soll ich denn sein? Bitte! ...Daß hier über mich geulkt wird? An mir ist doch weiß Gott nichts Besonderes!«

Moritz Kühn war erst betroffen. Dann mußte er lachen. »Na, Gott segne dich, Werner...«

»Antwort will ich!«

»Stampf doch nicht so mit dem Fuß! Ich glaub wirklich, du bist der einzige Mensch in der Stadt, der es selber seit acht Tagen nicht merkt...«

»Was denn?«

»Gott ...'s ist doch keine Schande ...gerade in *dem* Fall! Mein Schwesterchen hat doch wahrhaftig schon mehr wie einen auf'm Kerbholz...«

Vor Werner Winterhalter wandelte das Zimmer langsam im Kreise. Die Herren, die Klubsessel, die Lichter, alles mit. Er war bleich geworden. Er biß sich auf die Lippen. Seine Augen flackerten.

»Hör mal, Moritz! Du bist ja mein Jugendfreund ...mein Korpsbruder ...also wenn – es ist ja nicht so ...aber wenn es so wäre...«

»Nun gib's doch schon zu! ...Es hilft dir nichts! Ich hab doch in meinem Leben keinen so wahnsinnig verliebten Menschen wie dich gesehen...«

»Ganz und gar nicht! Lächerlich! Aber gesetzt den Fall: Glaubst du, daß ich ...daß ich Aussichten bei deiner Schwester ...man wird ja nicht klug ...sie macht einen ja verrückt...«

Moritz Kühn zögerte mit der Antwort. Es war, als ob er kein ganz reines Gewissen hätte bei dieser großen Einkreisung der letzten Woche. Er schwankte zwischen den Pflichten des Freundes und des Bruders. Endlich versetzte er diplomatisch: »Das Steffche ist gar nicht so kompliziert. Die sucht einfach 'nen Stärkeren! Sei's! Dann hast du gewonnen!«

»Das ist ein Rätsel und keine Antwort!«

»Ja. Aber mehr kann ich beim besten Willen nicht sagen! Das Frauenzimmer ist doch nun einmal unberechenbar...«

Und nach einer kurzen Pause: »Werner, auf meine Kappe: Versuch's!«

»Ich werd' mich hüten!« sagte Werner Winterhalter, plötzlich ganz kalt und feindselig. Er setzte sich zu den anderen Herren, beteiligte sich zum allgemeinen Erstaunen leidlich vernünftig am Gespräch, sah nach einer Stunde auf die Uhr und ging brüsk hinüber in die Vorderräume, um sich zu verabschieden.

Die meisten Gäste waren schon im Aufbruch. Auf dem Flur stand Stefanie, zwei Köpfe länger als ihre kleine Schwägerin neben ihr, ein Tuch um das Haupt, in einem blauen Burnus. Sie schien auf etwas zu warten. Aber nicht auf ihn, sondern auf den Wagen, mit dem die Eltern schon vor einer halben Stunde nach Hause vorausgefahren waren, und der immer noch nicht zurückkam, sie abzuholen. Komisch, wo der nur blieb...

»Der Schorsch kann doch als nit am ›Schnecke-Loch‹ vorbei!« sagte sie klagend zu ihren Verwandten. Der leichte Anklang von Mundart belustigte Werner Winterhalter. Auf einmal war sie wieder wie ein kleines Pfälzer Mädchen. Er trat heran und fragte kurz: »Darf ich Sie nicht nach Haus bringen? Es ist ja ganz nah!«

Ihre Augen begegneten sich. Das war die Kriegserklärung. Die Kraftprobe.

Dann beugte sie den blonden Kopf und küßte die Schwägerin.

»Wegen mir! ... Stehlen tät mich auch so keiner!«

Draußen ging sie, in ihren langen Mantel gewickelt, seelenruhig dahin. Ihre festen, gleichmäßigen Tritte hallten mit den seinen durch die Nachtstille. Sie holte tief Atem.

»Herrgott – war das heiß dadrin!« sagte sie, als wäre nichts geschehen.

In ihm kochte es. Er hätte sie am liebsten am Arm gepackt und geschüttelt. Er empfand es wie eine Geringschätzung bei ihr, daß sie sich gar nicht vor ihm fürchtete. Nach hundert Schritten blieb er plötzlich stehen und brach los: »Ich tu Ihnen den Gefallen nicht! ... Da können Sie sicher sein! ... Ich weiß schon, worauf das wieder bei Ihnen hinausläuft...«

Stefanie Kühn ging weiter und sagte nur ungeduldig: »Ach, kommen Sie doch nur! Das wird ja schon langweilig mit Ihnen!«

Er blieb neben ihr. Er sagte sich selbst: Schweig doch lieber! Du bist ja wie benebelt. Du weißt ja kaum mehr, was du redest! Und doch fuhr er fort: »Sie denken, Sie können da wieder Katz' und Maus spielen! ... Für Sie ist das ein dummer Zeitvertreib, was andern heilig ist! ... Aber es wird sich an Ihnen rächen! ... Sie kommen noch einmal an den Unrechten!«

Er brach ab. Er hoffte einen Moment, sie würde antworten: Der Unrechte war schon oft da. Aber der Rechte noch nicht! Sie dachte nicht daran. Sie ging jetzt nur merklich schneller, um eher nach Hause zu kommen. Dies Hetzen der Entscheidung auf ein paar Minuten löste ihm erst recht die Lippen.

»Ihnen geht's viel zu gut! Sie spielen mit den Menschen! ... Sie spielen mit dem Leben. Sie spielen auch mit sich selbst und Ihrem Glück! Ach Gott ... lachen Sie doch nicht so töricht! Dazu ist doch jetzt nicht die Stunde! ... Sie sollen an diese Stunde zurückdenken, wo Ihnen mal jemand die Wahrheit sagt...«

»Hab' ich darum gebeten?«

»Das ist mir ganz gleich!« Er redete sich immer mehr in eine blinde Erregung hinein. Er holte nach jedem halben Satz Luft und unterstrich ihn, indem er mit seinen lose in der Hand getragenen weißen Glacés grimmig durch die Luft schlug. » *Sie* sollten mal Ihren Herrgott erkennen lernen! Das tät Ihnen so not! ... Daß mal einer kommt und Ihnen die Mucken austreibt...«

»Jetzt muß ich aber wirklich schauen, daß ich bald daheim bin!« sagte Steffche Kühn und fing beinah an zu laufen. Er rannte neben ihr her, atemlos: »Glauben Sie denn, ich wüßte nicht, was Sie vorhaben! ... Das ist für Sie so eine Art Sport ... im Winter ... wenn sonst kein anderer Zeittotschlag da ist ... da bin ich dann gerade gut genug...«

»Hätt' ich das geahnt, Herr Winterhalter, hätt' ich vorhin für Ihre Begleitung gedankt!«

»Einer mehr auf der Schußliste! Damit einen die ganze Stadt hinterher auslacht – nicht wahr? ... Nein – dazu bin ich nicht der Mann!«

Auf einmal ging sie wieder langsam und wurde auch böse.

»Herrgott! ... Wer sind Sie denn? ... Was sind Sie denn Großes? ... Was haben Sie denn geleistet? ... Was haben Sie denn für eine Stellung? Nichts!...«

»Stefanie ...«

»Ich heiße Fräulein Kühn! ... Was Sie nur angefangen haben, ist doch schief gegangen ... Nie haben Sie was durchgesetzt ... Jetzt tun Sie überhaupt nichts mehr...«

»Was wissen denn Sie davon?«

»Von meinem Vater! ...Ich weiß doch genau, wie die Herren hier über Sie denken! ...Ja ... Ihnen sagt das natürlich keiner ins Gesicht ...aber ich tu's jetzt ...Wenn Sie mir Grobheiten sagen – ich kann's auch!«

Sie bog stürmisch mit flatterndem Burnus um die Ecke. Drüben, ganz nahe, lag schon ihr Elternhaus. Er holte sie ein.

»Also so haben wir nicht gewettet, daß du mir hier davonläufst!«

Sie war empört.

»Was fällt Ihnen denn ein, mich ›Du‹ zu nennen! ...Lassen Sie meine Hand los! ...Ich rat es Ihnen im Guten...«

»Nein! Du sollst mich jetzt anhören! ...Ich will doch mal sehen, wer von uns der Stärkere ist..«

»Au! ...Sie tun mir ja weh...«

Unwillkürlich lockerte er nun doch seinen wilden Griff um ihr Handgelenk. Er hatte ihre Kräfte unterschätzt. Sie riß sich mit einem blitzschnellen Ruck los. Aber dann lief sie nicht davon, wie er erwartet, sondern blieb stehen und schaute ihn beinah geringschätzig, mit fliegender Brust und zornfeuchten Augen an.

»Das ist wirklich unverschämt, wie Sie sich hier aufführen! ...Wenn das jemand gesehen hätte ...«

Aber die Straße lag weithin leer und still. Und ebenso der dämmernde Parkvorgarten, hinter dem in unbestimmtem Weiß das Kühnsche Villenschloß lag. Das Gittertor der Einfahrt stand weit offen. Der Wagen, der Stefanie Kühn hatte abholen sollen, war noch nicht zurück. Sie lachte plötzlich und wandte sich zum Gehen.

»Sie sind mir schon der rechte Weltverbesserer!« sagte sie. »Warum sind Sie denn plötzlich gerade auf mich verfallen? Fangen Sie doch mal bei sich an. Wenn Sie 'ne Ahnung hätten, wie man hinter Ihrem Rücken über Sie lacht! ...Na ...gute Nacht!«

Sie nickte ihm hochmütig zu und schritt lang und schlank in ihrem leichten wiegenden Gang in den Garten und über den baumüberwölbten, feuchtdunklen Kiespfad dem Haus zu.

»Stefanie! ...So kommen wir heute nicht auseinander!«

Sie hörte es gar nicht, sondern zog seelenruhig ihres Weges weiter. Da lief er hinter ihr her durch das Tor, drang in das Besitztum ihrer Eltern ein. Sie wandte den Kopf, und nun glaubte er doch, im Zwielicht auf ihren Zügen wieder eine plötzliche Angst zu erkennen. Sie raffte mit einer Hand ihren langen Abendmantel und rannte davon, was sie die Beine trugen, der bläulichen Lichtkugel in der Vorhalle zu. Sie war gelenkig durch Tennis- und Golfspiel. Aber in dem engen Rock ihm doch nicht gewachsen. Sie hörte ihn hinter sich ...ganz dicht ...Im Dunkel einer alten Platane war er neben ihr, sprach kein Wort mehr, riß sie an sich, rücksichtslos, wie einen Raub, hielt sie fest ...bedeckte ihre Lippen mit Küssen ...küßte sie wieder ...küßte sie immer weiter...

Beinah noch ungläubig ...es war ein frohes Wunder ...er fühlte es ...fühlte es jetzt deutlich ... Sie wehrte sich nicht mehr ...sank willenlos in seinen Arm zurück ...die Augen geschlossen ... ließ sich geduldig küssen ...erwiderte jetzt, kaum merkbar, mit scheuen Lippen seinen Kuß...

»Stefanie ... Stefanie...«

Er fühlte ihre Brust an der seinen. Drüben ein leises, glückliches, bezwungenes Lachen ... oder war es ein Weinen ...Beides in einem ...Er atmete in einem Jubel der Seele auf ...er preßte sie noch fester an sich ...küßte sie wieder ...Oben, hinter dem einen hellen Fenster, erschien eine Gestalt. Die Geheimrätin Kühn spähte befolgt hinaus in die Nacht, sah und hörte nichts und sprach zu ihrem Mann: »Ich möcht nur wissen, wo der Wagen mit dem Steffche bleibt!«

»Die geht schon nicht verloren!« sagte der Vater nüchtern. Und ebenso kühl und geschäftsmäßig saß er am nächsten Vormittag unten in seinem Privatbureau, die Türen fest geschlossen, den Sekretär nebenan entfernt und vor ihm einer in schwarzem Gehrock, den Zylinder seitlings am Boden ...Ein prüfendes Anfangsschweigen zwischen den beiden Widersachern ...dem Alten und dem Jungen...

»Ich empfange Sie zunächst allein, Herr Dr. Winterhalter! ... Meine Frau hat da natürlich auch ein Wort mitzureden! ... Aber das erst später ... wenn es überhaupt so weit kommt! ... Zunächst handelt es sich um das ... ja ... ich möchte sagen rein Geschäftliche ... darf ich Ihnen eine Zigarre anbieten? Nein ... dann bitte erlauben Sie mir ... Es ist nun einmal eine schlechte Angewohnheit ... Ich kann nicht klar denken, ohne zu rauchen ...«

Die Havannawolken umrahmten den seinen, strengen, rosig geäderten Kopf des alten Industriegewaltigen, wurden dichter, stiegen wie aus einem grollenden Vesuv. Zwischendurch blitzten die mächtigen Augen.

»Sie haben mir soeben die Ehre erwiesen, mich um die Hand meiner einzigen Tochter zu bitten, Herr Dr. Winterhalter! Sie werden mich fragen: ›Was heißt da Geschäft?‹ Bei dem beiderseitigen Reichtum unserer Häuser spielt doch die Mitgift keine Rolle. Einfluß auf ein so modernes Mädchen wie meine Tochter haben zwei alte Leute wie meine Frau und ich natürlich auch nicht. Das ist nicht mehr Sitte der Zeit. Die jungen Mädchen nehmen ihr Schicksal selber in die Hand! ... Und Sie, Herr Dr. Winterhalter, können sich rühmen, bei Stefanie das erreicht zu haben, was sehr vielen andern vor Ihnen versagt blieb ...«

Der lange, hagere Geheimrat Kühn hatte äußerlich nichts vom Gewaltmenschen an sich. Eher ein nervöses Zucken auf dem überarbeiteten Gesicht, in den Fingern, während er die Asche der Zigarre abstreifte.

»Und doch Geschäfte, Herr Dr. Winterhalter! In unsere Beziehungen heute, wie wir hier sitzen, fällt das, was uns beiden auch sonst das Leben überschattet: die soziale Frage! ... Nur mit dem Unterschied, daß ich sie praktisch löse und Sie in der Theorie!«

Die Stimme des alten Herrn wurde auffallend hell und laut. Es war ein Klang, der keinen Widerspruch duldete. Werner Winterhalter sah im Geist die Aufsichtsratssitzung von einst vor sich, oben am Tisch als schlichter, um Aufklärung bittender Aktionär der Alte wie ein Häuptling mit seinem Gefolge, unten er, immer allein in der Opposition.

»Zwischen Ihren und meinen Anschauungen, Herr Dr. Winterhalter, liegt eine Welt. Ich halte meine Anschauungen für die richtigen. Das ist menschlich und durch den Erfolg eines langen Lebens gerechtfertigt. Ich habe Ihre Anschauungen stets bekämpft. Ich will Herr im Hause sein. Ich dulde keinen Feind im eigenen Lager. Ich habe Ihren Austritt erzwungen. Ich habe auch Vorsorge getroffen, Ihren Eintritt anderswo unmöglich zu machen. Sie würden mich überall auf Ihrem Weg gefunden haben, wenn der Sie wieder zur Untergrabung der Autorität geführt hätte ...«

»Sehr schmeichelhaft, Herr Geheimrat!«

Eine trockene, abwehrende Handbewegung drüben.

»Nun kommen Sie und wollen mein Schwiegersohn werden! ... Kann ich dann noch nötigenfalls das Wirken eines Mannes öffentlich für gemeingefährlich erklären, wenn ich ihm meine einzige Tochter anvertraut hab? Nein! So würde meine ganze, durch die Arbeit von vier Jahrzehnten erworbene Autorität von innen heraus, aus meinen eigenen vier Wänden heraus erschüttert ... Zerstört ... mir meine Ehrenstellung ganz vorn in der Front, sozusagen als alter, tüchtiger Fahnenträger gegen den Umsturz, unter den Füßen weggenommen. Die Freude will ich den Herren drüben auf meine alten Tage doch nicht machen! Ich sehe keine Notwendigkeit dafür. Also muß schon vorher einer von uns zweien nachgeben, Herr Dr. Winterhalter! ... Ich gebe nicht nach! ... Das sag ich gleich ... Ich gebe nie nach.«

Der Geheimrat Kühn beugte den hageren Oberkörper vor und nahm eine neue Havanna aus den Glasröhren in der Kiste.

»Kurz und gut ... und damit wollen wir, wenn es Ihnen recht ist, für heute unsere Unterredung schließen – ich verlange vor meinem Jawort Ihre bindende Erklärung – oh, danke sehr ... zu gütig!« Er nahm das Streichholz, das der andere ihm angezündet, in Empfang ... »Ihre ehrenwörtliche Erklärung, mein sehr verehrter Herr Doktor, daß Sie sich als mein Schwiegersohn aller und jeder Betätigung in der Arbeiterbewegung, die durch Ihren Einfluß zu neuen Differenzen zwischen uns und unseren Leuten führen könnte, strikte und dauernd enthalten: anders tu ich's nicht. Das Spielzeug der Lohnkämpfe ist für Sie und für uns alle zu gefährlich, gerade weil Sie sonst ein recht kluger Mensch sind. Sehen Sie, das ist eine Art Symbol: Sie haben eben das angezündete Streichholz, mit dem man die ganze Stadt hier in Brand stecken könnte, freundlicherweise in meine Hand gegeben. Da ist es besser verwahrt. Ich lösch es jetzt behutsam aus. So. Und nun: Sie kennen mich, Herr Dr. Winterhalter. Bei mir heißt gesagt gesagt. Da gibt es weiter kein Reden!«

Die beiden hatten sich gleichzeitig erhoben. Der alte Herr schloß: »Sie haben zu wählen! ... Überlegen Sie es sich! ... Kommen Sie morgen wieder! Oder wenn Sie so weit sind! ...«

»Und was Sie mir damit zumuten ...«

»Mehr als ja oder nein möchte ich gar nicht hören ...«

»Einen Verzicht auf alles, was ...«

»Man muß auf manches im Leben verzichten, Herr Winterhalter ... Man kriegt ja auch was dafür!«

»... aber nicht seine Überzeugungen opfern ...«

»... opfern nicht ... nur nicht öffentlich ausposaunen! ... In Ihrem Kämmerlein denken Sie, was Sie wollen! ... Die Hand meiner Tochter ist auch kein Pappenstiel! Also, auf Wiedersehen, Herr Winterhalter! ... Grüßen Sie, bitte, Ihre Eltern!« »Herr Geheimrat ...«

»Glauben Sie mir, es ist zu Ihrem eigenen Besten!«

Werner Winterhalter stieg langsam, finster vor sich niederschauend, die Stufen hinab. Auf halber Treppe machte er halt. Stefanies blonder Kopf schaute lachend zwischen den schweren, zusammengerafften Portierenflügeln des Zwischenstocks hervor. Sie streckte die Hände aus und zog ihn zu sich herein. Sie hatte schon auf ihn gewartet. Er war mit ihr allein in einem kapriziösen, achteckigen Turmzimmerchen, das förmlich einem Vogelkäfig glich ... grelle englische Sportbilder an der blauen Tapete, draußen das Feuerrot des Herbstlaubs, Zugwind durch die offenen Fenster. Frische Luft ... Licht in Fülle ... Alles ganz sie ... Sie bog das Haupt zurück, fragte, atemlos von seinen Küssen: »Warum bist du denn eben beinah an mir vorbeigerannt, du Siebenschläfer?«

»Ich muß weg! Du auch!«

Sie riß die Augen auf, stützte sich mit den Händen rücklings auf die Tischkante, schlug einen Fuß über den anderen und starrte ihm mit der gespannten Ruhe des Sports in das erregte Gesicht.

»Hör, Stefanie ... Ist auch niemand in der Nähe? ... Deine Mutter auch nicht?«

»Die Mama hab ich weggeschickt! ... Die könnt ich jetzt gerade brauchen!«

»Also, Stefanie ... hier im Hause heißt's: ›Philister über dir!‹ ... Hier soll man eingefangen werden ... geknebelt ...«

»Ha!« sagte Stefanie Kühn und lachte.

»Dein Vater verlangt ...«

»Ich weiß ...«

»Und du billigst es womöglich?«

»Was versteh ich denn davon? ... Mir sind kleine Leute gräßlich!«

»Du bist noch nicht fünfundzwanzig! Hier können wir uns über Jahr und Tag noch nicht heiraten ohne den Willen deiner Eltern ...«

»Das möcht ich auch weiß Gott nicht!«

»Aber in England können wir uns trauen lassen! Sofort! ... Wir brauchen bloß hin ...«

Sie lachte hell auf.

»Zum Schmied von Gretna-Green? ... Werner, ... ich glaub, dir rappelt's!«

»Sei ernst! ... Ich bitt dich ...«

Aber das sonderbare, überlegene Lächeln wich nicht von ihren roten Lippen. Sie tat einen ergebungsvollen Seufzer.

»Da fängt's an! ... Ich wußt's doch! ... Gestern abend hat der Moritz noch zu mir gesagt: ›Du kriegst das verdrehteste Huhn der Welt zum Mann!‹ ... Ach ja ... ich werd noch mein Kreuz mit dir haben, Werner!«

»Nochmals: sei ernst! ... Es steht zuviel auf dem Spiel!«

»Sei du doch lieber mal vernünftig und faß dich an die Stirn und frag dich, wovon wir denn zum Kuckuck leben sollen. ...Mein Vater gibt mir keinen Groschen, wenn ich hier auskneif ... und deiner ist doch noch viel ekliger ...na ...also...«

Er schwieg verstört. Das schöne Mädchen vor ihm schloß gleichmütig: »Wir haben doch beide nix! ...Du verdienst nix! Ich brauch viel! ...Als Frau noch mehr! ...Also da müssen doch unsere Papas bei! ...Das sieht doch ein Blinder...«

»Aber dein Vater und ich ...Das ist wie Feuer und Wasser ...das ist...«

»Heut früh hat er noch so lieb und gut mit mir geredet und gesagt: ›Wir müssen das dem Werner beizeiten abgewöhnen! ...Sonst läuft er dir, wenn ihr erst verheiratet seid, jeden Abend aus dem Haus in 'ne Volksversammlung, und du hockst daheim!‹ ...Ich will einen Mann für mich...«

Sie sah, daß er nach seinem Hut griff, und machte eine trotzig schlenkernde Bewegung mit den Schultern.

»Wenn dir die Leut da draußen lieber sind als ich ...ja, no – da kann ich nix machen! ...Das hab *ich* doch nicht nötig! ...Ich merk ja jetzt, ob du mich gern hast oder nicht...«

Auf einmal fing sie wieder an zu lachen, legte ihm die Hände auf die Schultern und schickte ihn selbst fort.

»Jetzt gehst du weg! ...Und kommst heut nachmittag vernünftig wieder! ...Nein! ...Nein! ... Jetzt gibt's keinen Kuß! ...Erst wieder, wenn du brav bist! ...Vorher mag ich gar nichts von dir wissen! ...Adieu!...«

Sie schob ihn förmlich zur Tür hinaus. Als sie die schloß und sich umwandte, stand, von der anderen Seite hereingetreten, ihr Vater im Zimmer. Hinter ihm, noch auf der Schwelle, die Geheimrätin, einen Seufzer auf den Lippen.

»Da läuft er weg! ...Das hast du davon, Alfred!«

»Er wird wiederkommen!« sagte der Alte kühl.

Stefanie Kühn lehnte abseits von den Eltern am Fenster. Sie nagte an der Unterlippe und sprach zwischen den Zähnen, trotzig, wie ein verwöhntes Kind: »Er soll wiederkommen ...Ich will ihn haben...«

Draußen rieselte ein feiner Regen nieder. Trostlos lag um einen die graue, graue Welt ... Häuser, Menschen, Straßen noch viel grauer als sonst ...schattenhaft ...in Nebel und Nässe. Werner Winterhalter stand auf der hölzernen Rheinbrücke. Er war planlos durch die Stadt bis dahin gelaufen. In Scharen strömte jetzt, um die Mittagsstunde, das Volk an ihm vorbei. Ein vier- schrötiger Fuhrmann stieß ihn in die Rippen. Er trat zur Seite. Erschrak. Es war, als hätte ihm jemand die Brille des Sonntags aufgesetzt. So verändert, so fremd sah er diese Flut, die endlos, einförmig an ihm vorbeifloß, wie unter ihm die regenbraunen, schmutzigen Wellen des Rheins. Er schaute mit unerbittlichen Augen die Häßlichkeit ...die Armut ...die Krankheit ...Wie fahl und verhärmt erschienen ihm diese frühgealterten Frauen in ihren verblichenen Umschlagtü- chern, wie kellerbleich und freudlos frühreif die Kinder, wie finster, oft abgezehrt die Männer ... Ein Dunst ungepflegter Körper, nasser Kleider, billiger Zigarren. Ein Husten ...drüben ein roher Fluch ...ein Gelächter ...schrilles Pfeifen der Buben ...ein endloser Zug der Arbeit ... des Werktags ...des Kampfes um das tägliche Brot. Die Holzplanken knarrten unter schweren, schlürfenden Tritten. In ihm stieg ein Unglaube ...ein Grauen: Seid ihr's? ...Ihr? ...Ihr seid es noch immer ...Ich bin anders ...Meine Augen sind wachgeküßt ...ich seh die Schönheit...

Das wogte achtlos vorüber, wandte nicht einmal den Kopf nach einem, so als ob man Luft wäre, nichts nutzen, nichts helfen könnte. Er kämpfte mit einem plötzlichen Widerwillen, einer trostlosen Erkenntnis. Er mochte das alte, quälende, unheimliche Bild nicht mehr sehen: die ragenden Schlote, der trübe über ihnen geballte Qualm. Das weite Reich der Frau Sorge. Das größte heimliche Reich auf Erden. Er schloß halb die Augen ...dachte sich: Du schaffst Not und Elend auch nicht aus der Welt...so wenig wie irgendeiner vor dir – irgendeiner, der nach dir kommt. Sei froh, daß du selbst auf Sonnenhöhe geboren bist...

Wieder ein Schubs von einem halbwüchsigen Arbeitsburschen. Der Bessergekleidete wurde hier rücksichtslos vom Bürgersteig herabgestoßen. Keiner machte Platz. Keiner kümmerte sich um den anderen. In Werner Winterhalter wuchs, während er sich auf eine ruhigere Stelle rettete und mit leeren Augen auf das Gewühl sah, jäh eine wahnsinnige Angst: Wenn sie nun in diesem Augenblick daheim sitzt und mir nachträglich doch den Absagebrief schreibt! ... Eigenwillig, launisch, gewohnt, die Leute zu ihren Füßen zu sehen, wie sie ist ... Und dabei noch so kindisch, trotz ihrer drei-, vierundzwanzig ... Vielleicht hat sie auch mit mir nur halb gespielt wie mit allen und jedem ... läßt mich wieder fallen ... erklärt, sie hätte sich besonnen, und lacht mich aus, noch ehe ich die Tür schließe ... Dann bringe ich sie um ... Herrgott ... was wird das alles ... Mein Leben ist verpfuscht... Sie ist mein Leben ... alles andere nichts...

Der Schrecken zog ihm das Herz zusammen: Wer weiß, was droht? . . , Am Ende sind die Minuten kostbar? ... Nutze die Zeit! ... Halte, was du hast! ... Einmal gibt's dir der liebe Gott und nicht wieder...

Und du gehst ja nicht zur Niederlage! Du gehst zum Sieg ... Du holst sie dir ja heim...

Der Regen strömte stärker. Kalte Sturmstöße fegten den Rhein herauf. Werner Winterhalter drehte sich auf dem Absatz um, senkte den Kopf gegen Wind und Wetter und stürzte davon, in der Richtung nach Stefanie Kühns Haus.

11

»Fürchten Sie sich denn gar nicht für Ihren Mann? ...«

Stefanie Winterhalter überhörte es. Sie stand aufrecht auf der Tribüne, einen Kopf länger als ihre Umgebung, im Staubmantel, den Autoschleier hinten über dem aschblonden Haar geknotet, den Krimstecher vor den gespannten blauen Augen. Sie hob sich unwillkürlich auf den Fußspitzen: Dort, ganz in der Ferne, huschte etwas zwischen den Obstbäumen der Chaussee wie eine eilige graue Maus ... verschwand wieder hinter einem Hügel ... Ihre schönen Züge blieben unbewegt, während es über das Meer von Köpfen ringsum lief, wie wenn ein Windstoß die Wasserfläche kräuselte. Durch die Rufe der Ausländer, die hellen Stimmen der Frauen: »*Eccolo!*« .... »*Tiens .... c'est Germain!*« ...

»Ach was ... wenn das nicht Striepecke ist, lass' ich mich hängen!« ... sagte sie, sich gleichmäßig zu der Gefolgschar von Herren hinter ihr wendend: »Werner kann es doch noch nicht sein? ... Das tät doch mit der Zeit nicht stimmen! ...«

Und dann, die verklungene Frage von vorhin im Ohr: »Was meinten Sie eben, Herr Bätzle?«

»Ich bewunder' Ihre Haltung, gnädige Frau! ... Wenn man den eigenen Mann im Rennen hat ...«

»Was soll ihm denn passieren? ... Wo er so todsicher fährt ...«

Sie setzte sich wieder und drehte das Stellrad zwischen den starken weißen Händen zurecht.

»Er trainiert doch seit einem vollen Jahr. Streng genommen schon seit zwei Jahren. Er hat ja eigentlich bald nach unserer Hochzeit schon mit dem Rekordfahren angefangen!«

»Aber die anderen sind doch langjährige Meister im Fach und er ein Außenseiter! Eine europäische Konkurrenz wie heute ...«

»Warum soll nicht auch einmal ein Außenseiter Glück haben? ... Mit der besten Maschine aus der Fabrik von meinem Schwiegervater? überhaupt: halten Sie doch mal einen Mann zurück, wenn er sich was in den Kopf gesetzt hat!«

Die Herren lächelten und schwiegen. Nur Moritz Kühn meinte halblaut: »Mein Schwager und noch was wollen! ... Ach du lieber Gott ...«

»Was, Moritz?«

»Oh, nichts!«

»Du hast eben was gesagt!«

»Ja. Ein frommer Knecht war Fridolin ... Steffche ... Du solltest deinen Mann nicht so auf Mord und Kaputt über die Bahn hetzen! ... Wenn ihm mal was passiert ... so einen kriegst du nicht wieder! «

»Ich fahr doch selber auch!«

»Ja. Ihr seid beide verrückt. Das ist richtig!«

»Pst! ... Bitte, Ruhe ...« bat Dr. Bätzle mit sorgenvollem Gesicht. Er wohnte nicht zum Vergnügen dem Automobilrennen bei, sondern als Vertreter der Finanzgruppe, die die Winterhalterschen Werke stützte. Heute standen Millionen auf dem Spiel. Die ganze europäische Autoindustrie rang hier unter dem bleigrauen, schwülen Augusthimmel Süddeutschlands, auf der geteerten, viele Stunden weiten Landstraße. Die Tribünen voll von Tausenden von Menschen, die Pavillons der Fürstlichkeiten bunt von Damenkleidern und Uniformen, auf dem Rasen dahinter eine Wagenburg von Automobilen aus aller Herren Ländern. Schwarze Menschenmauern zu beiden Seiten der abgesperrten Chaussee, soweit das Auge über die hügelige Sommerlandschaft mit ihren Kirchtürmen, ihren Weizenfeldern und Buchenschlägen schweifte.

»Zum Glück haben wir noch zwei Berufskanonen im Rennen!« sagte der kleine Jurist zu einer Gruppe Herren. »Denn Winterhalter ist und bleibt ein tollkühner Dilettant!«

»Aber er fährt großartig!«

»Ja ... bisher hat er Glückt

»Ist er das nicht?«

»I wo! ... Er kann augenblicklich kaum bei Lampertsdorf sein ... Herr Jesus ... da kommt doch wahrhaftig erst der Ikarus angebummelt ...«

Die graue Maus von vorhin war jetzt zu einem fauchenden und knatternden, in doppelter Schnellzugsgeschwindigkeit heranfegenden, fischförmigen Kasten geworden. Zwei Gestalten kauerten wie Taucher aus dem Meeresgrund mit schwarzen Glotzaugen darauf. Im Sturmwind flog es vorbei. Und doch ein Brausen der Heiterkeit hinterher. Lieber Gott: noch die erste Runde! ...Man war doch schon mitten in der zweiten! Nee, die guten Italiener konnten sich diesmal begraben lassen! Aber die Franzosen! ...»Herrschaften ...dies Jahr machen's die Franzosen ... macht es Nicolas de Bool!«

Überall standen die Fachleute und rechneten mit Bleistift und Notizbuch die Zeiten. Fast die Hälfte des Rennens war vorbei. Schon schieden sich in großen Umrissen die Fahrer und Fabrikmarken des Erfolges von den Nachzüglern. Nicht um Stunden ging es – eine Stundengeschwindigkeit von hundert Kilometern war selbstverständlich – um Minuten und Sekunden und Bruchteile von Sekunden. Und wie man hier zählte und verglich und die Namen murmelte, sausten draußen, von einem kurzen Massenaufschrei begrüßt, in wechselnden Abständen deren Träger vorbei ...Renault...de Dietrich ...Clément ...de Dion Bouton ...Métallurgique ... Fiat...Isotta ...und dazwischen in fliegender Fahrt das große deutsche Kleeblatt: Mercedes ... Benz ...Opel...

In dem hölzernen Postnotbau wurde rastlos in vier Sprachen telegraphiert und telephoniert:....»1 Stunde und 9 Minuten 33 ½ Sekunden ...Invernorr schlägt seinen eigenen Rekord!« ...»Germain rückt auf ...Er hat auf der freien Strecke drei Minuten gut gemacht!« ... «Na ...warten Sie erst mal die Kurven...« ...»Ach ...was will er gegen de Bool ...der Kerl ist ein Wunder ...Er fährt, wie noch nie ein Mensch vor ihm gefahren...« Es war ein Rausch ...ein Schwindel der Geschwindigkeit ...ein Nebel vor den Augen, in dem die Zahlen tanzten und draußen keine Wagen mehr, sondern fast nur noch knatternde, graue Streifen dahinschossen, in einer Schnelle, wie man bislang auf Erden nur Blitzstrahl, Licht und Sturm gekannt.

»Ikarus hat aufgegeben!«

»Na endlich!«

Karl Schweikardt kam aus dem Telephonamt, Schweißperlen auf dem rötlichen Schlemmergesicht. Er drängte sich auf der Tribüne durch die Menge bis zu Stefanie und legte ihr, mit dem Recht des Hausfreunds, die Fingerspitze auf den Ellbogen.

Sie fuhr herum und nickte ihm kameradschaftlich zu. Er meldete: »Ihr Mann ist eben in guter Fahrt durch Grünzell...Glatt um die Kurve an der Kirche...«

Selbst durch das Phlegma des dicken Junggesellen zitterte die unerhörte Geschwindigkeit dieses Tages.

»Erst in Grünzell? ...Oh...«

»Aber, verehrte Freundin ...Zaubern kann Ihr Gatte doch auch nicht!«

»Aber er ist hinter den andern zurück!...«

»Zwanzig Minuten gut!«

»Na also...«

Karl Schweikardt zuckte die Achseln und meinte nachlässig und etwas gönnerhaft: »Unter uns: Respekt, daß er überhaupt mitkommt! Erwartet hätt es keiner! Er startet doch nur als Sohn seines Vaters. Eine andere Firma hätte ihm gar keinen Wagen anvertraut!«

Von fern tönte Stimmengewirr, rollte näher. Moritz Kühn kam mit drei Sprüngen die Holztreppe zur Tribüne herauf.

»Habt ihr's schon gesehen? ...Die Dampfwolke da ...Der Belgier...?«

»Der Jaumont?«

»Der wahnsinnige Mensch fährt mit brennender Maschine! Er hat sich's in den Kopf gesetzt, wenigstens die zweite Runde zu vollenden ...da ist er...!«

Blauer gefährlicher Rauch umqualmte den heranschießenden Belgier, daß man kaum noch die große Startnummer vorn an der Kühlerfläche sah. Flammen züngelten dazwischen. Dahinter zwei schwarz vermummte Kerle wie die Teufel. Ein tausendstimmiger Aufschrei.

»Das sollte doch verboten werden!«

»Verbieten Sie mal was 'nem Menschen im Hundertkilometertempo...«

»Er fährt ja schon langsamer!«

»Er stoppt!«

»Gott sei Dank...«

»Aber er macht mit seiner Schweinerei die ganze Luft hinter sich dick! Keiner kann was sehen! Da hinten kommt schon einer!...«

»Nummer siebzehn!«

»Nummer siebzehn!«

»Stefanie ...dein Mann!«

Die schöne junge Frau sprang auf. Durch den feinen, bläulichen Dunst, der auf der Bahn zitterte, sauste es heran ...in die stürmische Lufterschütterung durch tausend Kehlen hinein. Stefanies Schwägerin, die kleine Mannheimerin, faltete angstvoll die Hände.

»Ach Gott, der Werner!«

»Er muß bremsen...«

»Jetzt bremsen heißt, sich dreimal überschlagen!« brummte Schmeikardt. Da war der Wagen ...eine warnende Handbewegung des stummen Mitfahrers ...Ein Griff ins Steuerrad ...Ein kurzer Bogen um die Gefahr ...Vorbei wie ein Blitzbild ...Lärm hinterher...

» *Bien fait*!« murmelte unterhalb der Tribünenbrüstung ein kleiner, magerer Franzose.

»Famos ...der Werner ...Donnerwetter ja!« ..

Moritz Kühn nickte lachend seiner Schwester zu. Die war jetzt doch etwas blaß geworden.

»Kriegst du's mit der Angst, Steffche?«

»Ach ...das ja nicht ...aber...«

»Ja, nun ist die Karre im Rollen!«

»Wer ist denn eigentlich sein Mitfahrer?«

»Einer seiner Freunde aus dem Volk! Ein gewisser Kienast! Die beiden sind unzertrennlich. Sie sind ja auch mit vereinten Kräften bei einer neuen Erfindung. Das heißt: der Werner heckt es aus, und der andere schlossert's zusammen. ...Na, jetzt kommt wenigstens das Unglücksding da vorn zur Ruhe!«

Der brennende belgische Wagen hatte endlich seinen Schwung verloren, stand in einiger Entfernung still, nun ganz in blaue Lohe gehüllt. In ihr hantierte immer noch einer der schwarzledernen Gesellen.

»Wenn er Glück hat, fliegt er jetzt noch in die Luft!«

»Nee!...Er hat den Benzinhahn abgedreht!«

Monteure in blauen Blusen liefen mit sandgefüllten Eimern hinterher, ein Vertreter der Firma, den Strohhut im Genick, schon von weitem etwas Französisches schreiend. Die Gefahr war vorbei.

»Habt ihr's schon gehört? Am Hungerberg liegt einer im Graben...«

»Welche Marke?«

»Weiß nicht! Es sind Ärzte mit dem Auto hin!«

»Werner kann's nicht sein! ...Der ist ja eben durch...«

»Er muß jetzt gleich durch Mönchberg kommen.«

»Aha! Hut ab! Unser zweites Schlachtroß!«

Ein anderer Wagen der Winterhalterschen Werke knatterte vorbei. Ein Rennfahrer von Beruf am Steuer. Eine schweigende Bewegung unter den vielen blauen Schirmmützen im Zuschauerraum. Doktor Bätzle schüttelte den Kopf.

»Der Mann tut ja sein Bestes! ...Aber ...aber...«

Aber heute kam das geflügelte W, das Wappen der Winterhalter-Werke, nun einmal nicht in Front. Aus der Ferne Stimmen ...Ein Gewirr ...immer ein Name ...De Bool! ...De Bool! Vorn an der Schranke Herren mit Henriquatre, wild die Hüte schwenkend, Französinnen mit wehenden Tüchern: » *En avant, de Bool*!«

» *Ah ... quel gaillard*!«

»Um Gottes willen ...doch nicht schon wieder de Bool...«

»Da wäre er ja schon in der dritten Runde!«

»Er läßt alles hinter sich...«

»Herrschaften ...nun schaut mal das an!«

Selbst die gewiegten Fachleute überlief ein Frösteln. Der Wagen, der da in einer sogar am heutigen Tag noch nicht erlebten Schnelligkeit heranschoß, lief nicht mehr, er sprang. Er löste sich im Antrieb von hinten mit den Rädern vom Boden, machte zehn Meter lange Sätze wie ein gereiztes Ungetüm. Ein Koloß von einem Menschen saß in steinerner Ruhe hinten auf dem Führersitz. Brille und Lederschutz vor dem breiten, bartlosen Antlitz. Kein Muskel an ihm zuckte. Er war wie ein Stück einer Maschine selbst. Etwas Feierliches in dieser unbewegten, im Flug mit dem Tode spielenden Gestalt.

»An der Kurve liegt er mit beiden Außenrädern in der Luft...Es soll schrecklich sein, es anzusehen!«

»Ja...in den Kurven macht er's!«

Alles starrte dem rasch kleiner werdenden Schatten auf der Landstraße nach ...wie er sich allmählich, aber sicher, dem zweiten W-Wagen vor ihm näherte, plötzlich ein donnerndes, warnendes Heulen ertönen ließ, ein paar Sekunden scheinbar neben dem andern lief, an ihm vorbeiging ...Nichts zu machen ...ein Achselzucken ...Na ...wartet nur, ihr Franzosen! Das war das letztemal! Bald kommt auch für Deutschland die Siegeszeit. Immerhin ...Wer zur Fahne Winterhalter hielt, machte ein ernstes Gesicht.

Moritz Kühn trat zu seiner Schwester: »Du, Steffche – hat der Werner am Ende 'nen Wassertropfen in den Vergaser erwischt?«

»Wieso?«

»Er ist immer noch nicht durch Mönchberg durch!«

»Was? Noch nicht durch Mönchberg? Na, warum trödelt er denn so?«

»Ich hab' eben wieder telephoniert! Keiner weiß was von ihm. Er muß irgendwo da gleich auf der Strecke vor uns stecken!«

»Herrgott – das fehlte noch!«

»Ja, 's wird schon so sein!«

»Dann sind wir wieder die ersten von hinten!«

»Sei froh, wenn nichts weiter passiert ist!«

Die schöne junge Frau sprang auf, stieß, an keinen Widerstand im Leben gewöhnt, rücksichtslos die Umstehenden zur Seite, stürmte mit ihren Begleitern nach hinten, wo auf der Wiese, stumm und verlassen, mit glotzenden Laternenaugen reihenweis die Autos standen. Sie entdeckte das ihre, schwang sich hastig auf den Führersitz.

»Kurbel an, Moritz! ...Schweikardt! Stehn Sie nicht so da! Setzen Sie sich rein!«

»Wohin denn?«

»So weit wir halt seitwärts die Strecke entlang kommen! Da müssen wir ihn doch finden!«

Ein elendes Gerumpel auf Ackerwegen. Da vorn ein altertümliches Städtchen....Krumme, enge Gassen ...Die warnend erhobene Hand eines Schutzmanns: Bis hierher und nicht weiter ... Mitten durch den Ort führte wieder die Rennbahn, bog mit einer der gefürchtetsten Kurven auf den Marktplatz um das Rathaus ...Die Fenster schwarz von Menschen....Offene Mäuler hinter den Bretterverschlägen der Seitenstraßen.

»Alleweil!«

Ein unsichtbares, rasend rasch sich näherndes Geknatter. ...Um die Ecke herum, wie aus der Luft gewachsen: ein graues Etwas ...ein linker Arm, der sich schon weit vor der Wendung herüber um die rechte Seite des Steuerrrades legt. Die Maschine fliegt haarscharf um den Prellstein, wirft sich blitzschnell nach links ...ist fort ...heiß zitternde Luft und bläulicher Öl-und Benzinduft hinterher ...Ein Schweigen der Menschen ...Stefanie Winterhalter zerbiß vor Aufregung ihr Taschentuch zwischen den Zähnen.

»Der Werner wird doch nicht 'ne Kurve schlecht genommen haben, Moritz?«

»Vorwärts! Wir müssen zu Fuß weiter!«

Ihr Bruder eilte voraus, die unübersichtliche Landstraße entlang. Sie folgte ihm, energisch den Rock bis über die Knöchel raffend, den Blick in die Ferne. Hinter ihr ein Stöhnen...

»Aber teuerste Freundin ...in dem Tempo komm ich nicht mit...«

»Ach ...springen Sie nur zu, Schweikardt! Warum sind Sie so dick und faul?«

Dem fetten Junggesellen rann der Schweiß über das rötliche Antlitz. Er drängte sich keuchend an sie heran, während Moritz Kühn vorauseilte.

»Uff ...ich bin doch schließlich auch kein Jüngling mehr ...nee ...laufen Sie mir nicht davon ...Ich hab's nicht um Sie verdient! ...Ich bin doch ein guter Kerl ...ich hab's Ihnen doch nicht übelgenommen, daß Sie seinerzeit nicht mich, sondern den Winterhalter genommen , . .«

»Wenn Sie bloß still sein wollten!«

»Aber, da darf ich doch als Ihr Freund...«

»Ruhe! Jetzt ist doch nicht die Zeit zu dem dummen Gered!«

Karl Schweikardt schwieg. Es war ein seltsamer Blick, den er über die Schulter der jungen Frau weg in die Weite warf ...und dann ein verstohlener Gedanke: Wenn da drüben ein Unheil geschehen ist, vielleicht blüht dann doch noch einmal mein Weizen....

»Sind wir noch nicht bald oben, Frau Stefanie?«

Sie wandte den Kopf.

»Sie sollen mich nicht beim Vornamen nennen! ...Werner hat es Ihnen oft verboten! ...Wenn Sie auch kein Mensch ernst nimmt!«

Sie hastete voraus und schrie auf: »Moritz ...Moritz ...was gibt's denn?«

»Da sind endlich Leute, die ...«

»Hu – was liegt denn da am Boden?«

»Nichts als ein Autoreifen.«

Ihr Bruder bückte sich nach dem verstaubten, grauen Kranz, faßte ihn an und schüttelte die Finger. Das Gummi glühte noch vom sausenden Lauf, war an einer Stelle durchgeschrammt, die Leinwandeinlage braun gebrannt, der geplatzte Schlauch klaffte.

»Er muß hier so plötzlich gebremst haben, daß der Mantel durchgegangen ist! Wie?« Moritz Kühn wandte sich an die Umstehenden. »Dann sind sie nach 'ner Weile mit dem neuen Reifen weitergefahren? ...Aber ganz langsam?«

»Oben, hinterm Berg, steht e Wagen!« schrie ein vorbeirollender Radfahrer. »Ich soll mei Kuh hole, sacht der Schaffier, sei Schinnos vun eme Auto will net mehr.«

»Verletzt ist keiner?«

»Abah!«

»Na also!« sprach Karl Schweikardt, anscheinend befriedigt. Er hatte endlich auch den Weg hinaufgefunden.

»Uff! ...Nun legen Sie aber nicht mehr eine solche Pace vor, verehrte Freundin!«

Stefanie Winterhalter verlangsamte ihre Schritte. Sie atmete unwillkürlich auf. Die Ruhe kehrte auf ihren schönen, erhitzten Zügen wieder. Dann sagte sie in raschem Wechsel der Stimmung: »Aus dem Rennen ist er nun ...Schade!«

Und Karl Schweikardt, der neben ihr stapfte, lächelte plötzlich frech und sagte: »...'s ist immer mit ihm das alte Lied, solange ich ihn nun kenn! Er will alles ...er kann alles und ist schließlich doch immer der Geschlagene!«

Aber er bot doch als ein keuchender, sich erschöpft den Schweiß von der Glatze wischender Dickling kein gutes Bild neben Werner Winterhalter, wie der oben stand, lachend, lang und straff, mit blitzenden, dunklen Augen und zerzaustem dunklen Schnurrbart in dem tief gebräunten und verstaubten Gesicht, die Autobrille über die Stirn zurückgeschoben, Wangenflügel und Mundschutz der Rennhaube ins Genick geschlagen, in verrußtem Mantel. Er umarmte seine Frau, küßte sie zwei-, dreimal stürmisch und faßte Karl Schweikardt strafend am Ohr.

»Das geschieht euch recht in der Fabrik! Ihr Bande vom grünen Tisch! Ihr seid mir schon die dümmsten Schlauköpfe....Mir sperrt ihr die Fabrik vor der Nase zu. Ich darf mich um nichts kümmern, was ihr da treibt, und dann spart ihr am falschen Ort! Wenn einem die Kugellager springen, kann keiner gewinnen!«

Er hielt in der hohlen Hand einen Haufen zerbrochener Metallringe und Stahlkugeln zwischen grünlich zähen Fettflocken.

»Ich konnt gerade noch bremsen, daß die Reifen durchgingen! ... So 'nen schlechten Wagen haben wir nicht verdient! Was ... Robert?«

»Do könnt sich der Théry selber druffhocke und 's badd nix!« schrie Robert Kienast aus den Tiefen des Motors, unter dem er flach auf dem Rücken im Staub auf dem Boden lag und, das Gesicht nach oben, mit schwarzen Fingern in die dunkle Welt der Kurbelwelle über sich hinauftastete. Karl Schweikardt lachte etwas gezwungen. Er fühlte jetzt wieder seine Zwitterstellung im Winterhalterschen Haus ... Halb Hausfreund – halb Hofnarr ...

»Nun lassen Sie doch schon mein Ohr los, Mensch!« sagte er verdrießlich und rieb sich das Läppchen.

Werner Winterhalter drehte ihm den Rücken und dehnte die Arme weit in Gottes heiße Sommerwelt hinaus. In ihm stürmte noch der Rausch der Tat ... ebbte erst allmählich ... hinterließ doch ein lachendes Kraftgefühl ... nach dem Spiel mit dem Tod ... Man hatte das Leben neu ... seine Fülle ... Vor sich seine schöne Frau ...

»Ach was!« sagte er. »Man war doch dabei! ... Nur nicht immer am Weg stehen und zugucken! ... So sind wir nicht! Was ... Stefanie?«

Sie lachte und nahm seinen Arm. Sie schritten einträchtiglich als Kameraden, er noch mit vom Fahren steifen Knien, den Hang hinab. Der dicke Junggeselle folgte langsam und sagte mißbilligend zu Moritz Kühn: »Wenn man bedenkt: sieben Millionen hat er vorm Jahr von seinem seligen Großpapa geerbt, oder hat der alte Kobus noch mehr hinterlassen? ... und hat Ihre Schwester zur Frau ... und riskiert tagtäglich mir nichts, dir nichts seinen Hals ... Der Mann ist mir ein Rätsel ... ich tät's nicht!«

Die weite Gartenebene zu beiden Ufern des Rheins war voll von langen, weißen Staubfahnen. Das Rennen war zu Ende. Eine stürmische Aufregung zitterte weithin in alle Lande. Im letzten Augenblick hatte Nicolas De Bool, der phlegmatische, bebrillte Koloß, dem Schicksal seinen Zoll entrichten müssen. Ob es wirklich nur der scheuende Gaul gewesen, der über die Schranke weg auf die Straße setzte und ihn schon von fern zum Stoppen zwang, ob nicht doch schließlich irgend etwas am Mechanismus seiner Maschine versagte – am Schluß der dritten Runde, im Angesicht des Richterpfahls, war ein deutscher Wagen an ihm vorbeigezogen, hatte ihn nach wütendem Endkampf der beiden fauchenden Ungetüme mit einer halben Haubenlänge geschlagen. Hunderte von Automobilen trugen die Nachricht heim, schossen nach allen Richtungen auseinander, jagten flußabwärts nach Köln und Belgien, suchten den Main empor den Weg nach Franken und längs des Neckars nach Schwaben und Wien, wandten sich durch Frankfurt nach Norddeutschland. Die schweren französischen Tourenwagen stoben durch das Elsaß und schwenkten bei Landau, bei Straßburg oder durch das Loch von Belfort den blauweißroten Grenzpfählen zu. Schwarze Fußgängermassen wanderten zu beiden Seiten am Wege. Berner Chaischen ... Equipagen ... Hunde ... Kinder ... alles wie Schatten in einem weißen Staubnebel, durch den als tiefstehende rote Scheibe die Spätnachmittagsonne flimmerte.

»Stefanie ... fahr nicht so leichtsinnig! ... Sonst wird dir das Steuer entzogen!«

Stefanie Winterhalter schüttelte nur den linken Stulphandschuh nach rückwärts, ohne den Kopf zu wenden. Eine rauhe, schnauzende Stimme zur Seite: »Net so hurtig ... Sie! ... Jesses ... wie fährt denn der da!«

Sie mußte lachen. Der Gendarm hatte sie für einen jungen Mann gehalten. Sie war in Lederkapuze, Glasbrille, Ledermantel nicht zu erkennen. Gottlob ... jetzt gab es Luft. Der Weg wurde frei. Sie trat energisch mit dem langen, schmalen linken Fuß die Kupplung aus. Ein Rasseln im Getriebe ...

»Stefanie ... achte auf die Tourenzahl! Du sollst nicht zwei Gänge durchschalten!«

Sie tat, als hörte sie nicht, in der Souveränität des Sports, gab ungestüm, mit der rechten Fußspitze auf dem Akkumulator, Gas, daß der Wagen mit einem Ruck unter ihr davonschoß, die lange, nunmehr menschenleere Chaussee dahinstürmte.

»Deine Frau wird uns noch alle in den Graben schmeißen, Werner!«

»Ja, Kinder – dann steigt doch aus!«

Werner Winterhalter saß gleichgültig, die Zigarre im Mundwinkel, die Hände in den Taschen des kurzen Pelzrocks, mit den andern Herren im Innern des Rennphaethons, je zwei hintereinander. Mit dem Gesicht nach hinten, hätte keiner diese fliegende Fahrt mitmachen mögen. Moritz Kühn drehte den Kopf und schrie durch den Sturm:

»Sie hat doch *IIIb*!«

»Aber in dem Tempo hat sie ihr Chauffeurexamen nicht gemacht!«

»Schweikardt ... das Tempo ist ja Ihnen zu Ehren!«

Von vorn eine helle Stimme:

»Fürchtet sich der Schweikardt schon?«

»Ja! ... Ja! ...«

Als Antwort eine noch blindere Geschwindigkeit. Der verwöhnte Junggeselle schluckte ein paarmal heftig. Er war wachsgelb im Gesicht und hatte plötzlich dicke Säcke unter den Augen. Er zählte im stillen die Minuten bis zum Ende dieser Fahrt. Werner Winterhalter lachte unbändig. Er streifte die Asche seiner Zigarre in die Luft. Das Wölkchen war sofort im Wirbel dahinter verschwunden. Die Bäume flogen vorbei ... die Welt ... die Meilensteine tanzten ... Menschengesichter flackerten als weiße Flecken vor einem Haus ... ein Hurra von Kinderstimmen ... schon wie aus weiter Ferne ... ein paar Steinwürfe ... aufstiebende Tauben ... der Todesschrei einer Gans ...

»Winterhalter ... Ihre Frau fährt direkt unvernünftig!«

»Ich hab sie auch noch nie für vernünftig gehalten!« sagte er. »Was soll denn auch die Vernunft?«

Und nach einem Schweigen, in nachlässigem Gleichmut, ein Mensch auf der Höhe: »Man fährt halt durchs Leben, ihr Leute! Der eine flinker, der andere fauler! Zum Schluß ist's ganz egal ...«

Sie hatten schon die preußischen Lande hinter sich gelassen, durchmaßen die gesegnete Bayerische Pfalz ... lichtgrüne Rebenfelder stundenweit in die Ebene hinaus, ein uraltes Städtchen mit klangvollem Weinnamen nach dem andern, sie sausten in das Elsaß hinein, rasten durch schnurgerade Pappelalleen ... Die junge Frau am Steuer war nicht dazu zu bringen, ihre Fahrt zu mäßigen.

»Wo ich doch daheim heut abend das ganze Haus voll Gäste hab!« sagte sie, notgedrungen hinter einem schlafmützigen Heuwagen stoppend und zornig hupend, zu dem neben ihr sitzenden Syndikus Bätzle. »Mein Schwiegervater hat doch zum heutigen Tag Geschäftsfreunde aus halb Europa eingeladen und mir auf den Hals gepackt ...«

»Warum denn nicht bei sich?«

»Er ist ja immer noch arg krank! Er hat gestern noch zu mir gesagt: »Ich tapp bald wie 'n Simpel in meiner eigenen Fabrik herum! ...«

Das Pfälzisch klang komisch harmlos von ihren roten Lippen. Sie wandte den Wagen durch enge Gassen abwärts. Da floß der Rhein. Die Bohlen der Holzbrücke grollten unter dem Rollen des nägelbeschlagenen Gummis. Man gelangte in das badische Land und in die Heimatstadt.

Hier, im Anblick des Altgewohnten und Alltäglichen, im zögernden Lauf des Wagens in den belebten Straßen, kam man erst wieder ganz zu sich, erwachte wie aus einem Traum von Adlerflug durch Raum und Zeit. Werner Winterhalter gähnte, streckte die Beine, stand auf und rief seiner Frau zu: »Steffche! Setz mich an der Fabrik ab!«

»Willst du gleich zum Pappa?«

»Es muß ihm doch einer schonend beibringen, daß wir Prügel gekriegt haben!«

Die weite Welt der Winterhalterschen Werke lag jetzt, nach Feierabend, schon stumm und still. Keine Überschichten mit nächtlichem Hammerschlag und Kesselglut. Die Geschäfte gingen nicht mehr so glänzend. Der Absatz stockte plötzlich im letzten Jahr. Die Konkurrenz in Deutschland kannte nicht Rasten und nicht Kosten. Aber das war es nicht allein. Der Feind kam von innen. Ihm konnte keiner entgehen. Er machte das Haar grau und die Hand müde ... das Alter ... das Alter ...

Im Allerheiligsten, im Privatkontor des technischen Bureaus, schimmerte ein einsames Licht. Beschien Leopold Winterhalters Züge. Die Augen noch dunkel und heiß, aber Schnee auf dem Kopf, Asche im Bart. Er und sein Sohn sahen sich oft monatelang nicht, gingen sich aus dem Weg. So war es diesem, als er eintrat und vor dem Vater stand, doch wieder im Schweigen des Abends, im Dämmern des Gemachs wie eine Überraschung, eine Mahnung der Vergänglichkeit … Bist du das noch? … Du, vor dessen Willen einst nichts standhielt? … Wenig über die Sechzig … Aber plötzlich über Nacht ist die Glut verflackert … die Lebenskraft verflogen … Ein müder Mann … Ein ausgebrannter Krater …

Gichtleidend … mühsam und mürrisch hob er sich am Stock aus dem Schreibsessel … ach Gott ja … die Zeit vergeht … die Stunde rinnt … Leopold Winterhalter hustete und gab sich Mühe, seine gebeugte Gestalt wie früher mit einem Ruck der breiten Schultern aufzurichten. Es war ein Schweigen. Endlich brummte er finster: »Also 's war diesmal nix mit unserm Wagen?«

»Nichts!«

»Ihr seid wohl tappig gefahren … he?«

»Guck dir nur morgen die Maschinen der Reih nach an! … Da wird dir schon ein Kirchenlicht aufgehen!«

Der Ältere kämpfte mit sich.

»Setz dich doch mal, Werner!«

»Danke! … Ich kann auch stehen!«

»So? … No – ich nicht!« Leopold Winterhalter nahm mühsam wieder Platz, seufzte und trommelte zornig auf dem weißen Bogen vor ihm, mit dessen halb mechanischer Bekritzlung er sich diese einsamen Abendstunden vertrieben. Das alte Problem: die automatische Ankurbelung … Ein großes P – das hieß Druckluft … ein großes A – das hieß Elektrizität … umsonst … Es löste es doch niemand, soviel Ingenieure auch darüber brüteten und schwitzten. Er warf das Blatt in den Papierkorb. »Du wirst auch einmal alt werden, mein Sohn!« sprach er unvermittelt und verdrießlich. »Nachher schaut die Welt bös aus …«

Er war in einer ganz andern Stimmung wie sonst. Still … die Hände in dem Schoß … ein müder Ausdruck in den schwarzen Flackeraugen, ein sonderbares, fast bitteres Lächeln, wie er den Sohn in seiner Jugendkraft musterte.

»Da hat man geschafft und geschafft die lieben, langen Jahre. … Wenn ich einen von meinen Leut hätt so schaffen lassen wie mich selber, da wär mir hurtig der Fabrikinspektor auf den Buckel gestiegen! … Und jetzt …« Er stieß in einem Anfall von Wut den Briefstapel auf dem Tisch zurück. »Es glückt nix mehr … die Vertreter tauge nix … und wenn sie mal was tauge, sind sie unzuverlässig … meine Maschinen sind im Rennen hinten beim Krähwinkler Landsturm … Unser neuestes Patent is ein Dreck … zu guter Letzt kreischen einem die Aktionäre die Ohren voll …«

Er wiegte finster das graue, buschige Haupt.

»Da warst du gescheiter, Werner! … Du hast dein Leben lang nix geschafft oder alles nur halb … und hast doch alles gekriegt … die Millionen vom Großpapa … bald vielleicht schon mein Geld … später mal die Hälfte von dem sündhaft vielen Geld vom alten Kühn … das schönste Mädchen von der Stadt hast dazu erwischt … du bist e Gescheitle, wenn man dir's auch nicht anmerkt …«

»Oder man merkt's zu spät« … begann er nach einer Weile. »Das geht mir jetzt als durch den Kopf … Ich schlaf jetzt nachts so schlecht … Da frag ich mich manchmal, ob ich am End doch daran schuld bin, daß aus dir zu guter Letzt nichts weiter geworden ist als ein unnützer reicher Mann …!«

Seine welk gewordenen Finger spielten zerstreut mit dem Aufriß eines Motors auf einer Papptafel.

»Wieviel Kraft geht da verloren, Werner, vom Zylinderhub vorn bis zur Nutzleistung hinten am Antrieb! Das Herz könnt einem bluten! … Aus dir hätt auch mehr werden können! 's ist schad um dich! … Jetzt, wo ich alt werd und mich bald nicht mehr auf mich verlassen kann, muß ich oft daran denken! … Wenn ich wieder auf die Welt käm, da mach ich es vielleicht anders mit meinem Sohn. ...Red nix ...ich hab's dir bloß mal sagen wollen ...Wer weiß, ob ich nicht bald mal tot aufwach!«

Er hielt plötzlich unwirsch dem Jüngeren die Hand hin, sah ihn dabei nicht an, während jener sie stumm nahm, stand auf und humpelte, seine karrierte Kappe über die Stirn ziehend, aus dem Zimmer. Es war jetzt oft eine Unruhe in ihm, die ihn in der Nachtstille durch die mondbeschienenen Höfe der Fabrik trieb, ihn hier zwecklos vor den rostigen Alteisenhügeln in irgendeinem Winkel stehen, dort prüfend wie einen Einbrecher an seinen eigenen verschlossenen Türen rütteln ließ. Niemand durfte ihn dabei stören...

Als ob du dich je ändertest, Vater! ...Du glaubst es und bist doch ganz der alte ...Werner Winterhalter stand allein, noch auf derselben Stelle im Zimmer und hörte den schweren Dreiklang der Tritte und des Stocks treppab ...Du beugst dich nur vor einem im Leben: vor dem Erfolg! ...Erfolg heißt bei dir Geld. Du hast viel Geld erworben, ich noch mehr erheiratet und ererbt. Drum bin ich für dich der bessere Mann...

Darum hast du dich heute, am Ende deines Lebens, von mir besiegt erklärt! ...Es ist der letzte Sieg, den ich noch über die Menschen um mich erringen konnte. Alles andere ist schon mein. Auf der ganzen Linie gibt mir das Leben recht. ...Und doch ...Und doch...

Draußen auf dem Fabrikhof war es kühl und dunkel. Stumme Sternenpracht am Himmel. Werner Winterhalters Schritte hallten zwischen schweigenden Mauern. Er ging zögernder ... blieb stehen ...sonderbar: diese jähe, grundlose Traurigkeit ...dies Unbefriedigtsein nach Sturm und Tatenlust dieses Tages ...diese Leere ...im goldenen Überfluß...

Ein Wort, vorhin: »Du hast dein Leben lang nichts geschafft ...oder alles nur halb...«

Und nachher: »So ist aus dir nichts geworden als ein unnützer reicher Mann...«

Er furchte die gebräunte Stirn, schritt hastig in die Dunkelheit hinaus, wollte das Wort hinter sich lassen ...Es kam mit ...klang nach ...man entlief ihm nicht ...trotz der zornigen Abwehr in sich: Ich hab, weiß Gott, gestrebt und gerungen wie einer und fand alle Tore verschlossen, weil ich nicht war wie die andern...

Wo war man nur? Das war nicht die Gitterpforte nach der Straße. Er hatte sich in Gedanken nach hinten gewandt, zum Ausgang ...gegen die Arbeiterhäuser hin, die der Vater da wie eine einförmige Pilzkolonie anlegte. Ob Menschenliebe oder Mittel gegen Streik? ...Es war da noch ein Chaos von Baustätten, Ziegeln, Bretterhaufen. Aber hundert Schritt weiter schimmerten schon Laternen über frischem Pflaster, Lichtstreifen hinter neuen Fensterläden bewohnter Häuser. Um die Ecke herum ein grimmiges Aufstampfen mit dem Fuß, ein tiefer Baß: »Herrgottdunnerschlag ...da haben wir die Malefizwirtschaft schon wieder!«

Was wollte denn der Vater hier? Da grollte er weiter.

»Sie spazieren mir nicht lang mehr hier rum und horchen mir die Leut aus! Das rat ich Ihnen im Guten...«

Eine ruhige Mädchenstimme: »Die Straße ist für jedermann da, Herr Kommerzienrat!«

»Aber Sie laufen mir auch in die Häuser hinein!«

»Ja. Im städtischen Dienst!«

»Ich pfeif auf den Dienst! ...Sie gehe jetzt retour!«

»Ich bin Magistratsbeamtin. Das wissen Sie auch ganz genau, Herr Kommerzienrat ...Übrigens ...bitte, hier ist mein polizeilicher Ausweis.«

»Danke! ...Ich kenn Sie, Fräulein Römer! ...Mehr, als mir lieb ist...«

»Die Arbeiterfrauen können die Fragebogen nicht allein ausfüllen! Das ist zu viel von ihnen verlangt! Ich muß ihnen dabei helfen! Der Magistrat braucht das Material für kommunalpolitische Zwecke. Der Herr Oberbürgermeister hat erst gestern...«

»Und wer ist schließlich Herr im Haus? He ...Fräulein Römer?«

»Auf diese theoretischen Fragen lass' ich mich nicht ein, Herr Kommerzienrat. Die gehen mich nichts an ...Ich tu hier einfach meine Pflicht! Dafür werde ich aus Gemeindemitteln bezahlt!«

Der Fabrikherr drehte ihr plötzlich brüsk den Rücken.

»Man wird alt!« sagte er, mehr im Selbstgespräch als zu dem jungen Mädchen, und trat brummend und humpelnd den Rückzug an. »Man wird alt! ...Vor zwei Jahren noch – da hätt mir einer so kommen sollen! Aber jetzt läuft man ja schon vor den Frauenzimmern davon!...«

Er seufzte tief auf. Seinen Sohn sah er nicht, obwohl er im Halbdunkel unter der Straßenlaterne dicht an ihm vorüberkam. Wohl aber hatte Eva Römer jenen bemerkt. Und er sie. Ein Schweigen. Um die Ecke verhallte das dumpfe Aufstoßen des gummigepolsterten Krückstocks auf dem Steinpflaster.

»Guten Tag, Werner!«

Eva Römer sagte es ganz unbefangen. Sie gab ihm nicht die Hand. Sie stand drei Schritt vor ihm, eine Mappe unter dem Arm, in ihrem grauflatternden Mäntelchen an der zugigen Ecke. Sie blickte ihm ruhig ins Gesicht und fragte weiter: »Wie geht's dir denn?«

»Danke! Sehr gut! Und dir?«

»Auch!«

Er trat an sie heran. Beide lächelten auf einmal und wußten selbst nicht, warum. Es war nur eine Maske. Eine Schutzwehr gegen den anderen. Werner Winterhalter dachte sich: Sie hat sich gar nicht verändert in den vier Jahren. Daß sie älter geworden ist, sieht man nur an dem Ernst in ihren Augen. Sonst ist's das alte Kindergesicht ...Voller Seelenruhe ...die geht ihres Weges, von dem sie mich einst weggeschickt ...Also was steh ich denn da vor ihr ...? ...Gute Nacht!...

Aber er sprach es nicht aus, sondern fragte – sonderbar stockend, mit einem Hemmnis in der Kehle: »So? ...Du bist jetzt hier...?«

Sie antwortete ihm ebenso wie vorhin seinem Vater: »Das weißt du doch ganz genau! Schon seit 'nem halben Jahr!«

»Aber gesehen haben wir uns nie!«

»Natürlich nicht ...Ich leb doch ganz wo anders als du...« Sie rückte sich ihre vollgepfropfte Mappe unter dem Arm zurecht. An ihrer Hand war kein Verlobungsring. Er dachte sich: Bist du wirklich noch allein? ...Und dabei zufrieden? ...In deinem engen Lebenskreis, wo ich dir hätte...

Immerhin. ...Es war nicht der erste beste an seine Stelle getreten! ...Eigentlich war es ja gleich. Und doch eine nachträgliche Beruhigung. Eine Vergeltung, für die man selbst nichts konnte: Du bist gestraft genug. Wie anders hättest du es haben können und ziehst da als eine eigensinnige, graue Motte durch Nacht und Nebel, von Gott und der Welt verlassen. Des Menschen Wille ist sein Himmelreich. ...Es war Mitleid in seinem Ton und zurückgekehrtes Herrenbewußtsein zugleich, die Gewohnheit, die Dinge von der Höhe aus zu betrachten, wie er auf die bescheiden gekleidete Mädchengestalt vor ihm hinabsah.

»Na ...was machst du denn nun eigentlich so hier?«

»Ich sammle die Normalbogen ein, die städtische Untersuchung, wieviel eine normale Arbeiterfamilie bei uns jährlich zum Leben braucht!...«

»So?«

»Der Magistrat will doch schon ausländisches Fleisch kommen lassen, wo jetzt das Schweinefleisch wieder um zehn Pfennig aufgeschlagen hat. Es hat arg viel Elend augenblicklich in der Stadt.«

Sie sprach davon mit berufsmäßiger Ruhe, so wie ein Arzt von einer Epidemie, zu deren Bekämpfung man da war...

»Und da läufst du hier so allein herum?«

»Ja, meinst du, die Stadt gibt mir noch 'nen Polizeidiener mit?«

»Und fürchtest dich nicht?«

»Ach – wer soll mir denn was tun?«

Ein Gleichmut der Pflichterfüllung war in ihren Worten. Sie sah nach ihrer Armbanduhr. Es war eine jugendlich rasche, unbewußt anmutige Bewegung, wie sie das schmale Handgelenk im Laternenlicht vor die Augen hob. Er musterte stumm ihr zartes Profil. Sie trug das Haar nicht mehr in harmlosen Schnecken an den Ohren, sondern glatt, als ein vielbeschäftigter, vernünftiger Mensch, und nach hinten in einem Knoten. Vielleicht war es das, was sie so veränderte, äußerlich gereifter machte. Dabei war sie so hübsch geblieben wie einst. Eher noch hübscher. Sie hatte eines jener Gesichter, denen der Ernst des Lebens gut anstand.

»Jetzt muß ich aber vorwärts!« sagte sie. »Sonst geht mir meine Musterfamilie drüben schlafen!«

Sie schritt quer über die Straße auf ein kleines Haus zu, aus dem zwei helle Scheiben in das Dunkel schimmerten. Er neben ihr. Sie schien darüber nicht weiter verwundert. Sie war jetzt nur bei der Sache. Oder wollte es mit Absicht sein.

»Die meisten Arbeiterfrauen waren doch Fabrikmädchen!« sagte sie. »Kochen und wirtschaften sind ihnen böhmische Dörfer. Sie können sich's nicht einteilen.

Sie wissen nie, wo's Geld bleibt! Jetzt die Frau da ist vernünftiger als die anderen. Sie macht mir jede Woche ein Verzeichnis auf Heller und Pfennig. Zum Schluß kriegt sie von mir zehn Mark Belohnung!«

»Aus eigener Tasche?«

»Ja, wer soll mir's denn geben? Die Stadt hat für Trinkgelder nichts übrig! Leicht wird's mir freilich nicht.«

Werner Winterhalter schüttelte stumm den Kopf. Sie traten in einen freundlichen Raum. Lampenhelle. Saubere Plüschmöbel. Eine bunte Tischdecke. An der Blümchentapete links ein stockfleckiger Stahlstich, Hecker und Struwe Hand in Hand, in Leibrock und Schlapphut, den Säbel in der Faust. Nebenan schliefen die Kinder.

»Guten Abend, Frau Schwert! ...Ich bin pünktlich ...gelt? ...Wo ist denn Ihr Mann? Macht er wieder Überschicht?«

Die brünette junge Frau lachte und schob zwei Stühle heran.

»Jo – alleweil verdient er tapfer! ...So, da ist alles beieinander für die letzt Woch!«

Sie holte ein Blatt Papier heraus. Die beiden, die Frau und das Mädchen, steckten die Köpfe über den Zahlen zusammen. Werner Winterhalter hörte sie aus seiner Ecke, wo er sich hingesetzt, murmeln ...Zwanzig Pfennig ...fünfunddreißig Pfennig ...Eine Mark in die Parteikass' ... »Ja – da is mit mei'm Mann nix zu redde!« ...Ein halbes Pfund Schweinebauch ...Milch ... »Jo ... wann die Polizei net wär, no brächten zehn Pferd so e Milchfrau net am Brunne vorbei!« ... Nochmals Milch ...Brot ...vierzig Pfennig ...fünfzig Pfennig ...lauter lächerliche Summen und Sümmchen ...Und in dem Zuhörer drüben ein Staunen, fast ein Schrecken, wie etwas Längstvergessenes: So leben die meisten. So leben die Millionen. Das ist das Los der Menschheit.

Er hob den Kopf ...war erstaunt: Was mach ich denn hier? ...Wie komm ich denn hierher? Eva Römer stand vor ihm.

»So! Mit der Frau Schwert wird man rasch fertig!« sagte sie in ihrer frischen Art und gab der jungen Arbeiterfrau freundschaftlich die Hand, und die fragte Evas Begleiter: »Sind Sie auch vom Arbeitsamt?«

»Ich wollt, ich wär's!« sagte Werner Winterhalter, reichte ihr auch die Rechte und trat ins Freie hinaus. Er hatte schon, ehe er vor der Fabrik aus dem Auto stieg, Sturmhaube und Pelz mit Hut und Havelock vertauscht. Sie waren ein unauffälliges Paar. Niemand schaute ihnen nach, wie er und seine Begleiterin durch die Vorstadt schritten. Da, wo die letzten Häuser waren. Müll und Menschenkehricht. Rote Laternen. Undeutlich große Federhüte an den Ecken. Grölen aus den Kneipen. Da trottelte ein Betrunkener heran...

»Fürchtest du dich da wirklich nicht, Eva?«

»Was hat's denn für einen Zweck, sich vor dem Leben zu fürchten? Das ist doch nun mal das Leben. Wenigstens meines!«

»Hebet ihn, den Schorsch! ...Hebet ihn!« Aus den ebenerdigen Fenstern zur Rechten drangen Knasterwolken, Fässergeruch, Gelächter. Ein paar Männer hielten johlend einen anderen an den Schultern auf der Bierbank fest. Der drohte, stumpf, mit verglasten Augen. An sich ein roh-gutmütiges Gesicht ...»Heinerle ...jetzt loß dich heimgeige, wenn dir dei Knoche lieb sind!«

Ein kleiner Bub lief heulend aus der Wirtschaft über die Straße, eine Kellertreppe hinunter, in eine unterirdische Plättstube. Eva und ihr Begleiter folgten ihm in den faden Qualm. Aus dem schrie, undeutlich hinter dem Bügelbrett, eine verhärmte Frau: »Hoscht den Vatter gefunde, Heinerle?«

»Im ›Schwarzen Schiff‹ hockt er! Du sollst ihm sei Ruh losse, sächt er!«

Die Frau brach in Heulen aus.

»Do gucke Se, Fräule! … Do verbutzt er sei Geld! Ha – wovon soll ich denn lebe – mit fünf Kinner? … Wann er net besoffe is, is er e Mann wie e Kind! Awwer er is alleweil besoffe die letzt Zeit…«

»Und trotzdem geben sie immer neue Schankkonzessionen aus!« sagte Eva Römer zu ihrem Gefährten und notierte quer über ein Blatt: »Mann trinkt noch immer. Nur noch Gelegenheitsarbeit. Frau verdient durch Plätterei täglich zwei Mark fünfundzwanzig. Sieben Köpfe.«

Er las es über ihre Schulter. Sie schrieb es mit einer sonderbaren, ruhigen Sachlichkeit. Ihr schien nichts Menschliches fremd.

»Dabei ist die Frau noch tuberkulös!« sagte sie halblaut zu Werner Winterhalter. »In ein paar Wochen gibt's hier eine Katastrophe!«

Er schwieg und ging mit ihr weiter und wunderte sich über die Willenlosigkeit seines Tuns. Was kümmert mich das hier? … Die Vergangenheit? … Eva Römer? Der Zufall, daß wir uns getroffen? Warum laufe ich hier herum? … Wie unter einem Zwang? … Schließlich … zu Haus habe ich auch noch nichts verloren! … Da rüsten sie doch nur zum Festabend … Darin ist Stefanie groß … Da kann man sich auf sie verlassen.

Du seltsame Wanderung durch Dunkel und Laternenschein. Immer neue Schattenbilder in düsteren Mietkasernen, aus dem Zwielicht der Hinterhöfe, Armeleutgeruch über knarrenden Holztreppen – dann einmal, beim Öffnen einer Korridortür, eine kleine, freundliche Oase, die Familie um die Lampe, Vater, Mutter, ein Haufe hungriger Flachsköpfe … »Ha ja … jetzt im Sommer hot e Maurer schon sei Sach … aber im Winter … im Winter! … Wann's nur wenigstens net vor Dreikönig friert!« … Die kecke, zierliche Frau hatte noch das Gebildete des früheren herrschaftlichen Stubenmädchens. Sie und Eva Römer verkehrten miteinander ganz auf gleichem Fuß, lachten, schüttelten sich zum Abschied die Hand.

Ein Füllhorn von Menschen … das wirrt ineinander … wohnt nebeneinander … Ein Wunsch und Wille: »Unser täglich Brot gib uns heute!« … Ein Stoßgebet der Armen, so oft drüben überm Odenwald die Sonne aufgeht. Da ist wieder die Armut: eine saubere, finstere Hofwohnung. In der Küche eine ältere, traurige Frau. In der Stube nebenan ein Mann, in eine Decke gewickelt, stumpf auf einem Stuhl.

»So hockt er Ihne de liebe lange Tag, Fräule Römer! …«

»Geht's denn immer noch nicht besser?«

»Es wird net mehr besser, sächt der Doktor. Awwer es kann noch lang dauern…«

»Die Kasse zahlt doch?«

»Jo. Gottlob zahlt sie…«

Sie hatten geflüstert. Noch draußen sprach Eva Römer halblaut:

»… Der Mann weiß es … daß er sterben muß…«

Eine Pause

»Sag mal, Eva, das treibst du nun so den ganzen Tag?«

»Es ist doch mein Beruf!«

»Und du bist damit zufrieden?«

»Ich mach mich nützlich!«

»Ich nicht!«

Das junge Mädchen gab darauf keine Antwort.

»Ich steh allein«, sagte sie nach einer Weile. »Man muß doch einen Daseinszweck haben. Es blutet einem ja das Herz, wenn man sieht, wieviel Elend auf der Welt ist. Wer kann und soll da helfen?«

Jetzt lag doch ein harter Zug um ihren Mund. Die Herbheit von Frühreife und Erkenntnis. Der stete Anblick von Leiden und Sorgen.

»Ich hab's ja so gewollt!« sagte sie ganz ruhig. »Komm ... ich muß da hinein ... Schönen guten Abend, Mutter Bingel!«

Ein frisches Lachen dabei. Auch die Matrone mit dem verschossenen Kaschmirschal um die Schultern nickte vergnügt.

»Guck emol ... das Fräule! Spaziere Sie nur rein! Setze Sie sich! ... Der Herr aach ...«

»Die Mutter Bingel hat's nämlich gut!« meinte Eva Römer, während sie Platz nahm. »Die hat ordentliche Kinder.«

»Jo, die Mädche gehe in die Kartonnagefabrik ... Und der Louis ... Jeden Samstag bringt er sei Geld! Vorn habe wir noch vermietet! ... Ich selber bin ja e alt's Gstell! Ich bin zu nix mehr nutz!«

In dem winzigen Nebenkämmerchen saß ein junger Mensch, den blonden Haarschopf zwischen beiden Händen, über den Büchern. Er schaute nicht auf.

»Wann er nur net so aufs Les aus wär! ... Da vergißt er Esse und Schlafe! Ich sag's ihm oft: ›Louis ... mit zehn Stunde Tapeziere täglich hot eins genug!‹ ...'s hilft nix ... Um Mitternacht hot er oft noch Licht ...«

Der junge Tapezierergeselle hörte es nicht, kümmerte sich um nichts, rührte sich nicht ... baute stumm, in sich versunken, bei der Feierabendlampe seine Volksschulbildung aus ... las in einem dicken, abgegriffenen Band Naturwissenschaft: »Vom Nebelfleck zum Menschen«.

Werner Winterhalter und seine Gefährtin waren wieder draußen im Freien. Er war noch ernster geworden. Er sagte: »Und all diesen Drang lassen wir ungenutzt ... wir lassen ihn sich abseits von uns entwickeln ... wir merken ihn womöglich gar nicht ...«

»Liebe Zeit ... überhaupt ... wenn man das hier alles so jeden Tag mit ansieht ...«

Eva Römer brach ab. Es war in ihrem Ton etwas von der Resignation einer Krankenschwester, die weiß, daß sie nur die ewig wiederkehrenden Leiden, nicht deren Ursachen bekämpft. Puh ... war da eine Luft. ... Eine ganze Familie in einem Raum ... Frau Sorge unsichtbar mitten darunter ... der Mann dumpf und matt ... die Frau stumpf ... die Kinder skrofulös ... Keine Klage ... Es ging ja, bei Kiesfahren und Kartoffeln ... Solang man Arbeit hatte, borgte der Krämer gegenüber ...

Die Arbeitslosigkeit ... das war das Gespenst, das wie ein finsterer Riese auf den Giebeln dieser stummen Mietkasernen ritt, den Schlaf schwer machte, das Erwachen zum Erschrecken. Und auch in dem schweigenden Beobachter ein leiser Schauer: Was ist das für eine Welt? ... Das ist *die* Welt ... Und ein Ding über ihr und uns allen: Am Eingang des nächsten Hauses erwartete sie der Tod. Eine städtische Pflegerin mit warnend erhobenem Finger auf der Schwelle, drinnen aufgebahrt ein offener Sarg. Das Profil der Greisin in ihm war streng und ernst. Es hatte mit der stark vorspringenden Nase, dem weißen Schläfenhaar, etwas Feierliches von Lebensrast. Kerzengeflacker ... unterdrücktes Schluchzen aus einem dunklen Winkel.

»Wann ist denn die Rupertin gestorben?«

Das Flüstern der Schwester: »Heut nachmittag, Fräulein Römer! ... Gute Nacht ...«

Das Alter hast du heute gesehen ... die Krankheit ... die Not ... den Tod ... Alles, was menschlich ist und einmal auch dein Los, mit Ausnahme der Not ... Du bist ein Mensch wie andere ...

Die kühle Nachtluft spielte um Werner Winterhalters Stirn. Er hatte den Hut abgenommen, fuhr sich über die Augen. Über ihm standen die Sterne ...

Ein Mensch wie andere ... Dir aber dienen die anderen ... Du bist der König, und sie sind die Kärrner. Warum ein König? Woher deine Krone? Kraft welchen Rechts? Recht heißt Verdienst ...

»So! ... Da ist die Straßenbahn! ... Ich fahr jetzt heim! Gute Nacht, Werner!«

Eva Römer war stehengeblieben. Jetzt hielt sie ihm zum Abschied die Hand hin. Sie sah ihm offen, mit einem seltsamen, ein wenig traurigen Lächeln ins Auge, einem Lächeln der Erinnerung, das hieß: Weißt du noch? ...

Und auch ihm war es eine Sekunde, als zöge durch den Staub- und Benzindunst dieses Tages und die Luft voll Müh und Arbeit dieses Abends ein Hauch vom Blütenduft Alt-Heidelbergs, als spielte der Mond silberglitzernd auf träumerischen Neckarwellen, als sei man noch einmal am Anfang der Dinge, im Morgenrot des Lebens, vor einem die Welt ... Er faßte ihre Rechte ... drückte sie ...

»Laß es dir gut gehen, Eva!« sagte er rasch, wandte sich um und schritt die Straße hinab, immer weiter sich und dem, was sein war, zu, bis die Häuser stattlicher wurden, die ersten Gärten auftauchten, ganze Straßen im Grün, die Parks der Reichen. Da lag, hinter Palmen und Teppichbeeten, von oben bis unten zum Fest hell erleuchtet, in schwerem Prunk sein Haus. Die beiden Schwiegerväter hatten es bei der Hochzeit gekauft und eingerichtet. Einer hatte sich von dem andern nicht lumpen lassen wollen. Was gut und teuer war, mußte hinein. Diener verbeugten sich auf der Schwelle. Ein Blick auf die mächtige Uhr an der Marmorwand. Herrgott ... schon beinahe zehn! ... Sind schon Gäste da? ... Wie? ... Schon ziemlich viel...?

Nun meinetwegen! ... Es war ihm auch gleich! ... Unten hörte er sie schwatzen. Wagen auf Wagen, Auto nach Auto fuhr vor. Herren stiegen aus, den Frack um die Schultern, Damen in farbigem Überwurf. Er sah es oben von seinem Zimmer, während ihn der Diener geschäftig ankleidete, machte wieder eine Bewegung mit der Hand über die Stirn, als wollte er da etwas verscheuchen, als stände etwas zwischen ihm und dem, was hier ... Er hob so jäh den Kopf, daß den Fingern des Mannes vor ihm die halb geknüpfte, weiße Binde entglitt, schaute sich in seinen vier Wänden um, mit einem sonderbaren Staunen, als sei er hier fremd, fuhr zusammen ... Wer klopft denn da? Herein!

Seine Frau schoß in das Zimmer. Die Schleppe der goldgestickten, türkisblauen Robe fegte hinterher. Königlich schön hob sich ihr aschblonder Kopf mit Diamantenglanz und weißen Schultern aus dem Pariser Modell. Ihr lebenswarmer Atem umwehte ihn.

»Werner, wo steckst du denn? Ich hab schon 'nen Mann! ... Das ganze Haus voller Leut, und dann soll man dich womöglich erst ausschellen lassen!«

»Ich komme schon ...«

»Warum bist du denn so stumpfsinnig, Wernerche? Ich hab's unten schon allen zur Entschuldigung gesagt: Er hat halt das Rennen mitgefahren! ... Da ist er müd! Du ... weißt du's Neueste?« Plötzlich kam Zorn in ihre großen blauen Augen. Sie wurde aufgeregt. »Ich bin außer mir! ... Also stell dir vor: die Orangenbäumchen sind noch nicht da! ... Ich könnt dem Kaufmann den Kopf abreißen! ... Herrgott ... schau mich doch nicht so an: die Orangenbäumchen, die wir eigens aus Italien bestellt haben! Die sollen doch um den Tisch herumgefahren werden und sich die Leute selber davon abschneiden! Jetzt, wann der Waggon zu spät kommt, ist der Spaß verdorben!«

Werner Winterhalter fuhr langsam in den Frack, den ihm der Diener hinhielt. Er schüttelte geistesabwesend den Kopf. Stefanie stand vor ihm, halb lachend, halb ärgerlich.

»Gescheit siehst du grad nicht aus!« sagte sie. Er hatte das sonderbare Gefühl, als unterhielte er sich mit einem ganz fremden Menschen. Er mußte sich sagen: Ach so ... das ist deine Frau ... Ja, natürlich ... meine schöne Frau ...

»Werner ... jetzt ist doch nicht Zeit, den Sterngucker zu spielen! Komm!«

Der schlanke Oberkörper bog sich vor, während sie ihm den Frack zurechtzupfte. Ihr voller Arm schimmerte in einem glatten Weiß. Es war, als hätten selbst die Perlen um ihren Hals etwas von diesem warmen, matten Glanz des Lebens angenommen. Eine Wolke feinsten Blumenduftes wogte in den blauen Seidenfalten ihres Kleides, in der blonden Seide ihres Haares. Er sah ihr in das jugendliche, von Hitze und Trubel des Festes unten gerötete Gesicht ... Er dachte sich: Ja ... du bist schön ... Eine Blüte, gebadet in Sonne und Licht ... Die Wurzeln der Menschheit, aus denen wir wachsen, verlieren sich tief im Boden ins Dunkel. Viele sehen nie den Tag, damit wir strahlen ...

»Also närrisch werden könnt man heut mit dem Mann!« sagte Stefanie zu ihrem Bruder, der ins Zimmer trat. »Ich weiß nicht, was er wieder für Mucken hat...« Sie wandte sich jäh und schlug die Schleppe mit einer ungenierten Sportbewegung des Beins zurück. »Josefin' ... Sind die Bäumerche da?«

Josefine, das alte Hausmöbel, stand strahlend auf der Schwelle. »Alleweil kumme se!«

»Hurra!«

Sie sprang, die Schleppe über dem Arm, zwei Stufen auf einmal nehmend, triumphierend die Treppe hinab. Und wieder dies Unerklärliche in Werner Winterhalter. Ein Schauer der Fremde, so, als sähe er in einem Spiegel sich selbst ... Nein, eben nicht sich selbst ... sondern das, was man jetzt war ...

»Vorwärts!« sagte er zu seinem Schwager. »Ich muß runter ... es ist die höchste Zeit!«

Ein großer Abend, nicht für sein Haus, sondern für die Firma Winterhalter, dem es als Empfangsraum diente. Alle Freunde und Geldgeber am hiesigen Platz, der Schwiegervater, der alte Kühn, immer noch aufrecht und herrisch, an der Spitze, die Vertreter und Geschäftsfreunde von auswärts, große Rennfahrer, die als gute Kunden kostenlos Reklame für die Marke machten, österreichische Grafen, belgische Barone, wie man sie sonst hier nie in dieser rheinischen Bürgerwelt sah. Aber trotz allen Lachens und Lärmens war die Stimmung unbehaglich. Kein Zweifel: Mannheim und Stuttgart und Rüsselsheim hatten heute viel besser abgeschnitten, vom Ausland nicht zu reden: Irgend etwas stimmte nicht. Man kam nicht mehr recht mit, seit ein, zwei Jahren.

Händegeschüttel ... Helle ... Hitze ... An langer Tafel zwischen dem Silber Orchideen ... Perlen in der Sektschale bei den Reden ... wieder Reden ... Nun kommen wirklich glücklich die Orangenbäumchen ... Ein Jubel ... ein Händeklatschen ... die Stefanie strahlt ... steht doch wahrhaftig in ihrem Übermut auf und bringt einen Toast auf die Herren aus. ... Ein helles Hoch der Damen. ... Nun lachen sie alle wie wahnsinnig ... wie die Kinder ... wie die Sonntagskinder des Glücks ... wunderlich ... wenn Eva Römer das sähe ... Eine Viertelstunde von hier schaut die Welt anders aus ...

Nach Tisch bei Kaffee und Havanna ... Ringsherum die Herren ... der dicke Schweikardt hält Manöverkritik: »Also, Winterhalter ... Ihr Sterlet – Hut ab! Das ist nämlich keine Kleinigkeit, meine Herren, so 'n Biest lebend von der Wolga herzutransportieren! Und jeder Zoll Länge mehr macht die Geschichte unverhältnismäßig teurer ...«

»Sie, Hausherr ... Sie hören ja gar nicht zu!«

»Laßt ihn! ... Er ist müde! Kein Wunder ...«

Moritz Kühn sagte nichts. Aber ein paar Minuten darauf warnte er im großen Saal seine Schwester.

»Paß nur auf den Werner auf! Der kriegt wieder einmal irgendeinen Koller! Ich merk's ihm schon an. Na ... gottlob ist er ja kaltgestellt.«

Die schöne Frau lachte und blickte auf ihren Mann, der drüben in der Ecke des Saals stand.

»Moritzche ... den wickel ich noch lang um den Finger.«

Und drüben im Winkel, halb hinter der Portiere, hörte Werner Winterhalter durch Zufall ein kurzes Gespräch. Ein dicker Herr vertraulich zu einem Geschäftsfreund: »Also ... ich hab heute darüber mit dem Winterhalter gesprochen!«

»Mit welchem? Dem alten oder dem jungen?«

»Ja natürlich dem alten! Der junge hat ja in der Fabrik noch nicht so viel zu sagen wie 'n Nachtwächter!«

Werner Winterhalter wollte nicht mehr hören, ging nach der andern Seite weiter ... sah die vielen Menschen ... dachte sich: Die fütter und tränk ich hier mit dem Geld, das andere verdienen! Als der Sohn meines Vaters. Der Mann meiner Frau. Sonst nichts ... Was ist aus mir geworden?

Vor ihm stand der alte Kühn, lang, hager, die unvermeidliche Havanna im Mund, mit umwölkter Stirn. In übelster Laune. Den ganzen Abend schon grob gegen Gott und die Welt. Der Schwiegersohn wollte kühl an ihm vorbei. Aber der alte Industriekapitän faßte ihn einfach an einem Goldknopf seiner weißen Weste und tat, was er sonst nie tat: Er sprach zu ihm von Geschäften!

»Hast *du* eigentlich 'ne Ahnung, warum das bei euch nicht mehr fluscht? ... Das war ja wieder, unter Brüdern, eine Schweinerei heute – unser Fahren drüben ...«

»Wie soll ich denn das wissen? Ich bin ja auf allgemeinen Wunsch Nichtstuer!«

»Aber du bastelst doch fortwährend an einer Erfindung am Motor herum ...du und dein Freund, der Schlosser ...Kienholz oder Kienast ...oder wie er heißt...«

»Das sind unsere eigenen Angelegenheiten!«

»Wird's denn was?«

Werner Winterhalter sah dem alten Herrn scharf ins Auge.

»Von heut ab fang ich erst mit vollem Ernst an!« sagte er. »Ihr habt mich hier zu einer Drohne gemacht. Du voran. Ihr alle. Zwei Jahre ist's euch geglückt! Aber ihr werdet sehen, daß ich's nicht mehr lang bleibe!«

»Do drinnen steht der Kaschte!«

Die Arbeiter machten nachdenklich im Sternendunkel vor einem niedrigen, kleinen Schuppen halt. Sie kamen von der Nachtarbeit in der Reparaturabteilung. Irgendeine dringliche, gut bezahlte Sache für sechs Paar Fäuste. Sonst pressierte es im allgemeinen in den Winterhalterschen Werken nicht so sehr. Die goldenen Zeiten, da die Kunden blaue Scheine und Zwanzigmarkstücke den Werkmeistern und Vorarbeitern in die Hand schoben, um ihre bestellten Wagen mit möglichst geringer Verspätung zu bekommen, die waren seit Jahr und Tag vorbei. Immer länger wurde im Ausstellungsraum die Parade der noch unverkauft dastehenden Chassis, länger auch die Gesichter der Aktionäre, besorgter die Mienen der Hunderte und Tausende, die hier ihr tägliches Brot fanden. Die Schichten waren schon verkürzt ... manche frisch eingestellte Leute entlassen ...

»Hoscht du den Wagen gesehe, Krischtian?«

»Ha und ob! ... Sehen kann ihn e jeds! ... Awwer was inne drin is ...«

»Es heißt, mit dem könnt man die Wand nuff fahre! So zieht der Motor!«

»Wodurch denn norr?«

»Sell is ja das Geheimnis!«

»Snakt nich, Kinnings!« Der Obermeister war ein Mann von der Waterkant. Groß, schwer, blond. Ein bedächtiger Zweifler. »Zaubern können die beiden auch nich ...«

»Ach, halt's Maul!« brummte einer hinter ihm so leise, daß es niemand hörte: Er und die andern wußten nichts von dem Wunder im Schuppen, hatten keinen Vorteil davon. Und fühlten doch für ihre Fabrik einen ganz unpersönlichen Ehrgeiz. Waren mit ihrer Arbeit verwachsen. Wollten stolz auf ihr Werk sein, gewissenhaft auch da, wo sie keiner sah. Sie standen eng beisammen, die Kappen in die Stirn gedrückt, die Hände in den Taschen, ein Häuflein in dunkler Nacht. Um sie, aus schwarzen Fensterhöhlen, das Schweigen der Maschinenhallen, Windgeraschel in der finstern Weite der Höfe ... nirgends eine Menschenseele ... doch da ...

»Ah ...«

Ein Lichtspalt durch die Fugen des Schuppens. Ein leises, wehmütiges Gepfeife, deutlich durch die Holzwand: »Behüt dich Gott ... Es wär zu schön gewesen ...«

»Horcht emol! Die sind drinne!«

»Der Kienast allein is drin, du Vieh! ... Wann der Winterhalter mit dabei war, dürft er doch net pfeife!«

»Ich hör ihn rumore!«

»Uffgebaßt!«

Die beiden Flügeltüren des Schuppens flogen plötzlich von innen auf. Man war geblendet. Man sah in der Finsternis nichts als zwei mächtige glotzende Lichtaugen. Die beiden Scheinwerfer setzten sich nach vorwärts in Bewegung. Das Auto rollte langsam ins Freie hinaus, hielt an, stand, äußerlich ein mittlerer Tourenwagen wie andere.

»So loß doch mei Arm los! ... Was hoscht denn ...?«

»Krischtian ... Krischtian ... host's gehört: Er hot net angekurbelt!«

Ein aufgeregtes Geflüster.

»Der Wage geht von selber an!«

»Das tät ihm doch beim Bergsteige nix helfe! ... Im Vergaser steckt's, ihr Leut! Im Vergaser!«

»Ich mein als: in der Zündung!«

Robert Kienast lachte und stieg, rennfertig, mit Haube und Brille, vom Fahrersitz.

»Zerbrecht euch norr eure dreckige Köpp!« sagte er gemütlich und ging zum Schuppen zurück, um den mit doppelter Vorsicht, mit Schloß und Eisenstange, zu verwahren. Die Arbeiter standen, in der dunklen Nacht vom Azetylenschein weiß wie die Müller, um die Haube, unter der der Motor dumpf sein Morgenlied summte.

»Wer da neingucke könnt!«

Aber die beiden Klappdeckel waren wohl befestigt. Zwei Vorhängeschlösser an jeder Seite.

»Sell sind Buchstabenschlösser, Karl! Die kriegt keiner uff, wo's Wort net weiß!«

Der Robert kam schlüsselklappernd zurück.

»Ratet norr!« sprach er. »Oben in der Direktion rate sie auch! Der alte Winterhalter weiß nix ...der Kühn selber weiß nix ...Keiner weiß was! ...Wir halte's Maul ...wir beide!«

»Fährscht denn jetzt?«

»Do kummt er ja!«

Eine straffe, hohe Gestalt in langem Mantel, vor sich den glimmenden Punkt einer Zigarre, schritt heran. Die Tritte klangen fest auf dem Kies. Der Stummel flog zu Boden, wurde sorgfältig ausgetreten....

»Morgen! ...Los, Robert!«

Werner Winterhalter nahm neben dem andern Platz. Im Bruchteil einer Sekunde war der ungeduldig murrende Wagen schon im Lauf, rollte draußen durch die schlafenden Gassen, schwenkte vor der Stadt scharf nach links in die Rheinebene hinein, dem Neckartal zu.

Die beiden stummen Gesellen mußten gemäßigt fahren. Denn noch war um sie volle Nacht, nur vor ihnen auf der Landstraße die kreideweiße Lichtbahn, in der zuweilen ein Hase wie besessen vor dem Auto herschoß, statt ihm durch einen Seitensprung zu entgehen. Aber gerade, als sie sich den dunklen Umrissen des Odenwalds näherten, stieg, so wie es im Kalender stand, in der dritten Morgenstunde der Mond empor, übergoß mit bläulicher Taghelle Alt- Heidelberg, das Schloß und den Fluß. Es war so licht, daß hinter dem Auto sein kurzer Schatten über das Pflaster der Stadt huschte. Die dämmerte in unwahrscheinlicher Ruhe. Der letzte Student war daheim in der Bude, das letzte Naß aus dem Faß. Essighaus und Fauler Pelz, Perkeo und Roter Hahn, Diemerei und Kümmelspalterei, all die alten Bierstätten schliefen. Langsam, mit gelöschten Lichtern, ging es über das Bahngleis. Drüben, am Klingentor, öffnete Werner Winterhalter die Auspuffklappe.

Rattatata...

Er saß jetzt selbst am Steuer. Das Auto schoß aufwärts, schneller, immer schneller, in verwirrender Geschwindigkeit, den Schloßberg hinauf, zur Molkenkur. Bald links, bald rechts flogen die Bergmauern aus rotem Sandstein in den jähen Kurven heran und vorbei. Er riß die durchgehende Maschine in kaum verkürztem Lauf um die Ecken, schaltete dabei um, zwei-, dreimal...

»Der vierte, Herr Doktor?« schrie Robert durch das bläulich stinkende Geknatter der Abgase.

»Der vierte Gang!«

»Hurra!«

»Zum Donnerwetter! Schrei nicht zu früh, Robert!« Aber dem Motor schien jeder Steigungswinkel gleich. Er riß, von der Hinterachse her, alles, was hinter ihm an Holz war und an Menschen saß und an Stahl lief, in sausendem Schwung in die Höhe, dem funkelnden Sternenhimmel zu, wie ein geflügelter Geist aus Tausendundeiner Nacht. Tief unten im Tal lag, als Robert Kienast den Kopf wandte, Alt-Heidelberg, mit seinen spärlichen Lichtern gleich einer versunkenen Stadt auf dem Meeresgrund. Merklich kühler wehte schon die herbe Bergluft ... da war der große Steinbruch ...vorwärts ...vorwärts ...da das Blockhaus ...nun kam die steilste Stelle ...die hängende Kurve am alten Kohlhofweg ...Robert Kienast sah nicht mehr nach vorn ... nur nach der rechten Hand seines Herrn ...Würde der umschalten müssen? ...Nein ...Keine Minderung der Geschwindigkeit ...im Gegenteil ...die Maschine brummte nur kampflustig ... ging förmlich durch ...jagte den letzten Hang empor...

»Die Sterngucker werde sich wunnern!«

Der Robert wies grinsend auf die Höhenwarte zur Rechten. Einsame Männer erforschten jetzt da oben am Fernrohr die letzten Rätsel der Welt. Noch ein Haus im Forst. Da ragte der Turm. Weithin lagen im Mondschein unter dem Gipfel des Königstuhls das deutsche Bergland und die Ebene des Rheins. Vierhundert Meter Höhe in kürzerer Zeit, als je der vielbefahrene Berg bezwungen war. Die beiden nickten sich zu, mit rastendem Motor, Sieg in den Augen. Aber sie sprachen, trotz ihrer Aufregung, kein Wort. Erst nach einer Weile ein entschlossenes:

»Noch einmal, Robert!«

Im Nu waren sie wieder unten, wendeten am Feuerwehrdenkmal. Kein Mensch ringsum. Drüben, vom gotischen Turm der Peterskirche, der schwere Schlag der dritten Morgenstunde. Ein erstes Ahnen von Junihelle.

»Robert ... ich fahr jetzt den Wagen aus ... mit Vollgas auch in den Kurven ...«

»Losse sie ihn laufe, was er kann! Losse Sie ihn laufe!«

»Ich sag es dir nur im voraus! ... Du hast Frau und Kinder!«

»Redde Se net, Herr Doktor! ... Los!«

Ein Blick auf die Uhr ... Aus dem Stand hinauf! ... Sturm auf den Berg ... Was die Maschine hergibt ... haarscharf um die wohlbekannten Kurven ... die hohen Mauern wachsen dräuend auf einen zu und weichen doch im letzten Moment zur Seite ... Ein Tempo, daß der Wind um die Ohren pfeift ... verhallendes Käuzchengelächter im Wald ... da wieder der Turm ... Stopp! ... Was sagt das Zifferblatt? ... Sie schauten es an, streiften sich langsam die Brillen über den Mützenschirm ... gaben sich die Hand ...

»Uff, Herr Doktor!«

»Ich glaub, jetzt haben wir's!«

»Sell will ich meine!«

»Mit unserer Erfindung werden die Winterhalterschen Wagen erst wieder konkurrenzfähig!«

»Mit Ihrer Erfindung, Herr Doktor!«

»Ohne deine Schlosserkünste hätt ich nix machen können, Robert!« sagte Werner Winterhalter, zündete sich eine Zigarre an und gab auch dem andern eine. »Schau mal nach, ob das Wasser kocht!«

»Ah bäh! ... Ich kann dreist mei Finger in den Füllstutzen halte!«

Sie sahen sich vorsichtig um, ob auch wirklich niemand herum im Tannenwald sei. Dann öffneten sie behutsam den Deckel ihres großen Geheimnisses. Von seiner Haube befreit, lebte und atmete da der mächtige, stählerne Organismus mit seinem Herzen, dem Vergaser, seinen beiden Lungenflügeln, den Zylinderpaaren, seinem Rückgrat, der ehernen Kurbelwelle, seinem Nervensystem, den weitverzweigten elektrischen Drähten. Nun knieten sie sich hin und schraubten mit gespannten Zügen, mit zusammengebissenen Lippen an der Düse. Um diesen engen Kanal, der kaum einer Nadel Raum gab und doch die Kraft durchließ, um zwanzig Zentner mit doppelter Schnellzugsgeschwindigkeit an einem Tag durch halb Deutschland zu schleudern, um den herum wohnte die Seele der neuen Erfindung. Sie verschwendeten jetzt kein Wort mehr daran. Das war jetzt abgeschlossen. Das war gut. Liebevoll betrachteten sie ihre Maschine. Sie stand da gleich einem Renner, der seine Pflicht getan, noch atemlos, glühend, von heißem Dampf umzittert, zu neuen Taten bereit.

Ein Goldsaum zog sich im Osten um die langgestreckten Kämme des Odenwalds. Das Dreieck des Katzenbuckels stand vor rasch tiefer sich färbendem Rot. Das Buchengestrüpp der Felsenmeere um den hohlen Kästenbaum dampfte. Der Morgen war da. Werner Winterhalter atmete tief auf. Er lehnte, seine Zigarre rauchend, eine Weile still an seinem getreuen, in der Frühkühle angenehm wärmenden Wagen. Endlich wandte er sich um: »... Runter, Robert!«

Unterwegs hörten sie aus der Waldtiefe unter sich ein Brummen Es kam rasch näher. Ein großes französisches Automobil, das in der Nacht über Straßburg nach Deutschland gekommen sein mußte, lief flink wie ein Wiesel den Berg hinauf. Es trug vorn, unter dem glückbringenden Mannequin, der Puppe eines kleinen französischen Infanteristen mit Käppi und roten Hosen, auf der Kühlfläche die Siegesmarke einer der ersten Firmen in Paris. Robert Kienast schielte vom Steuer her bittend nach links zu seinem Herrn, wartete kaum auf dessen Nicken, wendete an einer Wegteilung mit verwegenem Rücklauf seinen Wagen, fuhr noch einmal zurück, hinter den Franzosen her. Die drehten erstaunt die schwarzbebrillten, spitzbärtigen Köpfe. Ein Fahrzeug, das ihnen bergauf folgen konnte ...? Nein ... näher kam ...? Hinter ihnen war? ... Mit geschickter Benutzung einer Kurve neben ihnen! ... Die beiden Autos rannten Rad an Rad, die Auspuffklappen fauchten knatternd ineinander ... zollweise blieb der kleine Piou-Piou auf der Motorhaube des Galliers zurück ... immer mehr ... Robert Kienast sah, wie die Franzosen zornig durcheinander gestikulierten, ihr Fahrer sich gegen die Steuersäule vorbeugte und wütend

Druckluft pumpte … Aber er war schon vorbei … schaute noch einmal zurück … »Auf Wiedersehe in vier Woche auf der Europäischen Tourefahrt!« schrie er kriegerisch, einerlei, ob ihn die Ausländer verstanden oder nicht, dann ließ er seinen Wagen seitlings über den Speyerer Hof hinunterlaufen und durch die Rheinebene heim.

Am Eingang ihrer Heimatstadt ritt ihnen auf einem unwahrscheinlich langbeinigen Gaul, mit kurzen Bügeln und hochgezogenen Knien der kleine, dicke Doktor Bätzle entgegen. Er schoppte sich morgens auf ärztlichen Rat in deutschem Trab die Leber ab, ehe er sein Bankbureau aufsuchte, eine Art Karlsbad zu Pferd, und machte neugierig halt.

»Ist das der berühmte Wagen mit sieben Siegeln? … Winterhalter … unter uns … was ist denn da drin?«

Ein Achselzucken.

»Nämlich … Verehrtester … wir fangen an, ein bißchen ängstlich zu werden … in der Fabrik. … Man erzählt sich solche Wunderdinge von Ihrer Karre …«

Wieder ein Schweigen. Der Jurist gab es auf und lenkte das Gespräch ab: »Hören Sie mal, lieber Freund, warum sieht man Sie denn jetzt auf Ihren Fahrten immer ohne die schöne Gattin? Früher sahen Sie doch einträchtiglich wie ein Paar Turteltauben da vorn am Steuer!«

»Glauben Sie, daß das so amüsant ist: dreißig-, hundertmal hintereinander dieselbe Probefahrt und dasselbe Herumgebastel am Motor?«

»Nee … aber …«

»Na, und meine Frau will sich doch amüsieren! … Adieu!«

»Auf Wiedersehen heut mittag! Da ess' ich bei Ihnen!«

»So? …«

»Wissen Sie das nicht?«

»Ich hab den Kopf so voll von meiner Geschichte hier … Ich hab nie 'ne Ahnung, wieviel Menschen Stefanie jeden Mittag und Abend zusammentrommelt!«

Der kleine, rundliche Reitersmann schüttelte nachdenklich den Kopf und schaute mit seinen scharfen Geschäftsaugen durch den Zwicker dem Auto nach. Nanu … da hielt der ja drüben schon wieder. Und wo? Er bekam einen Schrecken. Vor der Villa Guido Göbels, des Patentanwalts, des Gewaltmannes, der alles machte! Die Sache war doch nicht am Ende schon spruchreif? … Er einigte sich mit seinem Pferd und ritt mißtrauisch heran. Da war nichts mehr zu sehen, als der leere Wagen und Robert Kienast nachlässig daneben, sich die Beine vertretend und pfeifend und listig vor sich hinzwinkernd. Der Kerl war wie eine treue Bulldogge. Ein Bestechungsversuch bei ihm nicht nur unanständig, sondern schlimmer: zwecklos. Nichts aus ihm herauszukriegen …

Es war schon spät in der Mittagsstunde, als Werner Winterhalter aus dem Haus trat. Der Anwalt begleitete ihn bis auf die Schwelle.

»Also, Sie melden das Patent an!«

»Wird gemacht! … Wird gemacht!«

»Und Stillschweigen wie das Grab …«

»Berufspflicht! Auf Wiedersehen!«

»So: Nun nach Hause, Robert!« Zum Kuckuck … Was hingen da wieder am Eingang zur Halle für Hüte … Einer neben dem andern … Ein Herrenfrühstück, scheint's … Für Damengesellschaften hatte die Stefanie wenig übrig.

»Wieviel Leute sind denn da, Franz?«

»Bloß acht Herren, Herr Doktor!«

»So … Bloß acht Herren? Na schön …«

Ein Geschwurbel bei Tisch … Ein Gelächter … Köpfe wie ein Schwarm Spatzen … Ihm dünkte das so. Dann sagte er sich: Nein, es sind ganz vernünftige Leute darunter. Sie stellen sich nur so an, weil meine Frau dabei ist! Wo die ist, geht alles in einem Wisch und Hui über die Dinge! Stillstand, Tiefe, Besinnung gibt's nicht. Wer nicht mittut, fällt in Ungnade. Der Schweikardt weiß das ... Er sitzt schon wieder neben Stefanie, der dicke Lümmel, und macht seine niederträchtigen, verliebten Schweinsäugelchen ... Meinetwegen ... Sie behandelt ihn doch nur als höheren Hofnarren ... Eigentlich war es ihm gleich ... Sein Blick wurde zerstreut. Er war wieder in Gedanken bei der Fahrt heute morgen ... Um ihn die Stimmen ... Stadtklatsch ... Sport ... das Neueste: Taubenschießen! ... Natürlich: Tontauben! ... Sonst kniet sich der Tierschutzverein hinein ... Stefanies helles: »Also die Tondinger sind einfach langstielig! Wer kommt den Winter mit, zum richtigen Taubenturnier in Monte Carlo?«

»Ich!«

»Ich ... ich!«

Die Herren streckten lachend die Arme aus. Meldeten sich wie die Schuljungen. Ernst war es keinem mit dem erhobenen Zeigefinger. Man redete nur so. Werner Winterhalter schaute auf.

»Den Winter wird's nichts mit Monte Carlo! Da hab' ich Besseres zu tun, Stefanie!«

»Hoho ... Rebellion!«

»Aber ... Knecht Fridolin! ...«

»Lassen Sie sich das nicht gefallen, gnädige Frau!«

»Ach, ich lass' ihn schwätzen!« sagte die schöne Frau gleichmütig. Ein Blick flog von ihr zu ihm hinüber und zurück. Ein Aufplänkeln. Eine prüfende Gegnerschaft in den Augen. Stefanie lachte und hob warnend, wie man einem Kind droht, die Hand: »Den Sommer lass' ich dich noch in Herrgotts Namen gewähren, Wernerche! Aber dann wirst ohne Gnade von deiner Fettbüchs und deinem Schmieröl weggeholt! Du liebe Zeit ja ... der Mann wird ja der reine Schlossergesell! ... Jeden Tag verriegelt er sich vom Morgen bis zum Abend in seiner Werkstatt. Er kriegt ja schon bald die Händ nicht mehr sauber ...«

»Bitte! Bitte! Verraten Sie uns seine große Erfindung, gnädige Frau ...«

»Meine Frau, Bätzle, interessiert sich nur dafür, daß sie mit so 'nem Kasten neunzig Kilometer in der Stunde dahinrasen kann! Was in ihm vorgeht, ist ihr ganz Wurst!«

Doktor Bätzle und Moritz Kühn tauschten einen Blick. Es lag eine leise Gewitterstimmung über der Tafel. Lachende Gesichter. Sektbläschen im Kristall. Der schwüle Duft der weißen Tuberosen.

»Mir erzählt mein Mann doch nix, was er und sein Duzfreund, der Schlosser, drüben treiben!«

»... weil du niemals reinen Mund halten würdest, Stefanie! ... Ich kenn dich doch!«

»Hoho!«

»Ein netter Gatte!«

»Ich finde, Frau Stefanie wird hier viel zu schlecht behandelt«, sagte Karl Schweikardt schläfrig und bezog von ihr einen Klaps mit dem umgedrehten Obstmessergriff auf die Finger.

» *Sie* hat schon gar keiner um Ihre Meinung gefragt, Schweikardt!«

Und dann plötzlich unwirsch, mit umwölkter Stirn, die geschälten Birnenschnitten umherreichend: »Ich geh noch mal heimlich bei und zünd euch euren Schuppen an – daß die langweilige Geschicht mal aus der Welt kommt!«

»Gräßlich, wenn sich ein Ehepaar ewig vor Fremden herumkampelt!« brummte Moritz Kühn. Ihm gegenüber riß Doktor Bätzle neugierig seine kleinen schlauen Augen auf.

»Wie sind Sie denn eigentlich auf Ihre Erfindung gekommen, verehrter Gastfreund?«

»Zuerst, vor Jahren schon, in England, wie ich da als Volontär in einer Stahlgießerei gearbeitet hab! Und dann hier allmählich durch die Fahrpraxis! ... Hättet ihr mich nicht aus eurer Fabrik ausgeschlossen, so wär ich da wahrscheinlich mit euch im alten Kuhtrott geblieben! So rächt sich schließlich alles auf Erden, lieber Bätzle!«

»Nun ist er schon wieder bei seinem Greuel von Maschine!« rief Stefanie vom andern Ende des Tisches herunter.

»Es ist ja nicht für dich bestimmt!«

»Aber es mopst die Gäste!«

»Kein Mensch braucht zuzuhören!«

»Wenn ihr Geschäfte habt, dann geht ins Nebenzimmer! ... Hier will ich mei Ruh!«

»Ach ... stör uns doch nicht, Stefanie ... Wissen Sie, Bätzle: Nicht daß ich mich deswegen für so viel klüger halte wie ihr. Ich hab mein redliches Pack Dummheiten hinter mir, weil ich bei den andern angefangen hab zu bessern, statt bei mir selbst! ... Aber wozu ist der Mensch auf der Welt, als daß er sich mit seinen Dummheiten häutet! Jetzt bin ich dabei, etwas Tatsächliches zu leisten, statt den Nebenmenschen meine Gedanken aufzudrängen! ...«

»Man sagt: Ihre Neuerung am Motor ist bei der Düse?« forschte der Jurist vorsichtig.

»Nehmen wir mal an, es sei der winzige Düsenkanal! Da haben wir gleich das ganze Geheimnis: im kleinsten Punkt die größte Kraft! Das Kleinste auf der Welt ist der einzelne Mensch ... unbeträchtlich wie ein Floh ... Und doch muß von da alles seinen Ausgang nehmen! ... Erst muß man sich selber fest auf die Beine gestellt haben. Dann kann man sich erst in die Hände spucken und anderswo den Karren aus dem Dreck ziehen! ...«

»Ja ... ja ... Also die Düse ...«

»So viel Weisheit hab ich nun, mit über Dreißig. ... Früher hieß es bei mir Weltall und Menschheit, und jetzt ist's ein Benzintröpfchen! ... Und eigentlich doch ein und dasselbe. Nur der Ausgangspunkt ist verschieden ... Der Erfolg hoffentlich auch! Man muß nur erst Bescheidenheit gelernt haben! Ich weiß nicht, ob Sie mich verstehen ...«

»Jawoll! ... Witze treiben Sie mit mir!«

»Man kann nicht ernster sein!« sagte Werner Winterhalter und lachte. Er hatte so leise gesprochen, daß sonst keiner der Umsitzenden ihn beachtete. Die einzige, die argwöhnisch vom andern Ende der Tafel heruntersah, war seine Frau.

Wie sein Auge sie traf, wurde er auf einmal traurig. Eine Vereinsamung wie einst, in alten Tagen, ehe ihn das Schicksal mit allen Gaben des Glücks überschüttet. Das ewige: ›Da gehörst du nicht hin! Das sind nicht die Deinen!‹ Man sah die Menschen um sich von außen an, aus der Ferne. Sie waren alle so abgeschlossen, so fertig, so frei aus der Hand der Natur entlassen. Nur in einem selbst ein Werden und Wandern ... ein Suchen ... eine Unruhe ... immer weiter ...

»Der Werner ... der ist als der Spielverderber!« sagte oben am Tisch Frau Stefanie und klatschte in die Hände. »Wernerche! Wach auf! Gleich kommt's Frühstück! Der Mann schläft am hellen Tag! ... Ich hab's schon nicht leicht mit ihm!«

»Nee – das scheint so!« murmelte der dicke Schweikardt hinter seiner Serviette.

»Wart, Alterle!«

Stefanie rollte die Tuberosen vor sich auf dem Tisch zusammen und warf den Busch ihrem Mann unten geschickt an den Kopf. Egal, ob die beiden Diener zusahen. Es war eine frische, ungezogene Bewegung . . . Halb kindisch, halb sportgewandt. Es paßte zu ihr.

Er hatte gerade noch das Haupt zur Seite biegen können und zuckte lächelnd die Achseln. Heute kam bei ihr die unbekümmerte Unbildung in Reinkultur zutage. Aber es ärgerte ihn nicht. Traf ihn nicht. So wenig wie die Blumen. Er prüfte sich selbst, wie er da schweigend saß, und erschrak: Nein. Es war einfach Gleichgültigkeit. Er hatte gar nichts gegen 21 seine Frau. Aber auch nichts für sie. Sie war eben, wie sie war. Und er besaß die leidenschaftslose Ruhe, sie so zu sehen, in ihrer blühenden Leiblichkeit da oben am Tisch, lachend, schwatzend und dabei doch über die Erkenntniskrumen nicht hinweg – geistig auf der Stufe eines sechzehnjährigen Schulmädels. Da hatte sie haltgemacht, ohne Sinn für Weiteres, kerngesund und vergnügt, in ihrer Art ein ganzer Kerl! Nur eben eine Wilde! Er dachte sich: Sie ist ja immer in der Höheren Töchterschule sitzengeblieben, trotz des allmächtigen Papas! Anerkannt der faulste Balg der Klasse ... Immer nur raus und auf den Tennisplatz! Mit Müh und Not haben sie ihr ein bißchen Französisch beigebracht wie einem Papagei. ... Das plappert sie, wenn's sein muß. Dabei ist sie eigentlich nicht dumm! In ihrem kleinen Kreis weiß sie ganz gerissen Bescheid.

Karl Schweikardts rötliche Schlemmerzüge strahlten. Seine schöne Nachbarin war heute verwirrend liebenswürdig zu ihm, sie, die ihn sonst immer hundeschlecht behandelte. Ihr Mann unten sah es mit Gelassenheit ... vielleicht zu großer Gelassenheit. Er sagte es sich selbst. Denn es war wirklich schon ein bißchen bunt ... fiel auf ... dieses Sichklapsen wie ein paar Schulbuben, dies Kichern und Tuscheln ... Er konnte es nicht ernst nehmen. Er kannte seine Frau zu gut. Sie war jetzt prachtvoll erblüht, in einer junonischen Schönheit. Aber sie hatte in Wesen und

Antlitz und dem kindischen schleppenden Tonfall, wenn sie sprach, immer noch etwas vom kleinen Pfälzer Mädchen an sich. Unentwickelt und verwöhnt. Eigensüchtig bis dort hinaus. Aber dabei eine ganz kalte Natur.

»Herrgott … er steht ja doch mächtig unter dem Pantoffel«, meinte Karl Schweikardt. »Darüber sind sich doch die Gelehrten einig! … Was, Sie Gastgeber da unten? …«

Es klang frech. Dem dicken Kerl schwoll der Kamm. Werner Winterhalter bejahte kaltblütig.

»Natürlich hab ich abgedankt. Aber ich bin nicht der einzige. Es geht mit uns allen zu Ende!«

»Mit wem?«

»Mit uns Herren der Schöpfung. Solang die Welt steht, haben wir Männer der höheren Stände die Frauen und das Volk regiert. Das Volk ist mündig geworden, die Frauen werden's! … Götterdämmerung. Wenn Sie wieder zur Welt kommen, Schweikardt, werden Sie arbeiten müssen!«

»Jetzt babbelt er wieder!« klagte Frau Stefanie. »Und wer's den lieben, langen Tag mitanhören muß, das bin ich!«

»Ohren zu, verehrte Freundin!«

»Ja, ich halt doch auch nicht still! Ich spring als einfach weg! Ist's wahr, Wernerche?«

»Na natürlich tust du's! Aber was hilft's? Kinder … man kann nicht den ganzen Tag auf allen vieren laufen …«

Wieder in Werner Winterhalter das Frösteln der Leere. … Es ging von dem Platz da oben aus, wo seine schöne Frau saß … lachte … den zu üppig gewordenen Schweikardt am Ohr zupfte, daß er laut »Au!« schrie. Gleich darauf waren sie wieder gute Freunde. Es war nachgerade Absicht in der ganzen Dalberei. Absicht gegen ihn. Er sagte sich: Ich muß nachher doch einmal mit Stefanie ein ernstes Wort sprechen. Aber er brachte keinen rechten Anteil an dem Treiben der Tafelrunde um ihn auf … Stadtspäße. … . Sportklatsch … Anspielungen … Motten ums Licht … das Licht da oben seine Frau. … Eure Gedanken sind nicht meine Gedanken … zu lächerlich … die Stefanie … und gerade ein Mensch wie der Schweikardt … das ist mehr Nichtachtung gegen mich, als das gute Kind ahnt … Was verhandelt sie denn so eifrig mit ihm . .? . . Mit den andern . .? . . Es ist wie eine Verschwörung. … Sie sind auf einmal ernst. Gilt das mir? … Zu dumm! … Er sah nicht mehr hin. Seine Gedanken verloren sich in die Weite seines Werkes. Nein. In die Enge. In die winzigste Verkörperung des Erfolgs, in den nadeldünnen Benzinkanal der Motordüse, das unscheinbare, walnußgroße, allgültige Geheimnis, der Hebel der Welt, die Kraft im Kleinsten …

Herrgott, das Geschrei da oben! Was war denn da los? …

»Also abgemacht, Frau Stefanie!«

»Aber gleich!«

»Wir halten Sie beim Wort!«

Stefanie Winterhalter war aufgesprungen. Sie winkte ihrem Mann zu. Jetzt hatte sie etwas unbekümmert Grausames, wovon sie selbst nichts wußte, in dieser wilden, starken Bewegung. Sie hob übermütig, siegesbewußt den schönen Kopf.

›Vorwärts! Zeigen Sie Ihre Macht, gnädige Frau!«

»Du, Wernerche – hör mal: ich hab eben 'ne Wette abgeschlossen!«

»Meinetwegen!«

»Aber du mußt auch lieb sein … Es hängt von dir ab! Versprich mir, daß du's tust!«

»Was denn?«

»Laß die Herren hier mal 'nen Augenblick in deine Erfindung reingucken … bloß 'nen Augenblick, Wernerche … Wir fahren alle beisammen hinüber in die Fabrik …«

Werner Winterhalter blieb sitzen und sah sich seine Gäste an, die mit der Hausfrau zusammen aufgestanden waren.

»Wetten, daß die Idee von dir ist, Moritz?« sagte er zu seinem Schwager. »Gar nicht dumm . . Wenn man die Stefanie kennt! … Aber hört mal: haltet ihr mich denn für so dumm? Ich bin ganz erschrocken …«

»Schwatz nicht, Wernerche! Komm … wollen gehn!«

»Nein. Für dumm haltet ihr mich nicht. Aber für schwach. Und darin habt ihr vielleicht nicht unrecht. Es war hohe Zeit … Donnerwetter ja …«

Er erhob sich und furchte die Stirn. Um ihn war ein plötzliches Schweigen.

»Werner … was ist denn da Großes dran? Einmal mußt du's doch zeigen!«

Er beachtete seine Frau nicht. Er wandte sich an seinen Schwager und schlug dem auf die Schulter.

»Das könnte dir so passen, mein guter, alter Moritz – was? … Dann könntet ihr euch wieder ruhig die Nachtmütze über die Ohren ziehen, ihr da drüben! Nein! Euch werden noch die Ohren klingen! Zu seiner Zeit! Aber heute nicht!«

»So? Und wenn deine eigene Frau es versprach?«

» *Ce que femme veut, Dieu le veut*!« schrie Karl Schweikardt,

»… So viel Einfluß wird sie doch noch auf dich haben …«

»… daß sie mich hier zum Narren macht? Herrschaften … als was muß ich euch in diesen Jahren erschienen sein? … Ich seh's jetzt erst mit Schrecken! … Ich komm erst langsam wieder zu mir!«

»Wernerche! … Jetzt blamier mich nit!«

»Still!«

Seine Stimme donnerte. Stefanie, die vergnügt, aber mit einem trotzigen Willenszug um Mund und Stirn, vor ihm gestanden, prallte entsetzt zwei Schritte zurück.

»Werner … ja … was fällt denn dir ein …?«

»Still!«

Es klang noch lauter. Moritz Kühn drängte die Diener zur Tür hinaus und schloß sie. Wie er sich umwandte, war noch betretenes Schweigen. Seine Schwester stand zitternd da, betupfte sich die Augen mit dem Taschentuch und zog es ratlos durch die Finger. Sie begriff nicht, was eigentlich vorgegangen war. Dann Werner Winterhalters Stimme wieder ganz gelassen: »So … also diese Kraftprobe ist mißglückt! … Damit beruhigt euch, bitte … alle miteinander!«

»Herrgott … schon fast vier!« Doktor Bätzle sah auf die Uhr. Er hatte plötzlich dringend auf der Bank zu tun. Die andern auch, jeder irgendwo. Sie nahmen beinahe zugleich alle Abschied. Hausherr und Hausfrau waren allein.

Sie ließen sich gegenseitig keine Zeit. Traten aufeinander zu. Rissen sich die Sätze vom Mund. Ein atemloses Hagelwetter von Worten: »Werner … das vergess' ich dir nicht …«

»Ich dir auch nicht …«

»Liebe Zeit … mir puppert noch's Herz! … Brüllt der einen plötzlich vor allen Leuten an, daß man meint … Du … so lass' ich nicht mit mir umspringe!«

»Du hast jetzt deine Lehre! … Ein zweites Mal versuchst du's nicht …«

»Ha … was denn? … Man wird doch noch bitten dürfen … Wenn man gerad im Gespräch auf deine dumme Erfindung kommt … da hab ich's halt den Herren versprochen, ich setz es bei dir durch …«

»Ja – deine Laune und mein Lebenswerk!«

»… und nachher steht man da wie ein Aff! Die werden schön gelacht haben, wie sie draußen waren …«

»Laß sie lachen! Ich lach zuletzt!«

»Die tragen's in der ganzen Stadt herum, wie ich hier behandelt werd! … Aber ich hab's dick! … Ich geh retour zu meinen Eltern …«

Jetzt war schon wieder etwas Wehleidiges in ihrem Tonfall. Die kleine Pfälzerin, trotz ihrer königlichen Erscheinung. Er schaute ihr immer noch rosiges Gesicht an und wunderte sich über dessen Leere. Es war darauf nur die Weinerlichkeit eines verärgerten Kindes. Das machte auch ihn ruhiger.

»Warum läßt du dich auch von den Kerlen aufhetzen?« sagte er. »Nun ist die Kraftprobe da!«

»Ich hab mir nichts Böses dabei gedenkt …«

Sonderbar, wie unbeirrt er sie jetzt vor sich sah. Nicht blind gegen ihre Schönheit. Aber frei. Ein Erwachen … aus irgend etwas … hinter einem. Diese Stunde schien ihm auf einmal eine schon lange fällige Notwendigkeit für ihn und sein weiteres Leben. Vielleicht ihr auch. Es lag in ihrer beider Blicken.

»Das weiß ich! Denn Denken ist nicht deine Sache!« sagte er. »Gelernt hast du auch nichts!«

»Danke!«

»Aber stark bist du! ...Gerade weil du sonst nichts im Kopf hast! Wer um dich ist, der muß dir parieren!«

»Davon weiß ich nichts!«

»Du weißt's nicht, weil du's bist! Blinde Herrschsucht. Das ist gar kein Vorwurf, sondern ein Zeichen von Gesundheit...«

»Also!...«

»Aber es gibt Dinge, die du beherrschen willst und nicht begreifst ...mich zum Beispiel...!«

»Was ist denn an dir so viel zu begreifen? Ach du lieber Gott!«

»Sonst würdest du zum Beispiel nicht die Geschmacklosigkeit begehen, mich gerade auf einen Schweikardt eifersüchtig machen zu wollen! Einen Mann wie mich!...«

»Das ist der Schlimmste noch lange nicht!«

»Eben! ...Dir gefällt er!«

Sie stampfte mit dem Fuß. Ihre blauen Augen flammten in Rachsucht.

»So? Wenn *ich* erst eifersüchtig sein wollt...«

»Du?«

»Da hätt ich viel zu tun! Aber ich bin halt vernünftig. Ich hab mir gedacht: Laß ihn laufen. Er kommt schon wieder! Oder bist du etwa nicht mit der Eva Römer die Straße lang gegangen am helllichten Mittag bis zu ihrem Haus?«

»Ein einziges Mal! Vor einem halben Jahr, als wir uns zufällig trafen.«

»Und bist du nicht sogar später bei ihr oben gewesen? .. Ha ...ich weiß doch alles! ...Wozu hat man denn seine guten Freundinnen? Ich hab ihrer Stücker drei, wo anonyme Briefe schreiben.«

»Am Begräbnistag ihrer Mutter hab ich ihr die Hand gegeben im Beisein ihrer Schwestern...«

»Also ...da haben wir's!«

»Ja, da haben wir's! Denn das ist alles!«

»Und was geht dich das unnütz Mädel an?«

»Die ist nützlicher als du! Das darfst du mir glauben.«

»So – wo ihr Vater sein ganzes Geld verloren hat! Was will denn die?«

Hochmut der Millionen in ihrer verächtlich ablehnenden Schulterbewegung. Sie wich vor seinem inneren Auge zurück ...immer weiter ...weiter ...Eine Kluft tat sich auf ...Nein ...War schon lange da. Nur überbrückt. Ihre Stimme klang ihm wie aus der Ferne.

»Was führ ich denn für ein Leben? ...Ich sehe dich ja bald nicht mehr ...Wenn mich die Verwandten fragen: ›Steffche – wo steckt denn nur dein Mann?‹ ...Da möcht ich schon am liebsten heulen! Da hat man's ja bald schon als Witwe besser! Da kommt wenigstens nicht auf einmal der Selige zu einem ins Zimmer rein, wenn man mal ein bißchen vergnügt ist, und schreit einem die Leut auseinander, so wie vorhin du.«

Sie war ganz wütend.

»Das, wenn ich vorher gewußt hätt, wie ich dich genommen hab, Werner! ...Liebe Zeit ... was hab ich durchgemacht! Es geschieht mir recht. Ein jedes hat mich gewarnt! Jeder hat mir gesagt: ›Hüt dich! Bei dem rappelt's!‹ ...Ich hab's doch probiert! Eine Zeitlang ging's ja auch...«

»Ja. Solange ich dein Spielzeug war...«

»Aber dann ist's immer ärger geworden...«

»Als ich mich und die Arbeit wiederfand!«

»Ich hab's schon mehr wie einmal bereut. Das kann ich dir sagen. Ich hätt an jedem Finger hundert haben können...«

»...und hast doch mich genommen...«

Stefanie Winterhalter fuhr auf, in einem Triumph nachträglicher Rache.

»...weil ich dich hab haben wollen! ...Du hast mir gerade gepaßt, damals ...Ich hab mir gedacht: Mit dem ist leicht auskommen! ...Der ist so ein Träumer!«

»Da hast du mich unterschätzt!«

»Damals weiß Gott nicht! ...Blind hast du angebissen! ...Ich hab mir kaum ein bißche Müh zu geben brauchen! ...Am ersten Tag schon fast hab ich dich gehabt ...Ich hab mich selbst erstaunt ...ich kenn euch doch ...Zwei, drei Männer hat's vielleicht gegeben, auf die ich keinen Eindruck gemacht hab, wo ich hab wollen! ...Aber bei dir ...Es war ja rein zum Lachen...«

»Aber geliebt hast du mich nicht?«

»Nein.«

»Nie?«

»Nein! Verzeih mir's Gott!...«

»Und dann wunderst du dich jetzt, daß ich dich nicht mehr liebe?«

Sie schwieg. Der Gedanke war ihr neu.

»Und doch ist dir vielleicht unrecht geschehen!« sagte Werner Winterhalter. »Denn du hast dich nicht verändert. Aber daß man sich selber verändert, dafür kann man auch nichts...«

»Vernünftig kann man sein!...«

»Deine Vernunft möchte ich nicht haben. Eure alle nicht. Nicht mal die von deinem Vater – denk mal!«

»Was soll denn nun werden?«

»Du hast mit mir gespielt. Und das Spiel ist zu Ende. Alles hat mal ein Ende.«

Er nickte ihr zu und ging ruhig aus dem Zimmer und draußen, den Hut vom Haken nehmend, hinab auf die Straße. Da lärmte das Leben. Es umfing ihn, inmitten der Sommernachmittagsglut, mit einem befreienden Hauch. Ringsum war die Alltäglichkeit, und doch schien ihm alles veredelt. Ein Stolz der Arbeit über Menschen und Dingen. Jeder schaffte sein Teil. Der Flößer auf dem Rhein, der Klempner auf dem Neubau, der Hausdiener auf dem Dreirad, der Briefträger mit der Mappe, der Maschinenheizer vor der Kesselglut, der Unteroffizier mit seiner Schießabteilung, der Trambahnführer auf den Schienen, die eiligen Geschäftsleute auf der Straße – wer da war, der wirkte in seinem Kreis. Und hundert und tausend und zehntausend Kreise flossen zusammen und bildeten den Inhalt des Lebens: ›Die Arbeit ist das Recht auf Sein.‹ Da gab es nichts Großes und nichts Kleines mehr. Es gab nur noch Menschen, die wußten, wozu sie auf der Welt waren und ihre Arme rührten. Vergebens suchte Werner Winterhalters Auge einen müßigen Mann. Er fand keinen unter den Tausenden, die wimmelnd den großen steinernen Ameisenhaufen am Rhein belebten. Er dachte sich: Und ich konnte zwei Jahre meines Daseins ungenutzt vergeuden! ...Und dachte sich weiter: Gott sei Dank ...ich bin wieder eins mit allem, was um mich kämpft und keucht und hofft im Fluten der Zeit. Ich hab mein Ziel vor Augen, um das ich ringe, nicht mehr himmelstürmend wie als Jüngling, sondern innerhalb der Reichweite des reifenden Mannes. Ich bin ein Mensch wie ihr. Ich bin genesen ...Er schaute nicht nach seinem Haus zurück. Sein Zorn war verflogen. Es war kein Haß mehr in ihm. Das lag alles schon dahinten .. versank .. mußte sich erfüllen. ...Er dachte sich: Auch diesen Weg mußt ich gehen ...Auch das mußt ich erleben ...durch meine Schuld und durch ihre ... ich kann nicht anders ...An dem Tag, an dem ich nicht mehr kämpfe und irre, an dem bin ich nicht mehr. Und der Kampf des zwanzigsten Jahrhunderts ist die Arbeit. Mit Hirn und Hand.

Es dämmerte schon. Stundenlang war er durch das Menschengewühl der Straßen geschritten wie durch ein brausendes Meer. Nun blieb er stehen. Er war in einer fremden Gegend, schon an der Grenze der Vorstädte. Eintönige Mietkasernen links und rechts. Er hatte Mühe, sich zurechtzufinden. Und doch: dies schmale Eckhaus mit dem Zigarrenladen unten kam ihm bekannt vor. Da wohnte Eva Römer. Drei Treppen hoch. Auf der rechten Seite. Er unterschied deutlich die drei Fenster Front ihrer beiden Stuben. Und gerade, als er hinaufblickte, erhellten sich plötzlich, wie ein Stern in der Nacht, zwei der Scheiben. Die Vorhänge waren zugezogen. Man sah nichts dahinter. Aber er wußte: Nun saß sie auch dort oben, den langen stillen Abend, den blonden Kopf über ihre Arbeit gebeugt, Arbeit für andere...für die Armen und Ärmsten. Er sagte sich: Du könntest längst eine müßige Millionärin sein und meine Frau und bist da oben du selbst und erfüllst selbstlos eine freigewählte Pflicht an deinen Nächsten, deinen Nebenmenschen, wo sie am geringsten sind. Da, in dir, schlägt das Herz unserer Zeit. Und in ihm war ein Trost der Gemeinsamkeit, während er langsam weiterging: Auch auf dir ruht der Segen der Arbeit. Auch du kennst und übst die Kraft im Kleinsten.

In dem Schuppen draußen in der Fabrik kauerten er und Robert Kienast beim Schein des elektrischen Lichts noch lange vor dem Motor, lösten alle Schrauben, untersuchten seine Nieten und Bolzen und Federn und Kugellager, ob ihm die heutige Gewaltfahrt nicht geschadet, und nickten befriedigt: Ohne Risse und Sprünge, kampfbereit, stand der stählerne Renner da. Dann bauten sie vorsichtig noch einmal den Vergaser aus, prüften mit der Lupe Düse und Düsennadel, Konus und Schwimmer ... mitten darin sprang der junge Schlosser plötzlich mit einem Tigersatz nach der Tür: »Sie horche wieder drauße ... sie horche...«

»Mach nur auf!«

Robert Kienast riß die Flügeltüren auseinander. In der jähen Lichtflut standen im Dunkeln, von der Helle fast geblendet, ein paar Herren, im Schatten hinter ihnen noch einige Werkmeister oder Monteure. Werner Winterhalter lachte ihnen in die verdutzten Gesichter. »Guten Abend! Ich kann Sie leider nicht auffordern, einzutreten. Wir sind hier gern unter uns...«

»O bitte! Wir gingen nur gerade zufällig vorbei, und da...«

Werner Winterhalter hob die Metallkapsel in der geschlossenen Hand hoch, so daß sie niemand draußen erkennen konnte. Ihm war, als schwänge er ein Schwert. Er hatte das Bewußtsein: Das sind die Waffen unserer Zeit. Seine Augen blitzten kampflustig, nach all den Stürmen dieses Tages.

»Auf die Mensur, meine Herren!« sagte er. »Von heut ab ist der Krieg erklärt. Wir zwei hier fechten gegen euch alle!«

13

»Die alte Maschin taugt nix mehr!« sagte Leopold Winterhalter mit schwacher Krankenstimme ...»Wenn ich so denk, Amalche, wie ich ein junger Mann war und um dich angehalten hab, da haben dein Vater und ich uns hingesetzt und den lieben langen Abend miteinander Überrheiner getrunken, bis wir uns vor leeren Flaschen auf dem Tisch nicht mehr haben sehen können. Damals war ich ein anderer Kerl. Aber jetzt ...ach, du liebe Zeit...«

Seine Frau schwieg. Sie saß, die Hände im Schoß gefaltet, neben dem Bett des Fabrikanten. Es ging ihr manches durch den Kopf. Ja – jetzt bist du brav, Alterle! ...Aber früher ...Wein. Weib und Gesang ...Der Gesang noch am wenigsten. Wenn man erst mit der ganzen Litanei anfangen wollte ...Jetzt lag's ja hinter einem. Kreuz und Trübsal ...Auf dem Nachttisch mahnten Medizingläser und Löffel: ›Das Leben ist Staub!‹ Der Leidende richtete sich grimmig in den Kissen auf und nahm einen Schluck Mineralwasser.

»Pfui Kuckuck! ...Das soll der Sanitätsrat selber saufen! Er ist ein Esel, Mutter! ...Widersprich mir doch nicht alleweil! ...Apfelkompott ...Zwiebäckche. ...Davon wird doch keiner fett! ...Ich brauch Kräfte ...! ...Herrgottdunnerschlag...«

Eine Sekunde kochte in ihm wieder das hitzige Pfälzer Blut. Dann sank er ermattet zurück. Lag still. Einer, der keinen Herbst des Lebens erfahren hatte und seine milde, früchteschwere Reife. Auf einen überlangen heißen Sommer war bei ihm über Nacht der Winter gekommen. Leopold Winterhalter war ausgeglüht. Nur noch ein paar Funken in der Asche. Zwei heißglimmende, schwarze Augen über dem weißen Bart. In ihnen spiegelte sich das Wandern der Gedanken.

»Jetzt ist's mit dem Auto kein Kunststück mehr, Amalche! ...Aber wie ich vor fünfzehn, zwanzig Jahren noch die Chaussee lang gefahren bin, mit bloßem Kopf im Regen, damals schon sechzig Kilometer die Stunde...«

»Du sollst dich doch nicht aufregen, Leopold!«

»Ach, sei du still!...« Er trommelte ungeduldig mit den Fingern auf der Bettdecke. Er sah im Geiste seine Maschinen vor sich. Sprach im Fiebernebel mit ihnen. Schimpfte auf sie. Zischte vor Zorn.

»Warum wollt ihr denn nicht mehr bergsteigen, ihr Racker, he? ...Sell ist das Neuste! ...Schämt ihr euch nit? ...Jedes dreckige Schnauferl laßt ihr vorbei! ...*Meine* Wagen, Amalche, *meine* Wagen...«

»Diesmal doch nicht, Leopold! ...Diesmal geht's doch besser! ...Unberufen!«

»Les' mir noch mal die letzte Depesche vor!«

»Du tätst jetzt besser schlafen, Mann!«

»Vorlesen, sag ich!«

Leopold Winterhalter hatte sich auf den Ellbogen aufgestützt. Er besaß auf einmal wieder seine alte Pfälzer Donnerstimme. Die Augen glühten. Seine Frau schrak zusammen, gehorchte ängstlich und instinktiv, in der Gewohnheit eines Menschenalters: »Mitteleuropäische Tourenfahrt. Zweiter Tag abends. Marke Winterhalter immer noch mit in Front. Alle drei Wagen nahmen ohne Stop den Jaufen...«

»Mutter ...den Jaufen!«

»...überholten von Meran ab sieben Wagen, liefen als geschlossenes Tram in Innsbruck ein!«

Der Kranke tat einen tiefen Atemzug der Erleichterung.

»Uff! Das hör ich gern! ...Jetzt können sie auf einmal wieder klettern, die Schoten! ...Wie die Affen klettern sie, Amalche!«

»Das verdankst du Werner!«

Die Tür öffnete sich leise. Der Privatsekretär kam auf den Fußspitzen herein.

»Gute Nachrichten, Herr Kommerzienrat...vom heutigen dritten Tag! ...Wir haben über München telephonischen Anschluß mit der Fahrleitung gekriegt! Also es stimmt: Bisher hat wirklich nur einer von unseren Wagen Strafpunkte!«

»Mein Sohn natürlich?«

»Nein!«

»Also der Robert Kienast?«

»Auch nicht. Gerade der Dritte im Bund!«

»Der Rennfahrer, den ich mir für'n Heidengeld aus Berlin verschrieben hab?...«

»Ja. Der hat das Pech!«

»...daß dich die Krott petz!«

»Aber dafür reißen uns ja die beiden andern glänzend heraus!«

»Ist jemand unten im Bureau?«

»Alle Direktoren und die meisten Herren vom Aufsichtsrat sind schon da. Wir erwarten stündlich die Entscheidung.«

Leopold Winterhalter hatte, als ihn plötzlich das schwere Leiden überfallen, es in dem Schweigen seiner großen, einsamen Villa draußen im Millionärsviertel nicht ausgehalten. Mit so 'nem eigensinnigen Doktor wurde ein Mann wie er noch fertig! Er hatte es durchgesetzt, daß man ihn hier, im Verwaltungsgebäude seiner Fabrik, bettete, wo auch vom Krankenlager aus sein Blick auf seinen geliebten Schloten ruhte, seine Maschinen ihn in den Schlummer sangen, sein Wille immer noch über Menschen, Stahl und Flammen schwebte. Er reckte sich wieder ungestüm empor. Nun konnte er von seinem Zimmer aus quer über den Hof in die abendhellen Konferenzsäle zur ebenen Erde schauen. In denen standen, von Tabakrauch umsponnen, viele Herren in erregtem Gespräch. Einer von ihnen lehnte am Telephon, horchte, hing das Hörrohr an den Haken, rief den andern etwas zu, rannte aus dem Zimmer, kam die Treppe herauf, klopfte, fast schon im Eintreten. Es war der Justitiar, Moritz Kühn.

»Hurra! ...Wir sind glatt über den Zirler Berg!«

»Schreien Sie nicht so, Moritz! ...Mein Mann soll doch Ruhe haben! ...Abends wird das Fieber doch immer stärker! ...Leopold ...du hast ja schon wieder ganz rote Backen...«

Frau Winterhalter flüsterte es und schob den andern hinaus, mit einem besorgten Blick auf den Kranken. Der achtete nicht darauf. Sein Kopf war benommen. Nach kurzem fing er an zu phantasieren, verfolgte rastlos im Hirn die wohlbekannte Rennstrecke ...fuhr mit ...auf saufenden Rädern ...in Sturm und Staub...

»...Am Karwendelgebirge vorbei ...Ja nicht nach links ...da geht's nach Garmisch ...grad aus ...die langen, langen Wälder ...Obacht, ihr Leut! ...Obacht auf der Kesselbergstraß ...als tapfer um die Kurven ...da unten der See ...So! ...Jetzt los...«

Er war in seinen Fieberphantasien mitten im Fürstenrieder Park ...die weite, breite, schnurgerade Rennstrecke ...die Schnelligkeitsprüfung ...das Heranfliegen der Wagen ...Obacht auf die Wildsauen! ...Wenn einem so e Butz unter die Räder kommt ...Ach so! ...Es ist ja helllichter Tag! ...Laßt ihn laufe ...den Kasten ...laßt ihn laufe ...Gas! ...Gas! ...So ...nun ging es wieder langsamer ...da hinten tauchen Häusermassen auf ...die Frauentürme von München grüßen ... Sieg ...Mitternacht vorbei ...Es ist erreicht ...Es kommt der Schlaf ...die Ruhe...

Und am andern Morgen die entscheidende Depesche aus München auf der Bettdecke: »Gut durchgehalten bis zuletzt! Haben sichere Anwartschaft auf dritten, vielleicht sogar halbierten zweiten Preis. Stehen jedenfalls von jetzt ab wieder in Front der führenden Firmen!«

Ein halbes Dutzend der Betriebsleiter stand vor Leopold Winterhalters Bett. Die Aufregung spielte noch auf allen Gesichtern. Der kleine, dicke Doktor Bätzle sagte: »Herrschaften ...hat keiner was plumpsen hören? Das ist der Stein, der uns auf der Bank heut früh vom Herzen gefallen ist! Unter uns: Es war uns schon ein bißchen Angst mit der Geschäftsverbindung mit euch! ...Ein Auto ist doch nun mal keine Postkutsche!«

»Nun reißt uns die neue Geschichte mit dem Vergaser heraus!«

»Wann kommen denn die drei zurück?«

»Keinen Schimmer!«

»Erst müssen sie doch in München Feste feiern!«

»Nee!« versetzte Moritz Kühn. »Ich hab eben mit meinem Schwager telephoniert!«

»Na – was sagt denn Werner Winterhalter?«

»Bankette seien Kinkerlitzchen und Alkohol Gift und die Zeit Geld. Sowie die Nachprüfungen heute vorbei sind, setzt er sich auf und fährt mit seinen Leuten die vierhundert Kilometer von München in einem Stück durch!«

»Dann könnten sie ja morgen vormittag hier sein!«

»...werden sie auch...«

Leopold Winterhalter sprach nichts weiter. Aber als tags darauf die helle Sommervormittagssonne goldene Kringel auf den Fußboden des Krankenzimmers malte, sah er plötzlich auf die Uhr.

»Jetzt ist's zehn! Vor zwei Stunden sind sie schon durch Pforzheim durch. Jetzt pressiert's! ... Schorsch ...geben Sie mir mei Strümpf!«

Der Bureaudiener widersprach erschrocken: »Aber Herr Kommerzienrat!«

»Mei Unterzeug her ...die Stiefel...«

»Der Herr Doktor hat doch so streng verboten...«

»Der Doktor soll sich heimgeige lasse ...die Hose bei ...Schorsch ...ich sag's im guten...«

»Wenn die Frau Kommerzienrat das hört...«

»Die Hose bei!« donnerte Leopold Winterhalter. Er stand schon aufrecht vor dem Bett, immer noch breitschulterig, wie für die Ewigkeit gebaut, trotz der gebeugten Haltung, des eingefallenen Gesichts ...Er holte mühsam Atem. »So ...helfe Sie mir mal rein ...Rock...Weste ... Schlips ...oder 's gibt ein Unglück...«

»Das gibt's auch, Herr Kommerzienrat!«

»Maul gehalte! ...Ich bin hier Herr im Haus! ...Ich reiß euch allen die Ohren ab, wenn ihr mir nicht pariert! ...Ich will dabei sein, wenn ...Geben Sie mir den Arm, Schorsch! ...Sodele ... Man kriegt ganz scheppe Bein von dem langen Liegen. ...Als vorwärts ...die Treppen runter ... Herrgott ...da unten schreien sie ja schon...«

»Ja. Die Wagen laufen ein!«

»Hurtig, Schorsch ...hurtig ...halten Sie mich nur fest!«

»'s ist noch Zeit! ...Sie lege jetzt erst am Tor Kränze um die Wagen!«

»Sie sollen nix ohne mich machen! ...Ich bin der Mann an der Spritz! Ich hab das alles hier geschafft ...Dreck war hier und kaputte Küchentöpf und tote Katzen, bis ich gekommen bin und gebaut hab! Und jetzt ...da gucken Sie mal hin, Schorsch!«

Lange Wimpel warfen von den Fenstern des Verwaltungsgebäudes ihre flatternden Sonnenschatten über die Kiesfläche des Hofes. Auf dem reihten sich längs der Mauern langhin die Meister und Fahrer und Schlosser der Versuchsabteilung, auf der Schmalseite die Ingenieure der Konstruktionsbureaus, die kaufmännischen Leiter, vorn die Bankvertreter, die Mitglieder des Direktoriums, ein Gewimmel von hundert Menschen. Ihnen gegenüber, in einer Reihe nebeneinander, die drei siegreichen Rennwagen. Sie sahen aus wie wandernde Handwerksburschen, grau, bestaubt von der Landstraße, verschrammt und zerschlissen. Sie glühten noch. Die Blumenpracht der um ihre Hauben gewundenen Kränze war im Nu auf dem heißen Blech verdorrt. Tausende von toten Insekten klebten vorn in den Maschen der Kühler. Die sechs Männer auf den Führersitzen waren so von Schmutz überkrustet, daß sich das Leder ihrer Rennhauben kaum von der Gesichtsfarbe unterschied. Leopold Winterhalter hatte Mühe, seinen Sohn unter dem halben Dutzend Sturmgesellen zu erkennen. Er ging auf ihn zu und gab ihm stumm die Hand. Hinter ihm war eine Bewegung. Ein Flüstern der Überraschung. Fast ein Schrecken.

»Der Alte!«

»Kommt der noch einmal runter!«

»Der wird wieder, ihr Leut!«

Und vorn die beiden, Vater und Sohn.

»Wie geht's dir, Papa?«

»Ach, laß heut bloß meine alte Knochen aus den. Spiel! Die Hauptsache ist: Wir haben die Konkurrenz verdroschen!«

»Wenigstens kriegen wir den halben zweiten Preis!«

»Wir sind wieder im Rennen, Werner! Seit gestern abend ist's, als schneit's! So kommen die Depeschen knüppeldick von unsern Vertretern. Es sind schon gut Stücker fünfzig Wagen fest bestellt ...Wo willst du denn hin?«

»Nach Hause!«

»Jetzt gleich? ...Und unsere Feier?...«

»Ich hab noch nie gehört, Papa, daß man den Friedensschluß vor dem Krieg feiert!...«

»Wir haben doch gesiegt!«

»Ich hab gesiegt! ...Meine Erfindung! ...Baut nur eure fünfzig Wagen! ...Ohne mich stehen sie doch wieder wie die Ochsen am Berg. Mein Schräubchen in der Düse wiegt mehr als eure ganze Fabrik...!«

Werner Winterhalter stand allein, die Augenbrille über die Kappe geschoben, in ölbeflecktem, berußtem und verstaubtem Mantel vor dem vielköpfigen Generalstab der väterlichen Werke. Niemand drüben sprach ein Wort.

»Siehst du die Gesichter deiner Leute, Papa? ...Traust du wirklich dem Landfrieden? ...Na ... ich will euch vorläufig nicht stören ...Feiert nur eure Feste!«

Er drückte dem Vater die Hand und ging davon, mit langen, vom Fahren unsicheren Schritten, wie ein Seemann auf dem Land, den Kopf im Nacken, die Hände in den Manteltaschen. Der Ältere schaute ihm düster nach. Er mußte einen plötzlichen Anfall von Schwäche überwinden ... ein Schwindelgefühl ...Er nahm sich zusammen ...Er allein war berufen, den Sieg zu krönen ... Er schob den Festredner beiseite, ergriff selbst durch die plötzliche Stille das Wort. Seine Stimme war noch so stark wie in seinen guten Tagen, wuchs im Reden, füllte den weiten Raum.

»Meine Herren! Ich komme zum Schluß: Wir gehen einem abermaligen, gewaltigen Aufschwung unseres Betriebes entgegen. Ich bitte Sie alle auch weiter um Ihre Mitarbeit. Ich lese auf Ihren Zügen das Gelübde: Sie sind bereit! Lassen Sie uns dies Gelübde heute erneuern...«

Und in dem hundertstimmigen Hoch auf die Winterhalterschen Werke in ihm ein Grauen, das das Herz zusammenzog ...die Angst vor dem Sturz ...vor der Entthronung ...das Hurra verklang ...Es war das drittemal schon unsicher ...verlor sich in ein Gemurmel ...Auf allen Gesichtern da vorn, unter den Eingeweihten, war derselbe Schein der Sorge, von verhohlener Unruhe. Es bildeten sich erregte raunende Gruppen.

»Ist denn die Geschichte überhaupt patentfähig?«

»Mensch ...kommen Sie vom Monde? ...Er hat doch schon seit voriger Woche das Reichspatent *in optima forma*!«

»Na – dann kann er ja Schindluder mit uns treiben!«

»Pscht! Nicht so laut!...Na, Herr Kommerzienrat ...nun legen Sie sich aber hübsch wieder in die Klappe!«

Leopold Winterhalter drückte die Hände der Umstehenden und wehrte eigensinnig ab.

»Wenn ich schon mal glücklich hier unten bin, dann will ich auch nach dem Rechten sehen ... Lassen Sie's gut sein, Schorsch!.....Ich helf mir jetzt schon selber!«

Er humpelte davon, ohne daß ihm jemand zu folgen wagte, klinkte die Türen auf, stieg in die Glut der Maschinensäle. Überall fuhr man zusammen, wo sich wieder das wohlbekannte, strenge Augenpaar unter den graubuschigen Brauen zeigte. Noch einmal umfing ihn diese Welt des Wirkens und Werdens. Noch einmal fühlte er sich als der Herr, hatte die Blicke überall, entdeckte in der Lackiererei Blasen auf einem noch feuchten Wagenschlag, den Abdruck von unvorsichtigen Fingern, und donnerte jählings los: »Wer hat denn das wieder geschafft, ihr Dreckspatze? ...Ich will euch lehren!« Aber eigentlich war es ihm gleich. Er war zu erschöpft. Er trat ins Freie. In einen einsamen Winkel hinaus. Den kannte er. Er sagte sich: Da hat damals der Lausbub, das Wernerche, in der Laubenkolonie gehockt, wie er sich vor mir versteckt hat...

Damals ...der Bub war groß geworden ...anders, als man dachte ...Stärker. Und in Leopold Winterhalter eine unbestimmte Ahnung: In dir wohnt etwas, Werner, was ich nicht kenne und nicht versteh, und das ist das Stärkere und hebt dich über mich...

Er schüttelte den Kopf. Er blickte in die Höhe. In den Lüften war ein Sausen und Brausen. Ein Ton, wie er ihn nie in seinem Leben gehört. Es kam rasch näher. Verworrener Jubel von

Menschenstimmen klang darin. Fern läuteten die Glocken. Etwas Unwahrscheinliches, Riesenhaftes erschien plötzlich weiß am Himmel, hart über der Fabrik. In stürmender Fahrt flog der Zeppelin zum erstenmal, pfeilgerade wie ein Zugvogel, über die Stadt gen Norden. Die Propeller rauschten. Es summte und dröhnte. Dort oben in der bezwungenen Luft stampfte derselbe Motor, wie man ihn hier unten baute. Leopold Winterhalter nahm den Hut ab und schaute dem rasch entfliehenden weißen Wunder nach. Er setzte sich hin. Die Erscheinung in der Höhe hatte ihm Trost gegeben. Eine Erkenntnis über die Nützlichkeit seines Lebens hinaus: Wenn ich auch jetzt verbraucht bin – auch ich hab das Meinige getan. Auch ich war nicht umsonst auf deutscher Erde und geh in ihr zur Ruh! Auch ich hab, für mein Teil, mitgekämpft und mitgearbeitet in unserer großen Zeit. Mögen nun andere kommen und es besser machen ... Mein Sohn ...

Er schloß die Augen. Er schlief. Der Donner seiner Maschinen um ihn sang ihn zur Ruhe. Einmal noch machte er eine Bewegung . .. »Wernerche ... bist du da ...?«

Die Sonne flimmerte ... Stille. – Auch draußen in dem grünen Park- und Villengürtel der Wohlhabenden war jetzt, in der Mittagsglut, kaum ein Mensch auf der Straße. Werner Winterhalter ging langsam dahin. Er fühlte, nach dem tagelangen, sausenden Luftzug der Fahrt, zum erstenmal das Brennen der Hundstagshitze auf Stirn und Wangen. Eine träge, einlullende Schwüle ... Nein ... er richtete sich auf ... jetzt nicht ... Mit festem Schritt trat er in sein Haus, befreite sich vom Landstraßenstaub und fragte dann nach seiner Frau.

Sie kam eben aus der Stadt zurück, wo sie Besorgungen gemacht, und trat in die Eingangshalle, schlank, lang, ganz in Weiß, einen mächtigen, rosenumkränzten Strohhut schräg auf dem schönen, blonden Kopf. Draußen hielt die Equipage. Ihr Neuestes waren jetzt Pferde. Sie kutschierte eigenhändig ein Schimmelgespann, saß morgens vor Tag und Tau im Sattel, lief spät abends noch in den Stall und maß die Temperatur des Trinkwassers im Kübel. Alles, was Motor hieß, strafte sie neuerdings mit stiller Verachtung, in bewußtem und gewolltem Gegensatz zu ihrem Mann, tat auch jetzt, als ahnte sie gar nichts von dem Rennen und seinem Ausgang, und flitzte mit einem flüchtigen Kopfnicken an ihm vorbei.

»Stefanie ... bleib mal ...«

»Du siehst doch: ich hab alle Hände voll mit den Kommissionen ...«

»Leg deine sieben Zwetschgen nur irgendwohin und komm da herein!«

Sie sah ihn erstaunt an und gehorchte. Gleich darauf mußte sie lachen.

»Du ... das ist ja ganz neu, daß du hier den Hauspascha spielst.«

»Sei ernst und höre mir zu!«

Sie unterdrückte ein Gähnen, setzte sich, strich die Falten ihres weißen Kleides glatt und ließ die Augen gelangweilt hin und her schweifen. Er stand vor ihr, in einem entschlossenen, aber gütigen Ernst und sagte unvermittelt: »Es muß anders zwischen uns werden, Stefanie!«

»So?«

»Ja. Es muß.«

»Ausgerechnet gerade jetzt vor dem Frühstück? .. Du ... ich hab Hunger!«

»Heute ist für mich der entscheidende Tag. Der Erfolg hat mir recht gegeben!«

»Ach, laß mich aus mit deinen Autos! Wenn ich bloß keinen Benzin mehr zu riechen brauch, dann bin ich schon froh!«

»... und mit dem Erfolg fängt für mich ein neues Leben an.«

»Meinetwegen! ...«

»Ein Leben mit dem äußeren Inhalt, so wie er mir bisher gefehlt hat!«

»Schön! ... Mach du, was du willst. Ich tu auch, was ich mag!«

»Aber das Innere. Da handelt es sich um uns beide! Stefanie: Wir müssen uns ins Gesicht sehen und uns einmal die Wahrheit sagen ...«

»Ach ...«

»Zweierlei hat uns zusammengeführt. Rausch bei mir und bei dir Berechnung. Mein Rausch ist verflogen. Das gesteh ich ehrlich. Wie weit dich deine Berechnung enttäuscht hat, weiß ich nicht ...«

»...reingefallen bin ich!«

Sie stand wütend mit blaufunkelnden Augen auf und durchmaß mit ihren langen, sportgewohnten Schritten das Zimmer.

»Wir sind aber doch nun einmal Mann und Frau, Stefanie!«

»Ja, leider....«

»Komm...setz dich neben mich...ganz dicht....Gib mir deine Hand...ich nehm sie zwischen die meinen...Nun hör still zu...Nein...seufze nicht...sei nicht schon wieder ungeduldig...«

»Liebe Zeit...da sitz ich ja wie ein Opferlamm.«

»Du kannst ja nichts dafür, daß du bist, wie du bist!...Nie, von Kindesbeinen auf, hat dich ein Mensch den Ernst des Lebens gelehrt....Deine Eltern haben dich verzogen, die Natur hat's gut mit deinem Äußeren gemeint...Nie wurde dir eine Pflicht auferlegt. Nie hast du eine Verantwortung getragen. Du hast mit allem immer nur gespielt. Mit deinen Puppen, mit deinen Tennisbällen, mit mir. Aber du hast nicht gemerkt, daß du selber nur ein Spielzeug bist. Auch heute noch!«

»Jesus...was redet der Mann heut wieder zusammen!«

»Und schau: Ich bin in einer ähnlichen Lage. Auch ein Sonntagskind – wie du. Aber rings um uns und auf der ganzen Welt sind Tausende und Millionen – denen geht es nicht so gut. Die müssen schwer arbeiten, ihr Leben lang, damit sie ihr täglich Brot haben und wir den Ueberfluß. Ich glaub, du hörst schon wieder nicht zu...«

»Doch...doch...«

»Und seitdem ich überhaupt selber denken gelernt hab, hat mich der Gedanke an diese meisten Menschen auf der Erde nie verlassen.«

»Ja...ich kann nix dafür....Ich hab die Welt nit erfunden.«

»Dir macht niemand einen Vorwurf. Aber ein Vorwurf ist in jedem und muß in jedem sein, dem das Schicksal so viel vor anderen gegeben hat wie mir. Er muß sich sagen: Das hab ich nicht umsonst. Davon muß ich mich loskaufen. Dafür bin ich den andern etwas schuldig. Sieh: ich sprech recht langsam, recht deutlich, recht ruhig, damit du mich auch verstehst...«

»Gott...so dumm bin ich doch auch nicht!«

»Also begreifst du's, was ich sage: Glück heißt Pflicht!...«

»Ja doch...ja...«

»Pflicht aber erfordert einen Wirkungskreis. Den hab ich jetzt gefunden. Ich will meine Erfindung nicht ausnutzen, um noch reicher zu werden, als ich schon bin, sondern um meinem Gewissen zu genügen...da draußen...in der Fabrik...«

»Gott...die gräßliche Fabrik...«

»Willst du mir dabei helfen, Stefanie, anderen zu helfen? Wir sind uns fremd geworden. Wir waren uns eigentlich immer fremd. Vielleicht führt uns ein gemeinsames Ziel doch zusammen. Was hast du denn? Warum schaust du denn nach dem Hof?«

»Ach...der Schorsch ist doch wirklich ein rechter Simpel! Er soll doch die Pferde erst mit'm Strohwisch abreiben und nicht gleich die heiße Decke drauflegen...«

»Laß doch jetzt die dummen Gäule! All den geschäftigen Müßiggang. Sag dir: der hat seine Zeit gehabt. Jetzt will ich ein ernster Mensch werden...«

»So? Und wenn der ›Odin‹ nachher hustet...«

»Herrgott...dann hustet er!...Es ist viel schlimmer, daß hunderttausend Menschen da draußen husten, und ohne elektrisches Licht und Warmwasserheizung und Nachtwachen wie deine Vierfüßler im Stall! Du bist stehengeblieben, Stefanie, an der Stelle, wo dir das Leben am leichtesten vorkam. Aber man muß nicht stehenbleiben. Man muß vorwärts...auf die Gefahr hin, daß man zehnmal fehlgeht! Soll ich immer allein gehn? Willst du nicht versuchen, mit mir zu gehn...auch ein nützlicher Mensch zu werden...«

»Ach...wozu denn?«

»Zum Donnerwetter: weil wir's sollen!«

»Wer heißt's einen denn?«

»Selber muß man sich's befehlen!«

Sie schüttelte phlegmatisch den Kopf.

»Ach! Das ist doch nix für mich!«

»Stefanie...das ist zwischen uns die entscheidende Stunde....«

»Wenn man denkt, man könnt so gut seine Ruh haben ...so gut wie jeder andere...«

»Du hast mich zum Mann haben wollen!«

»Ja. Und meine Eltern haben gleich gesagt: Paß nur Obacht, wenn er seine Mucken kriegt...«

»Stefanie! Du bist doch nicht böse ...Du bist auch nicht hart! ...Ich sprech doch nicht mit deinen Eltern. Ich sprech zu dir!«

»Aber ich weiß schon, was ich tu: Ich frag meinen Pappa!«

Sie saß und trommelte befriedigt mit der lose geballten Faust auf dem Tisch, krause Eigensinnswölkchen auf der Stirn. Ihre rosigen, frischen Züge glätteten sich. Er sah stumm auf das große Kind. Die Sèvresuhr auf dem Kamin tickte durch die Stille.

»Also frage deinen Papa!« sagte er endlich. »Was er dir antworten wird, weiß ich.«

»Siehst du wohl!«

»Aber, was eben geschah, das weißt du nicht.«

In der Eingangshalle neben dem Zimmer war ein Laufen von Schritten. Halblaute Rufe. Sturmgeklingel durch die offenstehende Tür einer Telephonzelle. Werner Winterhalter horchte auf und trat hinaus. Ein Diener rannte ihm entgegen.

»Herr Doktor! Herr Doktor! Der Herr Kommerzienrat hat einen Schwächeanfall gehabt. Sie haben ihn bewußtlos im Hof gefunden. Herr Doktor möchten doch gleich hin.«

Noch hingen außen an der Front der Winterhalterschen Werke die farbigen Siegesfahnen, und ging innen die Arbeit, in Fauchen und Funkensprühen der Essen, in Hammerschlag und Maschinengestampf, ihren rastlosen Gang. Kaum einer von den Tausenden von rußgeschwärzten Blusenmännern wußte, was vorhin geschehen. Man hatte Leopold Winterhalter eilig hinauf in seine Räume getragen, so wie man den verwundeten Feldherrn hinter die Front schafft. Zu was die Truppen entmutigen? Zu was die Kurse schwächen? ...Die waren ohnehin heute, trotz des Sieges, an der Frankfurter Börse kaum um ein paar Prozent gestiegen. Es gab zu viel Kundige ...seit Monaten ein geheimes Stichwort längs des Rheins: ›Vorsicht! Die Firma hat nicht das Patent...‹

»Herr Sanitätsrat – wie steht's?«

»Nicht so arg, Herr Winterhalter! ...Nicht so arg! Der Herr Papa hat 'ne Natur – da kann sich ein Bär verstecken...«

»Aber er ist nicht bei sich...?«

»Ja. Ein tüchtiger Stupser vom lieben Herrgott ist's schon! Ich hab's ihm die ganze Zeit gepredigt: »Leopold ...mach Schicht!« Aber, wer nicht hat hören wollen, das war der Herr Kommerzienrat! Jetzt wird er schon klein beigeben müssen! Er kann die Leitung der Fabrik nicht mehr behalten!«

»Glauben Sie wirklich?«

»'s ist ausgeschlossen, Herr Winterhalter...'s ist ausgeschlossen! ...Man braucht den Mann ja bloß anzusehen!«

Der Tag sank. Die ersten Schatten der Dämmerung fielen in das Zimmer, als Leopold Winterhalter die Augen aufschlug und den alten Sanitätsrat erkannte. Er nickte mit einem schweren Atemzug dem Logenbruder zu.

»Hermännle ...das war e Reißer!«

»Das will ich meine, Leopold!«

»Du – wie lang mach ich's denn noch?«

»...noch 'ne ganze Weil, wenn du ausspannst!«

»Das kann ich doch nicht!«

»Tu nicht so arg dick, Leopold! Wenn's in Deutschland ohne den Bismarck gegangen ist, wird's hier auch ohne dich gehen! Wozu hast du denn einen Sohn!«

Der Kranke schwieg. Es kämpfte in ihm. Dann trat der Sanitätsrat zu Werner Winterhalter, der im Nebenzimmer wartete.

»Ich möcht lieber 'ne Herd Flöhe hüten als dem Herrn Papa was beibringen, was er nicht hören mag! Aber jetzt glaubt er mir endlich! Gehn Sie nur zu ihm hinein!«

Das Zimmer dunkelte. Kaum sah man noch das graue Haupt auf den weißen Kissen. Draußen war, nach Feierabend, der Lärm der Arbeit verstummt.

»Komm besser her, Werner! Ich kann nicht so schrein wie früher. So. Jetzt gib mir deine Hand. Jetzt wollen wir uns vertragen. Es ist ein bißchen arg spät. Aber besser wie gar nicht. Das alte Kamel, der Sanitätsrat, bringt mich doch bald unter die Erd.«

»Du mußt dich nur schonen!«

»Ich hab mich nie geschont und dich nicht und keinen ... dich am wenigsten!... Du ... ich muß dir mal was sagen. ...«

»Ja...?«

»Tu den Kopf herunter ... noch mehr ... ich sag's dir ins Ohr: Du ... Werner ... ich war schuld ... nicht du ... so ... jetzt ist's raus... Guck emol ... jetzt gibt mir der Bub die Hand! ... Gib mir 'nen Kuß, Werner ... zum erstenmal seit Anno Tobak ... Du ... und verzeih mir ... Gelt?...«

Es klopfte an die Tür. Eine Stimme von außen.

»Die Herren sind unten im Konferenzsaal und lassen fragen, wie's geht!«

»Geh nur runter, Werner!«

»Gute Nacht, Papa!«

»Halt! Nicht so hitzig! Und sag ihnen: Mich könnten sie jetzt auch im Fabrikmuseum aufstellen, so wie unsere ersten Maschinen, mit denen wir vor zwanzig Jahren die Chaussee unsicher gemacht haben. ...Ich wär nicht mehr zu brauchen ... verstehst du...«

»Laß dir doch Zeit! Überleg es dir!«

»Nix wird getrödelt! ...Sag ihnen, ich legte alle meine Ämter und Würden nieder. Ich zöge mich ins Privatleben zurück und tät nix mehr, als im Rheingau die Spatzen füttern. ...Sie sollen mir gleich was Schriftliches raufschicken, damit ich's unterschreib! ...Mach du von jetzt ab deine Sach hier allein! Ich kümmere mich um nix mehr! ...Ich geb dir Vollmacht für meine Aktien. Du bist ja doch bald mein Erbe ... Jetzt zeig, was du kannst ... Gut Nacht...«

Werner Winterhalter drückte der Mutter draußen die Hand, stieg die Treppe hinab und trat durch die geöffnete Tür in jähe Lichterhelle, Tabakwolken, Gesichter ... ein Schweigen nach seiner kurzen Nachricht: ›Mein Vater hat die Regierung niedergelegt.‹

Es kam nicht unerwartet. Leopold Winterhalter war seit Jahr und Tag ein siecher Mann. Und doch ... Stumme Blicke von einem zum andern ... Eine Schwüle...

»Donnerwetter ... gerade heute...«

»Im entscheidenden Moment...«

»Ja ... und nun...?«

Was an Augenpaaren im Saal war, das richtete sich in ängstlicher Spannung auf die zwei, die die lange grüne Fläche des Konferenztischs wie eine feindliche Schranke voneinander schied – da, an der Tür, allein für sich, Werner Winterhalter, drüben, an der anderen Schmalseite, im Kreis der Seinen, sein Schwiegervater. Der Geheimrat Kühn hielt die Hände in den Hosentaschen und rauchte. Sein rosiges, feingeädertes Gesicht mit den kalten, blauen Augen war ernst, aber unerschütterlich ruhig. Eine kaum merkliche Handbewegung von ihm und sofort tiefes Schweigen.

»Ja ... meine Herren ... das hilft nichts: Mann über Bord! So sehr wir es auch beklagen, aber deswegen kann das Schiff nicht stehenbleiben. Am wenigsten im gegenwärtigen Augenblick. Wir könnten es nicht verantworten, wenn wir jetzt nicht entschlossen handelten und den heute errungenen Vorsprung vor der Konkurrenz ausnutzten.«

»Sehr richtig!«

»Wir sind heute hier ja nur eine zufällige und unverbindliche Versammlung von Interessenten. Aber morgen schon stehen Sie, meine Herren, pflichtgemäß vor der unabweislichen Notwendigkeit des Tages – vor der Erwerbung des Patents, dem wir unseren Sieg verdanken.«

»Meines Patents?«

»Ja.«

»Unverkäuflich!«

Schwiegervater und Schwiegersohn musterten sich über den Tisch hin. Dann fragte der Geheimrat Kühn in frostigem Befremden: »Unverkäuflich? ... Man verwertet doch eine Erfindung!«

»Aber in anderem Sinn!«

»... als wir...?«

»Ja.«

»Das heißt gegen uns?«

»Wie man's nimmt!«

Die beiden gingen langsam aufeinander zu. Es war, wie wenn zwei Fechter sich kampfbereit einander näherten. Die anderen Herren traten stumm zur Seite. Nun standen sie sich Aug in Auge.

»Also bitte, Werner!«

»Ich will aus der Erfindung in höherer Art Kapital schlagen als du. Ich will mich nicht daran bereichern. Für dich heißt das Geld Macht. Für mich heißt es Pflicht. Darin werden wir uns nie verstehen! – fürchte ich...«

»Dann mische dich auch gefälligst nicht in meine Geschäfte!«

»In deine nicht, sondern in meine hier!« sagte Werner Winterhalter. »Jahrelang seid ihr mir in den Arm gefallen ... Alle, wie ihr da steht ... kaltgestellt habt ihr mich nach Noten. ... Zu einem Müßiggänger habt ihr mich gemacht ... von Fabrik und Rechts wegen ... Ich habe keinem Menschen mehr ins Gesicht sehn können, der irgendeine ehrliche Arbeit tat ... Sie mein ich damit nicht, Herr Schweikardt, weil Sie dahinten so großartig die Achseln zucken...«

»Zur Sache! ... Zur Sache!«

»Die Sache, meine Herren, die hab ich hier in der Tasche. Sehen Sie ... da halt ich sie: Ein winziges Ding – so ein neues Düsenmodell ... nicht größer wie das Ei des Kolumbus. Aber die Welt besteht nun mal aus Kleinigkeiten!«

»Fehlt nur eine Kleinigkeit: die Wagen dazu!«

»Unsere Motoren!«

»Ihre Düse läuft doch nicht von allein!«

»Holen Sie sich die fertigen Autos auch so aus der Tasche?«

Und durch das Geschrei, über die erhitzten Köpfe der anderen hinweg, die Stimme des alten Finanzgewaltigen. »Glaub nur nicht, hier den Usurpator zu spielen! Das haben wir dir schon einmal gelegt...«

»Ich hab die Lehre auch nicht vergessen. Ich bin seitdem eine gute Reihe Jahre älter geworden. Und bescheidener. Ich will die Welt nicht mehr auf den Kopf stellen, sondern an dem Zipfel packen, wo ich sie beherrschen kann.«

»Und der Zipfel ist die Fabrik, glaubst du? Dein Vater lebt noch! ... Ich werd es zu verhindern wissen, daß er dir die Vollmacht gibt.«

»Aber meinen Großpapa Kobus wirst du wohl kaum mehr im Sarg aufstören. Von dem hab ich genug geerbt: die Terrains gegenüber eurer Fabrik sind Millionen wert!«

»Verflucht!« brummte der kleine Dr. Bätzle.

»Bätzle – ein Geschäft für Ihre Bank! Was meinen Sie? Machen wir zusammen! In einem Jahr steht auf der andern Seite der Straße, euch gegenüber, meine Konkurrenzfabrik. Dann werden wir ja sehen, wer schneller drüben auf dem Königsstuhl oben ist. Ich geb Ihnen ein Viertel vom Weg vor. meine Herren – ... Da fliegt ja förmlich ein Engel durchs Zimmer! ... Sie sind auf einmal alle so still? ... Gerade, als ob Sie Angst davor hätten!«

»Was soll man denn zum Kuckuck da sagen...«

»... Ekelhafte Zwickmühle ...«

»Kinder ... nun seid doch vernünftig ... Vertragt euch ... die Hauptsache ist doch die Dividende!«

»Nein, Herr Konsul! Mir eben nicht! Das ist ja der Unterschied zwischen uns!«

Der Geheimrat Kühn setzte sich. Er streckte seine langen Beine aus, steckte die eine Hand in die Tasche, hielt in der andern die glimmende Havanna und sah kaltblütig zu seinem Schwiegersohn empor.

»Kurz und gut: Du gehst aufs Ganze! Du willst mich hier verdrängen!«

»Ja ... so leid es mir tut!«

»Und die anderen Herrn alle auch?«

»Es bleibt nichts anderes übrig!«

»Und das findest du anständig und recht?«

»Wenn ich eurem Beispiel folge? Ihr habt mich ja seinerzeit auch rausgeschmissen...«

»Ein Gemütsmensch!«

»Ruhig Blut, Herrschaften! Wenn er seine Drohung wahr macht ... Ich möcht auch nicht gerade mein *W. C.* mit unsern Aktien tapezieren!«

»Die Aktien übernehme ich sämtlich zum vollen Kurs!«

»Hört! ... Hört!«

»Und gesetzt den Fall: Du wirst hier glücklich Selbstherrscher aller Reußen – was dann?« fragt? der alte Kühn trocken.

»Dann verschenkt er seine Motoren!« schrie aus der Ecke Karl Schweikardt. »Meine Herren! ... Es ist ja eigentlich ... Wir sind doch hier nicht in der Gummizelle ...«

»Na, wenn er umschmeißt, haben wir vorher unser Geld heraus!«

»Beruhigen Sie sich nur, Bätzle! Ich schmeiß nicht um! Dilettiert wird hier nicht. Der Betrieb wird sachgemäß geleitet.«

Der Geheimrat Kühn lachte.

»Sachgemäß! Und deswegen sollen *wir* weg! ... Haben Sie's gehört, meine Herren?«

»Ich bin nicht in dem Sinn eine Herrschernatur wie du, Schwiegerpapa! Ich will die Dinge beherrschen, aber nicht die Menschen. Du willst viel Geld machen. Ich will viel gutmachen!«

»So? Was hast du denn auf dem Kerbholz?«

»Geld ohne Verdienst! Das tragen die meisten leicht. Ich schwer.«

»Zum Kuckuck! Dein Geld ist doch nicht gestohlen!«

»Doch! Denn es stammt vom Bodenwucher ... ja ... siehst du, Schwiegerpapa ... da platzt schon wieder die Bombe! Zehn schreien auf einmal auf mich ein! ... Ich bin nicht taub, meine Herren – wirklich nicht!«

»Unerhört ... einfach unerhört...«

»Das Andenken Ihres Großvaters...«

»Er macht sich über uns lustig!«

»Ich kann meinem seligen Großvater nicht helfen. Es ist so gewesen! Er war ein redlicher Mann. Aber Menschenalter hindurch hat er die weiten Terrains öde liegen lassen, während dicht nebenan die Leute manchmal in Kellern hausten, in die man keine Kartoffeln getan hätte, oder in Hinterhöfen oder allenfalls in Bretterschuppen in der Laubenkolonie. Das hat ihn nie im Schlaf gestört. So wenig wie sonst irgendeinen Menschen damals. Er wußt es nicht anders. Er hielt es sogar für sehr recht und gut. Er tat einfach, was wir ja alle tun...«

»Da haben wir's ja wieder!«

»Ein liebevoller Enkel!«

»Und wenn es in seinem Geist weiterginge, dann entständen jetzt da draußen Mietkasernen und Bierspelunken und Hoflöcher. Ich mach was anderes daraus. Sie wissen: Man nennt unsere Stadtgegend draußen das Protzenviertel. Erschrecken Sie nicht: Ich will hier ein Protzenviertel der Arbeit errichten, auf meinem Grund und Boden und mit dem Geld aus meiner Erfindung und für die Leute, die meine Erfindung ausführen – im kleinen das, wie ich mir die Arbeiterstadt der Zukunft denke: Nicht nur hier die Mietkaserne und dort die Maschine, sondern ein Menschenrecht auf Luft und Licht und Sonne und Baum und Boden. Vielleicht rüttele ich damit da oder dort die Gewissen wach. Zeit wär's!

»Aber ich weiß ja, meine Herren! Wir haben zu so was keine Zeit! … Wir haben überhaupt nie Zeit. Wir sind selber unfrei. Wir dürfen keinen Moment stehenbleiben. Wir leben in der Hetzjagd. Wir müssen die Hochkonjunktur ausschlachten, ehe uns die Konkurrenz vorbeikommt … die Dividenden müssen steigen. Aber was hilft das, wenn noch etwas anderes am Himmel aufsteigt?«

»Hu! Hu!«

»Seien Sie still, Schweikardt! Sie werden mal mit nassen Lappen totgeschlagen, wenn's so weit ist … Meine Herren … ich kann mir nicht helfen: Ich kann mir keine wichtigere Lebensaufgabe denken, als die ich mir gestellt habe, dem deutschen Arbeiter Land zu geben und ihm dadurch Deutschland wiederzugeben!«

»Und der böse Feind – das bin also da wohl ich?« sagte der alte Kühn mit seinem steinernen Gesicht.

»Du hast keine Schuld! … Kein einzelner! Du bist aus dem neunzehnten Jahrhundert. Ich aus dem zwanzigsten! Das ist's vielleicht, was uns trennt!«

»Komm mal, bitte, mit mir da nebenan! … Ich glaube, die Herren haben genug gehört!«

Sie standen beide, Schwiegervater und Schwiegersohn, sich in dem kleinen Privatkontor gegenüber.

»Du bist ein Idealist!«

»Wenn dir der Name Spaß macht … bitte!«

»Idealisten gehören nicht mehr in unsere Zeit!«

»Und ich glaube, daß es mit Deutschland alle ist an dem Tag, an dem wir unser letztes Ideal in die Rumpelkammer tun!«

»Mit Idealisten kann ich nicht zusammenarbeiten. Du bist augenblicklich der Stärkere – ich geb es zu. Also zieh ich mich hier zurück. Und werde die Herren drinnen veranlassen, sämtlich das Gleiche zu tun!«

»Gut!«

»Damit ist das Geschäftliche erschöpft, aber nicht die Beziehungen zwischen dir und mir. Ich muß auch da die Konsequenzen ziehen. Einen Mann, der mir offen vor aller Welt den Krieg bis aufs Messer erklärt, mich hier förmlich durch den Hausknecht vor die Tür setzt, kann ich unmöglich noch als meinen Schwiegersohn betrachten. Das Entscheidende steht natürlich bei meiner Tochter. Aber, so unglücklich, wie eure Ehe sich seit Jahr und Tag gestaltet hat … Gottlob hat Stefanie zu mir Vertrauen! Ich werde das meine tun! … Gute Nacht!«

Werner Winterhalter stand allein in dem großen Konferenzsaal. Alle Herren waren gegangen. Nur schwerer Tabakrauch brütete noch über dem leeren Schlachtfeld. Aschenhäufchen lagen zerstreut, Papierfetzen blinkten am Boden, Stühle standen schiefgerückt, wie im Zorn des Rückzugs.

Er sagte sich: So. Nun bin ich Sieger. Und um mich die Verlassenheit des Siegs. Die Einsamkeit des Erfolgs. Der Mann da in dem großen Wandspiegel vor mir steht allein. Er musterte stumm sein Ebenbild. Er sah da etwas in seinem Antlitz, was ihm noch nie aufgefallen war: Den Ansatz von Linien, nicht des Leidens, aber des Wollens und Kämpfens. Das Leben fing an, seine Spuren einzumeißeln. Er dachte sich: Mein Leben liegt noch vor mir. Es wird mir noch viel Kampf bringen, Enttäuschung und Zweifel … Alles will ich durchhalten – nur eins nicht: Einsam durchs Dasein gehen …

Der Bureaudiener trat ein und öffnete die Fenster. Kühle Abendluft strömte in die Nikotinschwaden des Saals, in dem es förmlich nach Zahlen und Zinsen, nach Dividenden und Prozenten roch. Draußen war Stille. Nacht über der Fabrik. Werner Winterhalter ging die Straßen entlang, und wieder war in ihm, in einem Frösteln des Fremdseins auf der Welt, eine jähe, stürmische Sehnsucht: … Schicksal … sende mir eine Seele … Gib mir einen Weggenossen. Ein befreundetes Herz! Um Feinde brauche ich dich nicht zu bitten. Die hab ich ringsum. Die wachsen wie die Brombeeren aus dem Boden, wo mein Fuß hintritt …

Einen Freund sollte jeder haben: Seine Frau. Da ist das Haus. Die prunkende Villa im Grünen. Eine sonderbare Unruhe darin. Nicht eigentlich zu fassen. Sie weht einem beim Betreten der Halle entgegen. Ein merkwürdiger Ausdruck auf den Gesichtern der Dienerschaft. Ein paar offen stehende Türen. Auf der Treppe etwas ganz Auffallendes: Ein einzelner, langer, flüchtig in Seidenpapier gewickelter Damenlackschuh. Oben, in den gemeinsamen Räumen, aufgezogene und durchwühlte Kommodenschubladen, aufgerissene Schränke ... In der Ferne heulte irgendwo ein Frauenzimmer. Vielleicht die Jungfer mit ihrem ewigen Stockschnupfen und ihrer gekränkten Würde. Stefanie war es jedenfalls nicht. Die war nicht so ... Das wußte er ...

Werner Winterhalter stand da ... mitten in dem großen Gemach ... im Angesicht einer unsichtbaren und doch sich überall aufdrängenden Tatsache ... sah mit leerem Auge allerhand Unbeträchtlichkeiten ... ein abgerissenes, von der Brennschere versengtes Eckchen Zeitungspapier, ein paar Haarnadeln auf dem weißen Brüsseler Teppich, auf dem Fauteuil, als ein getupftes Florklümpchen, ein in der Eile vergessener Schleier. Ein feiner, letzter Parfümhauch wie drüben der Tabakdunst in der Fabrik. Dieselben Zeichen im Konferenzsaal und Boudoir, so als räumten die Menschen fluchtähnlich vor ihm das Feld.

Er rührte sich immer noch nicht und schaute auf ein kleines, aufgeklappt auf einem Tischchen stehendes Reisenecessaire. Darin war nichts. Er dachte sich: Nichts. Noch ist nichts geschehen. Ich brauche noch nichts zu wissen. Erst wenn ich danach frage, ist es wahr.

Der Diener war hereingeschlichen. Der Mann machte ein ängstliches, verkniffenes Gesicht. Werner Winterhalter zwang sich zur Ruhe. Er hob gleichgültig den Kopf.

»Wo ist denn die gnädige Frau?«

»Die gnädige Frau ...«

»Na ja ...«

»Die gnädige Frau ...«

»Nun schon raus mit der Sprache ...«

»Ja – wissen Herr Doktor denn nicht ...«

»Nein.«

»Vorhin ist der Herr Geheime Kommerzienrat vorgefahren und hat mit der gnädigen Frau gesprochen. Dann ist die gnädige Frau mit ihm weg. Die hatte es sehr eilig. Sie hat unten der Elis noch einen Puff gegeben, weil sie ihr im Weg stand.«

»So?«

»Die Elis soll die Koffer packen und damit hinüber zum Herrn Geheimrat! Die gnädige Frau hat gesagt, sie käm nicht wieder!«

Auf der Schwelle zum Nebenzimmer erschien Elis, die verheulte Zofe, ein Päckchen Spitzenwäsche über dem Arm, und stand beim Anblick des Hausherrn mit offenem Mund.

»Stimmt das, Elis, daß die gnädige Frau zu meinem Schwiegervater hinübergezogen ist?«

»Ja.«

»Hat sie nichts für mich hinterlassen?«

»Nein.«

Ein Stich durchs Herz. Und – wunderlich – zugleich ein nachträglicher Zorn gegen die Schwiegereltern: Ihr hättet eure Tochter besser erziehen sollen! ... Wenigstens darin ihren Instinkt entwickeln! Es gibt auch eine Höflichkeit des Herzens. Auch zuletzt noch. Man macht nicht alle Dienstboten zu Mitwissern der Scheidestunde. Man überläßt nicht ihrem Mund die Meldung an den, den es am nächsten angeht ...

Doch da: Ein Brief ... Eben abgegeben. Von drüben? Ja! Er trug keine Aufschrift. Werner Winterhalter trat mit ihm in den Nebenraum. Gott sei Dank ... so viel Augenmaß hatte sie doch noch. So viel Taktgefühl. Es machte sich doch alles leichter, wenn man Ehrfurcht vor dem eigenen Unglück hatte. Er riß den starkleinenen englischen Umschlag auf:

»Liebe Elise! Auf der Treppe muß einer von meinen Schuhen liegen. Er muß herausgefallen sein. Bringen Sie ihn ja mit. Aber kommen Sie bald herüber. Wenn Sie ihn nicht finden, soll halt die Käthchen suchen!«

Er kehrte in das Boudoir zurück. »So. Das ist für Sie, Elis!« sagte er trocken und gab ihr den Brief. Dann ging er hinüber in seine Arbeitsräume. Mit tiefem Schweigen empfingen und umfingen ihn Bücher und Lampenschein, Schreibtisch und Mappe. Er setzte sich und stützte den Kopf auf die Hand. Und wie er an seine Frau dachte, war es immer das Eine und Unabänderliche, jenseits von Haß und Liebe, schon über einem, wie das Schicksal selber: ›Du bist, wie du warst! Du wirst dich nie ändern. Ich bin ein Mensch, der immer wird. Schon das mußte uns scheiden. Fahr wohl...‹

Wieder überliefen ihn, in der Feierlichkeit dieser Stunde, die Schauer der Einsamkeit. Diesmal am stärksten. Das Haus schwieg wie ausgestorben. Vor den Scheiben gähnte die Nacht. Der Herzschlag pochte, im Wettlauf mit der Wanduhr, eintönig, rastlos durch die Stille. Um einen die Leere. Vor einem das Leben. Das lange Leben...

Werner Winterhalter stand auf. Er trat ans Fenster und schaute fest hinaus in das Dunkel der Nacht und Zukunft. Um seine Lippen lag der ruhige Wille des Mannes: Ich werde leben und siegen...

Der Diener klopfte. Er brachte die Visitenkarte eines Besuches, jetzt noch, zu so später Zeit. »Dr. jur. Hermann Lorenz, Rechtsanwalt am Landgericht.«

Das war einer der ersten Juristen der Stadt. Seit vielen Jahren der Sachwalter in allen Privatangelegenheiten des Schwiegervaters drüben. Er kam wegen der Ehescheidung...

Werner Winterhalter legte die Karte auf den Tisch und sagte ruhig zu dem Diener: »Ich lasse bitten.«

14

Die Sonne fort, als hätte sie nie der lachenden Pfalz geschienen. Die Stadt in einem winterlichen Nebelmeer vergraben. Drüben im Osten, jenseits der Rheinebene, hoben jetzt vielleicht Feldberg und Hornisgrinde, sogar Königstuhl und Melibokus ihre schneeglitzernden Kuppen in Sonnengold und Himmelblau. Aber darunter lastete die zähe, trübe Decke. Lag die Welt grau in grau. Das feuchte Gespinst war trotz der Mittagsstunde so dick, daß Werner Winterhalter kaum zehn Schritte weit vor sich sah, als er aus dem Landgerichtsgebäude trat.

Er blieb stehen. Vor ihm das schattenhafte Bild. Umrisse von Menschen, Pferden, Droschken, Straßenbahnen, vorbeihuschend, in einer gedämpften, beinahe gespenstigen Geschäftigkeit, verdämmernd, verschwindend. Und in einer Stimmung der Müde, die ihm sonst fremder war als andern, ging es ihm durch den Kopf: Ist das nicht ein Abglanz des Lebens? Was machen wir hier? Wir schreiten ins Leere. Vor einem das Ungewisse. Hinter einem...

Während er sich anschickte, weiterzugehen, dachte er sich: Also nun bin ich geschieden. Seit einer halben Stunde.

Sie war bei der Urteilsverkündigung nicht zugegen gewesen. Nur, im Zuhörerraum, ihr Bruder. Eben kam er auch aus dem Landgericht heraus, ging schweigend, ohne Gruß vorbei. Der Spielkamerad noch von den ersten Höschen her, der Schulfreund von den Bänken der Sexta ab, der Korpsbruder. Leb wohl, mein guter Moritz! Das dreifarbige Band von Heidelberg, das ist das einzige, was uns jetzt noch, wenigstens äußerlich, verbindet.

Die breite Bummelstraße inmitten der Stadt war um diese Mittagsstunde voll von Menschen. Bekannte Gesichter von Jugend auf. Aber merkwürdig viele, die einen nicht mehr oder nur verlegen kennen, wenn sie jählings im Nebel auf einen stoßen. Der Doktor Bätzle läuft eilfertig vorbei, sieht nicht rechts, noch links. Behält den Hut auf dem Kopf ... Nun ja ... wes Brot ich ess', des Lied ich sing ... Und ist man nun schon einmal der Generalstabschef der Bankgruppe um Alfred Kühn...

Da drüben steht ein dicker Herr, den Zylinder im Genick, die Hände um den Goldknauf des Stocks auf dem Rücken verschlungen. Seine Lebemannsglatze reicht unter der Hutkrempe bis in das wulstige Genick. Du lieber Gott ... was hat Karl Schweikardt gerade im Schaufenster einer Posamentierhandlung so Merkwürdiges zu sehen? ... Aber er rührt sich nicht. Wendet nicht sein schlaffes Gesicht, bis der Feind vorbei ist. Eigentlich hat er es gar nicht nötig. Er ist ja der Sieger. Ihr werdet euch ja heiraten – sie und du! ... Es ist ein öffentliches Geheimnis in der ganzen Stadt. Warte nur, alter Freund! Du wirst schon noch deinen Herrgott erkennen lernen. Du bist der rechte Mann für sie und ihre feste Faust. Sie wird dich schon gehörig ducken. Und du wirst resigniert lächeln, in deinem Kummerspeck ... Ach was ... Macht was ihr wollt ... Vorbei...

Da wieder ein paar, die so gemessen grüßen, wie Parlamentäre im Feindeslager. Es riecht jetzt hier förmlich nach Geld, so viel Fabrikherren und Bankgewaltige gehen um die zwölfte Stunde aus Gesundheitsrücksichten zu Fuß heim, zu ihren Fleischtöpfen Ägyptens. Dort drüben, auf der anderen Seite, schreitet er selbst, würdevoll und langsam, die lange, hagere Gestalt doch etwas vom Gram dieses Winters gebeugt, der Geheime Kommerzienrat Alfred Kühn. Man erkennt das Nahen des großen Mannes, noch ehe er recht aus dem Nebel auftaucht, an dem plötzlichen Lüften der Hüte rechts und links. Es folgt ihm, wie er wieder schattenhaft sich verliert, der Schutzmann an der Ecke legt die Hand an den Helm, der Oberbürgermeister, der vom Rathaus kommt, stutzt mit einem Blick durch seine goldene Brille und winkt vertraulich seinem mächtigen Steuerzahler ... Ein redlicher Hasser ist der bisherige Schwiegervater immer gewesen. Es ist keine Kleinigkeit, Todfeindschaft auf Lebenszeit mit dem reichsten Mann der Stadt. Und dem Stärksten dazu.

Werner Winterhalter ging weiter, ins Freie hinaus, die Chaussee entlang, die zu beiden Seiten Kranzbindereien und Steinmetzwerkstätten einrahmten. Der Zentralfriedhof lag im dicken Nebel. Es rieselte lautlos von den stillen Wipfeln der Zypressen, triefte von den Trauerweiden, perlte auf dem tiefen Grün der Stechpalmen auf dem frischen Grab. Die Goldbuchstaben auf dem vorläufigen Denkstein schimmerten so neu, als sei er gestern erst gesetzt und nicht schon vor vierzehn Tagen: Leopold Winterhalter, geboren in dieser Stadt, in ihr sein Leben lang, gestorben, als die Tage kürzer wurden und der Winter rief ... ›Und ist es köstlich gewesen, so ist es Müh und Arbeit gewesen.‹ Ja, Vater: Meine Augen haben dich, solange du lebtest, fremd gesehen, müßig nie. Du hast einen guten Kampf gekämpft, von der Pike auf. Du warst ein rechter Deutscher von heute. Ein unverdrossener Arbeiter im neuen Reich. Dein Grabmal ist höher als der Klotz Marmor hier. Schwindelnd hoch ragen drüben über Stadt und Land die Schlote deiner Fabrik.

Er gab dem herangetretenen Friedhofaufseher noch ein paar Anweisungen, wie das Gitter gesetzt werden sollte, wandte sich um, stand wieder draußen vor dem Tor der Toten. Wohin? ... Nach Hause? ... Das war leer. Ins Elternhaus? Das war geschlossen: die Mutter im Süden. Zu Freunden? Die guten Freunde hatten ja Angst vor einem: Waren besonnene Bürger. Familienväter. Geschäftsleute. Wer zu ihm hielt, verdarb es sich mit den anderen. Werner Winterhalter ging ziellos in den Nebel hinein, stand auf der Rheinbrücke, schaute hinüber auf das Gewimmel der Eisschollen, die in leisem Knirschen wie wandernde Herden nordwärts gen Holland zogen. Weiße Sendboten von der Tee, kreischten und flatterten darüber die Möwen. Es klang etwas von Ferne und Weite in ihrem klagenden Schrei. Lockte: Hinaus! Fort aus allem! Niemand hält dich hier! Niemand will dich! Du bist frei, du Stein des Anstoßes! Mach einen Strich unter die Vergangenheit. Geh in die weite Welt. Deine Millionen tragen dich wie Korkgürtel im Meer. Sowie du nichts mehr willst und nichts mehr bist, empfängt man dich überall mit offenen Armen.

Er dachte sich: Ja. Wahrlich. Niemand dankt es mir. Niemand steht mir zur Seite. Auch in diesem Augenblick der Schwäche niemand. Die Möwen johlten: Fort! Fort! ... Verdammte Vögel! Das sind die Stimmen der Versuchung! ... Ich kenn euch! Ihr wollt, daß ich mir selber untreu werde! Ihr wählt gerade die rechte Stunde und Stimmung ... Und da? Wer legt mir da die Hand auf die Schulter? ...

Zwei Männer standen vor ihm, gut bürgerlich gekleidet, der eine schon älter, vollbärtig und bedächtig, der andere schmalschulterig und hager, einen Schlapphut auf dem seingeschnittenen, nervösen blonden Kopf. Der ruhige Baß des ersten: »Kennen Sie mich noch, Herr Doktor? ... Den Stadtrat Mattrian? Und den da ... den Reichstagsabgeordneten Zittelius?«

»Freilich kenn ich Sie! Guten Tag!«

»Und darf man mal ein Wort mit Ihnen reden?«

»Warum nicht?«

»Ja. Mancher hat's nicht gern, wenn man sich so mit ihm auf die offene Brücke hinstellt, wo's jeder sieht.«

»Das ist mir ganz egal!«

»Ich mein überhaupt: Sie haben's mit den großen Herren verschüttet!«

»Er ist ja selbst ein großer Herr!« meinte der Gewerkschaftssekretär Zittelius und lachte.

»Da könnten Sie mich wirklich besser kennen seit fünfzehn Jahren ...«

»Ja eben, Herr Doktor ... Ich bin keiner von den Wütigen. Wir alle hier nicht. Der Zittelius da auch nicht. Ich mein als: gar so arg groß ist der Abstand zwischen Ihnen und uns schon bald nicht mehr!«

»Größer, als Sie denken, Herr Stadtrat!«

»So? ... Man könnt ja mal darüber reden! ... Ich könnt Sie ja mal besuchen! Ganz im Vertrauen! Es braucht es keiner zu wissen!«

Der Reichsbote Zittelius unterbrach den anderen mit einem fanatischen Aufleuchten in seinen blauen Augen.

»Das war ein Ziel für Ihren Ehrgeiz, Herr Doktor! Da ständ Ihnen keiner mehr im Weg. Da täten Ihnen alle helfen. Da hätten Sie die Bahn frei! Da hätten Sie mal die Massen hinter sich ...«

»Ich hab nur einen Ehrgeiz. Ich bin ein guter Deutscher. Ich kann mir sehr gut Deutschland ohne mich vorstellen, aber mich nicht eine Minute lang ohne Deutschland. Und eure Massen ebensowenig!«

»Wir sind auch gute Deutsche!«

»Und Deutschland denen zurückzugeben, die es jetzt im Herzen nicht haben … Sie haben mich gerade im rechten Augenblick an mein Ziel erinnert, Herr Stadtrat! Ich dank Ihnen!«

»Wie wollen Sie's denn wiedergeben, Herr Doktor? … Mit schönen Redensarten?«

»Deutschland ist der Boden da unter unseren Füßen. Man kann nichts lieben, was man nicht besitzt.«

»Und bis wann teilen Sie das Deutsche Reich auf?«

»Das Reich nicht. Aber die Spekulationsterrains da draußen, die mir gehören!«

»Das ist ein Tropfen auf einen heißen Stein!«

»Ja nun, Herr Zittelius … wir ziehen alle enge Lebenskreise. Aber aus Millionen wird das Ganze.«

»Das heißt verlorene Müh, Herr Doktor!«

»Lieber Herr Mattrian! … Wenn ich mal so alt bin wie Sie jetzt und hab in der Zeit nur tausend Arbeitern die eigene Scholle und die Freude am Vaterland wiedergegeben, so bild ich mir schon ein, ich hätte nicht umsonst gelebt. Es mag vielleicht eine Zeit kommen, wo die Menschen so aufgeklärt sind, daß sie ohne Vaterland auskommen. Aber heutzutage brauchen sie es noch so nötig wie das tägliche Brot. Deutschland ist unser tägliches Brot!«

»Also nichts für ungut! Dann gehen Sie halt Ihren Weg, wie Sie ihn für recht halten!«

»Einmal werden wir ihn alle gehen müssen in Deutschland! Jetzt sind wir stark und reich. Wir schwimmen im Glück. Aber zu lang dauert das Glück bei uns nie. Wir Deutsche vertragen es nicht. Wir treiben einen Raubbau damit … Ich will nicht zu denen gehören, die dann zu spät erkennen, was sie verschuldet haben. Da geh ich lieber allein voraus! Ich bin nicht ängstlich von Natur. Die Steine an den Kopf fürchte ich nicht. Die bin ich schon gewohnt, von rechts und auch von links. Sie sehen ja die Narbe hier an der Schläfe!«

»Na – guten Tag, Herr Doktor!«

»Guten Tag, meine Herren!«

Wieder allein … Die beiden fort mit dem sich allmählich lichtenden Nebel. Einsam des Weges. An der Fabrik vorbei, zu der im Entstehen begriffenen Gartenstadt.

Wirst du denn immer allein deine Straße durchs Leben suchen? … Voll Pflicht und ohne Liebe? … Ein Mensch mit so heißem Herzen, so stürmender Seele, wie du …

Vorwärts! Die Schwäche ist überwunden. Es war das erste und letzte Mal. Nicht rechts und links geschaut. Tu, was du mußt. Dein Leben ist noch lang. Es kann noch manches Wunder in ihm werden …

Wie düstere Mahner ragten zu beiden Seiten die Mietkasernen freudlos im fließenden Grau. Drüben war auf dem Bürgersteig eine Menschenansammlung. Am Rand des Fahrdammes ein Hundefuhrwerk mit ein paar Matratzen und Kochtöpfen. Heulende Kinder. Ein Schutzmannshelm. Das heisere Schimpfen eines betrunkenen Mannes.

»Was ist denn da los?«

Der Friseur im Eckladen, an den sich Werner Winterhalter wandte, erkannte ihn und verbeugte sich.

»Sie setzen eine Partei an die Luft, Herr Doktor! … Der Mann tut ja nix wie saufen. Da fängt er eben schon wieder Mäus' und Ratten in der Luft. Es ist eine Angst für die ganze Nachbarschaft!«

»Und die Frau und die Kinder?«

»Die kriegen einstweilen eine städtische Unterkunft. Das Fräulein vom Magistrat ist schon da!«

Drüben bellten die beiden Köter. Der Wagen mit dem Hausrat setzte sich in Bewegung. Die Familie wanderte mit einem Vogelbauer nebenher. Um die andere Ecke verschwand, eine Schutzmannsfaust am Kragen, der Trunkenbold. Der Menschenhaufen begann sich zu zerstreuen. Nur ein blondes, junges Mädchen stand noch auf dem leeren Bürgersteig, machte sich ein paar Notizen in ein Lederheft und sah dann auf und zu Werner Winterhalter hinüber.

Er hemmte nicht den Schritt. Er lüftete nur stumm im Weitergehen den Hut vor Eva Römer. Bei einer früheren Begegnung hätte er sie angesprochen. Heute vermochte er das nicht, in seiner

Stimmung. Er dachte sich: Auch das ist gewesen. Auch du hast mich einst von dir gehen heißen, so wie meine Frau mich heute verließ. Auch von dir trag ich Narben im Herzen. Vielleicht die schwersten. Denn ich war noch jung!

Da kam sie zu seinem Erstaunen quer über die Straße auf ihn zu und gab ihm unbefangen die Hand.

»Gut, daß ich dir noch Adieu sagen kann! … Ich geh nächster Tage von hier weg!«

»Wohin?«

»Wo ich früher war, am Rhein. Da ist jetzt die Fabrikinspektorinstelle frei!«

Eine Pause.

»Nun, dann laß es dir gut gehen, Eva!«

»Danke. Du auch.«

Sie trennten sich. Sie ging nach links, er nach rechts. Ohne es eigentlich zu wollen, wandte er noch einmal den Kopf und sah, daß sie es auch tat. Beide machten halt, kamen wieder aufeinander zu, hatten sich doch eigentlich nichts mehr zu sagen …

Während er stumm in das klare, blauäugige Mädchengesicht vor sich schaute, überkam ihn der gleiche sonderbare Eindruck wie vor einem halben Jahr gegenüber sich selbst bei einem Blick in den Spiegel. Noch junge Züge. Man sah es ihrer blonden Frische nicht an, daß sie nun auch schon näher den Dreißig als den Zwanzig war. Aber es lag wie bei ihm ein Ernst darüber, ein Abglanz des Lebens. Eine Erkenntnis: Für uns beide war das Leben kein Spiel. Für dich im kleinen nicht wie für mich nicht im großen. Und eigentlich gibt es nichts Großes und nichts Kleines. Wir kämpfen alle denselben Kampf.

»Eva – lädst du dir nicht zu viel auf in der neuen Stellung?«

»Ach wo! Ich fühl mich pudelwohl!«

»Kann ich nicht irgend etwas für dich tun?«

»Danke! Ich brauch gar nichts!«

Da klang wieder der alte patzige Ton durch. Es ärgerte ihn. Dann sagte er sich: Sie hat ja recht. Sie marschiert ihre eigene Straße. Ein einsamer kleiner Kerl für sich. Sie hängt sich nicht an andere … reißt sich nicht von anderen los wie ich …

Und aus dieser Stimmung heraus versetzte er, gegen seinen Willen, unvermittelt: »Heute bin ich von meiner Frau geschieden.«

Eva Römer erwiderte nichts. Nach einer Weile setzte er hinzu: »Ich hab nun mal kein Glück … bei euch …«

»Nun also, adieu!« sagte sie, reichte ihm noch einmal flüchtig die Fingerspitzen und schritt davon.

Diesmal wandte sie nicht wieder den Kopf, sondern machte, daß sie weiterkam. Er stand, wo er war, und blickte ihr nach, der schlanken Gestalt in dem einfachen, mausgrauen Wintermäntelchen, dem schlichten, dunklen Hut, an dem der Januarwind zauste. Er fragte sich, in einem plötzlichen Gemisch von Ärger und Angst: Warum rennt sie denn so? … Spornstreichs von mir weg, als ob es brennte? Ich tu ihr doch nichts! … Ich hab doch, weiß Gott, meine Lehre hinter mir! … Ich hab genug von dem allem …

Nun, wo sie annehmen konnte, längst seinem Auge entzogen zu sein, verkürzte sie in der Ferne ihre Schritte, ging allmählich ganz langsam, in einer müden, geistesabwesenden Haltung. Man sah es von hinten an den schmalen Schultern. Ihr blondes Haar leuchtete durch den nun schon sehr gelichteten Nebel, wanderte weiter durch das Grau, dem Lärm und Schmutz der Stadt zu. Plötzlich machte sie halt. Sie hatte hinter sich ihren Namen gehört. Sie drehte sich um und sagte, die Hände zusammenlegend, ohne Erstaunen, mit ihrer tiefen Stimme: »Herrgott! Da ist er wieder!«

Beide mußten lachen. Dieser seelenruhige Klang wandelte sich plötzlich für ihn zu einem Bild – viele, viele Jahre zurück – ein Riß durch das Gewölk der Vergangenheit … Der junge Erdarbeiter, der der Gymnasiastin unter dem Laubdach bei ihren arithmetischen Aufgaben half … Waren das wir? Sind wir's noch? Wie kurz und lang das Leben … Er war atemlos vom schnellen Gehen … stand da … schwieg. …

Auch Eva Römer wartete wortlos, was er sagen würde. Eine leise Blässe überzog ihr Gesicht. In ihm dämmerte jäh ein Ahnen: Herrgott – sie geht wegen dir von hier weg! Sie will nicht mit dir in derselben Stadt bleiben, jetzt, wo du wieder frei bist! Und die ganze Stadt spricht ja seit Monaten von deiner Ehescheidung! ... In jedem Blatt schrieben sie ja ein breites und langes! Sie wußte das natürlich alles ...

»Na?«

Eva Römer fragte das förmlich trotzig, mit einer Schulterbewegung, als wollte sie gleich weiterpilgern. Er legte ihr die Hand auf den Arm und begütigte ihre Herbheit.

»Du – Eva: Ich hab mir's überlegt: es ist doch eigentlich Unsinn, daß wir so auseinandergehen – wo wir uns vielleicht Gott weiß wann je wiedersehen!«

»Ja, wie denn?«

»Wir sollten uns aussprechen zum Abschied!«

»Ich hab nichts zu erzählen!«

»Deine liebenswürdige Art kenn ich ... aber sieh mal, jetzt, bitte, bocke nicht, sondern hör zu ... Ich hab dich einmal sehr liebgehabt, Eva ... Und wenn man einen Menschen so liebgehabt hat, dann möchte man doch wenigstens wissen, was weiter mit ihm geworden ist, und wie es ihm im Leben geht. ...«

»Na, das siehst du ja!«

»Das Äußerliche ... daß du 'ne kleine Brotstellung hast ...«

»Oh bitte! Zweihundert Mark monatlich! Das ist 'ne ganze Ecke!«

»Na schön! Aber bloß Protokolle darüber, daß ein Schnapsbruder seine Familie verdrischt – das kann doch nicht allein dein Leben ausfüllen?«

»Sondern?«

»Das wollt ich dich eben fragen ... Was dir das Leben sonst noch gebracht hat ... Eva ... ich hab oft an dich denken müssen, gerade in letzter Zeit ...!«

»Was willst du denn eigentlich wissen?«

»Sag, Eva: Warum heiratest du denn nicht?«

Die Blässe in Eva Römers Antlitz wandelte sich in ein leises Rot. In ihre Augen kam ein feindseliger Schein. Sie warf den Kopf zurück und fragte schroff: »Ja – ist das für mich ermutigend, wie das etwa bei dir ausgegangen ist?«

»Da hast du recht!« sagte er ruhig. »Die Antwort hätt ich mir ja eigentlich bei dir denken können! ... Du bleibst immer die alte! Also gut! Lassen wir's! Ich dräng mich nicht in dein Vertrauen! Und nun zum letztenmal: Adieu!«

Aber zu seinem Erstaunen wandelte sich bei seinen Worten unvermittelt der hartnäckige, innere Vorbehalt auf ihren Zügen. Sie sagte auf einmal, als sei gar nichts geschehen: »Wart! ... Ich geh noch ein Stückchen mit dir!«

Und nach einer Weile, noch trotzig: »Das heißt ... wenn du Zeit hast ...«

»Natürlich!«

Er hütete sich, sie durch neue Fragen in sich zurückzuscheuchen. Sie schritten nebeneinander her, ins Freie hinaus, die Stadt im Rücken. Die letzten Häuserblöcke blieben hinter ihnen. Nun waren nur noch die Bretterzäune, die Schlote vereinzelter Fabriken – das erste Kartoffelland. Kahle Obstbäume am Straßengraben. Frische Luft.

»Versäumst du auch nicht deinen Dienst, Eva?«

»Ach – das ist mir jetzt auch gleich!«

Er merkte, daß sie mit etwas rang. Er schwieg. Er wußte: sonst sprach sie doch nicht ...

Nach ein paar Schritten blieben sie doch stehen.

»Ach – wozu eigentlich? Ich will doch lieber gleich umkehren!«

»Und dann? ... Dann gehst du weg von hier und ... Eva ... Wie denkst du dir denn das nun – wie das so schließlich mit dir wird?«

»Ich schuft halt weiter! Dann ist man wenigstens zu was nutz! Das hab ich damals bei dir nicht verstanden, daß du dich für andere abgeplagt hast. Jetzt tu ich's selber ... in meinem kleinen Kreis. Jetzt weiß ich, was darin liegt ... Ich war damals ungerecht gegen dich!«

»Aber wenn man Waise ist wie du … mutterseelenallein … Irgend etwas braucht doch der Mensch …«

»Pah … ich hab's ja so gewollt!«

Sie zuckte geringschätzig die Achseln, holte tief Atem und sagte hastig: »Weißt du – aber versprich mir: wenn ich das raus hab, dann geben wir uns nur noch die Hand, und du läßt mich ruhig gehen … Du machst keinen Versuch, mich zu halten … Dein Wort …«

»Ja doch … ja …«

»Also früher … da war ich ja kolossal dumm … Da hatte ich viel zu viel Rosinen im Kopf! … Ich glaub, ich hatt zu viel gelernt, auf einmal, für meinen Grips! … Es kam so über mich … Ich hab mich wahnsinnig überschätzt … Damals … Es ist mir jetzt selber ein Rätsel …«

Sie schaute angestrengt zur Seite, ins Feld hinaus, wo ein Hase mit angelegten Löffeln über die Äcker dahinstob.

»Ich bildete mir ein, ich war weiß Gott was! … Furchtbar selbstgerecht wird man, wenn man sich selber noch nicht verdaut hat. Ich dachte, es sei alles nur meinetwegen da und müßte so sein, wie ich mir's im Kopf zurechtgedeichselt hab … Und am meisten mein künftiger Mann! … So ist das gekommen, Werner … durch meine Schuld!«

Hastig gab sie ihm die Hand zum Abschied. Es war ein trauriges Lächeln auf ihrem Gesicht, als wollte sie mit Galgenhumor die Tränen aus den Augen bannen.

»Na … Inzwischen hab ich mir ja meinen Dickschädel kreuz und quer angerannt an allen Ecken und Kanten. Das Leben hat mich gehörig an den Ohren genommen. Ich bin so bescheiden geworden. Ich weiß jetzt ganz genau, daß nicht viel mit mir los ist! Ich bin ein armes Wurm und bleib's! So! Und nun adieu! … Adieu!«

»Eva … halt …«

»Du hast mir versprochen …«

»Ach … ich pfeif auf mein Versprechen …«

Sie rang, sich von ihm loszumachen …

»Adieu! Ich hab dir das sagen wollen! … Ich dacht, ich wär dir das vielleicht schuldig … damit du ein bißchen besser von mir denkst … Aber jetzt …«

»Jetzt muß ich dich etwas fragen, Eva … Hand aufs Herz: Es hat doch gewiß schon mancher um dich angehalten …«

»Ja.«

»Aber nie der Rechte?«

»Nein.«

»Da wartest du also noch …«

»Ich wart auf keinen!«

»Warum denn nicht?«

Sie kehrte sich von ihm ab. Er sah, wie sie mit Schluchzen rang, und hörte zwischendurch ein entschlossenes: »… weil ich dich nie vergessen hab!«

Dann richtete sie sich mit aller Willensanstrengung auf, schaute ihm ins Gesicht und sagte rauh, mit nassen Augen: »Ich werd dich auch nie vergessen. Deshalb … das geht dich auch gar nichts an. Das ist rein meine Angelegenheit. Es ist ja alles längst vorbei. So. Jetzt hab ich's abgebüßt! Und das siehst du ein, daß wir uns, nachdem ich das gesagt hab, nie mehr im Leben sehen dürfen!«

»Nun gerade …«

»Nein. Das mußt du mir ersparen!«

»Denk doch mal an mich, Eva! Glaubst du denn, mir sei's so gut ergangen? Ich hab vielleicht noch Schwereres durchgemacht. Ich bin gerade so arm wie du …«

»Du und arm!«

»Ja. Mein Leben ist bisher immer ein Suchen gewesen und nie ein Finden. Aber ich glaub: jetzt find ich's doch! … Eva … denk, es sei alles ein Traum gewesen und wir wären beide noch jung und dumm wie damals! … Herrgott ja … dumm sind wir ja nicht mehr so … aber jung sind wir immer noch!«

Er hielt sie umschlungen und hob den Mund von ihren Lippen.

»Mein Leben wird noch stark und wird noch reich! Teil's nur mit mir! Du wirst es nicht bereuen ...!«

Die letzten Nebelschwaden verschwanden in dem winterlichen Himmelblau. In breiten, goldenen Bahnen lag da vorn das Sonnenlicht über der neuen, im Entstehen begriffenen Arbeiterstadt. Halbfertig hoben sich die Häuser aus der frisch geebneten Erde. Baumpflanzungen zeichneten sich in ihr ab, die Umrisse von weiten Plätzen und freien Straßen, jetzt schon ein lebendiger Gegensatz zu dem grinsenden Grau der Fabrikviertel innen vor dem Weichbild der Stadt. Und über diesem Werden der Wille eines Mannes. Er dachte daran, wie er einst selbst den Karren geschoben, er, der jetzt hier Herr war, und dachte sich weiter: Das ist der Schlüssel und Sinn meines Lebens: König und Kärrner in einem.

Die Hämmer klangen. Die Säge sang. Die Schaufeln schlürften. Die Räder knarrten. Menschen in Mengen wimmelten, schleppten, mähen, riefen. In hundert Stimmen dröhnte das Lied der Arbeit.

Werner Winterhalter zog Eva an sich.

»Wie du mich zuerst gesehen hast, Eva, war ich ein Arbeiter mit lehmigen Händen. Ein Arbeiter werd ich mein Leben lang sein. Rasten kann ich nicht. Kämpfen muß ich ... vielleicht auch unterliegen ... Das sag ich dir vorher!«

Sie nickte.

»Denn das weiß ich wohl, Eva, und das muß sich jeder sagen, der nicht stillsitzen kann in unsrer Zeit: Mit unserer Kraft ist's nicht getan! Ich werde das Buch mit sieben Siegeln, die große Frage, so wenig lösen wie irgendein anderer. Was ich da drüben baue und schaffe, ist ein Sandkorn, ist Stückwerk, ist vielleicht ein neuer Fehlgriff und wird sich wieder an mir rächen! Auf das alles bin ich gefaßt.

Aber was bleibt einem übrig, als daß man sein bißchen Können und guten Willen da einsetzt, wo man in seinem engen Kreis ein wenig helfen kann. Es ist immer dasselbe, was auch du übst: die Kraft im Kleinsten! Und vielleicht baut sich doch aus unserem tausendfachen Irrtum die Wahrheit auf.

Und wenn nicht ... Als Junge habe ich es im ›Faust‹ zunächst nicht begriffen, daß es da im Anfang heißt: ›Es irrt der Mensch, solang er strebt!‹ und zum Schluß singen alle guten Geister: ›Wer immer strebend sich bemüht, den können wir erlösen.‹ Da ist das Geheimnis. Dafür bin ich Mensch, daß ich nicht aufhören kann zu streben, auch wenn ich weiß, daß ich mich irre!«

»Nein, Werner: Tu du dein Leben lang, was du mußt!«

»Und willst du tapfer sein und mit mir kommen?«

»Ja!«